그녀의 남자

그녀의 남자

초판 1쇄 찍은 날 | 2014년 9월 24일
초판 1쇄 펴낸 날 | 2014년 9월 30일

지은이 | 김희선
펴낸이 | 예경원

편집 | 유경화

펴낸곳 | 예원북스
등록번호 | 제396-2012-000132호
등록일자 | 2012. 7. 25
YRN | 제1-0081호

주소 | 경기도 고양시 일산동구 무궁화로 8-28 삼성메르헨하우스 712호 (우) 410-837
전화 | 031-819-9431 팩스 | 031-817-9432
http://cafe.naver.com/yewonromance
E-mail | yewonbooks@naver.com

ISBN 979-11-5630-155-4 03810

※ 이 도서의 국립중앙도서관 출판시도서목록(CIP)은 서지정보유통지원시스템 홈페이지(http://seoji.nl.go.kr)와 국가자료공동목록시스템(http://www.nl.go.kr/kolisnet)에서 이용하실 수 있습니다.

19세미만 구독불가
그녀의 남자
김희선 장편 소설
YEWONBOOKS ROMANCE STORY
예원북스

CONTENTS

프롤로그

몹시 고요하고 평온한 날이었다. 이제 막 가을로 접어든 파란 하늘에는 솜털 같은 새하얀 구름이 점점이 떠 있고, 키 큰 활엽수가 둘러싸고 있는 호수의 투명한 물빛은 햇빛에 반사돼 더욱 선명했다. 세진그룹의 총수인 정만수 회장은 가을 풍광을 가장 운치 있게 감상할 수 있는 별장 뜰 한가운데에 커다란 차양을 드리운 채 그 그늘에 앉아서 호수에서 불어오는 청명한 바람을 쐬고 있었다.

실로 오랜만에 갖는 휴식이었다.

"휴우, 바람이 좋구나."

지친 몸을 기다란 의자에 누인 채 흐릿한 눈길로 새파란 물결을 바라보는 정 회장의 입에서는 장탄식이 흘렀다. 평생 일밖에 모르고, 앞만 보며 달려온 정 회장의 굵게 주름진 얼굴에는 희미한 미소가 떠올랐으나 눈동자에 어린 것은 깊은 슬픔과 회한뿐이었다.

벌써 일흔을 훌쩍 넘긴 몸이었지만 그는 아직도 세진그룹의 총수로서 직접 회사를 경영하고 있었다. 비슷한 연배의 다른 경영자들은 일찌감치 일선에서 물러나 자식들에게 후계를 물려주었거나 경영 수업을 시켜서 키운 아들이나 자손들에게 경영권을 넘기면서 한가로운 노년을 즐기고 있었지만 그는 그럴 수가 없었다.

그에게는 남들처럼 당장 경영을 물려줄 만한 장성한 자식도 없었고, 경영 수업을 받고 있는 손자도 없었다.

물론 정 회장에게 처음부터 혈육이 한 점도 없었던 것은 아니었다. 십여 년 전만 해도 그에게는 평생을 함께하며 그의 뒷바라지를 해준 아내와 믿음직한 큰아들과 며느리, 사랑스러운 손자, 손녀가 있었다. 그리고 예술 한답시고 허랑방탕하게 살며 아직 결혼도 하지 않은 채 해외로만 떠돌아서 제 마음에 들지 않긴 하지만 제법 번듯하게 장성한 둘째 아들도 있었다. 자손이 많진 않아도 다복하고 든든한 가정이었다. 행복했다.

그러나 그 행복은 갑자기 찾아든 죽음의 서슬에 의해 하나씩 무너지기 시작했다.

10년 전, 유럽으로 휴가를 떠났던 큰아들 내외가 갑자기 보트 사고로 유명을 달리하고 말았다. 만리 타지에서 벌어진 불의의 사고였다. 그야말로 청천벽력, 하늘이 무너지는 것만 같았다. 그러나 육십의 정 회장은 아직 정정했고, 그에게는 큰아들이 남긴 손자와 둘째 아들이 있었다.

이를 악물고 더욱더 회사 일에 몰두하는 것으로 아들 내외를 잃은 슬픔을 달랬다. 문득 늘 든든한 오른팔이 되어주던 믿음직스럽던 큰아들이 생각나 가슴이 먹먹해졌지만, 제 애비를 쏙 빼닮은데다 영특하고 착한 손자가 있어서 힘을 낼 수 있었다. 아직 대학생이었지만 앞으로 몇 년 후면 회사 일을 가르쳐서 세진을 맡기리라 생각했다. 손자를 위해서 세진을 더 든든한 반석 위에 올려놓기 위해 사업에 더 몰두했다.

그러다 큰아들과 며느리의 세 번째 기일을 맞은 날이었다. 제 형 내외가 죽은 뒤에도 일 년에 몇 번밖에 얼굴을 볼 수 없지만 그래도 제 형과 형수의 위패가 모셔져 있는 납골당에 찾아왔던 작은 아들이 추모식이 끝나고 돌아가다 교통사고로 목숨을 잃고 말았을 때 그는 연이어 닥친 불행에 급기야 정신을 놓고 말았다.

늙은 몸은 급속도로 쇠약해졌고, 마음은 금세 깨질 유리처럼 불안과 공포로 가득해졌다. 애지중지하던 손자에 대한 애착이 더욱 심해질 수밖에 없었다. 혹시 제 부모나 삼촌처럼 불의의 사고를 당하지나 않을까 노심초사한 정 회장은 손자 곁에 항상 경호원 여럿을 두어서 보호하도록 했고, 조금이라도 위험한 일은 가까이하지 못하도록 했다.

다행히 손자는 아무 탈 없이 잘 지냈다. 그러나 죽음의 그림자는 정만수 일가에 두텁게 드리워져 있었다. 두 자식을 먼저 앞세우고도 어린 손자와 손녀를 직접 키우며, 심신이 약해진 정 회장을 알뜰하게 보살피고, 실질적으로 집안의 기둥 역할을 하던 정 회장의 아내가 갑작스러운 심장마비로 세상을 뜨고 말았다. 둘째 아들이 죽고 이태가 흐른 후였다.

불과 5년 만에 정만수 회장은 아내와 큰아들, 며느리 그리고 둘째 아들을 잃었다. 늘 웃음이 끊이지 않는 것은 아니었어도 보통 사람들의 가정만큼은 화목하고 평온하던 그의 집안에는 서늘하고 우울한 불행의 기운만이 가득했다.

이제 남은 것은 두 손주뿐이었다.

특히 집안의 대를 잇고 회사의 경영을 물려받아야 하는 손자 현민은 정 회장에게 세상 무엇보다 귀하디귀한 존재였다.

어려서부터 진중하고 착한 성품에 영특했던 손자는 정 회장의 기대에 어긋나지 않게 잘 자랐고, 대학을 졸업하고는 경영에 대해 좀 더 배우겠다며 외국으로 유학을 떠났다. 큰아들 내외가 해외에서 죽은 탓에 처음에 반대하던 정 회장도 둘째 아들과 아내는 해외가 아닌 국내에서 죽었다는 걸 생각하며 어디에 있든 그저 조심하는 수밖에 없다는 걸 절감해야 했다.

"할아버지, 저 좀 더 많이 배우고, 좀 더 자라서 곧 돌아오겠습니다. 그래서 곧 할아버지 편히 쉬실 수 있도록 회사 일 정말 열심히 잘할게요. 그러니까 조금만 기다려 주세요."

다정하게 웃는 손자의 손을 잡고 눈물을 흘린 정 회장은 그렇게 불안한 마음을 애써 억누르며 현민을 유학 보냈다. 그리고 다시 3년이 흘러 현민이 곧 한국으로 돌아가는 비행기를 탈 거라는 연락을 받았을 때 그의 늙은 가슴은 안도감과 기대감으로 뛰었다. 그러나 공항에 도착해서 바로 전화하겠다던 손자는 그 약속을 지키지 못했다.

정씨 집안에 드리워진 죽음이 그를 덮쳤던 것이다.

공항으로 가기 위해 택시를 기다리고 있던 현민은 짙은 안개 속에서 갑자기 튀어나온 강도와 맞닥뜨리고 말았다. 아무런 저항도 없이 기꺼이 지갑까지 내주었건만 그 강도는 권총으로 그를 쐈고, 몇 시간 후 27살의 현민은 뉴욕의 거리에서 싸늘한 주검으로 발견되었다.

그게 불과 2년 전의 일이었다.

정 회장은 더는 버틸 수가 없었다. 모든 희망이 사라져 버린 것이다. 그러나 그에게는 아직 지켜야 할 피붙이가 남아 있었다. 바로 현민의 여동생인 현아였다.

제 오빠와 함께 미국으로 유학을 떠났던 그녀는 뉴욕이 아닌 필라델피아에서 공부하고 있었다. 오빠의 비보를 듣고 곧장 한국으로 돌아온 그녀는 정 회장의 곁에 있겠다고 했지만, 그는 마저 공부를 마치라며 현아를 떠나보냈다.

"할아버지, 제가 할아버지 곁에 있을게요. 오빠 대신, 아빠 엄마 대신 제가 할아버지하고 회사 지킬게요."

23살의 어린 손녀는 제 가족에게 연이어 닥친 감당할 수 없는 불행 앞에서도 결코 주눅 들지 않았다. 당당하게 운명에 맞서려는 그녀를 보면서 정 회장은 하나밖에 없는 소중한 손녀를 떠나보낼 수밖에 없었다.

"나나 회사는 신경 쓰지 말고 너 하고 싶은 거 마음껏 하거라."

모든 희망이 사라지고 무기력해진 그로서는 손녀를 자신의 곁에 두는 것이 오히려 더 괴로웠다. 아직 미숙하고 회사 일이나 경영에는 관심도 없는 어린 손녀에게 어떤 기대나 희망을 갖기도 두려울 지경이었다.

그러나 정 회장은 강인한 사람이었다. 자신의 평생을 바쳐 일구어낸 세진그룹에 대한 애착은 가족을 모두 잃은 슬픔마저도 상쇄시켰다. 그는 어떻게든 세진을 지키고 싶었고, 현아가 그걸 충분히 해낼 수 있다는 걸 깨닫자 다시 일어설 수 있었다.

"……회장님."

설핏 옅은 잠이 들었던 것인지 정 회장은 자신을 부르는 낯익은 목소리에 감았던 눈을 힘겹게 떴다. 햇빛을 등지고 서 있는 사람은 오랜 세월 그를 보필해 온 비서실장 최우종이었다. 검은 먹구름처럼 해를 가린 탓에 그의 얼굴은 잘 보이질 않았다. 그러나 누구보다 정 회장을 잘 알고 있는 사람이 쉬고 있는 그를 이렇게 부득불 깨웠을 때는 필시 무슨 일이 생긴 모양이었다.

"그래, 최 실장. 무슨 일인가?"

정 회장이 의자에 기대고 있는 몸을 뒤척거리며 물었다.

조금 마르고 왜소한 체구에 은테 안경을 쓴 최 실장은 매사에 빈틈없고 침착한 사람이었다. 비서로 두기에는 너무 아까울 정도로 능력도 뛰어난 사람이라, 어떤 상황에서도 당황하거나 정 회장의 질문에 말문이 막히는 경우가 없었다.

"……."

90도 가까이 허리를 숙인 채 그저 가만히 서 있는 최 실장의 모습을 보면서 정 회장은 문득 기시감을 느꼈다. 저 유능하고 냉철한 사내가 그의 앞에서 저렇게 꿀 먹은 벙어리가 된 적이 몇 번 있었던 것이다. 그의 아내와 두 아들, 며느리 그리고 손자가 죽었을 때 가장 먼저 그에게 보고하던 최 실장의 모습이 바로 저러했다는 것을 깨달은 정 회장의 온몸에서는 본능적인 떨림이 번져 갔다. 뒷덜미가 묵직하고, 목구멍이 콱 막혀서 숨도 제대로 쉴 수 없었다.

"설, 설마 우리 현, 현아한테…… 무슨…… 일이 생긴 겐가?"

"회장님……."

"그런 게야?"

고개를 더 깊이 숙이며 아무런 말도 하지 못하는 최 실장을 보며 정 회장은 고래고래 소리를 질렀다. 그렇게 비쩍 마른 노구 어디에 숨어 있었는지 알 수 없는 노성이 무시무시하게 터져 나왔다.

"우리 현아한테 무슨 일이 생긴 거냐고 묻지 않나!"

검버섯이 번져 가는 성마른 얼굴에 검붉은 기운이 번져 가는 걸 보면서 최 실장은 무겁게 입을 열었다. 정 회장의 안색이 점점 창백하게 변해갔다.

"현아 양이 거주하던 아파트에 원인을 알 수 없는 화재가 발생했다고 합니다. 다행히 빠르게 진화가 되었지만, 현아 양 아파트에 설치돼 있던 스프링 쿨러가 작동되지 않아서…… 회장님!"

그러나 최 실장은 혼절한 채 의자에서 굴러 떨어지는 정 회장 때문에 보고를 미처 끝맺을 수가 없었다.

❖

현아의 장례식을 치르고 온 날은 추적추적 차가운 가을비가 서글프게 내렸다. 그리고 49재가 끝난 날도 마찬가지였다. 마치 누군가 쉼 없이 흘리는 눈물처럼 온종일 내리는 비를 서재에 앉아서 한참 동안 바라보던 정 회장이 문득 입을 열었다. 그의 붉어진 눈가는 축축하게 짓물러 있었다.

"최 실장."

"네, 회장님."

"사람 좀 알아봐 주게."

"어떤 사람 말씀이십니까?"

"내 손녀."

정 회장의 말에 최 실장의 얼굴이 딱딱하게 굳어버렸다. 이미 두 달 전에 화장해서 한 줌 재로 변해 버린 손녀를 찾는 정 회장의 얼굴을 바라보는 그의 눈빛은 몹시 불안하게 흔들렸다.

"……하지만 회장님."

"자네 지금 저 노인네가 미친 게 아닌가 싶지?"

"아, 아닙니다, 회장님."

"아니긴. 내 다 아네."

어울리지 않게 객쩍은 농담을 한 정 회장은 책상의 맨 아래쪽 서랍을 열어 사진 하나를 꺼내서 최 실장에게 내밀었다.

"이 사진 속 아이를 찾아주게."

낡은 사진 한 장을 받아 든 최 실장은 어리둥절한 표정으로 사진을 들여다보았다. 그 안에는 볼이 통통하고 유난히 피부가 하얀 갓난아기의 모습이 담겨 있었다. 큼직한 눈망울이 유난히 순하고 맑았다.

"이…… 아이가 대체 누굽니까?"

"진우가 남긴 혈육일세."

진우라면 정 회장의 죽은 둘째 아들을 이르는 터였다. 그러나 그는 평생 독신으로 살면서 한곳에 발붙이지 않은 채 아트 디렉터라는 직업을 가지고 세계 이곳저곳을 떠돌던 사람이었다. 대학에서는 미술을 전공했지만 아버지 정 회장의 강권에 못 이겨 회사에 들어와 일을 배웠다. 그러나 결국은 못 견디고 얼마 안 돼서 뛰쳐

나가고 말았다. 그 탓으로 늘 위태위태하던 부자 사이는 완전히 틀어지고 말았다.

그는 무뚝뚝하고 성실했던 그의 형 정진호나 그보다 더 엄하고 고리타분한 정 회장과는 완전히 다른 성향과 분위기를 지니고 있었다. 게다가 선이 굵고 남자답게 생긴 아버지나 형과 달리 섬세하고 수려한 외모에 늘 화려하고 아름다운 것만을 좋아하던 사람이라 심지어 동성애자가 아닌가 하는 의심까지 받았던 정진우.

그런데 그런 그가 아이를 낳았다는 이야기는 정 회장의 곁에서 30년 가까이 보필한 최 실장으로서도 금시초문인 일이었다. 얼떨떨하게 바라보는 최 실장을 보면서 정 회장이 덧붙였다.

"어미 이름이 차재희일세. 그리고 그 아이 이름은 아마 서연, 차서연일 게야. 우리 현아랑 나이가 비슷했으니 올해 아마 스물두, 셋이 되지 않았나 싶네. 아무튼 되도록 은밀하게, 가급적 빨리 찾아주게."

다시 주룩주룩 내리는 빗물을 바라보는 정 회장의 눈 속에는 지난날을 떠올리는 듯 아련한 기색이 흐르고 있었다. 그는 목이 메는 듯 잠시 헛기침을 몇 번 하더니 깊이 한숨을 내쉬며 울적하게 말했다.

"이제 내게 남은 유일한 혈육은 그 애 하나일세. 우리 세진을 위해서라도 빨리 그 애를 찾아주게나, 최 실장. 그 아이는 내 유일한 혈육일 뿐만 아니라 세진의 유일한 후계이기도 하니 말일세."

||||| 1 |||||

유난히 공기가 맑았다. 벤치에 앉아 있던 서연은 자기가 내쉰 숨이 공기 중에 부옇게 고였다가 흩어지는 것을 보면서 천천히 두 눈을 감았다. 온몸이 저릴 만큼 추운 날이건만 쨍 소리 날 만큼 선명하고 따가운 겨울 햇살이 기분 좋았다. 그 햇살을 얼굴에 맞으며 즐기던 서연은 문득 자신에게 드리워지는 그림자에 인상을 찌푸렸다.

그러나 문득 심장이 두근거렸다. 저도 모르게 얼굴이 달아오르고 호흡이 가빠왔다. 손바닥에 촉촉하게 땀이 배어 나왔다. 누군지 보지 않아도 본능이 먼저 알아챘다. 서연은 기대감에 가슴이 설레었다.

번뜩 눈을 뜨자 눈앞에 멀쑥하니 키 큰 남자가 서 있었다. 본능이 알려준 대로 바로 그 남자, 김강준이었다. 언제 왔는지 겨울바람에 엉망으로 헝클어진 머리가 이마를 덮고 있었다. 찬란한 햇빛을 등지고 서 있는 그 모습이 너무 아름다워서 서연은 어쩐지 눈물이 날 것만 같았다. 햇빛이 너무 눈부셔서 그런 거라고 스스로 변명을 늘어놓으면서도 서연은 속절없이 뛰는 제 가슴은 어쩔 수가 없었다.

홀린 듯, 사로잡힌 듯 멍하니 강준을 바라보았다.

17살, 아직 어린 그녀로서는 잘 알지도 못하는 남자에게 느끼는 이런 낯선 감정이 당황스럽기만 했다. 게다가 그가 누군가. 한 달 전, 한밤중에 아르바이트를 끝내고 미술 학원으로 달려가던 그녀를 차로 치어서 병원에 입원하게 하고, 게다가 손가락까지 망가뜨린 장본인이 아닌가 말이다.

평생 그림만 그리며 화가가 되길 꿈꾸었던 그녀의 꿈을 짓밟아 놓은 원흉이었다. 죽도록 미워하고 원망해도 모자란 상대였다. 그런데 그런 남자를 보면서 몰래 가슴 설레고 얼굴 붉힌다는 것이 정말이지 용납되지 않는 일이었다.

"추워, 들어가자."

늘씬하고 호리호리한 몸집에 단정하게 잘생긴 남자의 얼굴은 어딘가 신경질적인 예민함이 느껴졌다. 홑겹의 서늘한 눈매와 묘하게 조화를 이루는 너무 얇지도 두툼하지도 않은 남자의 입술이 서연의 손에 두른 하얀 붕대를 보더니 비틀렸다. 잠깐 스쳐 가는 그 표정이 서연의 뇌리에 새겨졌다.

"왜 왔어요? 이미 합의 봤잖아요."

서연이 다시 눈을 감으며 차갑게 대꾸했다. 그러나 그녀는 이내 다시 눈을 뜨고 말았다. 그가 보고 싶어서 견딜 수가 없었다.

"자꾸 오는 거 귀찮다고 했잖아요."

냉랭한 말투로 두근거리는 가슴을 감추던 서연은 이내 시선을 돌려서 강준의 어깨 너머를 바라보았다. 저 먼 하늘은 지금 파랗다 못해 시린 하얀빛이다. 그 색을 종이가 아닌 눈에만 담아야 하는 서연은 한순간도 눈을 떼지 않았다. 머릿속에 펼쳐진 그녀의 화폭에 담긴 하늘은 푸르고 맑고 높다랗기만 했다. 그리고 서연은 그 화폭 안에 강준의 모습을 담고 싶다고 생각했다. 눈부시게 푸르른 하늘 아래 서 있는 이 아름다운 남자를 그리고 싶었다.

"내가 많이 귀찮게 하는구나."

"알면 좀 조심해 주죠."

"보고 싶어서."

강준의 말에 순간적으로 서연의 가슴이 철렁하고 내려앉았다.

"권 변호사님한테 네 얘기 듣고는 있지만 그래도 너 괜찮은지, 어떤지 궁금하고, 내 눈으로 확인하고 싶어서 어쩔 수가 없어서. 나 때문에 너 이렇게 된 거잖아."

그러나 뒤이어진 그의 말에 부풀어 오르던 서연의 가슴은 금세 가라앉고 말았다. 처음부터 알았다. 이 남자 김강준이 지독하게도 책임감 강한 남자라는 걸 말이다.

아무도 찾지 않는 그녀의 병실을 매일 찾아오는 이 남자가 서연은 처음에는 보기 싫었고, 미웠다. 간신히 지탱해 가던 제 비루한 삶을 순식간에 어그러뜨린 남자에게 화가 났다. 그런데 이젠 그 미움이 점점 옅어지고 있었다.

그저 사고였을 뿐이었다. 언제 어디서든 누구에게나 일어날 수 있는 사고. 그녀는 아직 그림을 포기하지 않았고, 꿈이, 희망이 그녀 안에 남아 있었다.

갈색 재킷을 입고 서연 옆에 장승처럼 서 있던 강준이 바람에 헝클어져 있던 머리를 연신 쓸어 올렸다. 말을 하기 전에 강준은 꼭 저렇게 머리카락을 손으로 만지작거렸다. 그 손가락 끝이 떨린다는 걸 서연은 알고 있었다.

"내일 2차 수술하지?"

17살, 작고 가냘프지만 당찬 소녀 앞에서 23살의 남자는 어느덧 소년이 되어 있었다. 모든 것이 서툴고 불안하고 겁이 났다. 자신이 저지른 짓 때문에 여자가 아프다는 것이 끔찍할 만큼 화가 났다. 하지만, 어떻게 해야 할지 알 수가 없었고, 그것은 죽을 만큼 무서웠다.

서연은 아무런 말 없이 제 손을 들어 얼굴에 따갑게 내리쬐는 햇볕을 가렸다. 하얀 붕대와 새파란 하늘의 색채 대비가 선명했다. 그 모습을 물끄러미 바라보던 강준이 물었다. 한 달을 망설이던 질문이었다. 그 밤, 검은 아스팔트 위에 뒹굴던 피 묻은 화구통…….

"그림 그리니?"

짧고 조심스런 질문 안에는 많은 말이 담겨 있었다. 너 오른손 쓰지? 다시 붓 쥘 수 있겠니? 그림 그릴 수 있겠어? 미안하다. 미안…….

그의 마지막 말이 불쑥 소리가 되어 차가운 공기 중으로 흩어졌다.

"미안해."

깊은 한숨을 토해내듯, 곡진한 감정을 토해내는 남자.

"사고였잖아요. 당신이 미안해할 필요 없어요. 신호 안 보고 뛰어든 건 나니까. 그리고 난 아직 아무것도 포기하지 않았고, 어떤 것도 시도해 보지 않았어요. 2차 수술하고 재활치료 잘 받으면 일상생활은 물론 그림도 그릴 수 있을지 모른다고 의사 선생님이 그랬어요. 그러니까 당신이 나한테 미안해하지 않아도 돼요. 합의금도 많이 줬잖아요. 나 재활치료 열심히 받을 거니까. 비용 다 대준다고 했죠?"

"응."

"완벽하게 고칠 때까지 몇 년을 다닐지도 몰라요. 아주 비싼 치료도 다 받을 거야. 돈 많다면서요?"

"그래, 다 나을 때까지, 네가 만족할 때까지 얼마든지 다녀."

"부모 돈이잖아요. 너무 생색내지 마시죠."

서연이 샐쭉하게 입술을 내밀었다. 그러다 곧 눈을 반달처럼 휘며 웃었다. 처음으로 강준을 향해 지어준 미소였다. 차가운 공기

중으로 사그라지는 햇살처럼 안타깝고 눈부신 미소였다.

한 달 전, 강준의 차에 치었을 때도 어찌 보면 그건 일방적인 누구의 잘못이라고도 할 수 없는 우연히 벌어진 불행한 사고일 뿐이었다. 인적이 끊긴 거리, 막 붉은색으로 변한 신호등, 강준은 직진 신호를 보고 차를 출발시켰고, 갑자기 튀어나온 서연을 미처 보지 못했다. 나는 듯 달리는 사람을 발견하고 재빠르게 브레이크를 밟았지만 불행히도 그의 차는 서연과 부딪쳤고, 자동차 바퀴는 그녀의 손을 으스러뜨렸다.

강준은 곧바로 그녀를 안아서 병원으로 옮겼고, 경찰에 스스로 신고했다. 서연은 경찰과 강준의 변호사를 만나서 이야기를 들었고, 강준 측과 합의했다. 강준의 변호사는 치료비와 거액의 보상금을 제시했다. 서연은 마다할 이유가 없었다.

어려서부터 아픈 엄마와 살며 늘 가난에 시달렸던 서연이 상상할 수도 없던 큰돈에 마음이 움직인 것은 아니었다. 현실적이고 합리적인 이유였지만, 그보다 더 큰 이유는 강준의 눈빛이었다. 처음 병원에서 의식을 차렸을 때 가장 먼저 그녀가 본 것은 걱정스럽게 자신을 바라보던 강준의 얼굴이었다. 난생처음 보는 남자였다. 그런데 그 두 눈에 담긴 진심으로 걱정하는 마음이 오롯이 느껴졌다.

"차서연 씨, 괜찮아요? 정신 들어요? 여기 병원입니다."

자기 이름을 불러주는 그 목소리가 또 몹시도 따스하고 다정해서 서연은 울컥 눈물이 날 것만 같았다. 뒤늦게 달려와 메마르고 지친 얼굴로 손을 잡아주던 엄마의 손길보다 강준의 목소리가 그녀를 더 안심하게 했다.

하지만 곧 그가 자신을 차로 친 사람이란 걸 알게 되고, 또 제 오른손이 으스러졌다는 걸 알게 되면서 서연은 그 서글픔과 분노를 주체할 수가 없었다. 그래서 모든 원망의 화살을 강준에게 돌렸다.

그러나 돌봐줄 가족 하나 없이 유일한 식구인 엄마조차 생계 때문에 일이 바빠 자주 들르지 못해서 늘 혼자 있는 그녀의 병실에 매일 찾아오는 강준을 볼 때면 그 미움도, 원망도 어느새 삽시간에 사라지고 말았다.

"보다시피 나 손만 빼면 다른 데는 거의 다 나았어요. 알잖아요, 어차피 별로 다친 데도 없었던 거. 그러니까 그렇게 걱정 안 하셔도 된다구요."

"별로 안 다친 거 아니잖아. 네 손……."

강준이 하얀 붕대를 감고 있는 서연의 손을 보며 말끝을 흐렸다.

정말로 서연은 차에 치었다지만 그다지 다친 곳은 없었다. 발목 인대가 조금 늘어나고 전신에 타박상과 미미한 뇌진탕 증세가 있었을 뿐. 그러나 손은 달랐다. 손바닥 전체의 뼈가 으스러져서 마디마디 조각이 나고, 중지와 인지의 손마디가 휘어버렸다. 즉시 접합 수술을 받았지만 아무리 결과가 좋다고 해도 예전처럼 그림을 그리는 섬세한 작업은 불가능할 거라고 했다.

"수술 후 꾸준한 재활 훈련을 통해서 일상생활은 어느 정도 가능하겠지만 힘을 주어 물건을 잡는다든가 그림을 그리는 일은 무리일 겁니다."

수술을 집도했던 의사에게 그 말을 듣는 순간 서연은 분노할 수밖에 없었다. 엄마와 단둘이 살면서 그녀는 늘 하루하루 사는 일이 힘겨웠다. 그래도 엄마는 그녀를 몹시도 사랑하고 아껴주었고, 가난했지만 행복했다. 그리고 그녀에게는 꿈이 있었다.

어려서부터 제법 그림 그리는 재주가 있었다. 그림 그리는 것이 즐거웠다. 그래서 화가가 되고 싶었다. 어린 마음에 막연히 유명한 화가가 되어서 돈도 많이 벌고, 그래서 엄마를 행복하게 해주고 싶다고 생각했다. 그리고 그 꿈은 자연스럽게 그녀 인생의 목표가 되고 희망이 되었다.

그런데 그 꿈이 산산이 부서진 것이다.

서연이 미대 입시를 준비하고 있다는 걸 알게 된 강준은 더 미안해하고, 더 괴로워했다. 그녀도 강준이 그것 때문에 힘들어한다는 걸 눈치채고 있었다. 그리고 오늘 이렇게 끝내 자신에게 미안하다 말하는 그를 보고 있자니 어쩐지 가슴 한구석에서 뜨뜻한 무언가가 올라오는 것만 같았다.

“사실 내 손이 멀쩡하다고 해도 화가가 될 수 있을 거라곤 장담 못해요. 어떻게든 미대에 갈 수 있으면 가고, 아니면 시각디자인이라도 해서 먹고살아야지 했던 거니까. 뭐, 그렇게 신경 안 써도 돼요.”

“……미안하다.”

“그냥 내가 재수 없었던 거라고 치죠. 그쪽도 마찬가지고.”

“그림 못 그리게 되면 어떡할지 생각해 봤니?”

강준이 조심스럽게 물었다.

“아직은요. 재활 훈련 해보고 도저히 붓 못 쥘 거 같으면 그때 봐서 생각할래요.”

“그래. 네가 뭘 하고 싶든 내가 도울게. 말만 해줘.”

처음에는 강준이 자신의 죄책감을 덜기 위해서 자신에게 이러는 것이라고 생각했다. 그래서 더 화가 나고 못마땅했다. 하지만 그게 죄책감 때문이든 혹은 다른 무엇 때문이든 이렇게 자신을 걱정해 주고, 찾아와 주는 강준이 서연은 정말로 좋았다. 하지만 마음과는 다른 말을 내뱉고 말았다.

“됐거든요. 아까도 말했지만 치료비나 잘 대줘요. 나 재활치료 다 끝날 때까지.”

“그래, 알았어. 대신 너무 무리하지는 말고.”

“치, 그건 내가 알아서 해요.”

"서연아."

강준이 제 이름을 부르자 서연은 어쩐지 가슴속에서 또 뜨거운 것이 치솟아올랐다. 이 남자가 이렇게 자신을 걱정해 주는 것이 너무 좋으면서도, 또 싫었다. 자꾸만 심장이 두근거리고, 얼굴이 빨개졌다. 서연은 그걸 들키고 싶지 않았다.

"아, 춥다. 그만 들어가야겠다."

서연이 링거 폴더를 잡고 발딱 일어서자 얼른 강준이 제 손을 뻗어서 폴더를 붙들었다.

"나 혼자 밀 수 있거든요."

"알아."

강준이 다정하게 웃으며 말했다. 그녀의 보폭에 맞추어서 폴더를 밀며 나란히 걷는 그를 보면서 서연의 가슴은 또 속절없이 뛰었다.

그림을 그릴 수 없을 거라는 의사의 말을 듣고도 서운하지도 않았고, 서글프지도 않았다. 다만, 이제는 없어져 버린 꿈과 희망이 그녀의 가슴을 상실감으로 할퀼 뿐이었다. 130km가 넘는 과속으로 달리던 차에 정면으로 받히고도 서연의 몸은 신기할 정도로 말짱했다. 여기저기 긁힌 찰과상과 다리뼈에 금이 간 정도는 교통사고 환자치곤 기적이라고 할 정도였다. 그러나 그녀의 오른손은 그렇지 못했다. 타이어에 깔린 작은 손은 완전히 으스러졌다. 병원으로 옮겨진 그녀는 급하게 조각조각 난 뼈를 맞추는 응급 수술을 받았다.

수술을 하고 난 후, 한 손으로는 제대로 세수를 할 수도, 머리를 감을 수도 없었고, 밥을 먹을 수도 없었다. 서툴고 어눌한 손놀림은 한 번도 왼손을 사용해 본 적이 없는 오른손잡이인 서연을 그렇게 무력하게 하고 절망하게 했다. 무엇보다 다시는 오른손을 사용하지 못할지도 모른다는 생각이 서연을 무섭게 했다.

그렇게 그녀를 한순간에 절망의 구렁텅이로 밀어 넣은 사람이 바로 강준이었다. 그 밤, 어째서인지 몰라도 그는 평소엔 하지 않는다는 과속 운전을 했고, 그의 한순간 일탈은 서연의 손을, 그녀의 꿈과 미래를 엉망으로 만들어 버리고 말았다. 합의를 보았던 엄마의 말로는 꽤나 잘사는 집 아들인 듯하다고 했다. 부모가 아니라 가족 변호사가 나서서 합의를 도맡은 데다 그 금액이 엄청나게 두둑했다던가.

서연은 감사했다. 그가 가난한 집 아들이 아닌 부잣집 아들인 덕에 그녀는 제대로 치료받을 수 있었고, 엉망이 되어버린 오른손도 재활치료를 받을 수 있었다. 늘 불운과 가난에 시달리며 살아온 서연에게 그것은 정말로 감사하고 다행인 일이었다. 그녀는 꿈을 포기하지 않아도 되었다.

그리고 매일 그녀를 찾아와 조용히 어색한 미소를 짓는 그 남자에게 서연의 마음은 서서히 빠져들고 있었다.

처음 검은 아스팔트 위에 처참하게 나뒹굴던 서연의 가녀린 몸뚱어리를 보면서 강준은 자신이 무슨 짓을 저지른 건지, 어떤 일이 벌어진 것인지 감이 잡히질 않았다. 그저 모든 것이 비현실적으로만 느껴졌다. 자신과는 상관없는 세상을 화면으로 보고 있는 듯한 이질감이 강준이 느끼는 전부였다. 피 흘리는 서연을 병원으로 옮기고 권 변호사에게 전화를 하면서도 그는 그저 덤덤했다. 제 속에서 끓고 있는 지옥 불에 비하면 작은 소녀에게서 흘러나오는 피에 온통 젖어버린 옷 따위는 아무렇지도 않았다. 그 구역질 나는 피비린내가 그는 너무나 익숙했던 것이다.

그런데 경찰보다 먼저 도착할 변호사를 기다리며 응급실 밖에 멍하니 서 있던 그의 눈에 응급수술을 받고 있는 서연의 모습이 들어왔다. 피를 흘리고 놀란 탓인지 백지장처럼 하얀 얼굴이 새파랗게 질려 있었다. 나중에 알고 보니 손가락뼈가 으스러졌다고 했다. 응급 수술을 위해 엑스레이를 찍는 동안 들끓고 있는 통증을 간신히 다스리고 있던 서연의 표정이 한순간 참담하게 일그러졌다. 그러나 내색하지 않으려 이를 악물며 참는 모습에 강준은 문득 가슴이 저릿했다.

동병상련, 어쩐지 모진 고통을 당연한 듯 감내하는 서연의 그 모습이 너무나 낯익었다. 엉망으로 으스러진 자신의 손을 바라보는 서연의 눈은 한 점 빛도 스미지 않는 심해의 바닥에서 끝을 알 수 없는 먼 어딘가를 바라보고 있는 물고기처럼 보였다.

응급 수술을 하기 위해 급하게 준비하는 의료진을 무감하게 바라보던 서연의 눈동자와 강준의 눈동자가 마주쳤다. 잔잔하게 파문이 일고 있는 호숫가의 양편 끝에 서 있는 것처럼 서로에게 전해지는 떨림, 외면할 수 없는 그 시선에서 먼저 고개 돌린 것은 서연이었다.

한순간에 강준의 영혼은 서연에게 사로잡혀 버렸다.

돈과 권력으로 강준의 잘못은 덮어졌다. 아무도 그에게 죄를 묻지도, 나무라지도 않았다. 심지어 서연조차도 그에게 아무런 원망도 하지 않았다. 강준은 다시 자신의 일상으로 쉬이 돌아갈 수 있었다. 그러나 검고 깊은 눈동자가 고통에 일렁이던 그 모습이, 그 고통을 당연하다는 듯이 안으로 삭이던 서연이 그의 뇌리에서 지워지지 않았다. 육신의 아픔보다 더한 영혼의 상처를 안고 사는 자의 초연한 얼굴이, 작고 말간 하얀 얼굴이 그의 가슴을 들쑤셨다.

사고 후 몇 달 동안 계속된 재활치료는 생각보다 더 힘들었다. 겨울을 지나 계절은 어느새 봄이 무르익어 가고 있었다. 그러나 산산조각났던 뼛조각을 섬세하게 맞추는 수술을 몇 차례에 걸쳐서 받았지만 서연의 손은 완전히 회복되지 않았다.

물리 치료사가 알려준 대로 조심스럽게 손가락 펴는 운동을 꾸준히 했지만, 조금도 나아지질 않았다. 그리고 무엇보다 조각난 뼈가 다시 붙은 이후 손아귀에 제대로 힘을 줄 수가 없었다. 연필을 쥐고, 붓을 쥔 상태로 장시간 섬세한 작업을 해야 하는 것은 거의 불가능해 보였다.

그래서 서연은 더욱 악착같이 재활 훈련을 거듭했다. 사고가 났을 때보다 더한 고통이 매일, 매 순간 찾아왔지만, 서연은 참고 또 견뎌냈다. 그림을, 희망을 포기할 수 없었던 것이다.

강준은 말없이 이를 악물고 고통을 삼키며 버티는 서연을 보면서 가슴을 후벼대는 죄책감과 함께 알 수 없는 후련함을 느꼈다. 지긋지긋하게 들러붙어 있는 자신의 나약함과 비겁함을 상쇄시키는 서연의 강인함은 강준의 목을 죄어오던 답답함으로부터 그를 해방시켜 주었다. 강한 것은 아름다웠다. 어떤 고통과 장애 앞에서도 무너지지 않고 오연히 버티는 서연은 아름다웠다. 그래서 강준은 눈을 뗄 수가 없었다.

자신을 향해 웃어주는 서연의 미소를 보면서 강준은 가슴속 깊은 곳에서 일렁이는 낯설고도 강렬한 감정에 놀랐다. 처음에는 그저 서연을 바라보는 것만이 좋았다. 그런데 점점 욕심이 생기기 시작했다. 그녀가 자신만을 향해 웃어주기를, 자신만을 가슴에 담아주기를 바랐다. 작고 하얀 얼굴 끝에 흘러내리는 검은 머리카락 한 올조차도 안타깝고 애처롭던 강준은 어느새 서연을 보면 가슴이 욱신거렸다.

"나 이 손에 다시 연필을, 붓을 쥐게 되면 그쪽한테 해주고 싶은 게 있어요."

어느 날, 여느 때처럼 한참 재활치료를 받고 있는 서연을 곁에서 지키고 있던 강준에게 서연이 말했다. 서연의 하얀 손등에 가득한 얼룩덜룩한 붉은 상처와 굳은 뼈마디를 힘겹게 오므렸다 펴는 서연을 보며 인상을 찌푸리던 강준은 송골송골 땀이 맺혀 있는 서연의 얼굴을 바라보았다. 서연은 대수롭지 않은 일인 듯 손가락을 움직이는 훈련에만 집중하고 있었다.

"뭔데?"

"오빠라고 불러줄게요."

훈련 때문에 빨갛게 상기된 얼굴이 더욱 붉어졌지만, 서연은 짐짓 아닌 척하면서 손을 움직였다.

"오빠?"

"그래요."

"갑자기 왜?"

한 번도 강준의 이름을 부르지 않은 채 늘 '당신' 이라고만 칭하던 서연의 난데없는 제안에 강준은 몹시 놀랐다. 하지만 저도 모르게 입가에 웃음이 피어오르기 시작했다. 정말로 즐거웠다. 그를 웃게 하는 유일한 사람 서연.

"그냥 하던 대로 해. 갑자기 그러면 탈 나."

강준이 작게 키들거리자, 서연이 홱 고개를 돌려 쏘아보며 말했다.

"하고 싶은 말이 있단 말이에요."

"뭔데? 꼭 오빠라고 불러야만 할 수 있는 말이야? 아니면 그냥 지금 해. 괜찮으니까."

자못 표독한 표정을 지으며 강준을 바라보던 서연의 얼굴이 더더욱 붉어졌다. 빨갛게 익다 못해 토마토처럼 무르익어 터질 듯했다.

"그, 그건 지금 할 수 없는 말이라구요. 그러니까 나중에 오빠라고 부르게 되면 그때 말할래요."

"중요한 말이야?"

"중요해요. 나한테는……."

어쩐지 서연이 작게 말끝을 흐렸다. 윤기 흐르는 도톰한 아랫입술을 살짝 깨무는 모습이 미치도록 예뻤다. 기분 좋은 기대감이 가슴에서 모락모락 피어올랐다.

"그렇게 말하니까, 너무 궁금하다. 차서연, 그냥 지금 말하면 안 되니?"

"안 돼요, 절대 안 돼."

고집스럽게 고개 흔드는 서연의 모습을 보며 강준은 가슴속에 담아두고 있는 자신의 하고 싶은 말을 떠올렸다. 그녀가 '오빠'라고 부르는 날, 강준도 서연에게 그 말을 고백하리라.

"그럼 너 오늘 손 오므렸다 펴기 100번만 더 해라. 그래야 빨리 붓 쥘 수 있을 거 아냐. 네가 오빠라고 하는 거 너무 듣고 싶어졌어, 차서연."

강준의 능청스러운 말에 서연은 곱게 눈을 흘겼고, 이내 두 사람은 서로를 바라보며 웃음을 터트렸다.

❖

강준은 집을 나서기 전에 다시 한 번 자신의 모습을 거울 속에 비쳐 보았다. 평소에는 잘 보지 않는 자신의 낯선 얼굴이 그를 바라보며 희미하게 웃고 있었다. 웃다니……. 생각지도 못한 자신의 모습이 낯설고 당황스러웠다.

하지만 강준은 그 웃음이 무엇 때문인지, 누구 때문인지 잘 알고 있었다. 그 사람을 떠올리는 것만으로도 강준은 가슴이 따뜻해지고, 입가에 저도 모르게 미소가 피어올랐다.

서연이 병원에 입원해서 학교를 쉬는 동안 강준은 그녀의 공부를 도와주고 있었다. 처음에 서연은 이참에 아예 학교를 쉬고 그냥 검정고시를 보겠노라 했었다. 그 편이 아르바이트를 하기에도 더 편하다는 것이었다. 그러나 강준은 고등학교를 제대로 다녀야 한다고 설득했고, 그녀가 복학하기 전까지 학업이 뒤처지지 않도록 도와주고 있었다.

병원에 가기 전 다시 한 번 거울을 바라보고 강준은 서둘러 방을 나왔다.

이제 곧 서연이 퇴원을 하고 복학을 하게 되면 그전에 여행을 다녀오고 싶었다. 몽고, 드넓은 초원에 서서 푸르고 맑은 공기를 가슴 가득 들이마시고 싶었다. 이젤을 든 서연과 함께라면 더없이 즐거운 여행이리라……. 분명 서연은 그 끝없이 펼쳐진 초록을 화폭에 담고 싶어 할 터였다. 그러면 그녀가 그림을 그리는 동안 강준은 그 주변을 눈으로, 가슴으로 느끼면서 행복하고 나른한 기다림을 즐길 것이었다.

서연, 그녀와 함께라면 어디든 기쁠 터였다. 어서 서연을 만나고 싶었다. 오늘도 그를 향해 환하게 웃어줄 그녀가 보고 싶고, 그녀가 곧 들려주마 한 그 말이 듣고 싶었다.

강준은 서둘러 방을 나섰다. 이런저런 절차에 시간을 뺏기면 서연의 재활치료 시간에 늦을지도 몰랐다. 마음이 급했다.

빠르지만 조용하게 2층 계단을 내려가던 그를 낮고 분명한 목소리 하나가 불러 세웠다.

"강준 학생, 서재로 가봐요. 할아버님이 찾으세요."

10년 넘게 한집에 살았어도 아직도 대하기 껄끄러운 강준을 피해 자신의 할 바를 다하고 재빠르게 사라지는 입주 도우미의 뒷모습을 보면서 강준은 인상 쓰지 않으려 애썼다. 어쩐지 느낌이 좋질 않았다. 하긴 단 한 번도 그의 조부가 좋은 일로 강준을 찾은 적은 없었다.

서재 문을 두드리자 기다리고 있던 듯, 안에서 들어오라는 목소리가 들려왔다. 짙은 갈색의 커다란 마호가니 책상 너머, 의자에 등을 기대고 앉아 있는 조부 김성환 회장의 모습이 보였다. 70대 초반의 나이임에도 거대한 대화그룹을 통솔하고 있는 사람답게 그에게서는 거부할 수 없는 강한 힘과 활력이 느껴졌다.

"찾으셨습니까?"

강준이 고개 숙이자마자 그의 머리 위로 차가운 목소리가 쏟아졌다.

"왜 얘기 안 했더냐?"

"무얼 말씀이십니까?"

"너 알고 있다면서?"

전혀 좁혀지지 않는 그와 조부의 사이처럼 대화는 질문에 질문으로 꼬리를 이어물고 있었다. 영원히 다가서지 못하고 밀어내기만 하는 너무나 닮은 같은 극의 자석처럼 강준과 닮은 듯 다른 눈동자가 그를 매섭게 노려보았다. 강준이 아무런 말 없이 서 있자 김 회장이 못마땅함에 얼굴을 찌푸렸다.

"그렇게 연을 끊으라고 했는데도 어찌 계속 연락을 하고 있었던 게야?"

혀를 끌끌 차면서 김 회장이 강준에게 호통을 쳤다.

"내 분명히 네게 말했었다. 다시 한 번 그 집안과 연락을 주고받는다면 절대 용서하지 않는다고!"

"연락한 적 없습니다."

지난겨울 받았던 뒤늦은 연락 한 통을 떠올리며 강준은 고통스럽게 미간을 일그러뜨리고 말았다. 지금도 그때 일을 떠올리는 것만으로도 누군가 가슴을 할퀴는 것처럼 아팠다. 그날, 그가 받았던 연락은 그를 낳아주고, 비참하게 버렸던 생모의 죽음을 알리는 전화였다. 외삼촌이란 분은 이미 일 년도 더 지났노라 말했다. 굳이 강준에게 알릴 생각은 없었지만, 그래도 자신의 누이가 남긴 유일한 혈육이기에 죽었다는 사실은 알아야 한다는 생각에 말하는 것이라 했다.

[찾아올 필요도 없고, 기일을 챙길 일도 없네. 다만, 그래도 어미였

으니 죽었다는 건 알아야 할 거 같아서 연락했을 뿐이네. 차후로 내가 자네한테 연락할 일은 없을 걸세. 자네도 우리 쪽에 그 어떤 연락도 하지 말았으면 좋겠네.]

강준의 생모는 이미 그녀의 집안에서도 없는 사람 취급하던 터였다. 그러다 행려병자로 떠돌다 죽기 직전에 요양소에서 연락이 와서 그 오빠 되는 분이 어쩔 수 없이 시신을 수습했다던가. 그렇게 장례를 치를 때도 강준에겐 알리지 않았다가 이번에 1주기를 지나면서 병든 노모가 그래도 가여운 딸이니 그 아들에게 어미의 죽음을 알려야 한다고 부탁하셔서 하는 수 없이 연락한 거라고 했다. 그러면서 다시는 서로 연락하는 일 없어야 한다고 딱 잘라 말하는 그 차가운 태도에 강준은 마음이 서늘했다.

오랫동안 가슴 아래 꾹꾹 눌러두었던 슬픔과 아픔이 터져 나와 미친 듯이 도로를 달렸고, 서연을 차로 치고 말았다.

"그럼 네가 어찌 그 사실을 알아?"

단단하게 노기 서린 노인의 카랑카랑한 목소리가 강준의 살갗을 찌르는 듯했다.

"단 한 번, 그것도 상도 다 치르고, 1년이나 지나서 온 연락이었습니다. 적어도 제가 사실을 알고는 있어야 하지 않겠습니까?"

언제나 조부의 위세에 눌려 움츠러들기만 하던 어린아이가 아닌 강준은 단호한 어조로 말했다. 그 거침없는 당당함이 조부인 성환을 더욱 자극했다. 죽은 제 애비와 너무나 닮은 강준, 아니,

다른 손자들보다도 더 짙게 자신의 피를 이어 받은 이 녀석이 그는 너무나 사랑스럽고, 너무나 미웠다.

"네가 왜? 네가 뭐 하러 그 최가네 소식을 알아야 해? 그 여자가 네게 무어기에!"

상처 받은 하얀 얼굴로 오들오들 떨면서 눈도 마주치지 못하던 어린것의 눈동자가 김 회장의 가슴에 대못처럼 박혀 있었다. 파리한 얼굴로 마른 입술 달싹이며 두려움에 질려 있던 목소리가 아직도 귓가에 쟁쟁했다. 그런데, 어찌 그리 쉽게 용서할 수 있단 말인가! 그는 눈 감는 그 순간까지, 아니, 죽어서도 절대 그 여자를 그리고 그 최 씨 집안을 용서할 수가 없었다.

"그깟 년 죽든 말든 네가 무슨 상관이냐!"

흥분해서 사시나무마냥 파르르 떠는 조부에게 오랜 세월 제 안으로만 억누르고 차마 입에 담지 못했던 그 말이 강준의 입에서 터져 나왔다.

"제 어머니이십니다. 절 낳아주신……."

"에미? 하, 네가 지금 그 입에 그 여자를 올리면서 감히 어머니란 말을 썼더냐? 네가! 낳기만 하면 에미더냐? 제 새끼 시궁창에 버리고 몸뚱어리 함부로 놀린 그년이 사람이냐, 그년이!"

모진 조부의 말에 강준의 가슴은 욱신거리는 고통을 느꼈다. 틀리지 않는 말이었으나 그에게는 생모였다. 견디기 힘들 만큼 괴로운 어린 시절을 보내게 만들고, 단 한 번도 가슴으로 안아준 적 없는 분이라도 강준에게는 낳아주신 어머니셨다. 원망과 미움으로,

생각만으로도 고통스럽다 해도, 그래도 가끔은 그 고운 얼굴이 그리운 생모였다.

살아 있는 분도 아니고, 이제 죽어버린 분에게 혈육으로서 느끼는 천륜마저 인정하지 않는 조부의 서슬 퍼런 노기에 강준은 너무나 참담했다. 10여 년 만에 처음으로 생모의 죽음을 알리는 연락을 받았던 것조차 조부에게는 이리 용서가 안 되는 일이란 것이 답답하기만 했다.

조부의 상처와 분노를 잘 알지만, 그래도 이젠 죽고 없는 분에게조차 화내고 있는 조부를 향해 강준은 애원하듯 말했다.

"할아버지, 그분을 얼마나 미워하고 계신지 알지만, 이미 돌아가신 분입니다. 그러니 제 어머니 그만 용서해 주세요."

그러나 그의 말은 활활 타오르는 불에 기름을 붓는 격이 되고 말았다.

"내 아들을, 하나밖에 없는 내 아들을 만신창이로 만들고 그 젊은 나이에 처참하게 죽게 한 그년을 네가 감히 에미라 불러? 너를 그 시궁창에 처박아놓고, 끝내 우리 승주까지 그리 만든 그년을 네 녀석이, 네가 어떻게 감히…… 어억!"

주먹을 쥐고 세게 책상을 내리치던 조부는 그만 화를 못 이기고 목덜미를 붙잡으며 주저앉았다. 14년 전의 일이었으나 그의 가슴엔 지금도 벌겋게 벌어진 상처에서 피눈물이 흐르고 있었다. 아직도 펄펄 살아 있는 아픈 상처가, 고통이 다시 그를 헤집고 들쑤셨다.

"할, 할아버지!"

당황한 강준이 쓰러진 조부에게 달려가 상체를 붙들며 소리쳤다.

"괜찮으세요?"

놀란 강준이 다급한 목소리로 불렀지만 김 회장은 대답할 수가 없었다. 거칠게 숨을 몰아쉬며 정신을 놓치지 않으려 애쓰는 그의 흐린 눈가에 걱정스런 표정으로 자신을 바라보는 강준의 모습이 보였다. 그 청수한 얼굴 위로 너무나 그립고 그리운 얼굴이 겹쳐 떠올랐다.

생떼 같은 내 새끼…… 승주야, 내 너를 잃고 어찌 사누…….

"할아버지! 밖에 누구 없어요? 할아버지가 쓰러지셨어요!"

힘없이 늘어진 조부의 몸을 끌어안고 강준이 바깥을 향해 소리질렀다. 곧 입주 도우미 안양댁과 함께 계모인 안 여사, 그리고 이복 누나인 은희가 뛰어 들어왔다.

"무슨 일이니? 너…… 아버님!"

안 여사는 강준 품에 축 늘어져 있는 김 회장을 보면서 다급하게 소리 질렀다.

"안양댁, 어서 이 박사님한테 전화 넣어요. 어서요!"

"너 지금 무슨 짓을 한 거야? 대체 네가 어찌했기에 좀 전까지만 해도 멀쩡하게 정정하시던 분이 이 지경이 되신 거냐구?"

평소에도 노골적으로 강준에 대한 경멸과 미움을 드러내는 은희는 쓰러진 김 회장을 보자 강준을 마구 몰아세웠다.

"조용히 해라. 할아버님 쓰러지셨는데 이 무슨 경망스러운 짓이냐. 은희 넌 어서 나가서 장 씨 불러와. 할아버님 방으로 뫼시게."

마지막까지 마치 죽을 듯 강준을 노려보며 은희가 밖으로 나갔다. 강준은 이복누이의 독설보다 싸늘한 냉기를 내뿜어내는 안 여사의 심기가 마음에 걸렸다. 그리고 그보다는 쓰러지신 조부의 안위가 걱정되었다.

김성환 회장의 주치의인 이 박사가 가고 난 후, 김 회장의 곁을 지키던 강준을 안 여사가 밖으로 불러냈다. 안 여사의 방 한쪽에 놓인 탁자에 마주 앉은 두 사람. 안 여사는 단도직입적으로 강준에게 말했다. 언제나 그렇게 선명한 그녀의 태도는 그를 안도하게 했지만, 늘 마음 한구석에선 거부당한 느낌을 받곤 했다. 애정이 아니라 의무감으로 형성된 관계라는 것은 강준이 평생 안아야 할 슬픔이었다.

"네 생모…… 돌아가신 지 1년이 넘었다고."

조부처럼 격노한 것도, 은희처럼 비난하는 것도 아닌 담담하고 차분한 목소리였다. 14년 동안 강준은 아버지의 부인인 안 여사가 한 번도 큰 소리로 화내는 것을 본 적이 없었다. 언제나 침착하고 냉정하며 이성적인 분……. 대화그룹 후계자의 반려로 어렸을 적부터 교육 받고 자란 안인숙은 자신의 감정을 쉽게 내보이는 것이 매우 위험하다는 것을 잘 알고 있었다. 그리고 지금은 치열한 경영 일선에서 일하고 있는 그녀는 절대 남에게 약한 틈을 보이지 않았다.

어린 시절 정혼했던 김 회장의 아들 승주와 20대 초반에 결혼하고 남편이 후계자 수업을 받는 동안 착실하게 집안 살림을 꾸려가던 그녀는 14년 전 남편이 사망하자, 어린 자식들을 대신해서 대화그룹 경영의 전면에 나서게 되었다.

김성환 회장은 어린 소녀 때부터 보아온 하나밖에 없는 며느리를 매우 아끼고 신임했으나, 원래는 그녀에게 회사 일을 맡길 생각이 전혀 없었다. 하지만, 아이들이 너무 어려서 아직은 제 아버지의 뒤를 이을 수는 없었다. 큰딸인 은희가 겨우 14살이었다. 아들인 은수는 8살. 그리고 그해 봄에 집에 들어온 강준은 10살이었다.

그래서 김 회장은 아이들이 성인이 될 때까지 며느리인 안 여사에게 경영에 참여할 수 있도록 했다. 그것은 젊은 나이에 청상이 된 며느리에 대한 시아버지의 배려였다. 김성환 회장의 동생인 부회장 김재환에게는 3명이나 되는 장성한 아들들이 있었고, 모두 대화그룹의 요직에서 일하고 있었다. 그들은 김 회장의 독자였던 승주가 사망하자, 그룹 내 세를 모으며 경영권에 서서히 다가가려 했다. 승주의 아내였던 인숙은 아직은 어린 자신의 아이들이 성인이 되기도 전에 경영권이 그들 손에 넘어갈까 걱정했다. 그래서 성환은 그녀에게 대화그룹의 주력 분야인 유통 쪽의 일을 맡겼다.

제 몸에 맞춘 옷을 입듯 인숙은 회사 일을 너무나 잘해냈다. 처음에는 부잣집 영양으로 자라나 평생 집안에서 곱게 살림만 하던 그녀를 대부분의 사람들은 우습게 보기 일쑤였다. 그러나 곧 결단

력 있고 과감하면서도 추진력과 뛰어난 사업적 감각까지 가진 인숙을 보고 놀라지 않을 수 없었다. 그 결과 14년이 지난 지금, 탁월한 경영 능력을 인정받은 안 여사는 대화그룹 내의 유통뿐 아니라 식품과 전자까지도 총괄하는 위치에 올라서게 되었다.

"강준아."

"예, 어머니."

"다음 달부터 은희가 대화유통으로 출근하기로 한 거 알고 있니?"

앞에 놓인 웨지우드의 유백색 잔에 깊게 입을 묻으며 인숙이 강준에게 물었다. 기실 그것은 질문이 아니라 통보였다.

"은수야 이제 갓 입대했으니 앞으로 2년간, 아니, 적어도 5년간은 은희 혼자 회사 일을 맡아야 한단다. 물론 나도 도울 테고, 아직은 아버님도 건강하시다고는 하지만, 오늘 보다시피 아버님도 예전 같지 않으시구나."

달칵, 인숙이 찻잔을 잔 받침에 내려놓는 소리가 강준의 귓가에 너무나 생경하게 들렸다.

"강준이 네가 네 누이 좀 도와주렴. 이 세상에 너희 삼 남매밖에 믿을 수 있는 사람들이 더 있니. 숙부님 댁은 3명이나 되는 아주버님들에 진수, 현수에 이번에 기획실에 발령받은 윤수까지 모두 고루 회사에서 착실히 기반을 다지고 있단다. 그래서 무엇보다 네 역할이 중요해, 강준아."

잠시 달그락거리는 찻잔 소리가 들렸다. 잘 구워진 도자기에서 울려 나오는 청아한 소리가 공기 중에 흩어지는 것을 들으며 강준은 그 미약한 소리에 애써 귀 기울이고 있었다. 인숙의 입에서 흘러나올 다음 말을 알지 못하지만, 온몸에 엄습하는 기분 나쁜 느낌을 도저히 떨칠 수가 없었다.

"외국 가서 전문 경영인 공부를 하고 오렴. 알아보니 영국 런던 비즈니스 스쿨이 좋다고 하더구나. 이제 몇 학기 안 남은 학부야 영국 가서 편입하고 졸업하면 될 테고, 입학 조건에 회사 경력이 3년에서 5년 정도 필요하다고 하던데 그건 영국 쪽 우리 지사에서 도움을 줄 수 있을 게다. 네가 공부 마치고 오면 은희는 물론이고 우리 대화에 아주 큰 보탬이 될 거야. 준비는 다 됐으니 내달 초에 출국하면 되지 싶은데, 강준이 네 생각은 어떠니?"

강준은 흠칫 놀라 숨을 들이켰다. 짧은 들숨이 마치 비수처럼 폐부를 찌르고 있었다.

그런가…… 이복누이인 은희가 회사 내에서 입지를 다지고, 은수가 돌아와서 회사 일을 제대로 배우기 전까지 넌 사라져 있어라, 이 말이지.

큰어머니인 안 여사는 강준에게 유학을 떠나라 말하지만, 사실은 자신의 아들인 은수가 돌아와서 회사 일을 배울 때까지 대한민국을, 정확히는 대화그룹을 떠나 있으라는 의미였다.

"왜, 싫으니?"

찻잔을 탁자에 올려놓고 단정하게 두 손을 가지런히 모아 무릎에 올려놓은 안 여사가 평상시와 다름없이 온화하지만, 무심한 얼굴로 강준을 바라보았다. 격랑이 일고 있는 심해를 숨긴 채 그저 고요하게만 보이는 바다같이 잔잔한 눈동자가 차갑게 빛나고 있었다.

지난 세월 동안 그녀는 늘 그랬다.

남편이 죽고 그 남편과 정부 사이에서 낳은 강준을 시아버지의 뜻에 따라 제 호적에 넣어 키우면서도 그녀는 한 번도 강준을 거부하거나 홀대하지 않았다. 화내지도 않았다. 적어도 겉으로 보기에는 그랬다. 인숙은 자신이 낳은 두 아이 은희, 은수와 다름없이 강준을 대했다. 차별하지도 않았고, 너무 넘치도록 과하게 특별히 대하지도 않았으며, 무심하지도 않았다.

인숙은 자신이 할 수 있는 한 최선을 다했다.

생모 여진과 함께 살던 남자에게 끔찍한 학대를 당해 심신이 피폐하던 강준에게 새로운 환경에 적응하고 새 식구들과 섞일 수 있도록 시간을 주었고, 그가 상처를 회복하도록 도왔다. 강준은 난생처음으로 자신이 아닌 다른 이를, 어른이라는 존재를 믿을 수 있게 되었다. 가슴 절절하게 보담아주는 뜨거운 육친의 정은 아니었지만, 인숙은 책임감 있고 신뢰할 수 있는 어른으로서 강준을 보살폈다.

강준에게 인숙은 최초의 구원이자 위안이었다.

그러나 그뿐이었다. 인숙은 자신의 의무를 다한 것일 뿐이었다. 어릴 적 배우고 자란 대로 그녀는 자신에게 주어진 자리에 걸맞게 책임을 다했다. 자기 자식은 아니라도 대화그룹의 핏줄이니 당연히 안주인인 자신이 거둬야 했고, 법적으로 보호자이니 강준을 보살폈을 뿐이었다. 그리고 남들에게 내보이기에 부끄럽지 않은 아이로 만들기 위해, 그가 받은 상처를 치유해 주고, 그 위에 대화그룹 일원으로서의 자신감과 교양을 쌓도록 했다.

어린 날, 동화 속에 나오는 다른 못된 새엄마들과 달리 계모인 인숙은 강준에게 천사와 같았다. 굶주리고 헐벗은 어린 고아의 손을 잡아준 친절한 천사처럼. 그러나 시간이 흐르고 나이를 먹으면서 강준은 인숙과 자신의 관계에 대해서 명확하게 깨닫기 시작했다.

계모에게 자신은 그저 보살필 의무와 책임 있는 대상이었을 뿐이었다. 정에 굶주린 강준이 그녀의 따뜻한 눈길을 갈구해도 늘 온화한 얼굴로 적당한 거리 밖으로 밀어내기만 하는 인숙의 태도 안에 숨겨져 있는 냉랭함을 발견하기란 어렵지 않았다.

그래도 강준에게 인숙은 그가 어머니라고 부를 수 있는 유일한 존재였다. 사랑받지 못해도 그가 사랑하는 단 한 분의 어머니였다.

강준은 소름 끼치도록 차가운 눈빛을 감추지 않는 인숙을 바라보면서 천천히 미소 지었다.

"네, 어머니."

❖

이상했다. 강준이 오지 않다니. 서연은 기다리지 않는다고 하면서도 어느새 물리치료실 입구를 자꾸만 바라보는 자기 자신을 발견했다. 언제나 말없이 서서 자신을 지켜보던 강준의 따뜻한 눈동자가 보이질 않았다.

벌써 3일. 조금만 더 연습하면 곱아들었던 손가락을 좀 더 수월하게 펴서 붓을 잡을 수 있을 것 같은데, 비록 잠시만이라도 붓을 들 수 있게 된 모습을 보여주고 싶은데 강준은 오지 않았다. 그에게 꼭 하고 싶은 말이 있었다. 조각조각 이어진 얼룩덜룩한 상처투성이 손에 연필을 쥐게 되면 가장 먼저 그리고 싶은 그림이 있었다.

통원 치료가 가능하니 주말쯤에는 퇴원해도 좋다는 의사의 말을 듣고 서연은 점점 더 마음이 초조해졌다. 병원을 나가고 나면 강준과 이어져 있던 미약한 끈이 완전히 끊어져 버릴 것만 같았다.

서연은 그의 이름 석 자만 알고 있을 뿐이었다. 강준의 변호사와 합의를 본 것은 엄마였다. 엄마와 변호사를 통하면 강준에게 연락할 수도 있겠지만, 서연은 퇴원할 때까지 그가 다시 올 것이라고 믿고 싶었다. 그가 스스로 오지 않는다면 서연이 강준에게 하려던 그 말은 아무 의미 없는 말이 되어버릴 터였다.

소녀의 자존심으로 서연은 궁금하고 그리운 마음을 꾹꾹 눌러가며 그저 강준이 오기를 기다렸다. 그러나 주말이 되어도 강준은 오지 않았다. 퇴원을 하기 전에 들른 원무과에서는 이미 오늘 아침에 그의 변호사가 와서 병원비를 모두 해결하고 갔다는 말을 들려줄 뿐이었다.

힘없이 돌아서 병원을 나서면서 서연은 끝내 강준의 변호사에게 전화하고 말았다. 혹시 피치 못할 사정이 있을지도 몰랐다. 서연에게 오고 싶어도 올 수 없는 사정이 그에게 있을지 몰랐다.

"저, 차서연이라고 하는데요."

전화기 속의 상대방이 잠시 생각을 되짚는지 짧은 침묵이 흘렀다.

[아, 예, 서연 양. 오늘 퇴원은 잘하셨습니까? 그렇지 않아도 직접 찾아뵙고 드릴 말씀이 있었는데 이렇게 전화 주셨으니 간단하게 먼저 말씀드리겠습니다. 아시겠지만, 앞으로 진행하시게 될 물리치료와 통원치료의 경비에 대해서도 모두 저희 쪽에서 책임을 질 겁니다. 그러니 서연 양은 마음껏 치료에만 전념하시면 돼요.]

서연이 치료비 때문에 전화했다고 생각한 남자는 어린 소녀의 걱정을 덜어주기 위해서 친절하게 설명했다.

"네, 감사합니다."

[그리고 복학하시기 전까지 서연 양의 학업을 도와주기 위해 가정교사나 학원을 알아보고 있는데 서연 양은 어떤 쪽이 편하신가요?]

순간적으로 서연은 움찔했다. 그녀의 공부는 강준이 도와주기로 했었고, 지금까지 몇 달 동안 그렇게 해왔다. 그런데 지금 이게 무슨 소리란 말인가.

[아무튼 며칠 내로 제가 직접 댁으로 찾아뵙겠습니다. 그전에 뭐 더 궁금하신 사항이 있으신가요?]

사무적인 권 변호사의 말을 들으면서 서연은 속으로 침을 삼켰다. 가능한 자연스럽게 물으리라 마음먹었건만 서연의 목소리는 떨리고 있었다.

"저…… 김강준 씨 요즘 무슨 일 있으신가요?"

[아, 강준 군이요? 서연 양측에서 합의 잘해주신 덕분에 별문제없이 잘 처리됐습니다. 강준 군이나 저나 정말 다시 한 번 감사드립니다. 그런데 강준 군은 왜? 무슨 일인지 몰라도 일단 저한테 말씀을 하시죠. 제가 강준 군에 관한 일은 일임하고 있으니 처리해 드리겠습니다.]

"아뇨, 할 말이 있어서요. 만나기로 했는데 병원에 오질 않아서……."

[그래요? 아마 유학 준비로 바빠서 그럴 겁니다. 2주 후에 유학을 떠나게 돼서 많이 바쁘다고 하더군요. 무슨 말인지, 중요한 거면 제가 전해 드릴까요?]

유학? 처음 듣는 소리에 놀란 서연은 순간적으로 온몸에 기운이 쑥 빠지는 것만 같았다. 수화기를 든 손에서 힘이 빠지고, 귓가에 대고 있던 전화기가 스르르 미끄러져 내렸다. 머리가 멍하니 울리는 것만 같았다. 생각지도 못했던 일이었다.

그렇구나, 유학을 가는구나. 멀리 가는구나…….

어쩐지 가슴 한구석이 싸하게 아파오는 것도 같고, 으슬으슬 추운 것도 같았다.

"아, 아닙니다. 별로 중요한 말은 아니었어요. 그럼 감사합니다."

전화를 끊고 돌아선 서연은 병원에서 사용했던 이런저런 소소한 물건이 든 작은 가방을 들고 혼자서 병원을 나왔다. 엄마는 어떻게든 오고 싶어 했지만 그녀의 퇴원 때문에 하루라도 일을 쉴 수는 없는 형편이었다.

그녀의 가방 안에는 강준이 사다 준 칫솔을 비롯한 세면도구와 작고 귀여운 수건, 심심하면 읽으라던 만화책과 소설, 그리고 시집도 여러 권 들어 있었다. 그러나 퇴원과 함께 짐을 싸고 모두 가방에 넣은 채 닫아버린 것처럼 이제, 그 책을 읽으면서 한 귀퉁이에 적어내린 서연의 작은 마음은 지워야 했다. 처음으로 서연의 마음에 스며들었던 그 가슴 설레던 감정도 접어야 했다.

"뭐야, 그런 거였어? 칫, 치사하게. 가면 간다고 말을 하지. 그러면 누가 잡기라도 하나? 그냥 잘 가라고, 잘 있으라고 인사 정도는 할 수 있는 거잖아. 우리가 그 정도도 못하는 사이야!"

화가 나서 저도 모르게 소리를 높이던 서연은 순간 어깨를 축 늘어뜨렸다.

"하긴 우리 사이가 뭐 대단한 거라고……. 차서연 너도 참……."

동정심에 보인 친절을 호의로 생각한 스스로의 어리석음을 탓하며 서연은 타박타박 길을 내려갔다. 버스 정류장까지 이어진 보도블록이 유난히 길었다.

언제나 묶고 있던 말총머리를 풀어서 등 뒤로 늘어뜨린 서연의 검은 머릿결이 바람에 나풀나풀 나비처럼 가볍게 날리고 있었다.

그 모습을 길 건너편에 세워둔 차에서 하염없이 바라보던 강준은 그 어여쁜 나비가 시야에서 사라진 후에도 오래도록 시선을 거둘 수가 없었다. 비로소 정신을 차리고 천천히 핸들을 돌리는 강준의 표정은 어둡기만 했다. 서연에게 듣고 싶었던, 그리고 그가 들려주고 싶었던 그 말들은 이제 영영 가슴에만 묻어야 했다.

퇴원 후, 서연은 다시 이른 새벽부터 종종거리며 우유배달을 하고, 화구통을 메고 입시 학원과 미술 학원으로 뛰어다녔다. 다친 손이 다 낫질 않았지만, 그림 그리는 것을 멈출 수가 없었다. 예리한 칼날로 베는 듯한 고통을 참아가며 연필을 손에 쥐고, 붓을 들었다.

영국으로 떠나기 전, 2주 동안 강준은 자주 서연 생각을 했고, 매일 그녀를 보기 위해 서연이 다니는 학원 근처에 찾아가기도 했었다. 하지만, 그뿐이었다. 그에게 있어 서연은 답답하고 숨 막히는 현실에 한줄기 청량한 바람, 자유롭게 숨 쉴 수 있는 자유와도 같은 것이었다. 그러나 곁을 스치고 지나가는 바람은 그저 잠시 스쳐 갈 뿐, 곁에 머물 수는 없는 거라고 강준은 생각했다. 자신이 감히 잡을 수 없는 바람에게 강준은 어떤 말도 약속도 할 수 없었다.

그리고 2주가 지나자 강준은 한국에서 내쫓기듯 영국으로 건너갔다.

||||| 2 |||||

5년 후.

계절은 막 봄을 지나 여름으로 접어들고 있었다. 누군가는 아직 봄이라고, 봄의 절정이라고 말했지만, 한낮이면 무섭게 올라가는 수은주가 아니더라도 잠시 움직이기만 해도 주룩주룩 흘러내리는 땀은 이미 여름임을 여실히 증명했다. 해마다 봄은 점점 짧아지고 있었다.

짙은 초록 잎을 무수히 달고 있는 가로수가 늘어선 길가에는 쿵쿵, 최신 유행하는 빠른 비트의 경쾌한 음악이 울려 퍼지고 있었다. 수많은 차들이 오가는 도로에 인접한 막 개점한 전자상가 앞에는 몸에 달라붙는 짧은 치마를 입고 늘씬한 다리를 드러낸 두 명의 젊은 여자들이 단상에 올라가 춤을 추고, 마이크를 쥔 채 가운데에 선 여자는 방긋방긋 웃어가며 고객들에게 열심히 가게를 홍보하고 있었다.

리듬에 맞춰 흔드는 여자들의 현란한 몸짓과 그녀들의 육감적인 몸매에 오가는 사람들의 눈길과 발길이 저절로 머물렀다. 도로에 선 차들도 예외는 아니었다. 잠시 신호 대기에라도 걸린 차량의 운전자들은 소리에 이끌려 고개를 돌렸다가 그녀들의 모습에 매혹당해서 신호가 바뀐 줄도 모르고 넋을 놓기 일쑤였다.

새로이 가게를 열거나 이런저런 홍보를 위해서 늘씬하고 아름다운 내레이터 모델을 내세우는 것이 흔한 세상이라고는 하나, 아무래도 단상 위에서 춤을 추는 여자들의 미모가 몹시 뛰어난 탓에 사람들의 시선이 더 몰려들었다. 20대 초반의 싱그러운 아름다움이 보는 이들의 마음을 현혹하고 있었다.

그러나 그걸 아는지 모르는지 가면처럼 짙은 화장을 한 그녀들의 표정은 썩 밝지가 않았다. 정확히는 보통 키에 가냘픈 몸집을 한 채 기계적으로 몸을 흔드는 자그마한 여자의 얼굴에는 의례적인 미소라곤 한 자락도 보이질 않았다. 오히려 찬바람이 부는 것처럼 냉랭하기 짝이 없었다. 그녀의 가냘픈 몸뚱어리를 익혀 버릴 정도로 머리 위에서 무섭게 내리쬐는 강렬한 햇빛 때문만은 아닌 게 분명했다. 바닥에서 올라오는 숨 막히는 지열마저도 얼려 버릴 정도로 쌀쌀맞은 분위기였다.

"야, 인상 펴."

진짜 모델처럼 키가 크고 늘씬한 몸매에 밝은 핑크빛 가발에 무대 화장을 한 혜주가 얼굴에 경련이 일어날 정도로 억지 미소를 지으며 건너편 단상 위에 서 있는 친구 서연에게 주의를 주었다. 그러나 황금빛 가발에 혜주만큼이나 짙은 화장을 한 그녀의 친구는 좀처럼 굳은 얼굴을 풀지 않았다.

"야, 차서연. 우리 지금 일하는 거거든. 제대로 일 안 하면 조금 있다가 조장 언니가 일당 제대로 안 준단 말이야. 좀 웃어. 웃으라구!"

"나 웃고 있거든."

서연이 10센티가 넘는 통굽 부츠 신은 발을 안무에 따라 정확하게 움직이며 퉁명스럽게 대꾸했다. 하얗고 말간 얼굴에 언뜻 가녀리게 보이는 그녀였지만, 허벅지 중간까지 오는 짧은 치마와 상체에 꼭 맞는 옷을 통해 드러난 몸매는 풍만하고 아름다웠다. 그리고 더운 날씨임에도 혜주와 가운데에 서서 마이크를 쥔 여자와 달리 그녀는 팔꿈치까지 오는 하얗고 기다란 장갑을 양손에 끼고 있었다.

"웃는 얼굴이 그렇게 똥 씹은 표정이냐?"

"그럼 내가 지금 이 정도면 됐지. 뭘 더 바라는 거야!"

"조금만 웃으라고, 조금만. 제발 일당을 위해서."

혜주의 말이 떨어지기 무섭게 서연이 음악에 맞춰 한 팔을 위로 뻗었다가 내리면서 험악한 표정으로 경고했다.

"너, 나한테 뭐라고 했어. 마트 할인 행사에 임시 캐셔로 일하는 거라고 하더니 이게 지금 마트냐? 캐셔야? 나 지금 네 거짓말에 속은 거 생각하면 이따위 가발이고, 옷이고 다 집어 던지고 뛰쳐 나가고 싶은 거 그나마 참고 있는 거니까, 그 알량한 일당 조금이라도 건지고 싶으면 나 더는 자극 마라, 최혜주."

춤을 추느라 몸에 배어난 끈적끈적한 땀이 삽시간에 사라질 정도로 차가운 서연의 표정과 말에 결국 혜주는 더는 채근을 포기한 채 입을 다물어야만 했다. 그랬다. 같이 팀을 짜서 내레이터 모델을 하기로 한 친구가 갑자기 나올 수 없게 되자 혜주는 멀쩡히 도서관에서 공부하고 있던 친구 서연을 꾀어냈다. 그것도 내레이터 모델이라고 하면 꿈쩍도 안 할 게 뻔했기에 대형 마트의 캐셔 자리라고 거짓말을 해서 말이다.

일하는 장소 앞까지 와서 혜주의 거짓말을 깨닫고는 죽어도 못 한다, 절대로 싫다며 버티는 서연을 혜주는 온갖 말로 설득하다 안 돼서 급기야 눈물까지 보이며 애원했다.

"나 이거 펑크 나면 앞으로 다신 일 못 받아. 너 알지? 우리 진원이 입대하고 우리 엄마 식당 나가는 거랑 내가 알바한 걸로 우리 세 식구 겨우 먹고살고, 아빠 병원비 대고 있는 거. 이게 보수가 꽤 짭짤해서 열심히만 하면 다음 학기 등록금 모으는 것도 꿈은 아니란 말이다. 그런데 이번에 정애 고것이 갑자기 남자 친구랑 여행 간다고 펑크 내서 난리 났어. 그러니까 친구야, 죽은 사람 소원도 들어주는 판에 산 사람 소원 좀 들어주라. 응?"

여린 외모와 달리 서연은 무척 강인한 성격이었다. 그 누구한테도, 그 어떤 강요나 압박에도 절대 굽히거나 수그리지 않았고, 자신이 납득할 수 없는 일은 절대 받아들이지 않았다. 어려서부터 아픈 엄마와 단둘이 살아가느라 저절로 단단해질 수밖에 없었다. 게다가 천성이 강직한 터라 서연은 한 번 안 된다 결정 내린 일은 결코 번복하지 않았고, 싫은 일에는 죽어도 굽히지 않았다.

하지만 그런 서연이 실은 마음 여리고 속정 많은 아이라는 것을 잘 아는 혜주는 자신의 절박한 처지를 내세워 그녀의 여린 마음을 흔들었다. 그래서 서연이 그녀의 표현을 빌자면 가린 것보다 보여주는 게 더 많은 헐벗은 복장에다 생전하지 않던 짙은 화장에 컬러 렌즈를 끼고, 노란색 가발까지 쓴 채 단상 위에 올라가 춤을 추게 만들었다. 그러나 아무래도 영업용 미소만은 무리였던 모양이었다.

'그래, 그래도 중간에 도망 안 가고 끝까지 몸이라도 흔들어주는 게 어디냐! 최혜주, 이거라도 감사하자, 아무렴!'

혜주는 내레이터 사무실에서 함께 나온 조장 격인 언니가 홍보 멘트를 하는 도중에 흘긋흘긋 뒤를 바라보며 웃음기 하나 없이 무표정한 서연을 향해 도끼눈을 치뜨는 걸 보고 가슴이 조마조마했지만, 더는 친구에게 채근하지 않기로 했다. 저러다 정말 중간에 내팽개치고 가버리면 오늘 일당은커녕 다음번 일자리도 장담할 수 없기 때문이었다.

그나마 서연이 무대 올라가기 전에 딱 한 번 알려준 안무를 하나도 안 틀리고 정확하게 해내는데다 오가는 사람들, 주로 남자들이 그녀의 미모에 넋이 나가서 웃는지 마는지 신경을 안 쓴다는 게 다행이라면 다행이었다. 행인들뿐이 아니었다. 30대 중반의 미혼이라는 전자상가 주인은 오늘이 자기 가게의 개업식인데도 아까부터 서연에게 홀딱 빠져서는 손님맞이는 뒷전으로 미뤄놓고 입을 헤벌린 채 넋을 놓고 하염없이 서연만 바라보고 있었다.

'지지배, 예쁜 줄은 알았지만 저렇게 해놓으니까 정말 연예인 같네.'

평소 서연은 화장기 없는 민낯에 검고 긴 머리를 하나로 질끈 묶고 다녔다. 23살, 남들처럼 어학연수나 스펙을 쌓기 위해서가 아니라 학비와 생활비를 버느라 휴학을 복학을 반복한 탓에 아직 대학을 졸업하지 못한 그녀는 모든 시간을 사시 준비와 아르바이트에 쏟아붓고 있었다.

그래서 또래 여자들처럼 자기 자신을 가꾸는 일에는 조금도 신경을 쓸 여력이 없었다. 당연히 연애니, 이성이니 하는 것들에도 도통 관심을 보이질 않았다. 혜주가 그 고단한 삶에도 불구하고 줄기차게 연애하는 걸 보면서 대단한 용기라고까지 표현하던 서연.

특히 작년에 1차 시험에 합격한 덕에 올해는 1차 시험을 보지 않고 막바로 2차 시험을 볼 수 있었다. 그래서 나름 더 많은 시간을 2차 준비에 쏟을 수 있었지만 곧 6월이면 시험이라 그녀의 긴장감은 최고조에 달했다.

그런데 언제부턴가 서연이 조금씩 달라졌다. 매일 만나서 얼굴 들여다보는 사이가 아니라 그런지 가끔씩 만날 때면 평소와 다름없는 거 같으면서도 어딘지 모르게 미묘하게 달라진 친구를 보면서 혜주는 서연에게 무언가 변화가 있음을 감지했다. 그러나 서연은 물어도 대답해 주지 않았다.

"요녀, 요거요거 이실직고해라. 너 요새 얼굴에 화색 도는 게 아무래도 연애 전선에 이상 있는 거지?"

"노코멘트."

"뭐? 무슨 멘트? 너 정말 남자 생긴 거야? 그래? 야, 대체 누구야? 잘생겼어? 돈 많아? 야, 말 좀 해봐!"

"노코멘트라니까."

"아우 이 앙큼한 계집애. 그러니까 차서연이 정말 남자가 있긴 있는 거구나! 전에 미재가 너 웬 양복 입은 남자랑 같이 있는 거 봤는데 분위기가 심상치 않다고 하더니 진짜였어?"

늘 어딘지 초연하고 냉정해 보이던 서연이 말간 얼굴을 붉게 물들인 채 수줍게 웃던 게 불과 6개월 전의 일이었다. 그러다 서로 사는 게 바쁘기도 했지만, 서연이 무슨 일인지 도통 얼굴을 보여주지 않아서 가끔 연락만 하며 지내다 다시 만났을 때 혜주는 서연의 얼굴에서 쓸쓸함과 슬픔을 읽었다. 아마도 친구의 가슴을 설레게 하던 그 남자와는 끝이 난 모양이었다.

'지금 보니 조게 묘하게 색기가 도네.'

아무래도 쓰라린 실연의 상처 때문인지 서연에게서는 마냥 청순하던 예전과는 달리 고혹적인 여인의 분위기가 풍겨왔다. 뭐랄까 온몸에서 치명적인 페로몬이 풀풀 풍겨온다고나 할까? 그건 분명히 저 가린 듯 가리지 못한 채 몸매를 고스란히 드러낸 옷이나 눈과 입술을 강조한 화장 때문만은 아니었다.

문득 그들과 같은 고등학교 동창이면서 서연과 같은 대학에 다니는 미재가 했던 말이 떠올랐다.

"야, 내가 차서연 데리러 온 그 남자를 어디 한두 번 봤는 줄 알아? 보니까 나이도 우리보다는 좀 있어 보이고, 차 보니까 돈도 꽤 있는 거 같더라. 외모도 썩 봐줄 만하더라고. 그런데 뭣보다 그 차서연 바라보는 눈빛이 아주 죽여주더라. 애가 예뻐서 어쩔 줄 몰라 하는 게 멀리서도 딱 보이더라 이거지. 그뿐인 줄 알아? 막 만지고, 껴안고 그런 건 아닌데도 둘이 같이 서 있는 거 보니까 뭐랄까 되게 섹시하고 야해. 엄청 야해. 내가 보다가 막 얼굴 빨개질 정도였으니까. 바라보는 눈길이 뭐 그냥 애를 아주 한입에 잡아먹고 싶어서 아휴, 아무튼 내가 남자 때문에 차서연이 부러워지는 때가 올 줄은 정말 몰랐다."

아무튼 혜주는 어딘지 모르게 달라진 서연을 보면서 더는 깊게 생각하지 않기로 했다. 그런 이야기를 괜히 꺼내는 것이 친구를 힘들게 하리란 걸 알고 있었던 것이다. 그런데 그날 저녁, 행사가 모두 끝나고 나서 일이 터지고 말았다.

온종일 서연을 보고 군침 흘리던 상가 주인이 그녀에게 추근거렸고, 싫다고 거부하는 그녀에게 끈덕지게 굴었다.

"나, 나쁜 사람 아니에요. 아가씨가 너무 마음에 들어서 그런 거니까 딱 한 번만 따로 만나자고. 오늘 여기서 받은 일당하고는 비교도 안 되게 잘해준다니까."

남자의 노골적인 말에 끝내 화를 참지 못한 서연은 마시고 있던 콜라병으로 남자의 머리를 내려쳤다. 다친 남자가 응급실로 실려가고 경찰까지 오는 소동이 벌어졌지만 혜주와 내레이터 사무실 사장이 나서서 다행히 합의가 되었다. 그러나 서연이 그 사장에게 치료비와 위자료를 주어야만 했다.

경찰서를 나오면서 혜주는 잔뜩 화가 나서 씨근덕거렸다. 오히려 서연은 아무런 말이 없었다.

"아우 씨 미친놈, 지가 껄떡거려 놓고 누구더러 돈을 내놓으래! 저 새끼 성희롱으로 고소해야 하는 건데. 아우 진짜!"

화가 나서 펄펄 뛰던 혜주는 아직 화장도 지우지 못한 채 금발머리 가발을 뒤집어쓰고 창백해진 얼굴로 서 있는 서연을 보자니 화가 나고 속상해서 미칠 것만 같았다. 조용히 공부하는 애 괜히 자기가 꼬드겨서 그 자리에 끌고 나가는 바람에 일이 이 지경이 됐다는 생각에 미안하기만 했다.

"야, 차서연, 기왕 이렇게 된 거 어쩔 수 있냐? 너 합의금 마련할 돈은 있어?"

"모아놓은 거 있긴 한데 조금 모자라긴 해."

서연의 대답에 혜주가 대뜸 말했다.

"이씨, 모자란 건 내가 보탤게."

"네가 왜? 됐어. 어떻게든 마련해 보면 돼."

그러나 서연은 일고의 생각도 하지 않은 채 바로 거절했다. 그러자 혜주는 울컥해서 또 소리 질렀다.

"너희 엄마 이번에 또 입원하셨다며! 네가 돈이 어디 있어. 어차피 오늘 거기에 너 끌고 간 건 나였으니까 내가 죗값 치를게. 괜히 내가 너한테 사기쳐서……. 정말 미안하다."

미안함에 얼굴을 붉힌 혜주를 보면서 서연은 피식 웃었다.

"헛소리하지 마. 이건 내 문제야. 내가 알아서 해."

"이년아, 이 순간에도 그렇게 자존심 내세워야 되겠냐?"

"자존심 아니고, 그냥 내가 일으킨 문제니까 내가 알아서 처리하겠다는 거야. 그리고 너도 돈 급하잖아."

이런 상황에서도 제 걱정을 해주는 친구가 고맙고 미안해서 혜주는 왈칵 눈물이 날 것 같았다.

"그리고 너…… 혹시 이름에 빨간 줄 가서 나중에 변호사 되는 데 지장 있는 거 아니지?"

혜주는 그놈의 합의금보다 그녀가 더 걱정하고 있던 것을 겨우 털어놓았다. 서연은 법대생이었다. 그런데 변호사를 목표로 하는 애가 이런 일에 휘말린 데다 소위 빨간 줄이라고 하는 범법자의 딱지가 붙었으니 이 일이 혹여 친구의 앞날을 망치는 게 아닐까 혜주는 그게 두려웠다.

중고등학교 때까지만 해도 어떻게 해서든지 미대에 간다고 악을 쓰던 애가 어느 날 갑자기 손을 다치고 몇 달을 쉬더니, 고3이 되면서 갑자기 법대에 가겠다고 했을 때 혜주는 코웃음을 쳤다.

"야, 네가 공부 좀 잘하긴 하지만 여태 그림 그리고 알바하고 그러느라 공부 제대로 못했잖아. 그런데 날고 긴다는 애들만 들어가는 법대에 어떻게 들어가냐?"

"지금부터라도 열심히 해서 어떻게 해서든 서울 안에 있는 법대에 갈 거야."

"대체 왜 법대에 가려는 건데?"

"돈 벌려고."

"뭐?"

"4년 안에 어떻게든 사시 붙어서 사법 연수원 나오면 변호사 될 수 있고, 그러면 남들보다 돈 버는 것 좀 쉽지 않겠어? 사법 연수원에서 2년 보내야 하지만 그때도 월급처럼 돈 나온다고 하니까 그걸로 어떻게든 버틸 수 있을 거고."

"얼씨구, 이년 보게. 누가 너 4년 안에 붙여준다고 장담하디? 그 사기꾼 대체 누구야!"

"아니, 내가 어떻게 해서든 그렇게 하고 말 거야. 나 빨리, 돈 많이 벌고 싶어."

"야, 그건 나도 간절히 바라는 바거든. 하지만 그게 어디 말처럼 쉽니?"

"그래서 사시 보려는 거야. 변호사 되면 능력에 따라 큰돈 버는 거 어렵지 않다더라. 물론 판검사 출신이어야 더 많이 번다지만, 솔직히 거기까진 자신 없거든."

"어쭈 판검사 같은 소리하네. 누가 너 사시는 덥석 붙여준대?"

"그리고 대학 가서 과외 알바 같은 거 하더라도 미대보다는 법대 학생이 훨씬 더 하기 쉽겠지. 돈도 많이 주고."

"얘가, 얘가 아주 김칫국물을 바가지로 퍼마시고 있네. 이것아, 정신 차려!"

그렇게 친구를 구박했지만, 혜주는 나중에 서연이 왜 그렇게 조급해하는지 알게 되었다. 서연의 엄마가 오랫동안 앓고 있던 병의 진행이 갑작스럽게 빨라졌다고 했다. 원래 쉬면서 제대로 치료 받아도 완치하기 어려운 병인데 돈이 없어서 병원에 다니며 치료를 받거나 약을 먹기는커녕 늘 고단한 일상을 이어가다 보니 병세는 나아질 기미를 보이질 않았고 당연히 악화되었다.

그러다 서연이 손을 다치고 난 후, 또다시 쓰러져서 병원에 갔던 서연의 엄마는 의사로부터 최후통첩과도 같은 경고를 받았다고 한다.

"이대로 계속 치료 미루고 있으면 앞으로 몇 년이나 더 사실지 장담할 수 없습니다. 1년이 될 수도 있고, 몇 개월이 될 수도 있어요."

그때서야 서연은 비로소 자기 엄마의 병에 대해 정확히 알 수 있었다. 엄마의 병명은 낭포성섬유증(Cystic fibrosis, 嚢胞性纖維症)이라는 이름도 생소한 병이었다. 어린 시절 내내 아팠다는 엄마도 자신의 병이 무엇인지 제대로 모르다가 서연이를 임신하고 나서야 비로소 자기가 앓고 있는 병이 무엇인지 정확하게 알게 되었노라고 했다. 우리나라에서는 그 사례가 보고된 것이 불과 몇 차례에 불과할 정도로 극히 드문 병이었기 때문이었다.

낭포성섬유증은 염소 수송을 담당하는 유전자에 이상이 생겨 신체의 여러 기관에 문제를 일으키는 선천성 질병으로 주로 백인에게서 많이 나타나는 병이었다. 반면 동양인에게서는 거의 나타나지 않는 매우 드문 희귀성 난치병이었다. 그래서 우리나라에는 환자도 별로 없었고, 따라서 치료하는 병원이나 의사도 드물었다.

낭포성섬유증은 주로 호흡과 소화 작용에 문제가 생겼다. 그로 인해 당뇨병이나 간 질병, 불임 등의 증세를 보였고 무엇보다 폐에 심각한 이상을 초래했다. 근본적인 치료를 위해서는 효소나 유전자 치료를 받아야 했지만 국내에서는 한계가 있었다. 그래도 그로 인해 나타나는 제반 증상들을 치료하며 환자의 상태를 면밀하게 살펴서 어떻게든 병세를 호전시키거나 더는 악화되지 않도록 하는 것이 최선이었다.

"어머니는 다른 환자들보다도 증세가 더 심한 편인데다, 오랫동안 병을 치료하지 않고 방치하셔서 여러 가지 병증이 심각한 지경에 이르렀습니다. 지금은 낭포성섬유증보다 그로 인해 유발된 폐결핵과 당뇨를 치료하는 것이 급합니다. 그렇지만 그건 근본적인 치료가 아닙니다."

서연의 엄마를 치료하는 의사들은 한결같이 어서 엄마를 미국으로 모셔가라고 했다. 낭포성섬유증에 관한 치료 기술이 가장 발달한 곳이 바로 미국이었기 때문이었다.

그러나 문제는 돈이었다. 서연도 당장 엄마를 미국에 있는 병원으로 모셔가서 치료받게 해드리고 싶었지만 하루하루 사는 것만도 버거운 그들 모녀로서는 감히 엄두도 낼 수 없는 거금이 들었다.

불행 중 다행이랄까 서연에게는 사고 때문에 받은 합의금과 위자료가 있었다. 꽤 큰 액수였다. 그러나 그 돈으로 미국 치료는 어림도 없었다. 몇 년이 걸릴지 모르는 한국에서의 치료비를 충당하기에도 빠듯한 액수였다.

아무리 미친 듯이 머리를 굴려봐도 답이 없었다. 자기는 아직 고등학교도 채 마치지 못한 상황이었다. 강준에게서 받은 돈으로 얼마간 버틴다 해도 그다음은 어찌할 것인가.

그래서 서연은 살면서 평생 한 번도 엄마에게 묻지 않았던 걸 물을 수밖에 없었다.

"엄마, 내 아빠라는 사람 어떤 분이었어요?"

그러나 힘들게 꺼낸 딸의 질문에 엄마는 그저 슬픈 미소를 지을 뿐이었다.

"미안해, 서연아. 엄마는 네 아빠에 대해 해줄 말이 없어. 정말 미안하다……."

딸이 무엇 때문에 제 생부를 찾는지 아는 엄마는 더욱더 미안해했고, 괴로워했다. 그런 엄마를 보면서 서연은 제 섣부름을 자책했다. 그리고 다짐했다.

"엄마, 나 대학 졸업할 때까지만 기다려 줘. 나 대학 졸업하면 얼른 돈 벌어서 엄마 모시고 미국 갈게. 그러니까 그때까지 치료 잘 받고, 더 아프지 말아줘. 응?"

그렇게 서연은 악착같이 돈을 모으기 위해, 변호사가 되고자 마음먹었다. 그리고 법대에 진학했다. 하지만 그녀가 계획하고 원했던 것처럼 법대 재학 중에 사시를 패스한다는 것은 쉬운 일이 아니었다. 일류 법대를 나온 학생들도 통상 5년 정도는 고시 준비에 매달려야 합격한다고들 하지 않던가.

서연은 아르바이트를 하는 시간을 제외하고는 자는 시간은 물론 먹는 시간도 아껴가며 무섭도록 공부에 매진했지만, 그녀는 쉽게 원하는 바를 이룰 수 없었다. 게다가 돈을 벌어야 했다. 학비와 생활비 그리고 엄마의 병원비까지. 예상했던 것보다 더 빨리 강준에게서 받은 돈은 바닥을 보였다. 엄마는 그걸 알자마자 다시 일을 시작했고, 그건 치료를 더디게 했다. 그래서 서연은 자신이 휴학한 채 일을 했다. 그렇지만 가급적 빨리 사시에 합격하겠다는 마음은 변함이 없었다.

사시가 중단될 때까지 몇 년 남지 않은 상황이었다. 그녀 형편으로 1년에 몇천이나 드는 로스쿨을 다닐 수는 없었다.

가끔 차라리 얼른 대학 졸업해서 일반 직장에라도 취업하는 것이 더 낫지 않을까 싶을 때도 있었지만, 그렇게 되면 엄마의 치료비를 단기간에 모으는 건 불가능했다. 반드시 변호사나 법조인이 안 되더라도 사시에 합격하거나 사법 연수원 출신이 대기업에 취업하기 더 유리하다는 복안도 서연은 갖고 있었다.

그렇게 어렵사리 법대생이 되어서도 공부하랴 일하랴 한창 나이의 서연의 얼굴은 늘 누렇게 떠 있었다. 그 피곤에 절은 모습을 보면서 속상한 혜주는 엄한 소리를 늘어놓기도 했었다.

"너 얼굴도 꽤 예쁘장하니까 차라리 돈 많은 남자라도 잡는 게 어때?"

"내가 신데렐라니?"

"왜 드라마나 영화 봐라. 너 정도 예쁘고 똑똑한 애면 잘 찾아보면 진짜 괜찮은 남자 잡을 수도 있을 거야."

친구의 말에 서연은 어처구니가 없는지 계속 배시시 웃기만 했다.

"뭐야, 너 내가 허황된 소리 하는 거 같애? 내가 보기엔 네가 사시 붙어서 변호사 된다는 말보다는 더 현실적이거든. 실현가능성도 높고!"

"최혜주, 재벌은 재벌끼리까지는 아니더라도 있는 사람들은 대개 비슷한 사람들끼리 어울리고 결혼하는 거 몰라? 그들만의 리그에 나 같은 가난뱅이는 낄 자리 없어."

"보는 내가 답답해서 그런다, 답답해서! 그리고 우리가 가진 게 몸뚱이밖에 더 있냐? 그거라도 잘 써서 돈 벌고 네 엄마 살리자는 거잖아, 내 말은."

서연의 얼굴에서 미소가 사라졌다. 그리고 싸늘한 냉기가 순식간에 전신에 흘렀다.

"혜주야, 나 죽어도 내 몸 팔아서 돈 버니 어쩌니 그런 생각 한 적도 없고 결코 그런 짓 안 해. 그리고 만에 하나 내가 그렇게 해서 우리 엄마 살린다 해도, 우리 엄마 그 사실 알면 절대 그 돈으로 치료 안 받으실 거야. 아니, 어떻게 나오실지 상상도 할 수 없어. 그러니까 앞으로 그런 말은 절대 하지 마. 아무리 너라도 나, 용서 안 해."

그때 서연의 눈에서 번뜩이던 차가움과 독기를 혜주는 결코 잊지 못했다.

아무튼 그러니 모든 걸 알고 있는 혜주로서는 오늘 일 때문에 행여 서연이 아예 사법고시도 못 보게 될까 봐 간이 콩알만 해지고 말았던 것이다.

"금고 이상만 아니면 사법고시든 로스쿨이든 다 상관없어."

"정, 정말?"

"그래. 그러니까 괜히 그렇게 미안해서 쫄지 마."

서연의 대답에 혜주가 저도 모르게 긴 한숨을 내쉬었다. 그 모습을 보면서 서연은 저도 모르게 피식 웃고 말았다. 그러다 눈이 마주치자 무안했던지 혜주가 버럭 소리를 질렀다.

"야! 쫄, 쫄긴 누가 쫄았다고 그래!"

"그래, 그래 안 쫄았다. 안 쫄았어. 천하의 최혜주가 쫄긴 왜 쫄아?"

"우이씨, 하여간 그건 다행이고 그나저나 생돈 떼이게 생겼는데 어쩌면 좋냐. 아우 짜증나!"

서연이나 저나 항상 열심히 사는데 어째서 늘 이렇게 일이 꼬이고 제대로 안 풀리는지 혜주는 도통 알 수가 없었다. 정말로 속이 답답하고 울화가 치밀어서 참을 수가 없었다.

"아우 몰라, 몰라. 기분도 엿 같은데 그럼 우리 신나게 스트레스나 풀러 가자."

"됐어. 나 피곤해. 그냥 집에 가서 쉴래."

혜주의 말에 서연은 고개를 저었다. 친구가 무슨 말을 하는지 알고 있었다. 전에도 혜주는 종종 클럽에 놀러 가자고 서연을 꼬드기곤 했다. 하지만 서연은 단 한 번도 그런 곳에 간 적이 없었다. 정신없이 시끄러운 곳에서 술을 마시고 몸을 흔들어봐야 기분이 나아질 리가 없었던 것이다. 그리고 그렇게 잠시 현실을 잊는다고 해서 제 앞에 닥쳐 있는 문제들이 저절로 해결되는 것도 아니고 말이다.

"그러지 말고 너나 나나 오늘 이 더러운 기분으로 쉬긴 뭘 쉬어. 어디 물 좋은 데 가서 신나게 흔들자. 내가 쏠게. 이거마저 거절하면 너 나 진짜 화낸다."

그러나 오늘은 혜주가 너무나 완강했다.

"간다고 해도 이 꼴로 어떻게 가."

"어떻게 가긴. 지금 이 차림으로 가는 게 차라리 나 아닌 척하고 신나게 노는 데 더 낫지 않겠냐? 너나 나나."

"됐어. 오늘은 정말로 집에 가서 그냥 쉴래. 그리고 혜주야, 네 마음 다 아니까 너무 그러지 마. 네가 일부러 그런 것도 아니고, 또 화를 못 참고 사람 친 건 나니까."

"이년아, 그래도 이러면 내 마음이 편하겠냐? 내가 얼마라도 보탤게. 그게 싫으면 빌려라도 줄게. 받아. 좀."

혜주가 한참 서연을 설득하고 있는데 갑자기 서연의 얼굴이 하얗게 굳어버렸다. 누군가를 발견한 것인지 어딘가를 바라보는 눈동자가 심하게 흔들렸다.

"뭐야? 누군데 그래?"

서연의 시선을 따라서 고개를 돌린 혜주는 경찰서 앞에 서 있는 한 남자를 보았다. 멀끔하니 잘생긴 얼굴에 몸에 잘 맞는 고급 양복에 브리프 케이스를 든 남자는 어떤 남자와 서서 이야기를 나누고 있었다. 상대방 남자의 걸걸한 목소리로 그를 변호사님이라고 부르는 소리가 들리기도 했다.

남자는 일행과의 대화에 귀를 기울이는 것처럼 보였지만 그 역시 서연에게서 눈을 떼지 못하고 있었다. 그런데 그 눈빛이 호기심이나 경멸의 빛을 담고 있기보다는 어쩐지 서글프고 애잔하게 보였다.

"차서연 뭐야? 저 남자 뭔데 그래?"

"아무것도 아니야."

서연이 창백한 얼굴로 간신히 대답했지만 혜주는 믿지 않았다. 그러다 미재가 묘사했던 차서연의 애인 모습이 떠올랐다. 나이 좀 있어 뵈고 꽤 고급스러운 분위기의 남자였다고 했던가. 지금 딱 저 남자처럼.

"아무것도 아니긴. 저치가 네가 만나던 남자냐, 그래?"

눈치 빠른 혜주의 말에 놀란 듯 바라보던 서연이 입술을 꼭 깨물더니 말없이 걸어가기 시작했다.

"야, 야 저 남자 계속 너 쳐다본다. 너희 헤어진 거야? 네가 찬 거냐? 아님 저치가 너 데리고 놀다 버린 거야? 딱 보니 온몸에서 기름기 좔좔 흐르는 게 돈 좀 있어 보이긴 하는데 설마 아니지? 네가 뻥 찬 거지?"

매사 야무지고 당찬 친구가 설마 저런 남자 손에 놀아났을까 싶어서 코웃음을 치던 혜주는 흠칫하는 서연의 얼굴을 보면서 그 설마가 사실일지도 모른다는 생각을 했다.

"뭐야, 너 저 남자한테 버림받은 거니, 그래?"

"너하고 그런 말 하기 싫어. 나 간다."

앞장서서 성큼성큼 걸어가는 서연의 뒷모습을 보면서 혜주는 화가 치밀었다. 아직도 서연을 한눈에 알아보고 뚫어져라 쳐다보고 있는 저 남자에게 하필이면 이런 초라한 모습을 들키고 만 친구가 얼마나 자존심이 상할까 생각하니 속이 상해서 미칠 것만 같았다.

"야, 너 지금 쪽 팔려서 그래? 옛날 남자한테 이런 모습 들킨 게 자존심 상해서 그러냐고!"

큰 걸음으로 뒤따라 가 서연의 팔을 붙든 혜주는 차라리 눈물이라도 흘리면 나으련만 백지장처럼 하얀 얼굴에 피 멍울이 맺히도록 입술만 깨물고 있는 친구를 보면서 이 모든 상황을 초래한 자신이 미워서 견딜 수가 없었다.

"술 마실래?"

"……그럴까?"

아까 그 남자만큼이나 슬픈 눈빛으로 대꾸하는 친구를 보면서 혜주는 속이 상해서 견딜 수가 없었다. 결국 두 사람은 그 복장 그대로, 황금빛 가발을 쓴 채 클럽으로 향했다. 몇 잔 술을 마시고 정신없이 돌아가는 사이키 조명 아래에서 춤을 추면서 문득 기분이 흥겨워지는 것 같았다.

아픈 엄마, 아무리 쉼 없이 일해도 조금도 나아지지 않는 곤궁한 살림, 달콤한 말로 영원한 사랑을 속삭이다가 결국은 그녀를 버리고 떠난 애인. 그리고 뒤늦게 알게 된 그의 끔찍한 실체……. 그 모든 것을 다 잊을 수 있을 것만 같았다. 그 남자와 눈이 마주치기 전까진.

❖

영국에서 돌아온 강준은 오랜만에 친구 성민을 만났다. 성민은 가까운 이가 별로 없는 그에게 있어 유일하게 흉금을 터놓을 수 있는 친구였다. 천성이 낙천적이고 유쾌한 녀석은 가벼운 성정을 갖고 있었지만, 그 속은 깊고 의리가 있었다. 강준이 유학 가기 바로 직전 성민이 미국으로 유학을 가는 바람에 자주 만날 수 없던 터라 더욱 반가웠다.

지난 유학 시절 동안 강준은 단 한 번도 한국에 들어오지 않았다. 와도 반기는 이는 없었다. 가끔, 한국에 있을 그 누군가가 그립기도 했지만 그는 이를 악물며 버텼다.

그렇게 지내던 어느 날 큰어머니인 안 여사에게서 한 통의 전화가 걸려왔다. 5년 만에 처음이었다.

[네게 마땅한 혼처가 있구나. 나와서 만나보렴.]

그것은 제의가 아니라 일방적인 통보였다. 아마도 대화그룹에 도움이 되면서도 이복누이나 이복동생의 경영권에는 위협이 되지 않는 안전한 혼처인 모양이었다. 만나보지 않아도 알 수 있었다.

영국의 대화그룹 지사에서 일하며 능력을 발휘해 나가던 강준은 자신에게 제법 사업가 기질이 있다는 걸 깨닫고 있었다. 그의 안에 숨겨져 있던 승부사 기질과 상황을 예리하게 분석하고 판단하는 그의 능력은 점차 주위의 인정을 받아 점점 승승장구하는 참이었다.

영국은 물론 유럽 전 지역의 사업을 아우르면서 정력적으로 일에 몰두하던 그였지만 큰어머니의 전화 한 통에 그는 모든 것을 접고 한국으로 돌아와야만 했다.

그렇게 한국으로 돌아온 강준은 본가에 들러 인사를 하자마자 친구 성민을 만났다. 10살 어린아이 시절에 시궁창보다 더 지독한 밑바닥에서 뒹굴다 안 여사를 만나고, 그녀가 내민 손을 잡고 집으로 들어가면서부터 그의 인생은 정해진 거나 마찬가지였다. 지금도 그때 안 여사가 내밀었던 것이 구원의 손길이었다는 걸 의심하진 않았다. 하지만 또한 그 구원의 손길이 그를 평생 옥죄는 족쇄이기도 했다는 걸 강준은 절감하고 있었다. 그리고 또 하나, 그의 몸속에 깨끗하고 더운 피가 도는 한 그는 절대로 그 족쇄에서 벗어날 수는 없었다.

그렇지만 여태껏 살면서 어떤 저항이나 불만도 가진 적 없었다. 그러나 이번에는 이상하게 가슴이 답답했다. 무언가 속에 꽉 들어찬 것처럼 갑갑해서 견딜 수가 없었다. 지금까지처럼, 늘 그래 왔듯이 큰어머니가 하라는 대로 하기만 하면 되는데, 꼭두각시처럼 아무런 생각 따위 하지 않고 움직이면 되는데 왜 이러는 건지 스스로 생각해도 알 수 없었다.

"머릿속이 복잡할 때는 단순한 게 최고지, 암."

오랜만에 만난 친구의 얼굴을 본 성민은 그렇게 말하고 그를 클럽으로 이끌었다.

강준은 소란스러운 클럽을 그다지 즐겨 찾지 않았다. 하지만, 서로에게 상관하지 않고 술과 음악과 여자가 얼크러져 있는 곳은 아무런 생각 없이 즐기기엔 안성맞춤인 곳이었다. 강준에게는 필요한 시간이었다. 아무런 생각 없이 그저 본능대로 즐기는 것. 그것이 필요했다.

클럽 안쪽에 마련된 룸에서 투명한 창을 통해 스테이지를 지켜보던 성민이 예리한 눈초리로 곧 마음에 드는 상대를 발견했다. 언제나 천천히 탐색하듯 상대를 물색하던 그로서는 이례적인 일이었다. 정신없이 번쩍거리는 조명과 쿵쿵 귓전을 울려대는 음악소리에 맞춰 흐느적거리듯 몸을 움직이고 있는 사람들 속에서 매번 마음에 드는 여자를 골라내는 성민의 재주가 놀라울 따름이었다.

투명한 잔에 따라진 갈색 알코올을 들이켜는 강준의 어깨에 팔을 두르며 성민이 낄낄거렸다.

"정말이지 세계 어느 곳을 가봐도 대한민국 여자들처럼 화끈한 애들은 없다니까. 저기 봐라, 저기. 몸매도 몸매지만 춤추는 몸놀림이 완전 죽여주잖냐? 난 너무 육덕진 서양 여자들은 부담스럽더라고. 저렇게 우리나라 여자들처럼 적당히 늘씬한 애들이 좋아. 휘유, 완전히 끝내주는데!"

실없이 킬킬거리는 친구의 말을 들으면서 강준 역시 술을 마시며 웃었다. 그러나 독한 알코올이 스며든 가슴에는 묵직한 답답함이 자리 잡고 있었다.

오랜만에 간 집은 여전히 그에게 있어 낯설고 버거운 공간이었다. 감정 없는 얼굴로 부하에게 지시 내리듯 말하는 할아버지도, 만들어낸 웃음을 지은 얼굴로 본심을 숨기고 바라보는 큰어머니와 적의와 경멸을 숨기지 못하는 이복누이 은희의 반응도 여전했다. 다만, 유학 중이라는 이복동생 은수의 모습만이 사라졌을 뿐이었다. 여전히 집은 그에게 있어 춥고 쓸쓸한 곳이었다.

누구도 받아들여 주지 않는 열외자이면서, 가족이라는 허울로 그들과 묶여 있는 강준은 그럼에도 그곳에서 벗어나지 못하는 자신을 스스로 비웃었다.

"자, 어서 들어오십시오. 아 손님, 오늘 밤 여기보다 더 좋은 건수는 없다니까요. 제가 보증합니다. 자, 자 이쪽으로 앉으세요."

야단스러운 소리와 함께 웨이터에게 이끌려 두 명의 여자가 못 이기는 척 들어서고 있었다. 둘 다 굴곡진 몸매를 드러낸 짧은 치마에, 짙은 화장. 오늘 밤 내내 웨이터의 손에 이끌려 그들의 룸에 들어왔다가 강준의 심드렁한 반응 때문에 도로 나갔던 여자들과 별반 다를 바 없는 모습이었다.

"야, 김강준 너 이번에도 똥 씹은 표정으로 애들 내쫓지 마라."

성민이 그에게 귀엣말을 하며 신신당부했다.

"난 상관없으니까 네 마음대로 해."

"상관없긴. 없는 놈이 그렇게 뚱한 표정으로 대꾸도 안 해서 예쁜이들이 들어오는 족족 나가게 만들었냐?"

강준의 입에서 피식 웃음이 새나왔다. 자신의 모습이 한심했지만, 아무 상관없었다. 그는 그저 즐겁고 싶었다. 한순간의 유희와 쾌락이라도 좋았다. 그를 둘러싸고 있는 갑갑한 현실을 잠시만이라도 잊게 해준다면 그는 누구라도, 그 무엇이라도 좋았다. 그러면서도 어떤 여자도 곁에 다가오지 못하게 하고 있는 자신의 모순이 정말로 우스울 따름이었다.

"자, 자 이쪽으로 앉으시죠. 저는 임성민이라고 하고, 저쪽은 김강준입니다. 만나서 반갑습니다. 하하하."

"네, 반가워요."

가발인가? 어둑한 조명 아래에서 여자의 샛노란 머리카락이 반짝거렸다. 강렬한 노란색으로 머리를 물들인 가냘픈 몸매의 여자에게 성민이 자신의 옆자리를 내주고 있었다. 건장한 체격에 개인 코치를 붙여서 정성들여 몸매를 가꾸고, 패션에도 관심 많은 성민의 근사한 외모는 항상 여자들의 관심을 끌었다. 그래서 늘 그의 곁에는 여자들이 끊이지 않았고, 그도 그것을 즐겼다. 오늘은 상대가 더욱 마음에 드는 눈치였다. 누가 곁에 앉든 강준은 상관없었다.

"오빠, 안녕하세요. 저 최혜주라고 해요. 올해 스물셋이고요.

오빠는 어떻게 되세요?”

강준의 곁에는 육감적인 몸매에 고양이처럼 기분 나쁠 정도로 반짝이는 눈을 가진 여자가 앉았다. 그의 외모와 차림새가 마음에 들었는지 옆에 바짝 붙어 앉아서 착착 감기는 목소리로 끊임없이 그에게 말을 건넸다.

“뭐 하는 분이세요? 회사원?”

“네.”

“정말요? 난 의사나 변호사 같은 직업일 줄 알았는데. 오빠 분위기가 되게 샤프해서요. 의외다. 아니, 뭐 그렇다고 회사원이 이상하다는 건 아니구요.”

“그래요?”

한두 마디 건성으로 대꾸하면서 여자의 잔에 술을 가득 따라주던 강준은 문득 맞은편을 바라보았다.

인위적인 노란 빛의 긴 머리에 하얀 얼굴을 짙은 스모키 화장으로 감추고 있는 여자의 드러난 둥근 어깨에 자연스럽게 손을 올리고 있는 성민이 보였다. 원래 손이 빠른 녀석이란 건 알았지만, 오늘은 아예 작정을 하고 들이대고 있었다. 모처럼 마음에 드는 장난감을 발견하고 흥분한 아이처럼 성민의 표정이 들떠 있었다. 그러나 여자가 어깨를 툭 쳐올리며 성민의 손길을 떨쳐 냈다. 녀석은 감히 다시 손을 올릴 엄두를 내지 못했다.

“자, 한잔해요.”

성민이 잔을 내밀었지만 여자는 외면한 채 그저 혼자 술을 마셨다.

아무런 반응 없는 여자는 플라스틱으로 만들어낸 마네킹 같았다. 그 노란 머리 여자의 눈은 죽어 있었다. 아무런 감정도, 생기도 느껴지지 않는 눈동자가 그저 검었다. 강준은 마치 가면을 쓰고 있는 것 같은 여자의 모습이 마음에 들지 않았다. 어둑한 공간 안에 간간이 스쳐 가는 강렬한 사이키 조명이 여자의 얼굴을 훑고 지나갈 때마다 검은 동공에 반사되는 빛이 섬뜩할 정도였다.

그런데 일순, 노란 머리의 여자를 감싸고 있던, 모든 것이 정지하고 썩어서 고여 있는 것 같던 공기가 순식간에 바뀌어 버렸다. 여자가 천천히 매끄러운 눈동자를 들어 자신을 바라보았다. 나른하고 관능적인 짜릿함이 강준의 온몸을 훑고 지나갔다. 바르르 손끝이 떨렸다. 강준을 바라보는 여자의 검고 깊은 눈과 마주치는 순간, 강준은 본능적인 갈증을 느껴야 했다. 암컷을 갈구하는 수컷의 열렬한 욕망이 갑자기 들끓었다. 폭발하듯 분출한 아드레날린이 세차게 혈관을 내달리기 시작했다.

갖고 싶었다. 묘하게 섹시한 여자. 처음이었다. 보는 것만으로도 갖고 싶은 여자는.

허벅지 중간밖에 오지 않는 짧은 치마 아래로 드러난 다리는 모두 짙은 색의 천으로 가리고 있었지만, 홀터 넥 스타일의 상의를 입은 여자가 살짝 상체를 숙이고 있어 드러난, 풍만한 가슴골이 자꾸 그의 눈길을 끌었다. 만지고 싶었다. 그 하얀 살결을 쓰다듬고 질릴 때까지 붉은색으로 칠해진 육감적인 입술을 탐하고 싶었다.

평소 강준이 좋아하는 스타일은 바로 옆에서 자신의 허벅지를 만지고 있는 여자처럼 키가 크고 모델 같은 몸매를 가진 여자였다. 개방적이고 적극적인 분위기도 마음에 들었다. 어차피 클럽에 와서 부킹을 하면서 마치 관심 없다는 듯 심드렁한 저 노란 머리 여자가 못마땅했다. 자극적으로 물들인 노란 머리도, 너무 진한 화장도 싫었다.

그런데도 강준은 그 노란 머리 여자에게서 눈을 뗄 수가 없었다. 노골적으로 가슴을 붙여오면서 그의 허벅지를 더듬고 쓰다듬는 여자의 수작에도 강준은 전혀 흥분되지 않았다. 오히려 성민의 입담에도 웃음기 한 번 보여주지 않은 채 그저 술만 마시는 무표정한 여자가 그를 자극했다.

자꾸만 여자와 시선이 마주쳤다. 흑암처럼 검고, 흑요석처럼 신비하게 반짝이는 여자의 두 눈이 강준을 자극했다. 옆에서 치근거리는 성민에게는 아무런 반응도 보이지 않은 채 그저 강준을 바라보는 여자가 그는 미치도록 탐이 났다.

하지만, 그뿐이었다. 그래야 했다. 다른 누구도 아닌 성민의 여자다. 하룻밤 욕망의 대상이더라도 성민이 먼저 선택한 여자였다.

"잠깐, 실례."

"어머, 오빠 어디 가시게요?"

"인마, 너 어디 가?"

"손 좀 씻고 올게."

강준은 자리에서 일어났다. 그를 자꾸 들쑤시는 이 열기에서 벗어나 머리를 식히고 싶었다. 못마땅한 눈으로 입을 비죽이는 자신의 파트너와 여전히 좀체 자신에게 넘어올 기미를 보이지 않는 노란 머리 여자에게 열중하고 있는 성민, 그리고 여전히 술과 하룻밤 쾌락에 대한 기대로 흥청대는 이 방 안의 분위기와는 어울리지 않는 표정으로 그를 응시하는 노란 머리의 여자를 남겨둔 채 강준은 룸을 나섰다.

텅 빈 화장실에서 손을 씻으며 강준은 거울을 들여다보았다. 말끔하게 차려입은 고가의 옷과 비싼 시계와 구두를 자연스럽게 몸에 걸치고 있는 그의 모습에 지난날의 그 초라한 흔적은 전혀 남아 있지 않았다. 어느 누가 보더라도 대화그룹의 장남으로 남들이 동경하는 막강한 부를 거머쥐고 특권을 누리고 있는 자의 당당한 모습이었다. 얼마나 간절히 바라던 모습이었나!

그러나 그는 진정 자신이 행복한지는 알 수 없었다. 그때 어린 그가 지옥에서 꿈꾸던 그 행복을 그가 지금 누리고 있는 걸까? 아니면, 그가 있는 지옥의 자리만 바뀐 것은 아닐까…….

머릿속에 스며드는 불쾌하고 참담한 기분을 몰아내려 강준은 물기 묻은 손으로 세차게 얼굴을 훑어 내렸다. 그러다 불현듯 언제나 흐트러짐 없이 오연하게 제 길을 가던 맑은 눈동자 하나를 떠올렸다. 그가 아는 가장 강하고 아름다운 영혼. 아직도 모질게 이 악물며 비틀리고 추레한 삶을 꿋꿋이 버티고 있을지 궁금했다. 그 하얗던 얼굴이 문득 보고 싶었다.

"하, 미친놈."

자조적인 말을 내뱉으며 밖으로 나온 강준은 화장실 밖의 좁은 통로를 걷다가 문득 자신의 맞은편에 그 여자가 걸어오고 있는 것을 보았다. 선명한 노란 머리를 등 뒤로 늘어뜨린 채 그의 곁을 스치는 여자에게서 야릇한 향이 풍겨왔다. 단숨에 폐부를 마비시키는 미혹의 향. 애써 눌렀던 그의 욕망이 다시 불같이 일어나기 시작했다. 그를 매료시킨 까만 눈동자와 마주치는 순간, 강준은 제 감정을 더는 감추고 싶지 않았다.

안고 싶다. 오늘 밤, 이 여자를 안아야겠다.

여자를 지나쳐 갔던 강준은 다시 돌아와 어둑한 복도 벽에 몸을 기대고 있었다. 그의 온몸에서 감각들이 오로지 하나만을 원하며 아우성쳤다. 머리가 쭈뼛 설 만큼 강렬한 감각에 몸을 내맡기고 있던 강준은 노란 머리의 여자가 화장실 문을 열고 나오자마자, 손목을 낚아채고 그대로 여자의 입술에 낙인을 찍듯 입술을 내리눌렀다.

강하게 휘어잡은 그의 팔이 아니었다면, 그 사납고 격렬한 기세에 여자는 나동그라졌을 것이다. 뜨겁고 강한 열기를 주체하지 못해 미칠 듯 분출하는 욕망을 고스란히 드러내는 거친 키스였다. 강준은 여자의 붉고 도톰한 입술을 제 안으로 거칠게 빨아들였다.

"흐읍!"

여자가 짧게 신음을 토했다. 갑작스럽게 덮쳐 온 남자의 입술에 놀라서 저항하던 여자의 팔은 곧 강준의 목에 둘러지고, 절박한 사람처럼 강하게 매달려 있었다. 여자의 반응은 강준의 욕망을 더욱 부채질했다. 중심에서 위험하게 솟아오른 욕망과 짜릿함이 온몸으로 퍼져 가고, 맞닿은 매끄러운 피부 사이에서 쾌감과 열기가 마구 분출되고 있었다.

어느새 벌어진 입술 사이로 두 개의 혀가 격렬하게 얽히고 여자의 날숨마저 모두 제 안으로 빨아들인 강준은 강하게 휘감은 여자의 혀를 비비고 끌어당겼다. 모두 가둬 버리고 싶었다. 여자의 매혹적인 향기와 피부를 간질이는 감미로운 숨결, 남자의 심장을 미칠 듯 뛰게 하는 요염한 정염까지 모두 남김없이 앗아버리고 싶었다. 내 안에서만, 나만, 내 것으로만 만들고 싶었다.

더욱 깊게 입술을 묻고 거칠게 호흡을 터뜨리며 강준은 사나운 폭풍처럼 여자의 입안을 낱낱이 훑고 맛보았다. 여자와 그의 타액이 서로를 넘나들었다. 강준의 안으로 흘러 들어온 그것은 감로수였다. 기갈 들린 자가 아무리 들이켜도 모자란 생명수를 구하듯 강준은 더욱 깊고 강하게 여자의 입술을 물고 부르틀 정도로 강하게 빨아들였다.

뜨거운 숨결과 욕망을 가득 담은 타액이 섞일수록, 더 크고 강하게 여자의 모든 것을 원하는 강준의 몸은 격정으로 거칠게 떨리고 있었다. 혓바닥이 얼얼할 정도로 거세게 여자에게 부딪치고, 허리 언저리를 헤매던 손이 탐스런 둔부를 힘껏 움켜쥐어도 조금도 수그러들지 않고 자꾸 강준을 몰아붙이기만 하는 격정을, 그는 이길 수가 없었다.

강준은 여자를 제 품에 가둬놓기 위해 단단히 두르고 있던 팔을 삽시간에 풀어냈다. 그리고 여자의 촉촉한 입술에서 입을 떼어냈다. 두 사람 모두 가슴을 크게 들썩이며 거칠게 숨을 쉬고 있었다. 흥분으로 오르내리는 여자의 가슴과 붉게 부풀어 오른 부드러운 입술, 긴 속눈썹 그림자가 드리워진 매끄러운 볼을 시선으로 더듬던 강준은 여자의 까만 눈동자에 한참을 머물렀다. 저 눈이었다. 강준을 미치게 하고 피를 끓게 한 것은, 바로 저 눈이었다.

"나가자."

강준이 응답을 구하듯 여자에게 손을 내밀었다. 해소되지 못한 갈증에 온몸이 저릿저릿했다. 손끝의 떨림을 멈추고, 강준의 안에서 타오르기 시작한 뜨거운 열기를 다스릴 수 있는 것은 오직 이 여자의 작은 입술 끝에 달려 있었다. 여자가 강준의 손과 얼굴을 번갈아 바라보았다. 흥분으로 붉게 달아오른 볼과는 다르게 어쩐지 차가운 여자의 검은 눈이 강준을 긴장하게 했다. 안달하듯 강준이 다시 말했다. 한 번도 이렇게 조급했던 적이 없었다.

"싫어?"

그가 내민 손을 물끄러미 바라보던 여자가 천천히 고개를 가로저었다. 그리고 왼손을 내밀어 강준의 손을 잡았다. 작은 고개가 움직이는 것을 보자마자 강준의 심장은 미친 듯이 폭주하기 시작했다. 잠시 숨 고르고 있던 욕망이 활화산이 되어 분출하고 있었다. 여자의 작은 손을 꽉 쥐고 몸을 돌린 강준은 어색하게 교차되는 팔을 풀고, 다시 왼손을 내밀어 여자의 손을 쥐었다. 다급한 마음은 어서 이곳을 벗어나라고 그를 채근하고 있었다. 단전 근처가 아플 정도로 뻐근했다.

그때 야단스러운 화장과는 달리 귀걸이 하나 하지 않고 있던 여자의 오른손에 끼워진 반지가 그의 눈에 들어왔다. 손가락 아래 끝부분에서부터 중간까지 마디 하나를 다 덮고 있는 독특한 디자인의 은색반지였다. 가는 손가락에 어울리지 않는 긴 마디반지와 강준이 내민 오른손 대신 여자가 잡은 왼손.

묘한 위화감.

열기에 이끌려 여자를 잡아끌던 강준은 문득, 그 뭔가 뒤통수를 잡아채는 알 수 없는 느낌 때문에 다시 여자의 오른손을, 그리고 하얗고 자그마한 얼굴과 까만 눈을 들여다보았다. 강준 자신처럼 정염으로 흐릿해진 여자의 검은 눈동자가 낯이 익었다. 결코 탁해질 수 없는 또렷하고 선명한 검은빛으로 가득한 그 눈동자…….

순간, 한줄기 서늘한 바람이 그의 뇌리를 스쳤다. 싸한 감각이 머리에서부터 척추를 따라 발끝까지 흘렀다. 설마…….

"너……."

무언가 하려던 말을 입 끝에서 씹어 삼키며 강준이 눈을 가느스름하게 뜨고 여자를 바라보았다. 그렇게 움직이지 않는 강준을 의아한 눈으로 바라보던 여자가 물었다.

"안 나가?"

강준이 대꾸하지 않자, 여자는 신경질적으로 그의 손을 뿌리치며 혼자 앞으로 걸어가려 했다. 그러나 강준은 단단하게 틀어쥐고 있는 여자의 손목을 놓아주지 않았다. 그리고 무언가 결심한 듯 성큼성큼 여자를 이끌면서 앞서 걸어나가기 시작했다. 마치 화난 사람 같았다. 욕망과 열정에 몸이 뜨거운 남자가 아니라 무언가 분노한 사람처럼 보였다. 그러나 욕망과 분노를 품고 있는 열기는 서로 한 몸이었다.

화장실에서 바로 이어진 비상구를 통해 클럽 밖으로 나온 강준과 여자는 택시를 타고 야트막한 산 중턱에 위치한 한 호텔로 갔다. 프런트에서 키를 받아 엘리베이터를 타고 올라가면서도 두 사람 사이에는 아무런 말도 없었다. 오직 팽팽한 긴장감만이 두 사람을 숨 막힐 듯 감쌌다.

모퉁이를 감아 도는 복도를 따라 방에 들어서자 불이 켜지고 환한 빛이 그들의 머리 위로 쏟아졌다. 여자의 짙은 노란색 머리가 황금처럼 빛나고 안이 비칠 듯 투명한 피부가 하얗게 눈이 부셨다. 앞서 방으로 들어선 여자가 강준을 향해 몸을 돌리며 무슨 말을 하려는 듯 입을 벌렸다.

"저, 나……."

그러나 강준의 입술이 다시 여자의 입술을 덮었다. 밭은 숨결과 숨결이 서로를 희롱하듯 다시 얽히고, 더운 입술 사이로 미끄러지듯 들어간 말캉한 살결은 진저리 치는 쾌감을 동반했다. 발끝부터 머릿속까지 치솟는 짜릿한 감각들에 뱃속이 꿈틀거리고 어지러웠다. 팔팔 열이 끓었다.

강준은 여자의 봉긋한 가슴을 움켜쥐고 터뜨릴 듯 거세게 주물렀다. 반죽덩어리처럼 차지고 부드러운 살결이 손아귀 밖으로 이지러지며 튀어 올랐다. 풍만하진 않아도 제 손에 꼭 맞게 들어차는 느낌이 만족스러웠다. 얇은 천 위로 흥분으로 잔뜩 일어선 단단한 유두가 느껴지자, 강준은 손가락으로 꼬집듯 집어 올렸다.

"아흣……."

여자의 입에서 고통과 다름없는 쾌락의 신음이 새나왔다. 집요하게 여자의 입술을 탐하던 강준의 입이 턱과 목으로 미끄러지고, 예민한 귓불을 단단한 이로 물고 잘근잘근 씹어대자, 야릇한 쾌감이 여자의 가슴에서, 귀에서 그리고 다리 사이에서 번져 나와 온몸에 퍼지고 있었다. 흐물흐물 몸을 지탱하던 단단한 그 무엇이 곧 열기에 녹아버릴 것만 같았다.

강준이 여자의 탱탱한 엉덩이를 거칠게 주무르던 손을 짧은 치맛자락 안으로 집어넣는 순간, 갑자기 여자가 강준을 밀어냈다. 뜨겁게 서로를 갈구하던 자리에 차가운 바람만이 매섭게 몰아쳤다.

화난 듯 찡그린 얼굴로 독한 숨을 몰아쉬던 강준이 신경질적으로 머리를 쓸어 올리며 툭 말을 내뱉었다. 잔뜩 화가 나서 갈라진 목소리.

"왜, 못하겠니, 차서연?"

ⅡⅡ 3 ⅡⅡ

"당신…… 설마……?"

"그래, 지금 네가 생각하고 있는 그 사람 맞아."

충격으로 하얗게 질린 여자의 얼굴을 보면서 강준이 시니컬하게 내뱉었다. 입가에 미소를 짓고 있었지만 그의 차가운 눈은 웃지 않았다. 그저 싸늘하게 빛나고 있을 뿐이었다.

"나 김강준이다, 차서연. 우리 오랜만이지?"

차서연. 자신의 가슴속에 시린 겨울 하늘만큼이나 명징하게 새겨져 있던 소녀가 눈앞의 여자라는 사실을 참을 수 없다는 듯 힐난하는 어조였다. 강준만큼이나 거칠게 숨을 쉬며 서연, 기억 속의 그 소녀가 강준을 노려보았다.

까닭을 알 수 없는 실망감이 강준을 괴롭혔다. 아니, 그도 잘 알고 있었다. 지난 5년의 시간, 줄곧 그의 머릿속에, 가슴 한편에 숨쉬고 있던 그 맑은 소녀가 하룻밤 정염을 위해 남자를 유혹했다는 것이 그를 숨 막히도록 화나게 했다는 것을 강준도 알고 있었다. 그리고 자신도 그랬다는 것이 더욱 화가 났다.

"설마 아는 사이라서 못하겠다는 건 아니지? 어차피 너도 하룻밤 상대 찾던 거잖아."

강준이 조롱하듯 말하자 서연이 말려 올라간 치마를 내리며 차갑게 응수했다.

"맞아. 그랬지."

"그런데?"

"그냥 당신이랑 하기 싫어졌어."

그때처럼 서연이 강준을 '당신'이라고 불렀다. 울컥, 치솟는 감정에 강준의 가슴이 뻐근해졌다.

"여기까지 쫓아와 놓고? 하, 나더러 그 말을 믿으라는 거야, 지금?"

좀 전까지 타오르던 열정의 증거로 붉게 부풀에 오른 입술에 묻어 있는 강준의 타액을 손등으로 천천히 문지르며 서연이 말했다.

"당신 생각보다 별로야."

서연의 차가운 목소리에 강준의 얼굴이 일그러졌다. 그녀가 꽂은 칼은 정확하게 강준의 가슴을 찔렀다. 서연은 바닥에 떨어져 있던 작은 가방을 줍더니 성큼성큼 문 쪽으로 걸어가기 시작했다.

한 걸음에 따라잡은 강준이 문 앞을 막아섰다.

"아직 끝나지 않았잖아."

"말했지, 당신이랑 하기 싫어."

180cm가 훌쩍 넘는 강준의 가슴께밖에 오지 않는 자그마한 서연은 오만하게 턱을 치켜들고 그를 노려보았다. 그 눈빛은 강준이 알고 있던 그 소녀 그대로였다. 조금의 자비도 없는 세상에 맨몸으로 맞서던 그 당당하던 차서연의 모습이었다.

왜 몰라봤을까?

노란 머리, 붉고 푸른 진한 화장으로 투명한 얼굴을 가린 낯선 여자의 모습은 그의 가슴속에 오롯이 새겨진 맑은 소녀가 아니었다. 그러나 그의 영혼을 단숨에 사로잡았던 서연의 그 까만 눈동자는 그대로였다. 감히 그가 범접할 수 없는 도도한 청명함이 서려 있던 서연의 눈동자.

강준은 한 손을 들어 서연의 얼굴을 부드럽게 쓰다듬었다.

"뭐 하는 거야?"

신경질적인 목소리, 차가운 눈빛으로 날카롭게 노려보던 서연이 이내 가만히 그의 눈을 바라봤다. 투명한 눈빛이 조금 흔들리는 것도 같았다. 깊게 가라앉아 있던 호수의 밑바닥에서부터 올라오는 작고 둥근 기포들처럼 그녀 안의 여러 가지 생각과 감정들이 눈동자에 떠올랐다 사라졌다. 무엇인지 알 수 없고, 잡을 수 없어 안타까운 강준은 그저 붉게 부풀어 올라 있는 서연의 입술을 엄지로 살며시 쓸어내리며 읊조리듯 물었다.

"잘 있었니?"

서연을, 강준은 원했다. 지금 강준은 너무나 절실하게 그녀를 원하고 있었다. 변해 버린 서연의 모습에 화가 나기도 하고 가슴 한편에서 실망감이 밀려오는 것도 사실이었지만, 미칠 듯이 끓어오르는 욕망을 주체하지 못하겠는 것도 사실이었다. 그 까만 눈의 소녀가 아니었더라도, 강준은 오늘 밤 서연을 안았을 터였다. 안고 싶었다.

그러나 강준은 자신의 솔직한 욕망보다 더 큰, 가슴 깊은 곳에서 울리는 마음을 외면할 수 없었다. 그녀가 보고 싶었다는, 그리웠다는 그 마음을 강준은 인정해야 했다.

"응."

서연이 소곤거리듯 말했다. 서로의 숨결이 섞일 듯 가까운 거리에 있지만, 너무 작아서 금세 놓칠 듯한 가냘픈 소리였다.

"나…… 생각했니?"

"응. 그런 거 같아."

"다시 말해봐."

두 손으로 서연의 얼굴을 감싼 강준이 가만히 속삭이듯 말했다. 작게 떨리는 소리가 마치 한숨처럼 잦아들었다.

"다시 말해줘, 서연아."

"가끔 당신…… 생각했어."

한쪽 눈썹을 치켜 올리며 못 믿겠다는 표정으로 서연을 바라보던 강준이 고개를 수그려 다시 서연의 입술을 찾았다. 격렬하고 뜨겁던 아까와는 다르게 천천히 부드럽게 입술이 와 닿고, 자연스럽게 입술이 벌어졌다. 따뜻한 살덩어리가 서연의 입속으로 들어와 그녀의 혀를 감고 나른할 정도로 느릿하게 빨았다. 온몸이 녹아버릴 듯 감미로운 입맞춤이었다.

요구하는 것이 아니라 달래는 키스에 서연은 어느새 팔을 들어 강준의 목을 감고 매달렸다. 넓고 단단한 강준의 가슴에 나긋나긋한 젖가슴이 짓이겨지도록 밀어붙인 것은 바로 그녀 자신이었다.

"난 너를 안고 싶어. 넌?"

강준의 젖은 듯 탁한 목소리가 귀에 감기자 서연은 온몸에 오소소 소름이 도는 것만 같았다. 처음부터 그라는 걸 알았다.

아무리 열심히 일하고 공부해도 조금도 나아지지 않는 상황에 그녀는 저도 모르게 조금씩 지쳐 가고 있었다. 더군다나 곧 코앞에 닥친 2차 시험에 대한 중압감은 대단했다. 그러나 어디서, 어떻게 그걸 풀어야 할지 모르는 서연은 지금까지처럼 그냥 묵묵히 견뎠다. 그게 그녀가 아는 유일한 방법이었던 것이다.

그러나 서연이 버틸 수 있는 인내심은 점점 바닥이 나고 있었고, 곧 폭발할 듯 아슬아슬하게 임계점에 다다르고 있었다. 그러나 그녀는 그걸 인지하지 못했다.

그러다 더러운 인간 때문에 경찰서에 끌려가고, 돈 몇 푼으로 해결하고 나오다 장현우, 그 인간과 마주쳤다. 그는 단숨에 그녀를 알아보고 조롱하듯이 눈썹을 밀어 올렸다. 하필이면 그 비참한 순간에 가장 보고 싶지 않은 인간과 마주치자 서연은 화가 나서 견딜 수가 없었다. 그걸 발산하기 위해서라면 뭐든지 할 수 있을 것만 같았다.

그래서 평소라면 생각할 수 없는 옷차림에, 금발 머리, 짙은 화장을 하고 혜주를 따라서 클럽에 갔다. 잘 마시지도 못하는 술 몇 잔을 마시고, 정신없이 몸을 흔들었다. 아무런 생각 없이 그렇게 미친 듯 움직이자 이상하게도 머릿속이 가벼워졌다. 취기가 돌고 노골적인 욕망을 드러내며 그녀에게 다가오는 남자들과 아슬아슬하게 몸을 비비며 춤을 추자 묘한 흥분이 그녀 안에서 흘렀다.

그래서 웨이터가 손목을 잡고 이끌었을 때, 그녀는 오늘 하루쯤, 평생 해보지 못한 일탈을 즐기리라고 단순하게 생각했다. 자기가 가진 선을 넘지만 않는다면 그깟 남자들의 욕망을 갖고 노는 것 따위 그녀도 할 수 있으리라 믿었다.

그러나 그 투명한 유리문을 열고 들어서는 순간, 서연은 자신의 어리석음을 깨달았다. 자신의 잘못을 인지하자 순식간에 두려움이 밀려왔다.

그 남자 강준이 있었다.

하필 그곳에, 지친 서연이 모든 것을 놓아버리려 한 그때, 그곳에 강준이 있었다. 5년의 시간, 어쩌다 곤해서 조금 일찍 잠자리에 든 날이나, 피부가 아릴 정도로 추운 날 오른쪽 네 번째 손가락 끝이 까맣게 변색되면, 혹은 궂은 날 굳어버린 신경이 악귀처럼 미친 듯 날뛰며 쑤실 때, 서연은 어쩔 수 없이 그 남자 강준을 떠올렸다. 그녀의 손에 남은 상흔과 통증이 사라지지 않은 한 잊을 수 없는 남자였다. 아니, 되돌릴 수 없는 서연의 손가락처럼 결코 지워지지 않는 남자였다.

어째서 이곳에서, 하필 이때 그를 만난 것일까 하는 의문도, 제가 하려던 짓의 두려움도 강준의 입술이 와 닿는 순간 모두 뜨거운 열기에 녹아버렸다. 서연은 그저 처음으로 찾아온 낯선 쾌감과 두려울 정도로 강렬한 욕망에 몸을 내맡겼다. 오늘 밤 원하던 대로 모든 것을 내던지고 다른 여자가, 다른 사람이 되고 싶다는 마음이 다시 솟아올랐다.

서연은 강준을 바라보면서 그를 원하는 자신의 마음을 느꼈다. 어느 누구라도 상관없을 것 같던 마음은 이 남자의 입술을 맛보는 순간 오로지 그만을 갈구하기 시작했다. 서연은 더는 망설이지 않기로 했다. 이 밤이 지나면 그녀에게는 더 이상의 기회가 없었다.

“안아줘.”

작게 흐느끼며 서연이 가느다랗게 떨리는 팔을 내밀었다.

“으읍…….”

마지막 말소리와 날숨은 모두 강준이 앗아가 버렸다. 숨 막히는 열기가 서연을 덮쳤다. 예민한 감각을 가르고 밀려온 그 뜨거움이 서연의 온몸을 빠르게 번져 갔고, 그녀 안에 숨겨져 있던 온갖 갈망들을 불러일으켰다. 강준의 입술이 서연의 아랫입술을 살짝 깨물 듯 머금었다. 아찔한 감각에 서연의 입술이 절도 모르게 만개한 꽃처럼 벌어지자, 강준의 혀가 들어와 서연의 여린 입안 곳곳을 핥고 빨면서 헤집었다. 말캉한 혀끝이 예민한 살결에 닿을 때마다 마치 불에 덴 듯 강렬한 느낌이 서연의 몸을 강타했다.

정신을 차릴 수 없을 정도로 거칠고 격렬한 입맞춤이 불러온 열기에만 집중한 서연은 어느새 강준의 손이 자신의 젖가슴을 만지고 있다는 것도 깨닫지 못했다. 드러난 가슴골과 천 사이로 들이민 강준의 커다란 손은 거리낌 없이 맨가슴을 받치고 있는 브래지어를 밀어내고 그 안에서 단단하게 부풀어 오른 예민한 가슴을 찾아내서 쥐었다. 몸에서 솟구치는 열기를 이기지 못해서 꼿꼿하게 일어선 유두를 그의 손바닥이 지그시 누르자, 기분 좋은 중압감에 서연은 저도 모르게 만족스러운 신음을 흘렸다. 그러나 그것은 이제 서연이 맞게 될 거대한 격랑의 시초였을 뿐이었다.

맞붙은 입술 사이로 새나오는 서연의 끈적이는 야릇한 신음을 들으며, 강준은 두 손가락 사이에 톡 불거진 작은 유두를 끼워 넣고 문지르기 시작했다. 맨살에 와 닿는 단단하면서도 낫낫한 촉감에 강준은 아랫배가 묵직해질 만큼 흥분했다. 주체하지 못한 격정으로 서연의 혀를 더욱 거세게 휘감고 빨아대던 강준은 서연의 볼과 귀 그리고 목과 어깨가 만나는 조아한 곡선에 입술로 붉디붉은 화인을 찍었다.

제 품에서 피어난 붉은 꽃이 그를 더욱 취하게, 황홀하게 했다. 서연의 목에 걸쳐져 있던 천을 풀어내고, 등 뒤로 손을 돌려 브래지어까지 벗겨낸 강준은 한순간 모든 동작을 멈추었다. 잠시 멍해지는 기분이었다. 그의 눈앞에 드러난 하얀 가슴과 그 끝에 둥근 꽃판이 감싼, 뾰족하게 일어서 있는 분홍빛 유두가 미치도록 탐스러웠다. 서연이 들이쉬고 내쉬는 들숨과 날숨에 따라 격하게 오르내리며 출렁이는 풍만한 살결이 그의 눈을 단박에 사로잡았다.

노골적으로 바라보는 강준의 뜨거운 눈길에 서연은 문득 부끄럽기도 하고, 겁이 나기도 했다. 하지만 숨길 수 없는 찬탄과 갈구의 눈길은 서연에게 자신감을 주었다. 자신의 농염하게 무르익은 여체를 강준에게 한껏 드러내고 과시하고 싶었다. 살짝 허리를 뒤틀어 가슴이 더욱 도드라지게 하자, 강준의 눈동자가 욕망으로 검게 타올랐다. 그의 시선에 유두가 아릴 정도로 단단하게 뭉치는 것이 느껴졌다. 다리 사이에서 번져 나왔던 야릇한 열기가 더욱 강해지면서 점점 음습한 욕망으로 젖어들고 있었다. 그녀보다 더 큰 욕망에 사로잡힌 탁한 목소리가 그녀에게 다시 물었다.

"정말 괜찮아?"

강준은 서연의 선택을 다시 확인하고 있었다. 심장이 터질 듯한 욕망을 그처럼 서연도 느끼는지, 정말로 그녀가 그를 원하는지 다시 물었다. 그녀도 그와 같기를 강준은 간절히 바랐다. 그를 바라보며 서연이 작게 고개를 끄덕였다. 갑자기 온몸의 온도가 상승하고 심장이 폭주했다.

"이젠 멈추지 않을 거야."

"응, 알아."

낮게 으르렁거리는 강준의 말에 서연이 답하는 순간, 광풍처럼 강준이 서연을 덮쳐 왔다. 거대한 파도처럼 순식간에 서연의 작은 몸을 덮친 강준은 서연을 안아 들고 방 한가운데 놓인 침대로 데려갔다.

끊임없이 서연의 얼굴 곳곳에 입맞춤을 뿌리던 그는 서연의 몸을 침대에 던지듯 내려놓자마자, 꼿꼿하게 솟아 있는 분홍빛 유두를 덥석 물고는 다급하게 제 상의를 모두 벗어버렸다. 강준이 거칠게 상체를 움직일 때마다 그가 물고 놔주지 않는 서연의 젖가슴은 죽죽 당겨졌고, 아픔과 야릇한 쾌감이 동시에 밀려올 때마다 서연은 자지러질 듯 앓는 소리를 질러댔다.

"아흣, 아흐읏……."

서연의 어깨를 침대에 밀어붙이며 강준이 야수처럼 격렬하고 우아하게 움직이고 있었다. 그의 밀빛 윤기가 흐르는 맨가슴과 강준의 입과 손이 불러오는 열기에 발갛게 물들기 시작한 서연의 눈처럼 하얀 나신이 극적인 대비를 이루었다. 강준은 물고 있던 한쪽 가슴을 툭 뱉어내며 그의 타액을 잔뜩 묻힌 선홍빛 유실을 혀로 핥아 올렸다. 달콤한 밀크를 만족스럽게 핥고 있는 크고 검은 고양이처럼 탐욕과 소유욕이 가득한 검은 눈이 번득였다.

세차게 물고 빨아대는 강준 때문에 붉게 달아올라 아릿한 통증마저 느껴지는 유두를 혀로 핥자, 체온의 차이로 섬뜩할 정도로 차가운 기운이 날카롭게 서연을 강타했다. 전기에 감전된 듯 짜릿한 격통에 서연이 몸을 뒤틀자, 강준은 다른 가슴으로 입을 옮겨가 다시 크게 베어 물었다. 말캉한 살들이 빨려 들어가고 쭉쭉 당기는 강렬한 흡입에 서연의 입에서는 거친 신음이 연신 터져 나왔다. 강준은 탐나는 가슴에서 입을 떼지 않은 채, 두 손으로 서연의 홀쭉한 배를 쓸어내리고 허리에 둘러져 있던 치마를 벗겨냈다. 그리고 은밀한 처녀지를 가리고 있는 작은 천 위를 망설임 없이 쓰다듬었다.

"흐읍, 아……."

아무도 손댄 적 없는 그곳을 비록 천 위라지만 누군가 어루만지는 손길을 느끼자, 서연은 본능적으로 다리를 오므렸다. 그러자 강준은 손을 다른 곳으로 움직였다. 파들파들 긴장으로 떨고 있는 허벅지를 천천히 달래듯 애무하는 강준의 손길은 서연에게 위무이자 고문이었다. 다리 사이 은밀한 곳이 자꾸 젖어들고 있는 것이 느껴졌다. 깊은 곳에서 스미듯 흘러나오는 뜨거운 샘의 양이 점점 많아졌다.

서연의 가슴을 집요하게 물고 빨아대던 입술이 어느새 서서히 아래로 미끄러지고 있었다. 평평한 배와 오목한 구멍을 지나는 그 뜨겁게 젖은 부드러운 입술이 주는 감각에 서연은 온몸을 찌르는 듯한 강렬한 쾌감을 느꼈다. 그것은 모든 것을 태우는 불이었고, 거세게 몰아치는 회오리바람이었다.

조심스럽지만, 단호한 손길로 강준이 서연의 마지막 속옷을 벗겨냈다. 갑작스러운 허허로움을 느낄 사이도 없이 강준의 젖은 입술이 곧장 서연의 검은 거웃에 숨어 있던 붉은 빛을 띤 여린 살결에 와 닿았다. 믿을 수 없는 충격적인 감각에 서연은 숨을 쉬지 못했다. 너무 뜨겁고, 너무 강렬했다, 감당할 수 없을 만큼. 짧은 숨을 겨우 내뱉으며 서연이 울 듯이 말했다.

"하, 하지 마……."

"말했지. 이젠 멈출 수도 없고, 되돌릴 수도 없다고."

열기와 눈물로 흐릿해진 서연의 시야에, 욕망에 사로잡힌 강준의 붉은 얼굴이 보였다. 6년 전 그때처럼 무심하고 차갑지만, 섬세한 유리처럼 어딘가 위태로워 보이는 공허한 눈빛 그대로의 모습이었다.

그때도 서연은 마음이 설레었다. 음울한 눈으로 자신을 바라보는 남자의 입술을 갖고 싶었다. 오로지 그림만을 바라보며 내달리던 어린 서연에게 처음으로 찾아든 낯선 감정이었다. 매일 말없이 병실에 찾아와 어색한 왼손으로 움직이는 그녀보다 더 서툰 손길로 식사를 챙겨주고, 머리를 감겨주던 남자의 기다란 손가락이 스칠 때마다 숨결이 가빠지고 심장이 쿵쾅거렸다. 자신의 붉어진 얼굴은 너무나 낯설었고, 여린 풋가슴 끝이 단단해지고, 저도 모르게 다리 사이가 은밀한 곳이 옴찔거리며 젖어들곤 했었다.

서연도 강준을 원했다.

"긴장 풀어."

오만할 정도로 당당하던 모습은 어디 가고 모진 세상의 차가운 비에 젖어버린 작은 새처럼 오들오들 떨고 있는 서연의 모습은 그저 한없이 자그마해 보였다. 그러나 강준은 그의 말대로 물러설 수도, 참을 수도 없었다. 아까부터 그의 몸 안에서 날뛰는 무서우리만치 큰 힘을 더는 제어할 수 없었다. 통제 불가. 그의 이성은 본능에 잠식당했다.

다시 깊숙이 숨을 들이마시자 서연의 몸에서 느껴지는 청신하면서도 관능적인 향이 폐부 가득 들이찼다. 강준은 서연의 오므린 다리 사이에서 희미하게 떨고 있는 여성을 찾아 입술을 움직였다. 날카로운 칼로 베어낸 자국처럼 세로로 갈라진 여린 살결을 입에 머금고 그 쫀득한 살결을 두 입술로 비비며 안으로 깊게 빨아 당겼다. 뜨거운 철판 위의 가여운 생선처럼 서연의 몸이 세차게 튕겨 오르고, 계속 뒤틀었지만, 강준은 조금의 틈도 주지 않고 계속해서 입술을 움직이고, 혀를 좁고 깊은 틈으로 들이밀기 시작했다.

"흐읍……!"

한 번도 열린 적 없는 처녀림에 들어선 강준이 두 입술로 꽃잎처럼 벌어져서 살짝 늘어진 여린 살을 짓이기듯 삼키자, 조금의 망설임도 없이 그 사이로 혀가 곧장 앞으로 뻗어나갔다. 자지러질 듯 덮쳐 오는 내벽의 조임에 끈적이는 쾌감을 느끼면서 강준의 혀가 안으로 다시 밖으로 넘나들기를 여러 번. 그 속도가 빨라질수록 은밀한 샘의 입구에 도도록하게 솟아 있던 작고 매끈한 살덩이가 단단하게 발기하기 시작했다. 내벽을 긁어내는 그의 혀에 어느새 흥건하게 애액이 묻어나고 볼록하니 팽창하기 시작한 클리토리스는 이제 더는 부풀어 오를 바가 없이 흥분한 듯했다. 마치 꼬챙이에 꿰인 듯한 아픔이 찌르르하게 느껴졌다.

"하아하아……!"

서연의 음부를 빨아들이는 입술과 질 사이로 찔러 넣는 혀의 속도가 점점 빨라졌다. 끊임없이 작고 예리한 칼로 온몸을 난도질당하는 듯한 충격과 짜릿함이 서연을 괴롭혔다. 자신의 가랑이 사이에 얼굴을 묻은 강준의 숱 많은 머리카락에 무력하게 얹어져 있던 서연의 손은 정신을 차릴 수 없는 낯설고 기이한 고통과 연달아 섞여서 찾아오는 쾌감에 거칠게 시트를 말아 쥐고 잡아당기고 있었다. 무언가 그녀의 몸을 지탱해 줄 것이 필요했다. 서연의 중심에서 온몸으로 번져 나간 열기들이 다시 그 끝에서 그녀의 여성을 향해 무섭게 몰아치고 있었다. 그 전신을 산산조각 낼 듯한 응집력은 마침내 서연의 질에서 폭발하기 시작했다. 강준의 단단한 이가 클리토리스와 질 입구를 한꺼번에 물고는 강하게 빨아들이기 시작했다. 서연을 거세게 높이 쳐올리는 강렬한 감각.

"아악!"

벼락처럼 찾아온 강렬한 쾌감에 서연은 날카롭게 소리 질렀다. 강준이 서연의 살집 좋은 엉덩이를 받치고 있지 않았더라면 서연은 아마 허공중 어딘가로 솟구쳤을지도 몰랐다. 몸 안에 품고 있던 힘을 다 소진한 듯 축 늘어지는 느낌이었다. 그런데 그 충격이 사그라지기도 전에 강준의 손가락이 아직도 빨갛게 부풀어 올라 있는 클리토리스를 빠르게 문지르기 시작했다. 믿을 수 없는 충격의 연속이었다. 온몸이 갈가리 찢어질 것 같았다.

"하악, 미칠 것 같아. 어떡해, 아흑……."

"참지 마."

서연이 입술을 앙다무는 것을 보고 강준이 거칠게 말했다. 서연의 몸이 부들부들 떨리고 깊은 샘에서는 울컥울컥 애액이 넘쳐흘렀다. 활짝 열려져 민감해진 감각들이 한계에 달한 느낌이었다. 온몸이 축축하고, 뜨겁고 너무나 짜릿했다. 눈앞이 캄캄해져서 새하얗게 변해 버리는 것만 같았다.

그런데 갑자기 강준의 손길에 활짝 벌려진 서연의 다리 사이로 미처 인지할 틈도 없이 무언가 굵고, 묵직하고, 뜨거운 것이 쑥 밀려 들어왔다. 지금까지의 감각들을 모두 상쇄할 만큼 충격적인 침입이었다.

"아흣!"

흥건하게 흘러내린 애액에 젖어서도 서연의 틈은 여전히 좁았고, 전혀 틈을 내주지 않고 있었다. 충분히 젖었다고 생각했지만, 조금도 젖어 있지 않았다.

생전 처음 찾아든 낯선 고통에 서연이 눈을 크게 뜨고, 벌린 입을 다물지 못한 채 부들부들 떨고 있었다. 그래도 강준의 어깨를 꽉 잡고 입술을 꼭 깨물며 참으려 애쓰고 있었다. 강준은 한 손으로 촉촉하게 젖어 있는 서연의 붉게 달아오른 얼굴을 쓰다듬었다. 한 팔로 자신의 체중을 지탱하면서 가능한 서연에게 체중이 실리지 않도록 조심하고 있었다.

처음일 터였다. 처음이었다. 그래서 서연의 겪어야 할 고통을 조금이나마 덜어주고 싶었다. 서연은 무조건 참을 것이 뻔했다. 절대 아프다 소리 내지 않고, 그렇게 입술이 핏빛으로 물들어가도 그저 견디려만 할 것이 틀림없었다.

"흐윽흐윽……."

그의 생각대로 붉은 얼굴이 하얗게 질릴 정도 고통스러우면서도 서연은 그저 입을 꾹 다물고 숨을 쉬려 애쓰고 있었다. 그를 사로잡았던 까만 눈동자에 눈물이 가득 고여서 눈가로 쉴 새 없이 흘러내렸다. 그 눈물을 닦아주고 입술에 부드럽게 입을 맞추면서 강준은 조금 더 깊게 페니스를 밀어 넣었다. 그리고 연약하고 보드라운 살에 감싸인 페니스를 다시 천천히 빼냈다. 어쩔 줄 몰라하는 여린 속살들이 강준의 남성을 붙들고 놓아주질 않았다.

"헉!"

하아, 단전을 자극하는 압박감과 짜릿함이 느껴졌다.

그가 밀어 넣을 때보다 더 큰 고통이 서연을 괴롭혔다. 두 눈을 꼭 감고 바르르 떨고 있는 서연을 보며 강준은 다시 힘차게 안으로 밀고 들어갔다. 그가 머뭇거리는 것이 오히려 그녀에게 더 큰 고통임을 알고 있었던 것이다.

"서연아……."

강하게 밀고 다시 빼냈다가 들이밀기를 수차례, 허벅지 사이로 줄줄 흐를 정도로 애액을 쏟아냈음에도 페니스를 탄탄하게 조여오는 좁디좁은 질 속에서 강준은 형언할 수 없을 만큼 강렬한 쾌감을 느꼈다. 진저리날 만큼 짜릿했다. 어느새 강준은 자신도 모르게 광풍처럼 빠르게 몰아치고 있었다. 더는 그의 안에서 터져나오는 격렬함을 주체할 수가 없었다. 두 팔로 서연의 허벅지를 더욱 활짝 벌려서 붙들고는 그의 검붉은 페니스를 여자의 중심에 퍽퍽퍽 소리가 날 정도로 강하게 내리꽂았다. 굵은 남성과 여린 여성이 부딪치는 소리가 젖은 공기로 가득한 방 안에 둔중하게 울려 퍼졌다.

참을 수가 없었다. 허리에서 머리끝까지 치솟는 욕망을, 그 탐욕스런 절정의 갈구를 강준은 도저히 막을 수가 없었다. 가느다란 서연의 몸이 노도처럼 들썩이며, 고통스런 신음을 내뱉어도 그는 멈출 수가 없었다. 울부짖는 짐승처럼 집요하게 안으로 파고들다 마침내 온몸을 경직시키며 무겁게 무너져 내리는 순간, 강준은 서연의 가녀린 몸을 꽉 끌어안은 채 놓아주지 않았다.

"허억!"

생살을 찢고 당겨대는 듯한 아픔에 진저리치던 서연도 어느새 머릿속을 텅 비게 만드는 알 수 없는 격렬함과 정신없이 몰아치는 정염에 몸을 내맡긴 채 그저 강준에게 매달려 있었다. 고통은 차츰 흐려지고 그저 안타까운 갈망만이 서연을 몰아치고 있었다. 조금만, 조금만 더 무언지 알지도 못하는 것을 원하며 서연은 강준의 맨몸을 정신없이 끌어안았다. 그리고 마침내 강준이 무너지듯 그녀에게 쓰러지자, 서연도 기진해서 눈을 감았다.

❖

새벽, 언제나처럼 일찍 눈을 뜬 서연은 자신의 서글픈 습관에 피식 웃음이 나왔다. 언제나 남들이 모두 잠든 이른 시간에 깨어서 움직여야 했던 것이 몸에 배어 저도 모르게 생체 시계가 작동한 모양이었다. 그러나 지금은 아무런 할 일이 없었다. 무얼 해야 좋을까, 어째야 좋을까 생각하려 했지만, 머릿속은 부연 안개처럼 불투명했다. 작게 한숨을 내쉬고 아직은 검푸른 새벽하늘을 물끄러미 바라보고 있던 서연은 문득 언제나처럼 쑤시는 오른 손가락을 왼손으로 꾹꾹 누르고 있었다.

"아직 아프니?"

나지막하게 그의 목소리가 들려왔다. 당연한 듯 자신의 벗은 몸을 따뜻하게 감싸 안고 잠들어 있던 남자 강준. 그는 서연의 작고 조용한 동작에도 어느새 눈을 뜨고 그녀를 바라보고 있었다. 제멋대로 헝클어진 머리에 나른한 졸음이 아직도 잔뜩 배어 있는 목소리가 어딘지 무방비하고 나약해 보였다. 20대 초반의 남자는 이제 성숙한 남자의 아우라를 풍기고 있었다. 매력적이고, 위험한.

"가끔."

서연이 대수롭지 않게 말하며 올렸던 손끝을 내리자, 강준이 그 모습을 가만히 바라보았다.

"그럼 그려?"

잠시 말이 없던 서연이 시트를 끌어당겨 가슴을 가리며 일어나 침대 등받이에 등을 기댔다. 새하얀 피부와 시트 위에 노란 머리가 마치 햇살처럼 퍼져 있었다. 강준도 서연처럼 몸을 일으켜 등받이에 등을 기대고 앉았다. 시트 자락이 흘러 강준의 허리께까지 흘러내리면서 그의 섬세한 근육들로 이루어진 역삼각형의 늘씬한 상체를 고스란히 드러냈다. 밤새 서연이 매달리고, 서연을 품었던 그 가슴이었다.

"아니."

잠시 망설이던 서연은 답했다, 아니라고. 이제 그녀는 그림을 그리지 못할 것이다. 그러니 그녀의 대답은 이럴 수밖에 없었다.

"손이 그렇게 안 좋아?"

강준의 잘생긴 얼굴이 찌푸려지는 것을 바라보던 서연이 고개를 가로저었다.

"그런데 왜 그림을 안 그려?"

서연이 얼마나 치열하게 그림을 그리기 위해 노력했는지 알고 있는 강준은 집요하게 물었다.

퇴원 후에도 서연을 찾아갔던 강준은 그녀가 미술 학원비를 모으기 위해 아픈 손으로 여전히 새벽마다 우유 배달을 하고 교통비를 아끼기 위해 종종거리며 뛰어다니고 있다는 것을 알았다. 분명히 치료비는 물론이고 합의금과 배상금 조로 꽤 많은 액수를 건넸다고 권 변호사 말했었다. 적어도 서연의 학원비와 4년간 미대 등록금으로는 충분할 만한 액수라고 했었다. 그런데도 여전히 작고 고단한 몸을 바지런히 움직이고 있는 서연을 보면서 강준은 기가 막혔다.

"미대엔 갔니?"

"아니."

예전과 달리 서연은 자연스럽게 그에게 말을 놓았고, 강준은 그게 어쩐지 더 좋았다.

"왜?"

설마 학비가 없어서 가지 못했다는 건 아니겠지? 강준은 화가 치솟았다.

"너 그림 그리고 싶었던 거 아니었어?"

"그랬는데……. 생각해 보니까 세상에는 하고 싶다는 마음만으론 이룰 수 없는 일도 있더라. 그래서 관뒀어."

살풋 웃는 서연의 미소가 어쩐지 힘이 없었다. 17살 소녀의 그림에 대한 열망이 얼마나 큰지 알고 있던 강준은 어쩐지 석연치 않은 기분이 들었다.

"너 절대 그림 포기 못한다고 했었잖아. 내가 본 넌, 쉽게 그 꿈 단념할 아이 아니었어."

강준이 상체를 비틀어 서연을 바라보았다. 짙은 화장이 지워진 맑은 얼굴은 그가 그리워하던 그 모습 그대로였다. 그 어린 날의 열정과 꿈이 고스란히 담아 있는 서연의 얼굴을 보면서 강준은 마음이 아팠다. 자신이 모르는 곳에서, 알 수 없던 시간 속에서 그녀에게 무슨 일이 있었던 것일까 생각했다.

"당신 너무 질문만 해대는 거 같지 않아? 원래 이렇게 말 많았어?"

서연이 작게 웃으며 강준을 바라보았다. 어제 만난 이후, 처음으로 그늘 없이 웃는 서연의 모습에 강준은 심장이 두근거리는 걸 느꼈다. 그날, 푸르고 푸르던 파란 겨울 하늘처럼 청명하고 맑은 미소가 아름다웠다.

강준의 눈동자가 서연을 바라보고, 서연도 강준을 응시했다. 지난 5년의 세월을 단번에 뛰어넘은 것처럼 그저 자연스럽게 서로를 바라보면서 미소 지었다. 강준은 비로소 한국에 돌아왔다는 생각이 들었다.

강준은 서연의 오른손을 부드럽게 잡아서 찬찬히 들여다보았다. 긴 은색의 마디반지가 덮고 있는 손가락을 지나 끄트머리에 시선이 머물렀다. 둥글고 매끄러운 다른 손가락과는 달리 네 번째 손가락은 크기가 작은 모자를 억지로 쓰고 있는 머리 큰 아이처럼 손끝 모양이 3자 모양으로 눌린 자국이 역력했다. 천천히 손을 뒤집자 제일 먼저 손바닥에 동그랗게 패인 상처가 드러났다. 잘린 손가락 위에 씌우기 위해 필요한 피부 조직을 도려낸 탓에 주위 피부와 달리 옅고, 창백한 갈색을 띠고 있는 상처 자국 안에는 표피가 없어진 탓에 팔딱팔딱, 혈관 뛰는 모습이 진피를 통해 고스란히 보이고 있었다.

접합 수술 후, 수술자국이 아문 모습을 본 적 없던 강준의 눈에 그 상처는 너무나 낯설고, 생경하고, 또 끔찍해 보였다. 강준은 말없이 서연의 손바닥에 지그시 입을 맞췄다. 어쩐지 눈가가 뜨거워지고 있었다.

움칫, 서연이 저도 모르게 반사적으로 손바닥을 오므렸다. 상처난 부위를 보호하기 위한 본능이었다. 강준은 조심스럽게 상처자국을 피해가며 서연의 손바닥에 위무하듯 입을 맞췄다. 제가 만들어낸 끔찍한 상흔이 너무나 미안하고 마음 아팠다.

작은 한숨처럼 부드럽게 서연의 손바닥을 적시던 강준의 입술이 어느덧 서연의 입에 살며시 포개지고, 젖어 있는 살결 사이로 따뜻한 서로의 체온과 향기가 섞여 달금하고 감미로운 안개처럼 강준과 서연을 감쌌다. 촉, 소리를 내며 겹쳤다 떨어지는 입술 사이사이, 강준의 미소가 섞여들었다. 입맞춤이 농밀하게 깊어지기 전까지 그는 끊임없이 웃었다.

"왜 자꾸…… 웃어?"

"몰라. 그냥 웃음이 나."

"하아…… 바보……."

조금씩 가빠지는 숨결을 조심스럽게 참으며 서연이 대꾸하자, 강준이 더욱 깊숙하게 고개를 틀었다. 스르르 서연의 상반신을 가리던 시트가 미끄러져 내리면서 눈부신 서연의 가슴이 드러났다. 하얗고 뾰족한 젖가슴 끝에 분홍빛 유두가 수줍게 유혹하듯 발갛게 물들어 있었다. 젖가슴을 어루만지고 주무르는 강준의 손길에 탱글탱글하게 일어선 유두가 기분 좋게 그의 손바닥을 간질였다.

제 존재를 확인시키는 그 작고 사랑스러운 정점을 향해 강준은 입술을 오므렸다. 짜르르하게 온몸으로 번져 가는 쾌감에 서연이 숨을 헐떡이자, 강준은 입안 가득히 물고 빨던 가슴을 도로 내어놓으면서 커다란 손으로 풍만한 가슴을 쓰다듬고 주무르고, 만지작거렸다. 움켜진 손가락 사이 당당하게 고개 내민 젖꼭지를 느릿하게 입에 물고 정성들여 핥았다.

아이 모양 제 가슴에 매달려 있는 강준의 검은 머리카락을 움켜쥐며 서연이 고개를 뒤로 젖혔다. 숨이 가빠지고, 버틸 수 없이 야릇한 기분이 서연을 몰아쳤다. 다리 사이 깊은 곳이 조금씩 젖어들었다. 서연의 젖가슴을 깊게 물고 그가 음미할 수 있는 모든 방법으로 마음껏 탐하고 있던 강준이 자신의 혀로 희롱당하고 뜨거운 타액에 젖어 있던 서연의 젖가슴을 갑자기 강하게 빨아들였다. 살갗을 찌르는 듯한 강렬한 느낌에 서연이 팔딱거리며 몸을 뒤틀었다.

"아흐읏……."

뭍에 올라온 날것처럼 몸을 뒤채며 퍼덕이는 서연의 신음 소리가 조금도 잦아들지 않았다. 서연의 온몸에 퍼져 있던 열기가 그녀의 중심으로 모여 순식간에 습기가 되어 배나오는 것만 같았다. 뜨겁고 축축한 느낌을 이기지 못한 서연은 활짝 다리를 벌렸다. 차갑고 신선한 공기와 자꾸 몸을 치대는 열기를 다스려 줄 그 무엇이 필요했다.

"하아, 하아……."

강준이 손을 내밀어 서연의 검은 둔덕을 쓸었다. 가슬가슬한 털 사이 헐떡이는 붉은 살결이 적나라하게 제 모습을 드러내고 있었다.

"젖었네."

강준이 서연의 까맣게 타오르는 눈동자를 마주하고 짓궂게 한

쪽 눈썹을 치켜 올리며 말했다. 욕망에 젖어 있는 그의 목소리가 더욱 낮고 끈끈하게 들려왔다. 자신의 허리에 다리를 감고 있는 서연의 등과 허리를 손으로 받치며, 강준이 서서히 자신의 남성을 서연의 깊고 습한 구멍으로 밀어 넣었다. 상체를 일으키고 마주 바라보며 앉은 상태인 두 사람의 눈에 검은 구름 사이로 사라지는 검붉은 기둥이 고스란히 보이고 있었다.

굵게 핏줄 선 기둥이 처음에는 힘겹게, 그러나 곧 스르르 빨려 들어가듯 서연의 몸 안으로 미끄러져 들어갔다.

그 생소하고 충격적인 모습에 서연은 저도 모르게 온몸이 뜨겁게 달아오르는 것을 느꼈다. 뱃속에 뭉쳐 있는 짜릿한 기운들이 점점 크게 제 몸을 부풀여 가면서 서연을 충동질하고 있었다. 좀 더 가까이, 좀 더 강준을, 강준의 남성이 주는 희열을 느끼고 싶었다.

어느덧 다다를 수 있는 서연의 가장 깊은 곳까지 이른 강준의 남성은 느리지만 강하게 진퇴를 거듭하고 있었다. 들썩들썩 서연의 몸이 흔들리고 온몸에 퍼지는 둔중한 쾌감에 저도 모르게 입을 벌리고 눈을 감았다.

"……흐읏!"

자궁 끝까지 닿을 듯 세차게 밀고 들어왔다가 단박에 물러나고 또다시 깊게 박아대는 페니스가 점점 속도를 높이고 있었다. 세차게 허리를 튕기는 동작이 거듭될수록 서연과 강준이 연결된 곳에서는 찔꺽찔꺽, 분비물과 뜨거운 살덩이들이 부딪치며 만들어내는 적나라한 소리가 들려오고, 여름 날, 밤꽃의 향기가 짙어졌다.

"서연아, 차서연……!"

격정에 못 이겨 강준의 목을 꽉 끌어안고 눈을 감은 채 흐느끼던 서연이 문득 눈을 뜨고 아래를 보자, 젖어서 빛나는 분홍빛 속살이 미친 듯이 강준의 남성을 붙들고 있는 것이 보였다. 얼굴이 붉어지고 몸이 뜨거워졌다.

흥분으로 부풀어 있는 여성 안으로 밀고 들어왔다가 다시 빠져나가는 페니스를 꽉 붙들고 놔주지 않는 자신의 내밀한 속살이 만들어내는 느낌과 소리 그리고 체향이 너무나 강렬했다. 눈과 코끝과 피부에서 느껴지는 생생하고 야릇한 감각에 서연은 저도 모르게 내뱉었다.

"아흣, 너무 야해."

순간, 그 쾌감을 이기지 못한 서연의 내벽이 긴장과 부끄러움으로 더욱 바짝 조여들기 시작했다. 서연의 깊숙한 곳에 머물고 있던 강준의 페니스는 순식간에 닥치는 황홀한 느낌에 자제심을 잃고 말았다.

"윽!"

머리끝까지 치솟는 희열에 강준은 간신히 지탱하던 일말의 이성마저 완전히 날아가 버렸다. 더는 자제할 수가 없었다. 폭주, 강준은 서연의 가슴을 거세게 움켜쥐며 세차게 내달리기 시작했다. 리드미컬한 허리와 엉덩이의 움직임은 제어 못할 정도로 빠르게 치닫기 시작했다. 맨살과 맨살이 부딪치는 차진 소리가 급박하게 들려오고 서연과 강준이 경쟁하듯 쾌락에 겨운 신음을 흘렸다.

땀이 배어 나온 서연의 매끄러운 살결을 물고 빨면서 절정을 향해 치닫던 강준은 바르르 떨기 시작한 서연의 몸을 꽉 끌어안으면서 그녀의 이름을 불렀다.

"서연아!"

촉발 기제처럼 그 말이 서연 안에 끓어오르던 뜨거운 용암을 순식간에 폭발시켰다. 입을 턱턱 막으며 토해지던 거친 숨결이 자지러질 듯한 신음으로 바뀌고, 발끝까지 경련을 일으키듯 알 수 없는 강렬한 힘이 지배했다. 그리고 세차게 쳐올리던 강준의 페니스가 깊게 맞물리듯 파고들자 순식간에 서연의 머릿속은 하얗게 지워지고 모든 감각은 산산이 부서졌다. 예리한 조각들이 전신을 찌르는 듯 연달아 터져대는 짜릿함과 격정에 마침내 서연은 비명을 질렀다.

❖

강준은 분명히 밤새 서연을 안고 있었다. 그의 두 팔 안에 그녀를 안고 그녀 안에 자신을 담그고 있었다. 그 충만한 따뜻함은 처음 느껴보는 만족감이었다. 그러나 늦은 아침, 창가를 통해 들어온 눈부신 아침 햇살 때문에 강준이 다시 눈을 떴을 때 그의 옆에는 서연이 없었다. 구겨진 시트에 남아 있는 잔향…….

상체를 돌린 강준은 시트 바닥에 점점이 피어 있는 붉은 혈화를 보면서 얼굴을 찌푸렸다. 하염없이 흰 눈 속에 핀 붉은 꽃 같은 앵

혈을 바라보던 강준은 침대에서 벌떡 몸을 일으켜 의자 등받이에 잘 걸어놓은 상의에서 휴대 전화를 꺼냈다.

"권 변호사님. 네, 저 김강준입니다. 예전에 제 합의 봐주신 거 기억하십니까? 5년 전에 말입니다. 차서연이라고. 네, 현재 주소 좀 알아봐 주십시오. 가능하면 근황도……. 네, 기다리겠습니다."

침대 발치에 걸린 가운을 걸치면서 강준은 천천히 창가로 걸어갔다. 어느새 밝은 빛으로 가득 찬 푸른 산자락이 시원하게 펼쳐진 풍광이 그의 마음을 끌었다. 걸음을 옮기던 강준의 시선이 문득 찬란한 황금빛으로 가득한 그림 하나에 머물렀다. 침대에서 마주 보이는 벽에 걸린 실사 크기의 대형 그림이었다. 오늘 아침에 잠시 눈 떴을 때, 서연이 홀린 듯 바라보던 것이 이 그림인 듯싶었다.

조용히 눈 감은 여자를 조금의 빈틈도 없이 자신의 품에 넣고 있는 남자의 얼굴은 창에 비친 강준, 그의 모습과 닮아 있었다. 서연을 품었던 그 시간 속의 그의 모습은 바로 그 그림 속 남자의 황홀한 표정이었다.

클림트, Fulfillment(충족).

눈으로 화려한 황금빛을 훑으면서, 강준은 마음속에 번져 가는 충만한 감정을 느꼈다.

4

서둘러 호텔을 나섰지만 서연이 자신이 사는 마을버스 정류장에 다다랐을 때는 이미 동이 훤히 터오고 있었다. 사방이 밝으니 그녀가 살고 있는 초라한 동네의 모습이 적나라하게 드러났다. 벗겨진 페인트와 오래된 시멘트, 회색빛으로 우중충한 몰골을 바라보는 서연의 눈길은 무감했다. 그러나 그녀의 가슴은 미친 듯이 뛰고 있었다.

"미쳤어, 차서연……."

차가운 버스 유리창에 이마를 대면서 서연은 아랫입술을 깨물었다. 가발을 벗고 짙은 화장은 다 지워냈지만 옷은 어쩔 수 없어서 그녀는 여전히 허벅지가 훤히 드러나는 짧은 미니스커트 차림이었다. 아직은 참 새벽 공기 때문에 피부에 오소소 소름이 돋아났다.

"정말 미쳤어……."

김강준.

그를 다시 보게 될 줄은 몰랐다. 그것도 그런 장소에서, 그런 식으로 만나게 되다니……. 게다가 그와 함께 밤을 보내게 될 줄은 더더군다나 상상도 할 수 없었다.

❖

강준이 말도 없이 영국으로 가버린 후 서연은 종종 그를 떠올렸다. 한동안은 너무 그리웠고, 그럴 때면 괜히 눈물이 나기도 했다. 어쩌면 그에게서 연락이 올지도 모른다는 생각에 학교가 끝나면 곧장 집으로 달려왔고, 아르바이트나 학원을 갈 시간이 아니면 내내 집에 붙어 있으면서 낡은 전화기를 바라보고 또 바라보았다. 오갈 때마다 녹슨 우체통 안을 들여다보기도 잊지 않았다.

그러나 강준은 끝내 그녀에게 어떤 연락도 하지 않았고, 소녀의 가슴을 애태우고, 불면의 밤을 지새우게 했던 그리움은 어느덧 점점 옅어지고 말았다. 시간은 흘렀고, 서연의 머릿속은 김강준에 대한 생각보다는 당장 그녀에게 당면한 현실을 이겨내느라 바빴다.

하루하루 살아가는 것이 버겁기만 한 시간들이었다. 그러다 한 남자를 만났다. 어렵게 대학에 입학하고도 학비며, 용돈을 벌기 위해 한시도 쉴 수 없었던 서연은 1학년 방학을 맞아서 한 로펌에서 잡무를 하게 되었다. 수십 명의 변호사들이 있는 규모 있는 대형 로펌이었다. 그곳의 직원들이 출근하기 전에 나가서 청소를 하고, 낮에는 각종 심부름과 잡무를 하고 또 저녁이면 늦게까지 남아서 뒷정리를 해야 하는 일이었다. 거의 하루 종일 쉴 틈도 없이 고된 일이었지만 그만큼 보수는 좋았다.

"원래 내가 하려고 우리 사촌언니한테 조르고 조른 건데, 우리 엄마 아파서 꼼짝도 못하시니 어쩔 수가 없다야. 들었다시피 일은 빡세지만 대신 시급이 세니까. 그리고 우리 언니 말로는 아침 청소 끝내고 사무직 여직원들 오기 전까지는 좀 쉴 수 있대. 그리고 낮에도 점심시간에는 한 시간 정도 한가하고, 그러니까 아무튼 너 요령껏 어디 짱 박혀서 쉬고 그러란 말이야."

원래 그 아르바이트는 혜주가 하기로 돼 있던 것이었다. 혜주의 사촌 언니가 그 로펌에서 6년을 일했던 터라 혜주는 꽤 벌이가 좋은 아르바이트 자리가 있다는 걸 알고 탐을 냈다. 그래서 제 언니를 몇 달이나 졸라서 간신히 얻은 자리였지만 새벽시장에 나갔던 엄마가 발목을 다치는 바람에 가게 일이며 집안일까지 모두 제가 해야 할 처지가 돼서 도저히 시간을 낼 수가 없었다.

"서연이 너 미련하게 하라는 대로 다 하지 말고, 괜히 여기저기 뭔 일 없나 어슬렁거리다가 눈에 뜨여서 일 더 하지 말고. 알았지, 요령껏 하라고 요령껏."

"내가 뭐 바보냐. 걱정하지 말고. 나 알바비 타면 맛있는 거나 먹으러 가자. 내가 쏠게."

"에휴, 됐네요. 내가 벼룩의 간을 내먹지. 나나 너나 처지 빤한데 그런 생색 안 내도 돼."

"아니야, 너 알다시피 이번 알바비 엄청나잖아. 내가 너한테 밥 한 번 못 사겠니?"

"너도 얼마 전에 엄마 또 쓰러지셨다며? 병원비랑 약값 또 엄청 나올 텐데 괜히 허세부리지 말고 돈이나 모아."

속 깊은 친구의 말에 서연은 그저 웃고 말았다. 하늘 아래 서연의 유일한 가족은 엄마뿐이었다. 아빠는 누군지 알지 못했다. 심지어 그녀는 성도 엄마의 것을 따라 차 씨였다.

차재희, 차서연.

어린 시절에는 제 엄마와 자기 성이 똑같은 걸 이상하게 여기지 않았지만 학교에 들어가게 되고 점점 머리가 굵어지면서 그저 자연스럽게 알게 되었다.

아, 다른 애들은 모두 아빠와 성이 같구나. 엄마와 성이 같은 건 정상적이지 못한 거구나.

어쩌다 엄마 이름을 알게 된 친구들이 고모나 언니냐면서 물어볼 때면 서연은 할 말이 없었다. 그러다 점점 자라면서 아빠의 성을 받지 못하고 엄마의 성을 따르는 아이들을 세상에서는 '사생아'라 부른다는 걸 알게 되었다. 창피하지는 않았다.

다만 가슴 한구석 어딘가에서 스산한 바람이 부는 것처럼 마음이 쓸쓸했다. 그러나 늘 병에 시달리면서도 그녀를 키우기 위해 병약한 몸으로 애쓰는 엄마 앞에서 어째서 나는 아빠가 없는 거냐고, 왜 나는 아빠가 아닌 엄마 성을 따르는 거냐고 물을 수는 없었다.

그리고 무엇보다 아빠가 없어도, 하루하루 끼니를 걱정하며 근근이 살아가도 서연은 엄마가 있어 행복했다. 세상 누구보다 자신을 사랑해 주는 엄마.

"우리 딸, 세상에서 제일 예쁘고 착한 우리 서연이. 엄마는 우리 딸만 있으면 하나도 아프지 않아. 정말 행복해."

"정말? 정말 안 아파?"

"그럼. 아프지도 않고, 늘 웃음만 나오는걸."

"거짓말, 아픈데 어떻게 웃어? 엄마 저번에도 피 토했잖아."

"그래도 서연이 보면 엄마는 자꾸자꾸 웃게 돼. 우리 서연이가 엄마를 기쁘게 해주니까."

며칠 내내 각혈을 하고, 아픈 몸을 이끌면서도 밤낮으로 일을 해서 더 쇠약해진 엄마는 핏기 없이 파리한 얼굴로 어린 딸의 말간 얼굴을 쓰다듬으면서 웃었다. 하얀 이마에 입을 맞추고, 걱정으로 떨리고 있는 머루처럼 까만 눈동자를 들여다보며 '너로 인해 나는 세상에서 가장 행복한 사람이란다.' 라고 속삭였다.

그리고 서연에게도 엄마는 그녀의 행복이자, 유일한 기쁨이었다. 하지만 고된 세상살이는 점점 그녀를 지치게 했다.

대학생이 되어 처음으로 맞은 여름 방학, 대부분의 대학 동기들은 한껏 들떠서 산으로 바다로 여행을 떠나거나 젊은 혈기와 도전정신으로 배낭여행을 떠나기도 했고, 미래를 위해 학원을 다니며 어학 공부를 하기도 했다. 그리고 무엇보다 궁극적 목표인 사법고시를 위해서 벌써부터 고시 준비에 매달리는 부류도 있었다.

그러나 서연과 같은 고학생들은 그럴 여유가 없었다. 적어도 서연은 그랬다.

아르바이트를 시작하고 하루하루가 강도 높은 노동의 연속이었다. 새벽부터 일찍 일어나서 온종일 넓은 사무실을 누비고 다니며, 이리 와서 이거 옮겨라, 저거 복사해라, 이건 어디어디에 갖다 줘라, 우체국에 등기 보내라, 법원에서 서류는 찾아왔느냐 같은 사무에 관련된 업무부터 흔하디흔한 커피 심부름, 점심이나 저녁 도시락, 혹은 간식 따위를 사오라는 일까지 서연이 해야 하는 일은 정말로 잡다하기 그지없었다. 심지어는 자기 스타킹이나 생리대를 사오라고 시키는 여직원들도 부지기수였다.

서연은 하루에도 몇 번씩 로펌이 위치한 대형빌딩에서 그 주변의 여러 상가나 관공서 등으로 바쁘게 뛰어다녀야 했다. 하도 채근하고 닦달하는 사람들 때문에 미처 엘리베이터를 기다릴 수 없어서 15층이나 되는 건물의 위아래를 발로 뛰어다니는 일도 허다했다.

그러나 그쯤은 모두 각오했던 바였다. 견딜 수 있었다. 괜찮았다. 정말로 그녀를 힘들게 하는 것은 다른 것이었다.

건물의 15층과 16층을 모두 빌려 쓰고 있는 로펌의 사무실에는 각 층마다 탕비실이 있었다. 사람들이 비번하게 왕래하는 복사실과는 떨어져 있었고, 구석의 비품실과 붙어 있는 곳이었다. 특히 16층은 탕비실을 지나야만 비품실로 들어갈 수 있는 특이한 구조였다. 원래 내방객들이 오면 차를 타서 내가는 것은 여직원들의 몫이었지만 서연이 온 후로 그녀들은 자연스럽게 그 일마저도 서연에게 미루었다.

“전에 있던 애들도 다 했던 거야.”

혜주에게 듣기론 아니었다. 그러나 서연은 그녀들의 말에 어떤 반박도 하지 않았다. 오랜 세월 동안 아르바이트를 하면서 그녀가 깨닫게 된 세상의 이치는 간단했다. 어쨌든 저들은 갑이고, 자신은 을이었다. 아무리 그들의 요구가 원래의 약속과 다르고 부당하다 해도 자기만 참으면 될 일이라고 생각했다. 괜스레 잡음을 만들어서 좋을 건 없었다.

“아이스커피 넉 잔 장 변호사님 사무실 앞으로 갖고 오고 녹차는 뜨겁게 해서 두 잔 만들어 와.”

“알겠습니다.”

“아 참, 당연히 순서는…….”

“아무래도 얼음 녹을지도 모르니까 아이스커피 먼저 갖다 드리고 녹차 만들어 갈게요.”

어찌 된 셈인지 탕비실과 변호사들의 사무실이 있는 곳은 좀 거리가 있었다. 그래서 이렇게 두 군데 이상에 동시에 차를 내가야 할 때는 아무래도 로펌 내에서의 서열이나 내방객의 중요도에 따라서 차를 내가는 순서가 달라지곤 했다. 양이 많지 않을 때는 서연이 한꺼번에 차를 만들어서 여직원들에게 갖다주면 그녀들이 각자 알아서 변호사 사무실에 내갔다.

그런데 평소에도 유난히 서연에게 까칠하게 굴고 늘 자기 몸종 부리듯 함부로 대하는 임미주가 유독 장 변호사 사무실에 내갈 것만 먼저 만들어서 갖고 오라고 했다. 그건 그 사무실 앞에 자기가 있을 테니 다른 여직원들 말고 반드시 자기한테 그걸 갖고 오라는 소리였다.

로펌에서 일하기 시작한 지 3주. 아무리 사람들이 떠들어대는 소문이나 가십거리엔 관심없는 서연이라 해도 로펌에서 벌어지는 일이라면 무엇 하나 모르는 것 없는 여직원들의 끝없는 수다 탓에 서연은 듣고 싶지 않아도 임미주가 장현우 변호사에게 눈독 들이고 있단 사실을 들을 수밖에 없었다.

임미주는 유독 서연에게 쌀쌀맞았고, 엄하게 굴었다. 첫날 활동하기 편한 면 티에 청바지를 입고 갔다가 서연은 그녀에게 경을 치고 말았다.

"아무리 알바하는 애라도 그렇지. 그렇게 생각이 없니? 여긴 우리나라에서도 손에 꼽히는 대형 로펌이야. 여기에서 일하는 우리가 결국 우리 로펌의 격을 결정하는 거나 마찬가지라고. 그런데 너처럼 그렇게 추레한 차림으로 돌아다니다가 의뢰인 눈에 띄기라도 해서 우리 로펌 격

떨어지고, 망신당하면 어떡할래? 당장 청바지 벗고 와!"

그러나 다음날 그녀가 입고 온 셔츠와 면바지를 보고도 잔뜩 화를 낸 임미주는 그녀에게 차라리 치마라도 입으라고 면박을 주었다. 그래서 서연은 할 수 없이 일할 때 불편하기 짝이 없는 치마를 입고 다닐 수밖에 없었다. 가능한 활동하기 편하고 구김도 덜한 종류의 치마를 입긴 했지만 아무래도 바지보다는 불편했다.

"아이스커피는 언니한테 갖다 드리면 되는 거죠?"

"그야. 뭐."

"넉 잔이라 무거울 텐데 괜찮으시겠어요?"

서연의 물음에 떨떠름한 표정으로 그래라고 대꾸하고 돌아서면서 임미주가 입을 비쭉 내밀더니 곧 도도하게 턱을 치켜세운 채 탕비실을 나갔다. 키가 크고 늘씬한데다 화려한 미모를 자랑하는 임미주는 고등학교 졸업 후에 로펌에 들어온 탓에 가장 경력 많은 여직원 중 하나였다. 그녀는 입사 초기부터 자신의 미모를 앞세워서 변호사 사모님이 되는 게 자신의 목표라고 공공연히 떠들고 다녔다고 한다. 실제로 이십대 초반의 풋풋하던 시절에는 그 아름다움에 혹해서 몰래 그녀와 사귄 변호사들도 몇 있었다.

하지만 관계가 깊어지고 그녀가 다음 단계로 발전하려고만 하면 그들은 모두 난색을 표했다. 그들이 원한 건 똑같았다. 젊고 아름다운 여직원과 은밀한 사내 연애를 즐기고 싶었을 뿐, 고졸에 가진 것 없는 집안 출신의 그녀와 진지하게 미래를 생각하진 않았다.

그렇게 몇 번 좌절을 겪고 나자 임미주는 방통대를 다니면서 학위를 땄고, 더욱더 자기 외모를 가꾸는 데 투자했다. 그녀는 날이 갈수록 눈부시게 아름다워졌다. 지금은 법대 대학원을 다니면서 사법고시를 준비한다는 소리도 들렸다. 그러나 그녀를 대하는 변호사들의 태도에 큰 변화는 없었다.

"그런데도 질리지도 않고 아직도 여기저기 들이대는 거 보면 임미주 걔도 참 병은 병이야. 그렇지?"

"그러게 말이야. 정말로 변호사라도 되면 혹 모를까, 어디 진골들께서 우리 같은 6두품도 못 되는 천민들하고 섞이려고 하시겠어?"

"그나저나 요즘 임미주 씨가 장현우 변호사님한테 그렇게 꼬리 친다면서?"

"어머, 자기도 봤어?"

"어제도 장 변호사님 사무실에 손님 오니까 자기가 뭐라고 차 들고 들어가서 호호거리더라. 나 참 기가 막혀서."

아닌 사람들도 있었지만 대개의 변호사들은 자신들과 일반 서무직인 여직원들 사이에는 레벨의 차이가 있다고 생각했다. 본인들도 변호사가 된 것을 빌미로 부유하거나 힘 있는 집의 여자와 결혼해서 단숨에 신분상승을 하고 싶어 하면서도 여직원들이 신데렐라를 꿈꾸는 걸 비웃고 경멸했다. 그런데 그것은 같은 여직원들 사이에서도 마찬가지였다.

아마도 임미주가 누구보다 튀는 존재였기 때문일 터였다. 아름답고 당당하며 자기 욕망에 솔직한데다 그걸 위해 대학 졸업장을 따는 등 적극적인 그녀가 가장 압도적인 적수였기에 더욱 그러했을 것이다.

그렇게 차를 준비해서 갖다주자 어느새 자신의 도회적인 이미지와 하얀 살결에 잘 어울리는 버건디 컬러의 립스틱을 고쳐 바른 임미주가 장 변호사의 사무실 앞에 서 있다가 차를 받아 들면서 말했다.

"아까 보니까 스테이플러랑 심이랑 클립 떨어졌더라. 클립 그냥 은색 말고 색색으로 돼 있는 거 있으니까 그거 찾아서 내 책상 위에 갖다 놔."

임미주의 심부름을 위해서 비품실에 간 서연은 임미주가 원하는 색색의 클립을 찾지 못했다. 그래서 하는 수 없이 16층의 비품실까지 가야 했다. 일반 사무직 여직원들과 비교적 신진 변호사들의 사무실이 있는 15층과 달리 법무법인 한의 대표인 김재한 변호사과 소위 말하는 거물급 베테랑 변호사들의 사무실이 포진된 16층은 널찍한 사무실 몇 개만이 있어서 조용하고 어쩐지 엄숙한 분위기마저 감돌았다.

평소에도 차를 내오라거나 복사 등의 업무 지시를 받을 때도 16층 변호사들이 키폰으로 하달한 지시를 여직원들이 서연에게 전하면 서연은 15층에서 차를 타거나 복사를 했기 때문에 16층에는 올 일이 거의 없었다.

"실례합니다."

탕비실 문을 열고 들어가면서 서연은 일부러 소리 내서 인사했다. 아무도 없으리라 예상은 했지만 어쩐지 조심스러웠던 탓이다. 안쪽으로 연결된 비품실 안으로 들어가 가만히 문을 닫고 불을 켰다. 생각보다 넓진 않았지만 한 번도 와본 적이 없는 터라 어디에 어떤 물건이 있는지 익숙하지 못해서 클립을 찾는 손길이 느렸다.

그때였다. 갑자기 탕비실 쪽에서 이상한 소리가 들렸다. 벌컥 문을 여는 소리, 누군가 급하게 들어오는 소리, 몸이 부딪히며 나는 둔탁한 소리와 여자의 억눌린 비명까지. 너무나 삽시간에 벌어진 일이라 서연은 어리둥절할 지경이었다.

"……이, 이러지 마세요."

비품실 문을 사이에 두고 간헐적으로 들려오는 흐느낌, 애원조의 목소리.

"어허, 내가 뭘 어쨌다고 이래. 그냥 예뻐서 귀여워해 주는 건데. 흐흐, 이제 보니 미스 임 몸매가 더 죽여주는데."

"제발요, 의원님…… 흑……."

울먹이는 여자의 목소리를 듣는 순간 서연은 조심스럽게 문가로 다가갔다. 다행히 꼭 닫히지 않았던 문이 소리 없이 열리고 그 틈으로 탕비실 안의 모습이 고스란히 보였다. 여자의 몸을 억지로 끌어안고 자기 몸을 비벼대고 있는 남자. 그건 아무리 봐도 강제적인 성추행이었다.

서연은 떨리는 손으로 조심스럽게 자기 휴대전화를 꺼내서 그 모습을 카메라로 찍었다. 소리가 나지 않는 카메라로 두 사람이 엉겨 있는 모습과 여자의 얼굴에 입술을 갖다 대려는 추악한 사내의 얼굴, 그리고 필사적으로 반항하면서도 제대로 소리 한 번 지르지 못하고 있는 여자의 얼굴까지.

카메라를 통해 여자의 얼굴을 본 순간 서연은 그대로 얼음처럼 굳고 말았다. 화면 속 여자는 임미주였다. 그 순간 그녀는 두 번 생각할 겨를도 없이 바로 문을 열었다. 아무리 제 나이에 비해 세상살이에 닳고 닳아서 쓸데없는 일에 나서지 않고 제 한 몸 챙기기에 바쁜 그녀였지만, 그래도 이건 인간으로서 그냥 넘어갈 수 없는 일이었다. 비록 그녀가 정의감에 불타서 변호사가 되려는 부류는 아니었지만 말이다.

"헉!"

바깥쪽 출입문도 아니고 안쪽 비품실에서 갑자기 사람이 나타나자 좁은 탕비실 안에서 부둥켜안고 있던 남녀가 놀라서 눈만 휘둥그레 뜬 채 황망하게 서연을 바라보았다. 특히 늙고 살찐 손으로 임미주의 허리를 휘어감은 채 그녀의 진줏빛 블라우스 속으로 손을 집어넣고 있던 초로의 사내에게서는 당황한 기색이 역력했다.

"아무리 뒤져도 언니가 말한 색색의 클립이 보이질 않네요."

안에서 튀어나온 사람이 서연이라는 걸 확인한 순간 안색이 백지장처럼 창백해진 임미주를 보면서 서연은 천연스럽게 말했다.

"서, 서연 씨."

"흠, 흠……."

손녀뻘은 되는 임미주의 젊은 육체를 끌어안고 추악한 짓을 하고 있던 남자는 서연에게도 낯이 익은 사람이었다. 박진태, 재선 국회의원이라고 했던가. 여당의 중진 중의 한 사람으로 법무법인 한의 꽤 큰 고객이었다. 그러고 보니 아까 16층 최무성 변호사 사무실에 왔다는 손님이 바로 이 사람이었던 모양이었다.

자신이 타준 고급 녹차를 마시고 자신보다 한참이나 어린 여직원에게 이런 짓을 했다고 생각하니 서연은 더 화가 치밀었다.

"……여, 여기서 뭐 해?"

임미주의 얼굴에는 그야말로 여러 가지의 감정이 선명하게 떠올라 있었다. 자신을 괴롭히던 손길에서 벗어날 수 있게 되었다는 안도감, 그러나 이런 비참한 모습을 다른 사람에게 들키고 말았다는 수치심, 모멸감. 그리고 누군가를 향해 있는 분노와 서연이 행여 이 사실을 사람들에게 말할지도 모른다는 두려움.

"언니가 말하신 클립 찾으러 왔죠. 15층엔 없더라고요."

그녀들이 맥락 없는 이야기를 나누는 사이 잽싸게 바지춤을 끌어 올린 박진태가 슬그머니 탕비실 문을 열고 나서려고 했다.

"그냥 가시게요?"

그러나 서연은 이대로 보낼 수는 없었다. 저 인간이 언제 또 같은 짓을 저지를지 알 수 없었다. 물론 그녀로서는 감히 대적할 수 없는 현역 국회의원이었고, 로펌의 주요 고객이었지만 그는 분명히 성범죄를 저지른 치한이었다. 저렇게 피해자를 내버려 두고 뻔뻔스럽게 도망치도록 할 수는 없었다.

"사과하고 가셔야죠, 박진태 의원님."

서연이 정확하게 자기 이름을 말하자 막 문고리를 잡아 열려던 박진태가 흠칫했다. 단호한 서연의 표정을 보면서 미주가 다급하게 말했다.

"서연 씨, 의원님께 무례하게 이게 뭔 짓이야!"

분노 때문인지 수치심 때문인지 빨갛게 된 임미주의 얼굴을 보면서 서연은 눈썹을 찌푸렸다.

"신고할지 안 할지 모르겠지만 언니가 이대로 저 사람 그냥 보내면 또 똑같은 일 당할 수 있어요. 우리나라는 가해자보다 오히려 피해자가 오히려 더 조심해야 한다는 거 알지만, 언니 이건 아니잖아요."

임미주의 풀어헤쳐진 블라우스 자락과 허벅지가 보일 정도로 말려 올라간 스커트를 보면서 서연은 끓어오르는 분노를 어찌할 수 없었다.

"무슨 소리 하는 거야? 누가 가해자고, 누가 피해자라고 그래?"

"그럼 제가 지금 보고 들은 건 뭔가요? 혹시 언니 저 박진태 의원님이랑 사귀기라도 해요? 아니면 언니도 기꺼이 저 더러운 손을 즐겼던 거예요?"

짝! 그 순간 임미주의 손이 서연의 뺨을 후려쳤다.

"감히 어디서 그딴 말을……. 너 대체 날 뭐로 보는 거야!"

"그러니까요. 언니가 저 박진태 의원이란 사람한테 당한 건 엄연한 성추행이었어요. 그런데도 이렇게 넘어가시겠다는 건가요? 법까지 전공하셨다고 하는 분이?"

성범죄의 경우 대부분 피해자들은 그 사실을 숨기고 싶어 한다. 하지만 수치심과 이런저런 두려움 때문에 그렇게 참고 넘어간 이후에 그녀들의 삶은 더 피폐해지기 마련이었다. 가해자에게 어떤 사과도 받지 못하고, 처벌도 하지 못했기 때문에 울분을 풀 수 없어 평생 자기 자신도 제어할 수 없는 분노와 자기혐오에 시달리게 되고, 최초의 침묵 때문에 가해자로부터 지속적으로 괴롭힘을 당하는 경우도 종종 있었다.

아직 한 학기밖에 법을 공부하지 못한 애송이 중에 애송이였지만, 어쨌든 서연은 제 짧은 지식이 아니라 한 명의 여자로서, 그리고 인간으로서 이렇게 유야무야 덮고 지나가서는 안 될 일이라고 생각했다.

"네깟 게 뭘 안다고 나한테 이래라 저래라야?"

"그래요, 저야 아무것도 모르는 풋내기고 생 초짜죠. 하지만 이거 하나는 알아요. 적어도 법을 아는 사람이라면 아무리 힘들고 곤란하다고 해도 이런 상황에서 적어도 침묵해서는 안 된다는 것 정도는요. 더군다나 언니가 피해자잖아요. 자기 문제에도 나서지 못하는 사람이 앞으로 어떻게 법을 다루는 사람이 되겠다고 그러는 거예요?"

그러니 적어도 불의에 타협하거나 두려움에 자신의 권리를 포기하지 말아야 한다. 그것이 서연이 말하려는 바가, 옳은 거라는 걸 미주도 알고 있었다. 그러나 세상이 어디 그렇게 원칙대로만 흘러가던가!

자기도 저 늙은이의 손길이, 추잡한 짓거리가 몸서리치도록 끔찍했다. 마음대로 할 수만 있다면 당장 더 손목을 잘라 버리고, 자기 몸에 바짝 붙어서 비벼대던 늙은이의 흉물스러운 물건을 잘라 버리고 싶었다. 그렇게 해도 속이 풀리지 않을 터였다.

하지만 다른 누구도 아닌 국회의원이었다. 괜히 여기서 그의 심기를 더 건드렸다간 자기 정도는 당장 목이 달아날 게 뻔했다. 아무리 그녀가 성추행을 당한 피해자라고 밝혀도 로펌은 주요 고객인 박진태의 편을 들 것이고, 누구보다 법과 권력에 능통한 이들이기에 그녀 정도는 우습게 밟아버릴 게 뻔했다.

그런데 이 머리에 피도 안 마른 어린것이 나더러 뭐라고? 뭘 어쩌라고?

"입 다물어."

"언니, 신고하세요. 아니, 신고 못하시겠다면 적어도 저 인간한테 이 자리에서 다시는 안 그러겠다는 확답과 사과라도 받아내세요. 안 그러면 언니는 저 인간한테 또 시달리게 될 거예요. 그리고 저 인간 언니한테 절대 해코지 못해요. 로펌에 괜히 말했다간 자기가 더 불리해질 거니까요. 내가 봤잖아요. 내가 증인이라고요. 그리고 증거도 있으니까……."

잔뜩 찌푸린 얼굴로 그녀들의 이야기를 듣고 있던 박진태가 증거라는 말에 두 눈을 부라리며 서연에게 성큼 다가섰다. 분노로 시뻘겋게 달아오른 얼굴을 본 순간, 서연은 일단 그를 피하는 것이 상책이란 생각이 본능적으로 들었다. 아무리 나이가 많다 하더라도 남자의 힘을 당해내기는 역부족이었다.

"뭔 소리야, 증거라니? 사진이라도 찍었다는 게냐, 이 발칙한 것!"

가운데 서 있는 미주를 밀치고 다가오는 박진태를 피하려 했지만 좁은 탕비실 안에서의 움직임은 제한적일 수밖에 없었다. 그래도 몸집이 작고 날렵한 서연은 재빠르게 그를 피해 탕비실 문 쪽으로 향했다. 막 문을 열려는 순간, 이마가 드러나도록 하나로 깔끔하게 묶은 그녀의 말총머리를 잡아챈 것은 박진태가 아니라 임미주였다.

"안 돼! 당장 내놔!"

"언니……."

"너 정말 사진 찍었어? 그거 어디에 쓸려고 찍었는데? 당장 내놔, 어서!"

야차처럼 무서운 얼굴로 그녀를 노려보며 소리를 질러대는 임미주를 보면서 서연은 당황해서 입도 뻥끗하지 못했다.

"핸드폰 어딨어!"

"언니, 이러지 마세요! 이런 거 저 인간한테만 유리한 거예요."

임미주는 서연에게서 휴대전화를 뺏기 위해 그녀의 몸에 손을 대고 뒤지려 했고, 서연은 바지 주머니에 넣어둔 휴대전화를 지키기 위해 안간힘을 썼다. 그러나 악에 받쳐 덤벼드는 사람의 힘을 당해내기란 역부족이었다. 문을 등에 지고 버티던 서연이 임미주의 힘에 밀려 바지 주머니를 움켜쥐고 있던 손길이 풀어지려는 찰나였다.

갑자기 탕비실 문이 열렸다. 그 바람에 문에 몸을 기대고 있던 서연은 넘어질 듯 몸이 뒤로 쏠렸다.

"꺅!"

그러나 그녀의 몸이 복도에 나뒹구는 일은 벌어지지 않았다. 누군가 그녀의 몸을 받쳐 주는 손길이 있었던 것이다. 서연이 뒤도 쳐다보지 못하는데 씨근덕거리던 임미주가 사색이 돼서 중얼거렸다.

"장 변호사님……."

"이게 대체 무슨 일입니까?"

그제야 뒤를 돌아본 서연은 말끔한 비즈니스 슈트 차림의 장현우가 잔뜩 인상을 찌푸린 채 서 있었다. 그의 눈길이 시뻘게진 얼굴로 씩씩대고 있는 박진태와 잔뜩 흐트러진 옷차림의 임미주 그리고 자기 품에 안겨 있는 서연을 차례대로 훑었다. 그리고 곧 냉랭한 목소리가 묵직하게 울렸다.

"어떻게 된 일인지 누가 말씀 좀 해주시죠."

❖

"자, 이거라도 마셔요."

서연은 장현우가 내민 생수병을 손에 들고 간신히 입으로 가져가 한 모금 마셨다. 그러자 떨리던 가슴이 조금 진정되는 거 같았다. 16층 비품실에서 세 사람의 모습을 목도한 장현우는 일단 자기 사무실로 서연을 데려갔다. 그리고 그곳에서 그녀에게 자초지종을 들었다.

"하…… 그랬군요."

깊은 한숨을 내쉬는 장현우의 그늘진 얼굴을 보면서 서연은 이 문제가 이제는 자기 세 사람 선에서 쉽게 끝날 수 없다는 걸 알았다. 누군가의 도움이 필요했다. 특히 법률적이고 실질적인 도움.

"장 변호사님, 좀 도와주세요."

그녀의 간절한 애원에 그가 듣던 대로 친절하고 신뢰 가는 미소를 지으며 응대했다. 그는 갓 서른의 신참 변호사였지만 꽤 실력이 좋다고 정평이 나 있었다. 특히 사회적 약자들의 편에 서는 사람이라고 했다.

"말씀하세요."

"미주 언니, 도와주셔야 해요. 지금 그 언니 곤란한 상황이에요. 변호사님 도움이 절실해요."

"무슨 일인지 상세하게 말해보세요."

"제가 일단 말씀드릴 수 있는 건 여기까지예요. 우선 미주 언니하고 이야기를 해주세요. 박진태 그 사람 말 듣기 전에요. 어떤 일이든 제가 증인이에요. 저한테 확실한 증거도 있고요. 그러니까 미주 언니 좀 꼭 도와주세요."

장현우의 출현으로 일단 소강상태에 접어들었다지만 박진태와 임미주, 그리고 서연의 사이에는 곧 터질 시한폭탄이 각자 안겨 있었다. 박진태는 장현우에게 그가 본 상황에 대해서 해명하려 했지만 장현우는 그에게 나중에 이야기를 하자며 우선 서연과 임미주를 데리고 자기 사무실로 향했다. 그러나 임미주는 일 때문에 자리를 비울 수가 없다면서 가버렸고, 결국 서연과 장현우 둘만 있게 되었던 것이다.

"무슨 일인지 대충 짐작은 갑니다만, 함부로 추측하거나 예단하지 않겠습니다. 좋습니다. 일단 오늘 내로 임미주 씨 만나서 상세한 이야기 듣고, 그다음에 다시 서연 씨와 이야기 나누도록 하죠."

"박진태 그 사람하고 먼저 만나시면 안 돼요. 그리고 그 인간이 뭐라고 하던지 절대 믿지 마세요."

"걱정하지 마세요, 서연 씨 말대로 꼭 임미주 씨 먼저 만나서 얘기 듣고, 박진태 의원님 말은 콩으로 메주를 쑨다고 해도 안 믿을게요."

순수하고 열정적인 서연의 모습을 보면서 장현우는 저도 모르게 웃고 말았다. 그녀의 눈동자가 검고 아름답게 타오르는 모습을 보면서 그는 그 아름다움에 넋을 놓고 말았다.

그 후에 장현우의 중재로 박진태는 임미주에게 사과했고, 두 사람 사이에 어떤 서류와 위자료 따위가 오갔다. 그사이에 서연은 임미주의 변호인이 된 장현우에게 자신이 찍은 사진을 증거로 건넸고, 세 사람 모두 이 사실이 외부로 새나가지 않고 은밀하게 진행되기를 바랐기 때문에 그들의 만남은 주로 일요일 모처에서 따로 이루어졌다.

물론 서연은 그 자리에 동석하지는 않았다. 그저 장현우의 도움으로 일이 잘 풀렸다는 것만을 감사할 뿐이었다. 박진태도 법무법인 한과 거래를 끊거나 하지 않았고, 임미주도 예전처럼 보였다. 그녀를 보면 웃지는 않았지만, 전처럼 쌀쌀맞게 굴지도 않았다. 그저 정중하게 대하는 걸 보면서 그렇게 일이 잘 마무리되었다는 것이 서연은 기쁘기만 했다.

❖

이런저런 일들이 지나고 방학도 거의 끝나갈 무렵이었다.

여름이라 이른 아침부터 더웠다. 아직 새벽 어스름이 짙은데도 구름 사이로 느껴지는 햇살의 기운이 오늘도 심상치 않은 날씨일 거라는 걸 느끼게 했다. 로펌의 누구보다 먼저 출근한 서연은 낡았지만 깨끗하고 단정한 흰색 면 블라우스에 촘촘하게 주름이 잡힌 연둣빛 플리츠스커트를 입고 있었다. 굽이 없는 단화를 신었지만 키에 비해 하체가 길고 비율이 좋은 그녀의 다리를 매끈하게 드러냈다.

아무도 없는 사무실을 혼자서 쓸고 닦으며 열심히 청소했다. 그렇게 아침 정리를 다 마쳤을 때에도 아무도 출근하지 않았다. 그녀가 워낙 일찍 나오기도 했지만 어느덧 일이 손에 익어서 시간이 얼마 걸리지 않은 덕도 있었다.

아무리 빠르게 끝냈다고 해도 성격상 맡은 일은 절대 설렁설렁 하지 않는 그녀였다. 15층의 여직원들 책상까지 말끔하게 걸레질을 끝내고 나자 어느덧 이마에는 촉촉하게 땀이 배어 나와 있었다.

한눈에 전체를 볼 수 있게 탁 트인 사무실을 다시 한 번 살펴보고 아무도 없다는 걸 확인한 서연은 사무실의 창문 하나를 열었다. 이른 아침의 상쾌한 공기가 삽시간에 그녀에게로 쏟아져 들어왔다.

"아, 상쾌해."

열기가 오른 몸과 땀을 시원하게 말려주는 바람 덕에 금세 기분이 좋아진 서연은 가만히 눈을 감고는 두 손으로 치마의 자락을 들어서 앞으로 들어 올렸다. 그 아래로 자연의 서늘하고 시원한 손길이 느껴졌다. 치맛자락이 나비 날갯짓처럼 나풀거리자, 다리 사이와 하얀 허벅지를 차가운 아침 바람이 애무하듯 훑고 지나갔다. 코끝으로 순수하고 청명한 아침 공기가 느껴졌다. 그러다 문득 그 속에 은은한 애프터 셰이브의 향이 느껴졌다.

순간 놀라서 눈을 뜨고 고개를 돌린 서연은 사무실 입구에 서서 그녀를 바라보고 있는 장현우와 눈이 마주쳤다. 당황한 듯 그의 볼 언저리가 붉었다. 서연의 얼굴도 새빨갛게 물들고 말았다.

"꺅! 장, 장 변호사님."

"……좋은 아침이에요, 서연 씨."

얼른 치맛자락을 내리고 두 손을 허벅지 위에 내리누른 채 어쩔 줄 몰라 하는 서연을 보면서 그도 겸연쩍은 듯 웃었다. 전에도 가끔 이른 아침에 출근하는 장현우와 마주친 적은 있지만 이런 장면을 들킨 적은 처음이었다. 아니, 그 누구에게도 이런 모습을 보인 적은 없었다.

"네, 네…… 좋은 아침입니다."

"미안해요, 내가 서연 씨 시간 방해해서."

장현우의 말에 서연은 더 부끄러워서 어쩔 줄을 몰랐다.

"사실 나도 아침에 출근할 때마다 바람이 너무 좋아서 이놈의 넥타이 좀 풀어볼까, 와이셔츠 단추 하나라도 풀면 어떨까 싶었거든요. 그런데 서연 씨 보니까 정말 부러운데요."

숙이고 있던 고개를 간신히 든 서연은 어떤 경멸이나 이상한 기색 없이 그저 순수하게 다정한 미소를 짓고 있는 장현우를 보는 순간 가슴이 설레었다. 정말 오랜만의 일이었다.

"그래서 가끔 사무실 가서 환기시킨다는 핑계로 창문을 열긴 하지만 지금 서연 씨처럼 그렇게 상쾌한지는 잘 모르겠더라고요."

"그럼 이쪽 바람 한 번 쐬어보실래요?"

어느덧 창피함이 사라진 서연은 해사하게 웃으며 그에게 제의했다.

"거기가 명당입니까?"

"그럼요. 제가 로펌에 있는 창문 다 열어봤는데 여기 바람이 제일 좋아요."

"그럼 사양 않겠습니다."

성큼성큼 걸어서 그녀 곁으로 온 장현우는 어느덧 정말로 목을 조이던 넥타이와 셔츠의 맨 윗 단추를 풀고는 서연과 나란히 서서 바람을 맞았다.

"정말 좋은데요."

"그렇죠?"

그가 감탄하자 서연은 기뻐서 더욱 활짝 웃었다. 그리고 그런 그녀를 바라보는 장현우의 눈빛은 점점 더 짙어졌다.

그 후 서연이 아르바이트를 그만두는 순간까지 두 사람은 그렇게 아침의 시간을 몇 번 더 보냈다. 그리고 마지막 날, 그는 서연에게 저녁 식사를 하고 싶다 말했다.

"오늘은 약속이 있어요."

"그렇습니까?"

장현우는 서연의 대답을 거절로 생각한 모양이었다. 그러나 아르바이트 비를 받으면 혜주에게 밥을 사마 약속했던 터라 서연은 그것만은 꼭 지키고 싶었다. 조금 맥 빠진 듯한 얼굴로 어깨를 늘어뜨리며 돌아서는 장현우를 보면서 서연이 다급하게 말했다.

"오늘은 안 되지만, 내일은 돼요."

다시 뒤돌아선 장현우가 작게 헐떡거리는 그녀를 보면서 부드러운 미소를 지었다.

"그럼 내일 나랑 저녁 식사 할래요?"

"네."

"밥도 먹고, 영화도 보고."

서연은 고개를 끄덕였다.

"그럼 서연 씨 나랑 내일 데이트하기로 약속한 겁니다."

또 고개를 끄덕이려던 그녀는 순간 멈칫하고 말았다. 그러자 그녀의 놀란 얼굴을 보면서 장현우가 말했다.

"난 차서연 씨와 남자 대 여자로 만나고 싶어요. 그러니까 내일은 직장 동료 만난다고 여기고 나오더라도 앞으로 나에 대해 좀 진지하게 생각해 줄래요? 남자로서."

뜻밖의 말에 서연은 아무런 대답도 하지 못했다. 장현우의 미소가 좋았다. 능력 있는 변호사로 세련된 그도 좋았다. 2년 전, 강준이 떠난 후 처음으로 가슴이 설레기도 했다. 하지만 이게 어떤 감정인지는 아직 알 수 없었다.

"내가 나이가 너무 많아서 별롭니까?"

서연이 계속 말이 없자, 장현우가 조심스럽게 물었다. 서연은 이제 갓 스물이고 그는 서른이었다. 하지만 그런 나이 차 때문에 서연이 망설이는 건 결코 아니었다.

"아뇨."

"그럼요?"

"그냥, 저번 일도 도와주셨고, 변호사님이 좋은 분인 건 아는데……."

"아는데, 남자로서 좋지는 않다. 이거죠?"

"네? 네…… 아니, 그게 아니라."

당황해서 어쩔 줄 몰라 하는 서연을 장현우는 사랑스럽다는 듯이 바라보며 말했다.

"그럼 앞으로 내게 시간을 좀 줄 순 없겠어요? 그리고 내게 남자로서 어떤지, 과연 서연 씨 마음에 드는지 천천히 생각해 줘요. 난 서연 씨가 정말로 좋으니까."

"변호사님……."

"그리고 내가 남자로 느껴지는 순간이 오면 그땐 변호사님이 아니라 현우 씨라고 불러주면 좋겠어요."

그렇게 장현우는 서연에게 다가왔다. 2년이 넘도록 자기를 변호사님이라 부르는 서연의 곁을 지키면서 그녀에게 많은 도움과 조언을 해주었다. 늘상 일과 공부로 바쁜 그녀를 걱정해서 건강을 챙기라며 밥을 사주거나, 종종 영화나 콘서트를 보러 가기도 했고, 드라이브를 하기도 했다. 그리고 좀 더 수익이 좋고 일은 덜 고된 아르바이트를 주선해 주기도 했다.

그렇게 한결같은 장현우의 모습을 보면서 서연의 마음도 서서히 열리기 시작했다. 강준의 그림자를 완전히 지울 순 없었지만, 한 번도 연락 온 적 없는 남자 대신 자신에게 다가와 아낌없이 사랑을 주는 장현우를 택하는 것이 더 자연스럽다고 생각했다.

그리고 두 사람이 만난 지 2년이 지나 장현우의 생일이 되었을 때 그녀는 드디어 그에게 '현우 씨' 라고 불렀다. 그렇게 두 사람은 연인이 되었다.

하지만 그 사랑은 오래가지 못했다.

연인이 되고 장현우는 그녀에게 더 지극했다. 그가 주는 사랑은 서연이 다 감당하지 못할 정도로 넘쳐흘렀다. 그저 함께 있는 것만으로도, 바라보는 것만으로도 사랑스러워서 어쩔 줄 몰라 하는 게 역력히 보일 정도였다. 게다가 1년 가까이 사귀면서도 그녀에게 키스와 포옹 이상은 하지 않았다.

"넌 정말 순수하고 예뻐. 내가 아는 한 가장 사랑스러운 사람이야. 그러니까, 이것만으로도 난 충분해. 더는 욕심부리지 않을 거야, 아직은."

자신의 남성적 욕망마저도 그녀를 위해 참아내는 장현우를 보면서 서연은 그에게 더욱 깊은 애정을 느꼈다. 그녀는 아픈 엄마의 뒷바라지와 고된 생활에 지쳐 가면서도 몹시도 행복했다. 그의 도움으로 사시 준비로 수월하게 해나갔다.

그가 경제적인 도움을 주겠다고 했을 때는 단칼에 거절하긴 했다. 그녀가 꼭 지키고 싶은 원칙이었던 것이다.

"나중에 갚으면 되잖아. 난 네가 돈 버느라고 휴학하고 복학하고 그러느라 제대로 사시 준비할 시간 없는 게 안타까워서 그래. 어머니 위해서도 빨리 변호사 되고 싶다고 했잖아. 얼른 사시 패스하고 내 돈도 갚아. 그러면 되지 않겠어?"

"아뇨, 그런 도움은 싫어요. 그렇게 현우 씨 도움을 받다 보면 난 결국 모든 걸 당신한테 기대고 의자하게 되고 말 거예요. 그런 거 싫어요."

"서연아, 너 일하느라 바빠서 얼굴 볼 시간도 제대로 없는 게 싫어서 그래."

"그건 미안해요. 하지만 내 뜻을 이해해 줘요."

"하, 알았다."

"고맙고, 또 미안해요, 현우 씨. 내가 너무 내 생각만 하고 내 고집만 부리죠? 정말 못된 애인이네요."

"하하, 아니. 그래서 내가 널 좋아하는 거니까. 네 그 다이아몬드처럼 단단하고 순수하면서도 아름다운 강인함이 난 좋아. 넌 정말로 영원히 변하지 않을 거야."

그런 남자였지만 장현우는 결국 올해 초 그녀 곁을 떠났다.

"부모님이 결혼하길 바라셔."

서연의 나이는 스물셋, 장현우의 나이는 서른셋이었다. 그도 아직 결혼이 늦은 나이는 아니었으나 몇 년 전부터 몸이 많이 쇠약해진 아버지께서 하나밖에 없는 아들의 결혼을 간절히 바라고 계신다 했다. 올해 초 부쩍 괴로워하던 그는 결국 서연에게 이별을 말했다.

"지금 너한테 모든 걸 포기하고 나하고 결혼하자고 할 순 없어. 그럼 네 꿈도, 네 어머니도…… 넌…… 견딜 수 없을 거야."

"현우 씨……."

"그래도 난 너 도저히 못 놓겠다. 서연아, 그냥 나랑 결혼하면 안 되겠니? 결혼해서 공부하고, 어머님 돌보는 것도 내가 할게. 우리 그러자, 응?"

"난…… 안 되는 거 알잖아요. 미안해요, 현우 씨."

그렇게 두 사람은 서로의 관계를 정리하고 말았다.

5

장현우와 헤어지고 난 후 몇 달 동안 서연은 그에 대한 미안함과 이별의 괴로움으로 힘들었다. 깊은 사랑은 아니었다. 아니, 지금도 그를 사랑한다고 자신 있게 말할 수는 없었다. 하지만 몇 년을 그녀 곁에 있으면서 지켜봐 주고, 사랑해 주었던 사람이었다. 그가 자신에게 준 것과 같은 감정은 아니더라도, 서연은 장현우를 좋아하고 있었다.

그래서 그의 마음에 제대로 응해주지 못한 것이 못내 미안하고 마음 아팠다.

그런데 며칠 전 뜻밖의 인물에게서 뜻밖의 연락을 받았다. 바로 임미주였다. 3년 전 로펌의 아르바이트를 그만둔 후 한 번도 본 적도, 만난 적도 없는 사람이었다.

현우는 겨울 방학 때 다시 로펌에서 아르바이트하려는 서연을 말리며 다른 일자리를 구해주었다.

"거기에서 하는 일 너무 시간 많이 뺏기고 힘들잖아요. 내가 아는 선배 사무실이 있는데 거긴 일이 우리 로펌처럼 많지는 않아요. 대신 전화도 받고 간단한 서류 작성도 하는 일이라 시급도 훨씬 좋아요."

그 후로도 현우는 계속해서 그녀에게 괜찮은 일자리를 구해주었고, 그래서 서연은 법무법인 한에는 다시 갈 일이 없었다. 그런데 왜 갑자기 임미주에게서 연락이 온 걸까? 게다가 자기의 연락처는 어떻게 알았고?

전화로 이야기하라는 데도 굳이 직접 얼굴 보고 말해야 한다는 임미주의 고집 때문에 서연은 엄마를 병원에 모셔다 드리고 도서관에 가기 전에 그녀를 만나러 가야만 했다.

"하나도 안 변했네요, 차서연 씨."

임미주는 그녀의 육감적인 몸매를 잘 드러내는 옷을 걸치고 있었다. 예전에도 다른 여직원들처럼 틀에 박힌 오피스룩을 입더라도 치마 길이라든가 몸의 굴곡을 고스란히 보여주는 옷의 라인 때문에 평범한 사무직 여사원처럼 보이진 않았지만, 3년 전보다 더 화려해지고 위험할 정도로 아름다워진 임미주의 말에 서연은 그저 덤덤한 얼굴로 인사를 건넸다.

"잘 지내셨어요?"

"네, 보다시피."

전과 다르게 경어를 쓰는 임미주는 서연을 보면서 화사하게 웃었다. 그러나 그 미소는 마치 날카로운 가시를 잔뜩 감추고 있는 장미처럼 아름답지만 음험해 보일 지경이었다. 혹시 그 이후로 박진태 때문에 또 무슨 일이 있었던 건 아닐까 하는 걱정이 머릿속을 스쳤다. 하지만 그때 분명히 장현우가 나서서 그 사건은 깔끔하게 마무리 짓지 않았던가. 자신의 쓸데없는 기우라고 생각하며 서연은 그 생각을 금세 떨쳐 냈다.

"왜 저를 만나자고 하셨죠? 하실 말씀이 뭐예요?"

"정말 조금도 안 변했군요."

단도직입적으로 말을 건네는 서연을 보면서 임미주가 마치 달콤한 우유를 홀짝이는 고양이처럼 웃었다. 정말로 교태 어린 몸짓이며 얼굴 표정이 요염하고 도도한 고양이를 연상시켰다.

"제가 좀 바빠서요."

"나도 뭐 서연 씨 만나서 안부 따위나 물을 정도로 한가하진 않아요."

달그락, 자기 앞에 마시던 찻잔을 내려놓더니 삽시간에 임미주의 표정이 돌변했다. 그 모습이 어쩐지 섬뜩했다.

"나 좀 달라지지 않았어요?"

"그렇네요."

임미주의 생뚱맞은 질문에 서연은 저도 모르게 인상을 찌푸렸다. 예전에는 이 정도까진 아니었는데 지금의 그녀는 도통 속내를 짐작할 수가 없다. 다만 그 음성과 표정에 숨길 수 없는 적의가 드러나 있어서 서연은 그게 더 의아했다.

그녀의 얼굴에 그런 마음이 고스란히 드러난 것인지 마치 모든 걸 안다는 듯 교교하게 웃던 임미주가 느닷없이 질문을 던졌다. 눈빛만은 여전히 날카롭기 짝이 없었다.

"장현우 변호사 결혼하는 거 알아요?"

순간 서연은 흠칫했다. 물론 알고 있었다. 그래서 두 사람이 헤어진 거니까. 그때 그는 그녀와 헤어지고 곧 선을 볼 거라고 했다. 부모님이 원하는 참한 여자 만나서 바로 결혼하고 아이도 많이 낳아서 아버지께 안겨 드릴 거라고 했다. 그게 3개월 전의 일이었다.

"그런데요?"

서연이 자신의 질문에 질문으로 응대하자 임미주가 입술을 비뚜름하게 끌어 올리며 웃었다.

"그럼 누구랑 하는지도 알아요?"

"내가 그걸 왜 알아야 하죠?"

"왜라니, 당신 장현우 애인이었잖아요. 그런데 결혼한다고 당신 버린 남자가 적어도 누구랑 결혼하는지 정도는 알아야 하는 거 아닌가요?"

언젠가 그녀가 했던 말을 연상시키는 듯한 말투였다. 호전적인 눈빛이 그게 착각은 아님을 말해주었다. 그러나 서연은 다 상관없었다.

"어차피 그 사람과 결혼할 수 없어서 헤어진 거예요. 그러니 그 사람이 누구랑 결혼하든 그저 행복하길 바랄 뿐이죠."

"하, 그 사람이 아버지 때문에 아무하고나 서둘러 결혼해야 한다는 말을 곧이곧대로 믿은 모양이네요. 차서연 씨 그때도 그랬지만 지금도 야무져 보이는 사람이 알고 보면 정말 맹탕이라니까. 정말로 하나도 안 변했어요, 당신."

이젠 가식으로라도 적의를 숨기지 않는 임미주의 말투는 상당히 불쾌했다. 서연은 더 이상 임미주와 마주 앉아 말을 섞고 싶지 않았다. 뭐랄까 본능이 그녀에게 경고했다. 어서 이 자리를 벗어나라고. 그래서 그대로 자리에서 일어섰다.

"무슨 의도로 절 만나자고 하셨는지 잘 모르겠지만, 이쯤 보아하니 하실 말씀은 다하신 거 같네요. 그럼 저는 이만 가보겠습니다. 말씀드렸다시피 바빠서요."

막 몸을 일으키는 서연을 보면서 임미주가 가방에서 하얀 봉투 하나를 꺼내서 내밀며 말했다.

"이건 보고 가죠."

"아뇨, 됐어요."

서연은 그저 이 불쾌한 자리를 벗어나고 싶은 생각뿐이었다. 그대로 홱 몸을 돌리는데 임미주가 무서운 힘으로 그녀의 손목을 붙들었다.

"봐요, 보고 가."

"이 손 놓으시죠."

서연이 떨쳐 내기 위해 팔에 힘을 주어 끌어당겼지만 그녀의 손목을 그러쥔 임미주의 손아귀는 좀체 떨어지질 않았다. 마치 질기디질긴 덩굴처럼 뻗어와 감겨 있는 그녀의 손을 보면서 서연을 하얀 이마를 찌푸렸다.

"이거 안 보면 당신은 나중에 영원히 후회할 거예요."

"나중에 어떻게 되더라도 지금 당신이 원하는 대로 그걸 보고 싶은 마음은 없어요. 어떤 후회를 하던 그건 제 몫이니 제가 알아서 감당하도록 하죠. 그러니 이 손 놔요."

"정말 그럴까요? 그럼 이건 어때요? 지난 3년간 난 장현우의 정부였어요."

임미주의 말에 순간적으로 놀란 서연의 얼굴이 하얗게 변했다.

"뭐라…… 구요?"

"난 애인이라고 생각했지만 그 사람은 처음부터 분명하게 말하더군요. 넌 내게 있어 그저 성욕을 풀기 위한 도구 그 이상도 이하도 아니라고."

예전보다 더 짙은 붉은 립스틱이 발린 입술을 일그러뜨리면서 서늘하게 웃는 임미주를 보면서 서연은 등골이 오싹해지는 느낌이었다. 이 여자가 지금 뭐라고 지껄이는 걸까. 그러나 곧 그녀는 이 모든 게 부질없었다. 예전에도 알지 않았던가. 임미주가 공공연하게 장현우를 노리고 있었던 걸. 그녀 성격에 자신과 현우의 관계를 알고 심사가 뒤틀린 모양이었다. 그래도 이런 식으로 치졸

하게 나오는 모양이 우스웠다.

“그걸 지금 나한테 말하는 이유가 뭐죠? 날더러 뭘 어쩌라는 건가요? 이제 와서 뒤늦게 당신 머리끄덩이라도 붙잡고 흔들길 원해요? 그런데 어쩌죠. 난 당신 입에서 나온 말은 한마디도 믿을 수가 없는데.”

싸늘한 시선으로 자신을 내려다보는 서연을 노려보며 임미주가 한 손으로 탁자 위에 올려놓은 사각형의 봉투를 열어서 내용물을 꺼냈다. 빳빳하고 두툼한 고급 종이로 만들어진 카드였다.

“내 말을 믿지 못해도 상관없으니 이거나 봐요.”

“하아, 대체 3년 동안 언니한테 무슨 일이 있었던 거죠? 느닷없이 나한테 왜 이러는 거예요? 도대체 이게 뭔지는 모르겠지만 알았어요. 보죠. 볼 테니까 앞으로 나한테 찾아와서 이런 짓 하지 말아요. 나하고 장현우는 이미 다 끝난 사이예요. 이런 걸로 날 괴롭히고 싶어요? 그렇게라도 복수하고 싶나요? 아무튼 뭘 원하는지 몰라도 이래 봤자…….”

깊은 한숨을 내쉬며 임미주가 내민 카드를 받아 들고 도로 자리에 주저앉은 서연은 카드를 열어서 바라보다 그만 입을 다물고 말았다.

손에 닿는 감촉이 매끄러운 그 카드는 청첩장이었다. 카드를 열자 아름답고 우아한 필체로 ‘장현우와 박미희의 결혼식에 초대합니다.’ 라는 문구가 적힌. 모르던 바는 아니었지만 직접 눈으로 확인하자 가슴이 조금 저릿했다. 그런데 눈을 아래로 내리던 서연은 그만 충격으로 눈을 부릅뜨고 말았다. 도저히 믿을 수가 없었다. 아니, 지금 자신이 보고 있는 이 이름 석 자가 그녀가 알고 있는 그 이름이 맞나 싶었다.

혼주의 이름이 적힌 자리, 신부의 아버지의 이름 석 자가 있어야 할 그곳에 적힌 것은 박진태라는 이름이었다.

"이, 이게……."

"당신과 내가 알고 있는 그 박진태 의원이 맞느냐는 거죠?"

서연의 충격 받은 모습을 고소해 죽겠다는 듯 바라보는 임미주의 목소리에는 숨길 수 없는 만족감이 가득했다.

"맞아요. 그 박진태 의원. 현재는 3선 의원이고 여당 대표의원이 돼서 그야말로 실세로 급부상 중이죠. 그리고 장현우가 3년 동안 공들여서 기어이 얻어낸 게 바로 그 박진태의 사위 자리구요."

서연은 도저히 믿을 수가 없어서 고개를 치켜들었다. 그러자 임미주가 그녀를 한껏 비웃으며 자신의 휴대전화를 내밀었다. 사진이 담겨 있는 폴더에는 한껏 성장한 채 웨딩 촬영을 한 커플의 사진이 여러 장 들어 있었다. 화려한 드레스 차림의 신부는 누군지 알 수 없었다. 그러나 그 옆에 서서 행복하게 웃고 있는 남자는 단박에 알아보았다. 바로 장현우였다.

그리고 마지막 사진을 넘기는 순간, 서연은 놀라서 숨을 들이켜고 말았다. 분홍빛 칵테일 드레스 차림의 신부와 장현우 그리고 신부 가족이 함께 찍은 사진이었다. 그 사진의 가운데 의자를 놓고 한 중년 여성과 앉아 있는 남자 또한 서연이 아는 얼굴이었다.

바로 박진태였다.

“3개월 전에 찍은 두 사람 약혼 사진이에요. 이제 내 말이 믿겨져요?”

창백한 안색의 서연을 보면서 임미주가 비릿하게 웃었다. 임미주가 자신에게 원하는 게 무엇인지 몰라도 자기가 눈독 들였던 장현우를 빼앗긴 것에 대한 복수를 하기 위해서라면 그건 정말 제대로 성공하고 말았다.

어떻게 이런 일이 있을 수 있을까? 어떻게 장현우가 다른 누구도 아닌 박진태의 사위가 될 수 있지?

혼란스러워서 어쩔 줄 몰라 하는 서연을 가소롭게 쳐다보며 임미주가 그 질문에 대한 답을 해주었다. 마치 그녀의 머릿속을 들여다도 본 듯이 말이다.

“3년 전에 당신은 내가 장현우의 중재로 박진태와 합의를 봤다고만 알고 있을 거예요.”

“……아닌가요?”

바싹 마른 입술을 간신히 달싹이며 서연이 물었다.

“하긴 했죠. 하지만 그 후에 당신이 모르는 일들이 더 있었어요.”

임미주의 말은 자못 충격적이었다.

“그 뒤로 난 장현우와 사귀게 되었죠. 난 너무 기뻤어요. 드디어 그토록 원하던 남자를 갖게 됐으니까. 하지만 그는 내게 당신을 좋아한다고 말하더군요. 당신이랑 사귈 거라고.”

그때의 분노와 치욕이 되살아난 임미주는 입술을 잘근 깨물었다.

❖

장현우의 도움으로 박진태와 합의를 보고 받은 돈으로 임미주는 그토록 원하던 강남에 오피스텔을 얻을 수 있었다. 집들이를 핑계로 장현우를 불러들였고, 그녀가 원한 대로 그날 밤 그들은 잠자리를 함께 했다.

"후우, 너처럼 화끈한 여자는 처음이야. 빨려 들어가는 줄 알았어."

땀에 흠뻑 젖은 끈적끈적한 음성이 임미주의 귓속으로 흘러들어왔다. 그녀의 몸을 한 번 취한 후, 장현우는 그녀의 질 속 깊숙한 곳에 자기 성기를 박아 넣은 채 몹시 만족스러워했다. 그의 섹스는 몹시 거칠었고 배려가 없었다. 그래서 임미주는 사타구니가 쓰라리고 아팠지만 행여 그의 기분을 상하게 할세라 전혀 내색하지 않았다. 게다가 여태껏 안았던 여자 중에서 가장 속궁합이 잘 맞는다는 말에 속으로 쾌재를 불렀다. 남자들이 다른 건 다 끊어도 아랫도리 정은 못 끊는다는 말도 있지 않았던가.

"그렇게 좋았어요?"

"그래, 넌 정말 타고난 창부야."

창부라니.

파정을 한 후에도 끊임없이 제 몸을 더듬고 거칠게 물어대는 장현우의 표현이 거슬렸지만, 그만큼 만족스러운 섹스였다는 의미라고 임미주는 애써 자위했다. 그리고 그는 생각보다 더 정력적인 남자였다. 밤새 그녀의 몸을 몇 번이나 안고 또 안았다. 녹초가 돼서 기진맥진한 몸을 그에게 기대면서 임미주는 자신이 그토록 원하던 계단에 한 발 올라섰다는 기쁨에 행복하기만 했다.

그러나 그 행복은 그리 오래가지 못했다. 그 후로도 그는 종종 그녀의 오피스텔을 찾아왔고 함께 밤을 보냈다. 어떤 때는 한낮에 그의 사무실에서 문도 잠그지 않은 채 오럴 섹스를 하기도 했다. 예의 그 16층 탕비실에서 짐승처럼 엉덩이를 치켜 올리고 몸을 섞기도 했다. 주말에는 고급스러운 호텔 레스토랑에서 식사를 하고 그대로 호텔 룸으로 올라가 주말 내내 짐승처럼 붙어서 발가벗고 섹스만 하기도 했다.

그렇게 자신과 장현우가 연인이 되었다고 임미주는 믿어 의심치 않았다.

그러다 점차 로펌 내에서 자신의 비중이 점차 커지고, 큰 케이스의 사건을 연달아 맡게 되자 장현우는 그녀에게 로펌을 그만둘 것을 종용했다.

"우리 관계를 누가 눈치채기라도 하면 곤란해."

그들이 몸을 섞은 지 1년 정도 지난 후였다. 어느덧 장현우와의 미래를 꿈꾸며 사시 준비도 손 놓고 있던 임미주는 슬슬 결혼 이야기가 나오길 기다렸지만 그는 그런 낌새도 보이질 않았다. 그러나 그녀는 자신만만했다. 그래서 그가 요구하는 대로 사무실을 그만두었다. 처음에는 다른 법률사무소에 나가기도 했지만, 곧 아무런 일도 하지 않은 채 자신이 갖고 있던 얼마 안 되는 저금으로 살게 되었다.

그리고 곧 장현우는 정기적으로 그녀를 찾아와 섹스를 하고 그녀 통장에 돈을 넣어주게 되었다. 그 후로 그는 점점 더 노골적으로 그녀를 자신의 정부 취급했다.

그렇게 임미주는 온종일 장현우만 기다리며 살았다. 그리고 그가 오면 미친 듯이 섹스만 해댔다. 그런데 자기와 만나기로 한 약속을 장현우는 번번이 깨곤 했다. 처음에는 일 때문이라는 그의 변명을 거짓인 줄 알면서도 모른 척 넘어가 주었다. 그러나 종일 집에서 그만 기다리다 보니 점점 신경이 날카로워졌고 몇 번 그에게 화를 냈다. 그러자 장현우에게서 돌아온 대답은 정말로 모질고 잔인한 것이었다.

"네가 내 마누라야? 왜 뭐라도 된 것처럼 사람 들들 볶고 피곤하게 굴어!"

전에도 더러 이런 다툼이 있었지만 그건 오래가지 못했다. 그들은 언제나 싸움 후에는 격렬한 섹스로 마무리했고, 그 진한 쾌감에 진저리를 치며 전율하곤 했다. 그리고 그렇게 화를 낸 이후 장현우는 한동안 무척 다정다감한 애인이 되어주었다.

그래서 임미주는 그가 비록 말은 차갑게 해도 자기를 많이 아끼고 있노라 믿었다.

"마누라는 아니지만 당신 애인이잖아요. 그럼 이 정도 권리는 있는 거 아니에요?"

"애인? 하, 뭐야 임미주. 웬 헛소리지? 내가 처음부터 말했잖아. 난 차서연 좋아한다고. 넌 그저 섹스파트너일 뿐이야. 아니지, 내가 돈 주고 산 매춘부지. 안 그래?"

"뭐, 뭐라구요?"

너무나 태연하게 말하며 자기를 비웃는 장현우를 보면서 끓어오르는 모멸감에 임미주는 견딜 수가 없었다. 그러나 그녀의 목표는 명확했다. 게다가 그는 어땠을지 모르지만 수 없이 몸을 겹친 횟수와 그 시간만큼 그에 대한 그녀의 마음은 어느덧 깊을 대로 깊어져 있었다. 절대로 여기서 장현우를 놓을 수는 없었다.

"그래서 지금 그 차서연이 당신 애인이라는 말인가요? 나 말고?"

"적어도 넌 아니라는 소리지."

그 잔인한 말에 임미주는 부들부들 떨면서 소리 질렀다.

"대체 그 어린애하고 내가 뭐가 다른데요!"

"차서연이 그 어떤 불순물도 섞이지 않은 순수하고 아름다운 다이아몬드라면 넌 싸구려 큐빅이지. 온갖 더러운 걸 안에 감추고 있는 큐빅. 천박하게 빛나서 눈을 현혹시킬지는 모르지만, 끝내 아무런 미련도 없이 쉽게 버릴 수 있는 가짜. 싸구려. 아닌가?"

싸구려, 창녀.

장현우가 내뱉는 말들은 결코 화가 나서 실수로 나오는 말들이 아니었다. 언젠가 차서연과 사귀게 됐다는 말에, 그녀는 끝내 묻고 말았다. 하지 말았어야 할 질문이었지만 질투는 사람을 어리석게 만들었다.

"그 어린애랑 나 중에 누구 몸이 더 좋아요? 누가 당신이란 남자를 더 만족시켜 주죠? 말해봐요, 어서."

그때 되돌아온 장현우의 대답에 임미주는 깊은 상처를 받았다.

"그런 천박한 소리 하지 마. 서연이는 너 같은 여자랑 달라."

대체 뭐가 다르다는 말일까. 자기보다 나이가 더 어리고, 자기처럼 장현우를 전력으로 사랑하지 않는 게 다르다는 말일까? 더 많이 사랑하는 사람이 약자라는 말처럼 그가 차서연을 더 좋아하고, 임미주가 장현우를 더 좋아하니 이렇게 함부로 대할 수 있다는 말일까?

그러면서 다시 자신의 몸을 덮치고 두 다리를 벌린 채 밀고 들어오는 장현우의 몸을 받아내면서 그녀는 속으로 눈물을 삼켰다. 그래도 그 어린애한테 갔던 마음을 언젠가는 자기한테로 되돌리리라 다짐하고 또 다짐했다.

그렇게 다시 또 1년여의 시간이 흐르면서 장현우가 차서연과 드디어 정식으로 사귀게 됐다는 걸 알게 되었다. 자신을 싸구려

창녀 취급한 그날 이후로 장현우는 자신과 차서연의 관계에 대해서 조금도 감추지 않았고 거리낌도 없었다. 오히려 서연을 만나고 돌아온 날이면 그녀에게 풀지 못했던 욕정을 미주에게 풀면서 더 난폭하고 거칠게 그녀를 안았다.

"아악, 그, 그만해요……."

"헉, 헉! 닥쳐!"

"아파요, 너무 아프다구요!"

"너 같은 걸레는 그런 말 할 자격 없어."

"그럼 이 걸레 위에서 헐떡대고 있는 당신은 뭐죠? 쓰레긴가요?"

그녀의 말에 분노한 장현우는 즉각 응징을 가했다.

"안 돼!"

어떤 전희도 없이 다짜고짜 삽입한 것도 모자라, 그녀의 엉덩이 가운데 은밀한 비부에 거침없이 손가락을 밀어 넣고 찔러댔을 때 그녀는 고통과 수치심에 비명을 질렀다. 그녀가 끝까지 반항하며 몸을 비틀자, 장현우는 더 거칠게 그녀의 메마른 질 안으로 자기의 성기를 쑤셔 넣었다. 마치 자궁을 뚫어버릴 것처럼 거세게 박아대는 기세에 미주는 내장이 파열되는 듯한 격통을 느꼈다.

"흐으윽!"

간신히 고통을 삼키는 미주의 신음 소리를 쾌락에 겨운 것으로 착각한 것인지, 아니, 애초에 그런 것 따윈 관심도 없는지 그는 허리를 밀어 올리며 자기의 쾌락을 추구하기에만 바빴다.

"걸레 같은 년, 벌써 이렇게 젖었으면서 어디서 거짓말이야? 이런 앙탈은 너 같은 여자들한테는 안 어울려. 큭큭."

여느 때의 임미주는 아무리 메말라 있더라도 장현우의 손길이 닿으면 금세 촉촉하게 젖어들었다. 장현우는 그게 그녀가 타고나길 음탕해서라고 했지만, 아니었다. 그녀로서는 사랑하는 남자의 손길이기 때문에 몸이 젖어드는 것이었다. 그러나 그날은 차서연과 무슨 일이 있었는지 분노한 짐승처럼 날뛰면서 자신의 욕정을 풀어내기에 급급했다.

샤워를 마치고 나온 장현우가 수건으로 머리의 물기를 털어내면서 만신창이가 되어 여전히 널브러져 있는 미주에게 지나가는 말투로 통보했다.

"나 결혼해."

너무나 거친 행위에 하초는 갈가리 찢긴 것만 같았고 온몸 구석구석 아프지 않은 곳이 없었다. 정말로 손가락 하나 까딱할 기운도 없었다. 하지만 장현우의 말에 놀란 임미주는 두 팔로 상체를 지탱한 채 발딱 고개를 치켜들고 말았다.

"설마…… 차서연하고?"

"훗."

피식 웃는 장현우의 반응이 아니더라도 그럴 리가 없다는 걸 임미주는 잘 알고 있었다.

장현우는 야심이 큰 남자였다. 자기 말마따나 진심으로 차서연을 좋아하고, 사랑하는지는 몰라도 그건 어디까지나 순수하고 귀여운 애완동물이나 인형을 좋아하는 것과 같았다. 아니, 정확히는 때 묻지 않은 어린아이를 향한 음험한 욕망을 품은 것과 더 닮아 있었다.

차서연이 너무 맑아서, 너무 깨끗해서 차마 키스도 제대로 할 수 없다고 말하는 장현우를 볼 때면 임미주는 비참함과 참담함에 속이 시커멓게 타들어가는 것만 같았다.

"그 하얗고 깨끗한 서설(瑞雪) 같은 아이한테 어떻게 손을 대겠어, 안 그래?"

하지만 장현우가 아무리 차서연을 원한다고 해도 그는 자기 자신을 더 사랑하는 남자였다. 그가 더 높은 곳으로, 더 빠르고 확실하게 올라가기 위해 얼마나 발버둥치고 있는지 다른 사람은 몰라도 미주는 잘 알고 있었다. 그녀 자신이 바로 그러했으니까.

흔히 말하는 중산층 출신인 장현우는 교사인 양친 밑에서 평범하고 무난하게 자라서 변호사가 되어 자력으로 어느 정도 사회적인 위치에 올랐지만, 그는 그 정도로는 도저히 만족할 수 없었다.

그러니 그런 그가 가난한 것도 모자라 불치병을 앓고 있는 엄마를 모셔야 하는 사생아 따위와 결혼할 리는 만무했다. 물론 임미주도 장현우가 바라는 결혼상대로 적합하지는 않았다. 차서연만큼 찢어지게 가난하지는 않았지만, 아직도 시장에서 가게를 하는 부모님과 변변치 못한 직업을 갖고 그저 그렇게 살아가는 형제들.

그래도 미주는 장현우가 언젠가는 자신에게 정착하리라는 기대를 품고 있었다.

그런데 결국 두려워하던 순간이 오고 만 것이다.

"누구랑 하는데요?"

"네가 알아서 뭐 하게?"

"어떤 집이에요? 얼마나 대단한 집안 따님이시냐구요?"

애써 태연한 척하려 해도 임미주의 얼굴은 참담하게 일그러졌고, 목소리는 떨렸다. 그러나 그녀의 젖어드는 눈빛을 보면서 장현우는 태연작약하게 더 끔찍한 말을 내뱉었다.

"결혼하면 지금처럼 생활비 못 대주니까 이대로 헤어지든가. 아니면 나중에 상황 봐서 어떻게 다시 대줄 테니까 좀 기다려도 좋고."

길게 누워 고개를 들고 있는 임미주의 곁에 걸터앉은 장현우가 그녀의 살집 좋은 엉덩이를 움켜쥐었다가 쓰다듬으며 말했다.

"그런데 너도 일 다시 하기 힘들지 않아? 이제 와서 다시 로펌 사무직 따위로 들어가서 견딜 수나 있겠어?"

"그래서요?"

임미주는 지금 장현우가 무슨 소리를 하던 관심 없었다. 그저 이 남자가 아무렇지도 않게 자기를 버리려 한다는 현실이 끔찍할 뿐이었다. 하지만 그녀의 지옥은 이제부터가 시작이었다.

"원하면 다른 남자 소개해 줄게."

장현우의 한마디에 그녀는 금세 지옥 가장자리에서 가장 지독하고 깊은 구렁텅이로 굴러떨어지고 말았다.

"……지금 뭐라구요?"

"아무리 봐도 넌 정부 체질이거든. 이 몸도 썩 쓸 만하고. 그러니까 아까운 재능 썩히지 말고……."

퍽!

3년이란 세월을 몸을 섞으며 지내온 남자의 입에서 나오는 끔찍한 말들을 더는 들어줄 수 없던 임미주는 자리에서 벌떡 일어서며 그의 뺨을 후려갈겼다. 장현우의 고개가 삽시간에 홱 돌아가고, 그의 얼굴을 때린 임미주의 손바닥은 불이라도 난 것처럼 화끈거렸다. 그러나 지금 지독하게 아픈 것은, 뜨거운 것은 그녀의 심장이었다.

"윽!"

불시에 공격당한 장현우가 단말마의 비명도 지르지 못한 채 신음을 안으로 삼켰다. 임미주는 다시 주먹을 말아 쥐고 그를 향해서 날리려 했다. 하지만 그의 반응이 그보다 빨랐다.

"이게 어디서 감히!"

"꺅!"

삽시간에 임미주의 머리채를 잡아 쥔 장현우가 그녀를 침대 아래로 끌어내려서는 무자비하게 구타하기 시작했다. 요령 좋은 변호사답게 얼굴을 제외한 채 손과 발로 그녀의 온몸을 난타했다.

그리고 그렇게 그들의 3년간의 관계는 청산되는 듯했다.

하지만 장현우는 서연과 헤어진 날 잔뜩 술에 취해 임미주를 찾아와 거부하는 그녀를 또 때리고, 겁탈하듯 안았다. 모멸감에 치를 떨며 흐느끼는 그녀의 몸 안에 콘돔도 하지 않은 채 사정하며 그가 서연의 이름을 불렀을 때, 미주는 사람이 다른 사람을 죽일 수도 있는 증오가 무엇인지 깨달았다.

그 후로도 뻔뻔스럽게 그녀를 찾아와 다시 정부 취급하는 장현우를 견디면서 그녀는 자기 안에서 피어오르고 있는 복수의 붉은 불꽃을 점점 더 크게 만들어갔다. 그러면서 가장 크게 활활 타오를 수 있는 적기를 기다리며 숨죽이고 있었다. 그러나 마냥 그 순간만을 기다리고 있을 정도로 임미주는 바보나 얼치기가 아니었다.

그녀는 장현우가 결혼하려는 상대부터 시작해서 그의 모든 것에 대해 조사했다. 처음 그가 결혼하려는 상대가 박진태 의원의 딸이라는 걸 알았을 때 그녀는 직감적으로 알 수 있었다. 3년 전 자신과 장현우의 관계가 시작된 것처럼, 분명히 박진태와 장현우의 관계도 그때 시작되었다는 것을 말이다.

그래서 그 모든 일을 발단이자 시초이며, 원흉이라고 할 수도 있는 차서연을 찾아온 것이다.

"그래서 날 찾아온 이유가 대체 뭐죠?"

"당신 그때 찍은 사진 아직도 갖고 있죠?"

자기와 장현우에 대해 모두 털어놓은 임미주의 표정은 어떤 가식도 담겨 있지 않았다. 그녀의 얼굴에, 눈빛에 담긴 것은 새파란 분노와 붉게 타오르는 적의뿐이었다.

"무슨 말이에요?"

"내가 박진태 그 인간한테 당할 때 당신이 찍었다는 그 사진. 난 그때 제대로 보지 않았지만, 박진태와 합의하는 것 때문에 장현우한테 그 사진들 증거로 건넸잖아요. 하지만 원본은 갖고 있을 거 아니에요."

"벌써 3년 전 일이에요."

"그래서 그걸 지웠다구요, 당신이?"

임미주가 붉은 입술을 비뚜름하게 치켜 올리며 노골적으로 비웃었다.

"당신이 그 사진을 장현우 손에 쥐어준 덕에 그는 박진태를 협박해서 온갖 굵직한 사건들을 수임하고, 마침내는 그 인간의 사위까지 됐어요. 그때 무모하고 치기 어렸던 당신의 행동이 대체 몇 사람을 불행의 구렁텅이로 몰아넣었는지 알기나 해요? 내가 말했죠. 당신은 아무것도 모른다고."

임미주의 말을 들으면서 서연의 얼굴은 점점 하얗게 질려가고 있었다. 인정할 수 없지만 임미주의 말이 사실이라면 장현우는 정말 끔찍한 인간이었고, 자기는 그보다 더 끔찍할 정도로 멍청한 인간이었으니까.

"그러니까 지금이라도 그 인간 막으려면 나한테 사진 넘겨요."

"말했잖아요, 지웠다고."

그렇게 말하고 뛰쳐나왔던 서연은 바로 며칠 후, 이번에는 장현우의 연락을 받아야 했다. 임미주가 어떤 생각으로 그녀에게 장현우와 자신의 관계에 대해 말했는지, 그리고 장현우의 위선에 대해서 밝혔는지 모르지 않았다. 하지만 서연에게 있어 장현우는 이미 모든 것이 끝나 버린 관계였다.

그가 결혼해야 한다며 그녀에게 이별을 말하고 떠났을 때 서연이 가장 충격을 받은 것은 자기 자신 때문이었다. 그녀는 장현우와의 헤어짐이 슬프지 않았다. 마음이 허전하긴 했지만 못 견딜 정도로 힘들지도 않았다. 3년을 내내 곁에 있어준 사람이었고, 좋아한다고, 아니, 정확히는 좋아할 수 있다고 믿었던 남자였다. 그런데 그와 헤어지고 난 후 서연은 얼마 안 있어 마음을 추스르고 금세 생활로 돌아와 공부를 하고 일을 다녔다.

강준이 말없이 떠났을 때 그녀의 세상이 모두 무너져 내렸던 것과는 너무도 달랐다. 그때, 아니, 지금도 서연은 김강준을 떠올릴 때면 가슴이 시리고 아파서 견딜 수가 없었다. 그런데 자신의 연인이었던 장현우에 대해서는 너무도 쉽사리 잊고 마는 자기 자신의 냉정함과 무정함에 서연은 스스로도 놀랄 지경이었다.

그래서 임미주의 말에 충격을 받긴 했지만, 뒤늦게 알게 된 장현우의 실체와 배신 때문에 가슴이 쓰리진 않았다. 다만 그녀의 말처럼 자신의 치기 어린 행동이 박진태와 장현우를 이어주는 연결 고리가 되었다는 사실이 화가 나고, 후회와 자책으로 비참했을 뿐이었다. 그리고 그 박진태의 연줄로 장현우는 최근 굴지의 재벌가인 세진그룹의 법인 팀에 합류하게 됐다는 소식을 신문에서 보았다. 그야말로 입맛이 썼다.

"잘 지내니?"

몇 달 만에 만난 장현우는 서연을 보면서 언제나처럼 온화하고 다정한 미소를 지었다. 그러나 이제 서연의 눈에 그것은 지독한 가식과 위선일 뿐이었다.

"임미주 씨 만났어요."

서연은 그와 안부 따위를 나누면서 긴 시간 마주하고 싶지 않았다. 차가운 표정으로 힐난하듯 던진 그녀의 말에 장현우는 아무런 당황도 하지 않은 채 그저 피식 입꼬리를 말아 올렸다. 순간적으로 얼굴에 드러난 야비함. 그것이 바로 그의 진면목일 터였다.

"그래, 알아."

"당신 박진태 의원 딸하고 결혼한다는 거 사실이에요?"

생각보다 격앙된 상태였는지 저도 모르게 말끝이 올라가고 말았다.

"내가 다른 여자와 결혼한다고 했잖아. 누구랑 하든 상관없다더니, 왜 이제 관심이 생겼어?"

"아뇨, 지금도 난 당신이 누구와 결혼하든 상관없어요. 하지만 당신이 내가 건네준 것을 빌미로 박진태와 손잡았다는 걸 알게 되자 기분이 더러워서 참을 수 없을 뿐이에요."

"화났니?"

"화가 났냐구요? 당신이 어떤 인간인지 그동안 실체를 모르고 있던 내 자신이 한심하고 역겨울 뿐이에요. 어떻게 내가 준 그 사진을 가지고 그런 짓을 할 수 있어요?"

"그런 짓이라니?"

장현우가 천연덕스럽게 되물었다.

"정말로 넌 너무 순진하다니까. 물론 처음에 장인어른과의 관계를 맺어준 건 너였고, 네가 건넨 그 사진이 유용했던 것도 사실이야."

서연 앞에서 박진태를 장인어른이라 칭하는 장현우. 임미주에게서 듣던 것보다 그는 더 뻔뻔스럽고 지독한 인간임이 틀림없었다.

"하지만 서연아, 그깟 사진 몇 장만으로 나와 장인어른이 가족이 될 수 있었다고 생각하는 건 아니지? 우리 사이를 돈독하게 해준 건 그 사진이 아니라 네가 알지 못하는 다른 것들이니까."

그러면서 장현우는 몸을 앞으로 기울여 탁자 위에서 분노를 견디지 못해 힘껏 주먹을 움켜쥐고 있는 서연의 손을 부드럽게 그러쥐었다. 서연이 빼내려고 했지만 남자의 손아귀 힘을 당해낼 수가 없었다.

"우리 순진하고 예쁜 서연이. 임미주 그 여자 말만 믿고 너 때문에 내가 박진태 사위가 됐다고 걱정하고 있었던 거야? 그래?"

아랫입술을 꽉 깨물고 있던 서연은 장현우의 손이 얼굴로 다가오자 고개를 돌리며 피하려 했다. 그러나 그는 손에 더욱 힘을 줘서 그녀의 몸을 앞으로 잡아당겨 옴짝달싹하지 못하게 했다. 그러고는 엄지손가락을 내밀어 천천히 그녀의 붉은 입술을 쓸면서 속삭였다.

"붉구나."

슬금슬금 그녀 가까이 다가온 그의 입술이 마치 살갗에 닿을 듯 가까웠다. 가만히 속삭이는 음성, 숨결. 짙은 스모그처럼 낮게 깔리는 그 목소리가 기분 나빴다. 서연은 온몸에 소름이 돋는 것만 같았다. 그의 입김이 피부에 닿지 않게 하려고 고개를 뒤로 빼고 얼굴을 돌리며 애썼지만 도저히 피할 수가 없었다.

"이거 놔요."

사람들이 많은 커피숍이었다. 그래서 장현우가 함부로 어떤 해코지를 할 수 없다고 믿긴 했지만 그는 여태껏 자기가 알던 상식적이고 건전한 남자가 아니란 걸 서연은 다시 한 번 절감한 터였다. 이 괴물처럼 끔찍한 남자의 가면이 벗겨졌으니 그가 어떻게 돌변할지 짐작도 할 수 없는 터였다.

"왜, 소리라도 지르게?"

"못할 거 같아요?"

"아니."

안색이 파리하게 질려서는 이를 앙다문 채 매섭게 노려보는 서연의 검은 눈동자를 물끄러미 바라보던 장현우가 갑자기 웃음을 터트리더니 그녀의 손목을 놓아주었다.

"하하."

고급스러운 슈트 차림의 상체를 의자 등받이에 기대고, 다 식어버린 차를 한 모금 입에 댔다가 인상을 찡그리며 내려놓더니 그가 자못 유쾌하게 말했다.

"난 네 그런 점이 정말 좋아. 그 순수함, 곧음, 강직함, 흔들림 없는 주관. 그 모든 게 정말 못 견디게 아름다워."

사귀는 동안에도 장현우는 종종 그녀의 타협할 줄 모르는 올곧음을 좋아한다고 말하곤 했었다. 장현우는 그녀에게 종종 도움의 손길을 내밀었지만 서연은 아무리 연인이라도 그녀가 정해놓은 기준이나 허용치를 넘어선 것들은 절대로 받지 않았다. 그래도 장현우가 자기 마음이라며 억지로 물질적인 도움을 주려 할 때마다 그녀는 정색을 한 채 단호하게 말했다.

"우린 사귀는 거지, 나 당신한테 원조 받는 거 아니잖아요."

데이트보다는 일이 우선이었고, 그가 기념일이나 가끔 그냥 하고 싶다면서 건네는 선물도 작고 소박한 것은 그냥 받아도, 자기가 봤을 때 도가 지나치다 싶으면 단호하게 거절하곤 했다.

"그냥 내가 하고 싶어서 그래. 우리 이제 커플이잖아. 네가 내 여자이고, 내가 네 남자라는 징표가 난 필요해."

"그럼 나도 반 낼 테니까 다시 반지 사요. 내 힘으로 감당할 수 있는 거면 나도 기꺼이 살게요."

"그 가느다란 실반지?"

"왜요, 싸구려라 싫어요? 창피해요?"

"아니, 난 네가 나한테 해주는 뭐든 좋아. 그렇지만 나도 내 여자한테 해주고 싶은 게 있어. 서연아, 이건 단순한 선물이 아니잖아."

서연이 장 변호사님이 아니라 현우 씨라고 부르게 된 지 얼마 안 되었을 때 장현우는 다이아몬드를 꽃처럼 박아 넣은 황금빛 반지를 건넸다. 가운데 있는 굵은 다이아몬드 둘레를 감싸고 있는 자잘한 다이아몬드들이 눈부시게 빛나는 아름다운 반지였다. 처음엔 그것이 큐빅인 줄 알았다. 너무 비싸지 않느냐며 깜짝 놀라는 그녀에게 장현우는 그렇지 않다며 안심시켰다.

그러나 아르바이트를 하는 곳에 끼고 갔다가 그곳 사장님이 그녀의 반지를 보더니 한눈에 알아보곤 꽤 고가의 것이라면서 어디서 이렇게 진짜 같은 걸 구했느냐고 호들갑을 떨었다. 혹시나 싶어 귀금속을 파는 곳에 갔던 서연은 그곳에서 금은 물론 다이아몬드들도 모두 최상급의 진품이라는 감정 결과를 들었다.

그래서 장현우의 설득에도 불구하고 기어이 그에게 반지를 돌려주고 말았다.

그 후에도 그런 일은 몇 번이고 벌어졌다. 그리고 어떤 일에도 서연은 자기 원칙을 버린 적이 한 번도 없었다. 그때마다 서연은 괜스레 자기가 고집을 부려서 그를 힘들게 하고 있는 건 아닌가 반성하곤 했었다.

그리고 지금 자기 눈앞에서 뻔뻔스럽게 웃고 있는 남자를 보면서 서연은 자신의 그런 생각조차 얼마나 어리석었나 생각했다.

"네가 그렇게 순수하고 깨끗하니까 난 도저히 너한테 손을 댈 수가 없었어. 게다가 네가 날 어떻게 생각하는지 알고 있었으니까 말이야. 정의롭고 강직한 장현우 변호사. 하지만 이젠 아닌 걸 알지?"

"그래서요?"

"아무리 생각해도 난 널 못 잊겠어, 서연아. 그리고 어차피 결혼은 부모님 때문에 조건 봐서 하는 거고."

"하."

자기 욕심 때문에 박진태 바짓가랑이를 잡아당겨서 하는 결혼인 줄 뻔히 아는데 아직도 부모님 핑계를 대는 장현우를 보자 서연은 저도 모르게 저절로 콧방귀를 뀌고 말았다.

"안 믿니? 그래, 그럴 수도 있지. 하지만 서연아, 내가 사랑하는 건 여전히 너 하나야. 아내 될 사람도 좋은 여자이긴 하지만, 그 여자는 딱 아내감으로 적당할 뿐이야."

서연은 여전히 옅은 미소를 띤 채 자신을 바라보고 있는 장현우를 보자 점점 무서워지기 시작했다.

"내가 어리석었어. 결혼한다고 해서 우리 사이가 어떻게 달라지는 것도 아닌데 왜 널 떠났을까? 그러니까 우리 다시 만나지 않겠어?"

"미쳤군요."

깜짝 놀란 서연의 얼굴이 무참하게 일그러졌다.

"그래, 난 언제나 너한테 미쳐 있었지. 그런데도 마치 날 키다리

아저씨 대하듯 하는 순결한 널 지켜주고 싶어서 제대로 안지도 못했어. 하지만 이젠 그럴 필요 없지 않을까?"

"지금 대체 무슨 말 하는 거예요?"

"널 안고 싶어, 서연아."

경악한 서연은 눈을 부릅뜬 채 그를 노려보았다. 너무 놀라서 숨을 쉴 수도 없었다.

"언제나 널 보면서 생각했지, 네 몸은 얼마나 부드럽고 달콤할까 하고. 이제 너도 나에 대해 어느 정도 알잖아. 난 신체 건강한 남자야. 그리고 내 욕망에 아주 충실하지. 출세욕도 성욕도. 그러니까 널 안아야겠어, 차서연."

"그 입 닥쳐요."

"너도 날 좋아하잖아. 서연아 네가 아직 너무 순진해서 그러지만 네 몸속에도 누구 못지않게 뜨거운 정염이 있어. 그러니까……."

좌악, 서연은 자기 몫의 커피를 그대로 그의 얼굴에 부어버리고 자리에서 일어섰다. 차가 다 식어버렸다는 게 자못 아쉬울 뿐이었다.

"쓰레기 같은 새끼, 다시 한 번 내 앞에 나타나면 그땐 가만 안 둘 줄 알아."

그러곤 그대로 나와 버렸다.

그리고 어제, 폭행 시비에 휘말려 끌려갔던 경찰서에서 서연은 다시 장현우와 마주쳤다. 그러나 여전히 겉으로 보기엔 근사하고 말쑥한 차림의 그를 보면서 그녀가 느낀 것은 견딜 수 없는 혐오와 구역질뿐이었다.

더 못 견디겠는 건 임미주의 말이 모두 옳다는 것이었다. 그녀는 어리석었고 멍청했다. 그래서 장현우의 거짓과 농간에 그리 쉽게 놀아났던 것이다. 견딜 수 없는 자괴감에 괴로워하던 그녀가 혜주와 함께 갔던 클럽에서 강준과 마주친 것은 어쩌면 운명이 그녀에게 내건 두 번째 시험이었는지도 모른다.

그러나 서연은 강준을 보는 순간 허물어지고 말았다.

이제는 잊었다고 믿었다. 5년의 시간 동안 그에 대한 감정은 점점 옅어져서 마침내는 모두 말라 버렸다고 생각했다. 그런데 그와 눈이 마주치는 순간, 그때까지 그녀의 머릿속을 지배하고 있던 장현우에 대한 배신감이나 분노 따위는 삽시간에 사라지고 말았다.

오직 김강준만이 유일했다. 그녀가 느끼고, 그녀가 생각하는 존재는. 단숨에 모든 것을 밀어내고 다시 그녀 안에 들어온 강준을 서연은 힘껏 끌어안을 수밖에 없었다.

||||| 6 |||||

서연이 버스에서 내려 걷기 시작하자 어디선가 일찍 일어난 동네 개 한 마리가 왕왕 짖어대기 시작했다. 아마도 꽤 몸집이 작고 신경질적인 녀석인 모양이었다. 높고 날카로운 울음소리가 쉬지 않고 들렸다. 그녀와는 반대로 정류장을 향해 걸어가는 사람들이 드문드문 보였다. 그들 대부분이 서연을 흘긋거리며 지나갔다. 짧은 치마에 몸매가 고스란히 드러나는 노골적인 차림의 젊은 여자가 아침에 귀가하는 모습을 보면서 그들이 무슨 생각을 할지 서연은 굳이 짐작하지 않으려 애썼다.

서연은 작게 한숨을 내쉬며 엄마에게 전화를 걸었다. 어젯밤에 혜주의 꼬임에 넘어가서 아예 혜주네 집에서 자고 들어올 거라고 미리 말씀을 드리긴 했지만, 그래도 엄마는 외박하는 딸의 연락을 기다리셨을 터였다.

"엄마."

[우리 딸, 잘 잤어? 어디야, 아직 혜주네 집이니?]

"아니, 집 근처."

[뭐 벌써 왔어? 왜 아침까지 먹고 좀 느긋하게 있다가 오지. 오늘 아르바이트도 없는 날이잖아.]

"엄마 보고 싶어서 빨리 왔지."

[어머 딸 어쩌지. 엄마 오늘 민자 아줌마가 좀 도와달라고 해서 좀 전에 아줌마네 가게 나왔는데.]

"진짜?"

[혹시 몰라서 아침밥 차려놨으니까 국 데워서 꼭 먹어.]

"알았어, 엄마."

전화를 끊으면서 아픈 몸을 이끌고 이른 아침부터 딸이 먹을 해장국까지 끓여놓고 일 나간 엄마를 생각하자 서연은 코끝이 시큰해졌다. 오늘부터는 김강준도, 장현우도 생각하지 말고 세상에서 가장 사랑하는 엄마를 위해서 정말로 열심히 일하고 공부하자 다시 한 번 마음속으로 다짐하고 또 다짐했다.

그때였다. 갑자기 전화벨이 울렸다. 모르는 번호였다. 평소라면 알지 못하는 번호 따위는 받지 않았다. 하지만 서연은 멍하니 전화를 바라보다가 통화 버튼을 누르고 말았다. 왜냐하면 발신 번호와 함께 휴대 전화 액정 화면에 김강준이라는 이름 석 자가 큼직하게 떠올랐기 때문이었다. 이게 대체 어찌 된 일일까?

[나야, 차서연.]

강준이었다.

[집이니?]

어젯밤 그리고 오늘 새벽까지 자기를 안아주던 손길처럼 다정한 목소리가 들려오자 서연은 저도 모르게 가슴이 울컥했다. 목이 메어서 아무런 말도 할 수가 없었다. 그런데 그런 그녀의 침묵을 다르게 오해했는지 강준이 낮게 한숨을 내쉬며 말했다.

[이 남자가 어떻게 내 번호 알았나 그런 생각은 하지 말고.]

"어떻게 안 해요?"

[너 자는 동안 몰래 내 핸드폰으로 전화했어. 너 잠금 안 해놨던데.]

그래서 다행이라는 건지, 아니면 너무 허술하다고 나무라는 건지 알 수 없는 모호한 말투였다. 그렇지만 새벽에 몰래 일어나서 그녀의 휴대전화를 들고 조심스럽게 자기 번호를 눌러서 전화하고 그녀의 핸드폰에 자기 번호를 저장하는 강준의 모습을 떠올리자 서연은 어쩐지 피식 웃음이 났다.

[그래, 너 내가 우스울 거야. 그래도 너무 비웃지는 말아줘.]

"알면 됐어요."

[왜 그냥 갔어? 바래다주고 싶었는데.]

순간 서연은 대답을 할 수 없었다. 그 호텔방을 나서면 이제 김강준과 차서연의 인연은 또다시 끝이라고 생각했다. 지난 5년처럼 그렇게 다시 서로에게 잊힌 존재가 되리라 믿었다. 그래서 그가 떠나기 전에 서연은 자신이 먼저 나온 것이었다.

잠시 걸음을 멈추었던 서연은 다시 타박타박 걸음을 옮기기 시작했다. 마을버스 정류장에서 내려서도 그녀가 엄마와 살고 있는 허름한 다세대 주택까지는 꽤 한참을 걸어야만 했다.

[오늘 시간 있니?]

“왜요?”

[데이트하자.]

갑작스러운 강준의 말에 서연은 그만 담벼락에 몸을 기대고 말았다. 어쩐지 양다리에 힘이 빠지고 후들거려서 서 있을 수가 없었다. 마치 5년간의 시간 따위는 단숨에 뛰어넘은 듯 아무렇지도 않게 흘러나오는 강준의 말에 서연은 어쩐지 울컥했다. 그렇게 기다릴 때는 오지 않더니, 연락도 없더니 이제야 나타나 이토록 삽시간에 자신을 흔들어대는 그가 너무나 미웠다.

“나 바빠요.”

[기다릴게. 시간 언제 돼?]

“시간 돼도 당신 다시 만날 생각 없어요.”

서연의 단호한 대답에 잠시 수화기 너머에서 침묵이 흘렀다. 그러나 곧 조심스러운 강준의 목소리가 들렸다.

[나, 너한테 별로 신용 없는 놈이지?]

“당연한 거 아니에요? 그렇게 말없이 훌쩍…….”

저도 모르게 욱해서 말을 토해내던 서연은 문득 수화기 너머로 들려오는 개 짖는 소리에 말을 멈추었다. 수화기를 귀에서 조금 떼자 똑같은 소리가 바로 곁에서 들려왔다.

"서연아."

그리고 강준의 목소리가 들렸다. 전화기 너머에서 들리는 것이 아니라 바로 그녀 뒤에서 들려오는 생생한 음성. 천천히 고개를 돌리자 쏟아지는 아침 햇살을 등에 진 채 민망한 듯 어색한 미소를 짓고 있는 강준이 그녀 뒤에 서 있었다. 전화기 속 차분한 목소리와 달리 실제로 본 그는 뛰어왔는지 조금 거칠게 숨을 토해내고 있었다. 이마에 맺힌 땀방울이 아침 햇살에 반짝거렸다.

"여기서 뭐 해요?"

전화기 든 손을 서서히 내리면서 서연이 물었다. 겸연쩍은 표정으로 강준이 한 발 더 그녀 앞으로 다가왔다.

"미안, 놀랐지."

서연은 눈을 가느스름하게 뜬 채 아무런 말도 하지 않았다.

"그냥…… 그냥 이대로……."

"그냥 뭐요?"

어쩐지 화가 나기도 하고, 또 어쩐지 웃음이 나기도 하는 묘한 기분이었다. 그래서 그녀는 더 퉁명스럽게 말했다. 그런 그녀의 눈길을 마주 보며 강준이 점점 더 가까이 다가왔다. 그러곤 바로 그녀 앞에 마주 섰다.

강준이 그녀를 굽어보며 고백했다.

"너를 그냥 이대로 보낼 수는 없었어. 우린…… 난, 우리에 대해서 말하고 싶었다. 5년 전에 하지 못했던 말, 지금이라도 하고 싶어. 그리고 어제 일도. 안 될까?"

"5년 전에 무슨 말이 하고 싶었는데요?"

"안녕이라고 말하려고 했어."

그랬다. 5년 전 그는 떠나기 전에 그녀에게 최소한 안녕이라는 한마디는 했어야 했다. 두 사람은 어떤 약속을 하거나 서로에게 책임이 있는 관계는 아니었다. 하지만 적어도 이제 나는 떠난다고 말은 했어야 했다. 그런데 그 말을 듣지 못해서 서연은 하염없이 그를 떠올리며 가슴 아팠고, 괴로웠다. 그녀의 가슴을 처음으로 두근거리게 했던 그 특별한 감정이 자기 혼자만의 것이었다는 게 그녀를 못 견디게 했다.

"그런데 하지 않았죠. 이해해요. 나 같은 게 뭐라고 당신이 그럴 필요나 있었겠어요?"

저도 모르게 이죽거리고 만 서연은 자기를 절절하게 바라보는 강준의 눈길을 피해서 시선을 돌리려 했다. 그런데 갑자기 강준의 절박한 고백이 들려왔다.

"널 보면 가지 못했을 테니까."

한껏 억누른 음성이 목 안 깊숙한 곳에서 울려 나오고 있었다. 오랫동안 꾹꾹 눌러 참았지만 이제 더는 그럴 수 없어서 그예 터지고 만 그의 진심이었다.

"너를 보고, 만나서 난 어쩔 수 없이 떠나지만 혹시 날 기다려 줄 수 있는지. 오빠라고 부를 수 있게 되면 나한테 하고 싶다던 말이 뭔지 해줄 수 있느냐고 묻고 싶었어. 그렇지만 난…….”

“난 뭐요?”

강준의 말이 끊어지자 초조해진 서연은 저도 모르게 가느다랗게 갈라지는 목소리로 물었다.

“난 뭣보다 그냥 널 끌어안고 싶었어. 그리고 말하고 싶었지. 널 좋아한다고.”

순간적으로 서연은 목이 콱 메어왔다. 5년이나 늦은 고백이었다.

“하지만 하지 않았죠. 그때 당신이 어떤 마음이었든 그게 중요한 사실 아닌가요?”

냉정하게 잘라 말하는 서연을 보면서 강준이 얼굴을 찡그리며 웃었다. 그것은 자책과 자괴감에서 나오는 씁쓸한 자조였다.

“그래, 그렇지.”

고개를 수그리는 강준을 보면서 서연은 어쩐지 마음이 후련했다. 지난 5년간 혼자 했던 그녀의 사랑이 일방적인 짝사랑이 아니었다는 걸 깨달은 것만으로도 조금 위안이 되지 싶었다.

“5년 전에 당신은 날 좋아했지만, 결국 나한테 아무런 말도 하지 않고 내 앞에서 사라져 버렸죠. 그때 우리 사이도 끝난 거예요. 그리고 어젯밤은 그 마무리를 위한 어쩔 수 없는 해프닝이었다고 생각하죠, 서로.”

서연은 어쩐지 눈물이 날 것 같아서 그대로 홱 몸을 돌려 걸음을 옮기려 했다. 그런데 갑자기 등 뒤에서 강준의 목소리가 들려왔다. 단호하고 강인한 음성이었다.

"아니. 어젯밤은 해프닝도 아니었고, 난 이대로 우리 사이 안 끝내. 좋아한다, 차서연. 처음 고백은 5년이나 늦어버린 거였지만, 지금은 아니야. 널 어제 다시 만나고 난 다시 너한테 빠지고 말았어. 널 좋아해."

"역시 남자들은 단순하군요. 하룻밤 잠자리가 그렇게 좋았어요? 만난 지 하루도 안 돼서 그런 말을 아무렇지도 않게 하게?"

"서연아……."

그에게 등을 돌리고 서 있는 것이 정말로 천만다행이었다. 아니었다면 온통 새빨갛게 달아오른 그녀의 얼굴과 미친 듯이 흔들리고 있는 눈빛을 그에게 들키고 말았을 것이다. 쿵쿵 소리를 내며 아프도록 거칠게 뛰고 있는 심장 때문에 서연은 한 손을 가슴 위에 올려놓고 꾹 눌러야만 했다.

미칠 것만 같았다. 가슴이 터질 것 같았다. 5년 전에 강준에게서 저 말을 들었다면 정말로 그러했을지도 모른다. 하지만 이미 시간이 흘렀고, 그녀는 이제 세상 물정 모르고 순진하던 그때의 그 순진한 여고생이 아니었다.

"아무튼 됐어요. 당신은 어떨지 몰라도 나한테 어젯밤은 그저 흔한 원나잇일 뿐이니까."

이 떨림이 그에게도 전해질까 두려워진 서연은 그대로 걸음을 옮기려 했다. 그때였다. 갑자기 등 뒤에서 뜨거운 체온이 느껴졌다. 남자의 강인한 두 팔이 그녀를 와락 껴안았다. 넓고 단단한 가슴에 붙들린 채 그녀를 꼼짝할 수 없게 되었다.

"이, 이게 뭐 하는 거예요?"

맞붙은 등과 가슴을 통해 그녀의 심장 박동이 그에게도 고스란히 전해질 터였다. 그리고 그의 것도. 그런데 이상했다. 서연은 미친 듯이 뛰고 있는 건 자기 심장이라고 생각했는데 등을 통해 온몸으로 전해지는 또 다른 심장 고동도 그녀 못지않게, 아니, 그녀보다 더 크고 불안하게 뛰고 있었다.

"난…… 영국에 있는 내내 널 생각했다. 지금도 열심히 재활치료 받고 있을지, 그 하얀 이마 잔뜩 찌푸린 채 그림을 그릴지 너무 궁금했지. 그리고 한 번도 듣지 못했지만, 네가 날 오빠라고 부를 때 어떤 모습일지, 어떤 느낌일지 상상하면서 하루하루를 버텼어. 그렇지만 네가 나한테 웃어줬던 것처럼 다른 누굴 보고 또 예쁘게 웃고 있는 건 아닐까 생각하면 심장이 터질 것 같았다, 바로 지금처럼."

두근두근 두근두근, 누구랄 것도 없이 강준과 서연, 두 사람의 심장은 빠르고 격하게 뛰고 있었다. 맞닿은 살갗을 통해 느껴지는 것은 서로의 따뜻한 체온과 절절한 진심이었다.

"그래서 널 잊으려고 했어. 난 한국에 돌아올 수 없었으니까. 그런데도 널 생각하면 당장이라도 비행기를 타고 싶어졌어. 그래서 난 널 의식적으로 지웠다."

호흡의 내뱉을 때마다 목덜미와 귓가에 강준의 뜨거운 숨결이 느껴졌다. 서연은 점점 더 숨이 가빠오는 것 같았다.

"그리고 어제 널 봤을 때, 난 깨달았지. 단 한순간도 나는 널 지운 적이 없다는 걸 말이야."

저도 모르게 서연은 숨을 멈추고 말았다. 눈시울이 뜨거워졌다. 갑자기 눈물이 차올랐다. 예상하지 못했던 말이었다. 하지만 그녀는 알고 있었다. 그녀가 정말로 간절히 바라던 말이었다.

"이미 내가 많이 늦었다는 거 알아. 하지만 서연아, 그래도 제발 한 번만 나한테 기회를 주지 않을래?"

서연은 그대로 두 눈을 꼭 감아버렸다. 어지러울 만큼 행복했다.

"그리고 네가 나한테 많이 화나고 실망했을 거란 것도 알아. 어젯밤에 난 널 그렇게 안는 게 아니었어. 난…… 네 마음을 다시 얻고 나서 그래야 했지만…… 정말 미안하다."

강준은 자기 품 안의 서연을 더욱 꽉 끌어안았다.

"좋아해, 서연아. 정말 좋아해."

마치 주문처럼 되풀이되는 그의 고백에 서연의 눈가에 차오른 눈물 하나가 볼을 따라 흘러내렸다.

"나도…… 나도 좋아해요."

그녀는 감은 눈을 뜨지 못한 채 고개를 숙였다. 아마 강준의 단단한 팔이 그녀를 붙들고 있지 않았다면 그대로 앞으로 쓰러졌을지도 몰랐다.

서연도 이제 말해야 했다. 모든 걸 강준에게 솔직하게 이야기하고 싶었다. 그래야만 했다. 그게 비록 강준을 실망하게 하더라도 그녀는 자기를 그에게 그대로 보여주고 싶었다. 그리고 아무런 거리낌 없이 마음껏 그를 사랑하고 싶었다.

만약 강준이 그런 자기에게 실망해서 떠난다고 하면 그때는 잡고 매달려 볼 터였다. 예전처럼 그저 무력하게 가버리는 그를 지켜만 보지는 않을 터였다. 그래서 다시 후회의 시간을 보내지 않으리라 서연은 다짐했다.

"5년 전에 당신이 미치도록 좋았어요. 당신만 보면 가슴이 설레서 어쩔 줄 몰랐죠. 그러다 그렇게 당신이 말없이 없어지고 나서나 당신 많이 미워했어요."

말을 하면서 저도 모르게 눈물이 뚝뚝 떨어졌다. 온몸으로 강준의 체온이 느껴지자 어쩐지 더 서러웠다. 그녀의 말에 그녀를 감싸고 있는 강준의 몸이 경직되는 게 느껴졌다.

"그래, 그랬겠지."

그러나 곧 그의 짙고 부드러운 목소리가 다정하게 들려왔다. 후회와 미안함을 가득 담고 있는 쓸쓸한 음색이 가슴을 후벼 파는 것 같았다. 그래서 더욱 눈을 꼭 감은 채 서연은 자기가 하려던 말을 마저 쏟아냈다. 저도 모르게 주먹을 꽉 쥐었다.

"그렇지만 그보다 더 지독하게 그리웠어요. 그래서 미웠고, 슬펐고, 쓸쓸했죠. 그래서 나한테 다가온 남자를 받아들였어요. 그게 얼마나 어리석은 짓이었는지 그때는 몰랐어요. 그 사람은 내가 짐작도 할 수 없을 만큼 끔찍한 인간이었어요. 뒤늦게 그걸 안 난 화가 났고, 어제도 그 사람을 봤죠. 그래서 충동적으로 클럽에 갔던 거예요."

서연은 강준이 자기를 경멸한다고 해도 털어놔야 한다고 생각했다. 다른 사람은 몰라도 그에게는 그러고 싶었다. 그래야만 했다.

첫눈에 서연은 강준을 알아보았다. 그는 너무나 달라진 그녀 모습에 짐작도 하지 못하는 듯했지만 그녀는 그와 눈이 마주치는 순간 온 세상이 지워지는 것만 같았다. 오직 이 세상에 강준과 자신 둘만이 오롯이 서 있는 느낌이었다.

힘겹게 버티며 지내온 시간들은 모두 한순간에 사라지고, 그저 그를 그리워하고, 그를 애타게 원하던 그녀의 마음만이 가득했다. 그래서 서연은 서툴지만 본능에 따라 그를 유혹했고, 그에게 안겼다.

"나…… 당신한테 안기고 싶었어요. 어젯밤 당신을 보는 순간부터. 아마 예전부터 그랬을 거예요."

그녀의 목덜미에 강준이 얼굴을 묻었다.

"예전에 내 애인이었던 남자 때문에 화가 난 것 사실이었지만 아무라도 좋았던 거 아니에요. 누구한테라도 안기고 싶었던 게 아니라 당신이라서…… 김강준 당신이니까……."

떨리는 목소리로 고백하던 서연은 채 고백을 끝맺지 못했다. 힘차게 뻗어 나온 강준의 손길이 그녀의 뺨을 감싸서 고개를 뒤로 돌리게 끌어당겼다. 그러곤 그의 뜨거운 입술이 겹쳐 왔다. 그녀의 입술을 삼킨 채 격하게 빨아들였다.

"흐읍……."

지난밤에도 무수하게 나누었던 키스였다. 하지만 여전히 뜨겁고 지독할 만큼 강렬한 감각이 그녀를 뒤흔들었다. 아직도 수그러들지 않은 불꽃이 그녀 안에서 다시 순식간에 커지면서 넘실대기 시작했다. 그것은 단순한 욕망이 아니었다. 서로의 마음을 확인하고, 뜨겁게 서로를 갈구하는 두 연인이 나누는 영혼의 교감이었다.

입안으로 거침없이 들어와 여린 속살을 훑고 입안 구석구석을 톺아대던 서로의 혀가 곧 정신없이 얽혔다. 마치 원래 한 몸이었던 것처럼 달라붙어서 격렬하게 비비고, 서로를 희롱하고, 탐했다. 타액이 넘나들고, 누구랄 것도 없이 그걸 삼키고 마셨다.

"하아, 하아……."

한참 후 입술이 떨어졌을 때 두 사람 모두 가슴을 크게 들썩이며 거친 숨을 몰아쉬었다. 어느새 서연은 그를 마주 보고 서서 그의 품에 안겨 있었다. 강준은 서연의 입술에 작은 입맞춤을 끊임없이 거듭했다. 뜨겁고 촉촉한 젖은 입술이 그녀의 입술과 이마 코끝과 양 볼까지 자신의 살결 곳곳에 닿았다가 떨어질 때마다 서연은 부드럽고 간지러운 느낌에 어깨를 움츠리며 소리 없이 웃었다. 그리고 그럴 때마다 강준의 입맞춤은 더욱 짙어만 갔다.

"정말 믿기지 않아."

그러곤 마침내 그녀의 하얀 목덜미에 짙은 입맞춤을 하며 강준이 속삭였다.

“지금 이렇게 널 안고 있는 게 꿈만 같다.”

“나도…… 나도 그래요.”

서연이 두 팔로 그의 강인한 어깨를 힘주어 끌어안으며 말했다.

“다신 널 안 떠날게.”

“다신 당신 안 놓칠게요.”

“……사랑한다.”

곧 두 사람의 입술은 다시 서로를 찾았고 짙은 키스가 이어졌다. 마침내 그렇게 두 사람은 서로의 마음을 확인하고 연인이 되었다.

❖

「많이 바빠?」

도서관에서 공부하던 서연은 통화가 가능하냐는 강준의 문자를 받자마자 답문을 보내면서 도서관 밖으로 나갔다.

「공부 중.」

「바빠도 받아. 나 지금 바로 전화할 거야. 보고 싶어 죽겠으니까 목소리라도 들어야겠어!」

몇 번 문자를 주고받긴 했지만 꼬박 만 하루 만에 하는 통화였다.

사귀게 된 이후에도 두 사람은 서로의 일과 공부를 방해하지 않기 위해서 가급적이면 문자는 잘 하지 않았고, 통화를 할 때도 강준은 서연이 도서관에 있을 때가 많아서 꼭 이렇게 문자로 먼저 상황을 묻곤 했다. 물론 그러다가도 불현듯 그녀가 보고 싶어 죽겠다면서 무작정 찾아오거나 전화하는 일도 잦았다.

영국 유학을 끝마치고 돌아온 강준은 회사에 취직했고, 적응하느라 그도 나름대로 많이 바빴다. 하지만 그는 어떻게 해서든 서연과 있는 시간을 내기 위해 노력했다. 그건 그녀도 마찬가지였다.

예전에 장현우가 그럴 때는 귀찮고 성가신 적이 더 많았는데 강준은 아니었다. 그가 불시에 나타날 때면 놀라기보다 기뻤고, 그가 노상 바쁜 그녀를 배려해서 일찍 돌아가려 할 때면 조금이라도 더 함께 있고 싶어서 그를 붙드는 것도 서연 자신이었다.

도서관 뒤편의 벤치에 가서 앉기 무섭게 전화벨이 울렸다. 액정에 떠오른 이름은 당연히 강준이었다. 화면을 누르자 영상통화가 시작되었다.

[빨리 말해, 나 보고 싶었다고.]

통화를 시작하자마자 강준이 대뜸 말했다. 그의 등 뒤로 호텔 방 내부가 보였다. 강준은 회사 팀원들과 중요한 기획 회의를 하느라 벌써 며칠째 호텔에서 단체로 기거하며 마라톤 회의를 거듭하고 있었다. 내년 시즌에 나올 새 상품을 기획하는 중요한 회의라고 했다.

그는 꽤 진중한 성격이었지만, 이렇게 간혹 서연에게는 믿기지 않을 정도로 귀여운 모습을 보여줄 때가 있었다. 그리고 그럴 때면 서연은 웃고 말았다.

“알잖아. 3차가 바로 코앞인 거. 오빠 보고 싶을 틈이 어디 있어?”

어느덧 차가워진 가을바람이 뺨을 스치고 지나갔지만 서연은 춥지 않았다. 애써 냉정한 척 말하려 했지만, 그녀는 모르고 있었다. 강준의 휴대전화 화면에 비친 그녀의 얼굴이 내내 웃고 있다는 걸 말이다. 자연스럽게 입꼬리가 올라가고, 반달처럼 휜 눈은 누가 보아도 사랑스럽고 행복한 모습이었다. 서연도, 강준도 그렇게 활짝 웃는 서로의 연인을 화면으로 바라보면서 더 애타게 서로가 그리웠다.

[그래, 알지. 진짜 힘내 차서연. 이 오빠가 우리 애인 시험 잘 보라고 벌써 몇 주째 독수공방인 거 알고 있지?]

처음 사귈 무렵 서연이 사시 2차를 봐야 했기에 그들은 잘 만날 수도 없었다. 그렇다고 2차가 끝났다고 해서 또 마음대로 데이트를 할 수도 없었다. 2차 합격자 발표가 있은 후 바로 이어질 3차 시험을 미리 준비해야 했기 때문이었다. 그래도 2차를 보기 전처럼 일주일에 전화 한 번, 얼굴 한 번 보기 힘들지는 않았다.

하지만 사랑이 깊어질수록 더 많이 보고 싶고, 늘 함께 있고 싶은 것은 연인이라면 당연한 마음이었다.

“고맙긴 한데, 꼭 그렇게 자기 입으로 말해서 생색내야 해? 안 창피해?”

[어, 안 창피해.]

“거짓말. 지금 오빠 귀 빨갛거든.”

[윽, 우리 애인 귀신!]

"깔깔깔. 바보."

서연은 항상 자기 나이보다 더 조숙했다. 아픈 엄마와 함께 힘든 세상을 살아가려면 남들보다 더 눈치가 빨라야 했고, 생각도, 행동도 조심해야만 했던 탓이었다. 그러나 강준과 있을 때면 그녀는 비로소 자기 나이처럼 스물세 살의 어리고 발랄한 여자가 되어 버렸다. 그건 강준도 마찬가지였다. 그는 스물아홉 해를 사는 동안 자기가 이렇게 많이 웃을 수 있다는 걸, 그리고 이렇게 행복할 수 있다는 걸 서연을 통해서 겨우 알게 되었다.

"우리 큰어머니 덕분에 겨우 사람처럼 살 수 있었다면, 내가 진짜 행복해진 건 너 때문이야, 서연아."

두 사람이 사귀게 되고 얼마 안 있어서 함께 바닷가에 갔을 때 강준은 동이 터오는 바다를 보면서 자신에 대해서 모든 것을 털어놓았다. 끔찍하고 불우했던 어린 시절, 큰어머니인 안 여사를 만나 비로소 사람답게 살 수 있었던 일, 하지만 조금도 곁을 주지 않는 냉랭한 그분과 자기를 적대시하며 늘 거리를 두는 이복형제들, 그를 아끼지만 지나치게 기대하시는 조부에 관한 일까지.

"어릴 때는 안 맞고, 배곯지만 않으면 행복할 거라고 생각했는데, 큰어머니 따라 좋은 집에서 좋은 옷 입고, 포근한 이불 안에 누워 있는데도 난 여전히 춥고 슬프더라고. 그러다 서연이 널 만났고, 너한테 반하고 말았지."

"그런데 그 반한 여자를 두고 말도 없이 가버린 거야?"

아직도 서운한 감정이 남아 있는 것은 아니었지만, 저도 모르게 심술궂게 내뱉은 서연의 말에 강준은 그저 웃어 보였다. 그러나 그 웃음 속에 담긴 것은 무력했던 자기 자신에 대한 혐오였다.

"그러게. 난 그렇게 무력하고 비겁한 놈이었어. 차마 큰어머니의 명을 어길 수 없었거든. 여태껏 살면서 한 번도 그래 본 적 없지."

"보기보다 착하네."

"아니, 그냥 겁이 많았던 것뿐이야. 그리고 난, 어떤 것도 크게 바라는 게 없었어. 그저 순탄하게 아무런 부침 없이 평범한 척 살고 싶었을 뿐이니까. 그래서 더더군다나 큰어머니 말씀을 따랐어."

하지만 지금 그에게는 어떤 꿈이 생겨 버렸다. 지키고 싶은 사람이 생겼다.

"다른 건 몰라도 이거 하나는 다시 약속할게, 서연아. 난 앞으로 그 누구의 말도 상관없어. 너하고 나를 지킬 수만 있다면 뭐든지 할 거야. 그리고 절대로 너를 놓치는 일 없어, 아무리 큰어머니나 조부께서 뭐라 하셔도."

강준의 눈빛은 결연하기만 했다. 그는 큰어머니인 안 여사의 성정을 잘 알고 있었다. 그에게 사랑하는 여자가 있든 없든 상관도 없겠지만, 그분 욕심에 만약 강준이 필요하다면 어떤 식으로든 그를 마음대로 휘두르려 할 테고, 서연에게도 가차 없이 굴 수 있는 분이었다. 다른 건 다 몰라도 또다시 그녀가 자기 때문에 상처받게 할 수는 없었다.

"나 그렇게 약하지 않아. 그러니까 걱정 말아요. 그리고 끝까지 당신 믿을게."

"그래, 고맙다."

그리고 서연도 자신이 사생아라는 걸 말했고, 두 사람은 서로의 상처를 보듬어주었다. 그리고 정말로 급속도로 서로에게 빠져들었다. 같은 종류의 아픔을 공유한 두 사람은 그저 좋아한다, 반했다로 설명할 수 없는 특별하고 강한 유대감으로 하나가 되었고, 무엇보다 남자로서, 여자로서 서로를 무섭도록 원하고 갈망했다. 그것은 무엇으로도 대체할 수 없는 강렬한 감정이었다. 서로를 안을 때면 그들은 단순한 육체적 쾌락으로는 설명할 수 없는 완벽한 감정의 일치를 느꼈다.

그리고 서연은 엄마에게 생애 처음으로 자신의 남자친구라며 강준을 소개했다.

"남자친구 아니고 애인입니다, 어머님. 서연이와 결혼하고 싶습니다. 두고 보시고 쓸 만한 놈이다 싶으면 사위로 허락해 주십시오. 바로 식 올리고 싶습니다."

보자마자 넙죽 절하며 넉살 좋게 말하는 강준을 보면서 서연은 비명을 질렀다. 이 남자가 점점 뻔뻔해진다는 건 알고 있었지만, 이 정도일 거라곤 생각도 못했다.

"미쳤어, 미쳤어. 이 남자가 미쳤나 봐. 엄마, 아니야. 우리 그냥 사귀는 사이거든. 그 정도 아니니까……."

"넌 나랑 결혼할 마음도 없이 그럼 여태껏 만났던 거야?"

오히려 화를 내며 따지는 강준 때문에 당황하고 말았다. 그리고 그런 두 사람을 보면서 엄마는 모처럼 환하게 웃으며 즐거워하셨다.

"그래요, 내가 앞으로 잘 지켜볼게요."

"네, 감사합니다, 어머님. 어머니 마음에 드시도록 저 정말 잘하겠습니다."

"내 마음에 들면 어떡해요. 우리 서연이 마음에 들어야지."

"그건 당연한 거죠. 그래서 저도 밤낮으로 애쓰고 있습니다."

"오빠!"

서연이 팩하고 소리를 질렀지만 엄마와 강준 두 사람 모두 그저 싱글벙글 웃을 뿐이었다. 곧 강준은 서연의 어머니와도 가깝게 지내게 되었다.

그녀는 곧 혜주와 다른 친구들에게도 그를 소개했다. 처음에 혜주는 강준을 못 알아봤다. 어디선가 본 듯하다며 낯이 익다고 고개를 갸웃거리는 혜주를 보면서 강준과 서연은 서로만이 아는 눈짓을 주고받으며 웃었다.

나중에 강준을 어디서 봤는지 서연이 말해주자 경악하긴 했지만 두 사람이 얼마나 서로를 사랑하는지 고스란히 느낄 수 있었던 혜주는 진심으로 두 사람을 축복해 주었다.

그리고 강준도 성민을 비롯해서 자기 친구들을 서연에게 소개했다. 비록 그녀처럼 자기 가족까지 소개할 순 없었지만.

그렇게 그들은 자연스럽게 서로의 일상을 공유하며 점점 더 떼려야 뗄 수 없는 긴밀한 사이가 되어갔다. 강준은 그녀가 일로 바빠서 만날 수 없을 때면 서연의 집을 찾아가 어머니를 만나 같이 밥을 먹거나 시간을 보냈고, 혼자서 병원에 모셔가기도 했다. 그리고 서연에게 어머니를 미국으로 모셔가서 치료 받자고 말했다.

자신의 능력으로 하고 싶다는 그녀의 대답에 강준은 조금 서글픈 미소를 지으며 말했다.

"그래, 네 마음 잘 알아. 그런데 말이야, 서연아. 인생은 그렇게 마음 먹은 대로 되는 것만은 아니더라. 언제까지나 그 자리에 그대로 있을 것만 같던 사람도 한순간에 없어지기도 하더라고."

5년 전 서연을 만났을 때 그는 자신의 생모가 죽은 지 이미 1년이 넘었다는 소식을 들었다. 함께 사는 동안 모친의 정을 느낀 적도 없었고, 그를 늘 불안하고 외롭게 만들었던 분이었지만 그래도 자신을 낳아준 분이었다. 강준은 그분에게 꼭 갚고 싶은 은혜 따위는 없었다. 그렇다고 왜 자신에게 그리했느냐고, 어린아이를 학대했느냐고 따지고 싶지 않았다.

한때는 너무나 미웠고 원망했던 사람이었다. 낳아준 건 그이지만 자신의 어머니는 생모와 살던 구렁텅이에서 자신을 꺼내준 그 순간부터 평생 큰어머니 한 분뿐이라고 생각했다. 자라면서 그 생각은 더욱 굳어졌다. 그러니 그분이 어찌 되든 자신과는 전혀 상관없다고 생각했다. 그냥 그분은 언제나 어디에선가 지금까지처럼 마음대로 살 것이고, 그는 그 나름대로 살아가면 그뿐이라고 믿었다. 그런데 막상 그분의 죽음을 듣게 되자 그는 혼란스러워졌다.

그리고 어쩌면 자기 마음속 깊은 곳에는 한 번이라도, 살다가 어느 한순간에 그분을 만나고 싶은 마음이 있었던 것은 아닐까 싶었다. 마음껏 원망도 하고, 비난도 하고, 울어도 보고 싶었던 건 아니었을까 하는 생각에 괴로웠다.

그래서 그 혼란과 괴로움을 이기지 못해 차를 몰고 나갔고, 평상시와 달리 과속을 하다 서연을 치고 말았던 것이다.

"절대 그런 일이 있으면 안 되겠지만, 네가 원하는 만큼 준비가 됐을 때, 어머니가 곁에 안 계실 수도 있어. 그게 사람이고, 인생이잖아."

강준의 말에 서연은 크게 흔들렸다. 한 번도 엄마가 자기를 기다리지 못하고 잘못되실 거라고 생각하지 않았던 건 아니었다. 그저 그때까지 잘 버텨주시겠지, 지금도 기적처럼 저렇게 옆에 있어주시니까 자기가 돈을 벌어 미국에서 치료하실 수 있게 될 때까지 괜찮으시겠지 하고 안일하게 자기 마음대로 믿었던 것도 사실이었다.

그러나 강준의 말대로 사람 일이란 건 모르는 거였다. 거기다가 엄마는 언제 쓰러져도 이상할 게 없다고 말하는 심각한 질병을 앓고 있었다. 그런데 제 자존심 때문에 고집을 부리는 건 오만함과 자기만족일 뿐이었다.

그래서 그녀는 강준이 내민 손을 잡기로 했다.

"대신 나 취직하면 다 갚아줄 거야. 이자까지 쳐서 십 원 한 장까지 다 갚을 거니까 꼼꼼하게 적어놔."

"그건 걱정 말고."

"오빠 나, 올해 2차 떨어지면 이제 사시 접고 취직할래."

"그래도 되겠어?"

"응, 나 사실 그렇게 변호사 되고 싶었던 것도 아니고, 노력할 만큼 했다고 자신할 순 없지만 이 정도면 됐다 싶네."

"그래, 뭐든 네가 원하는 대로 해. 그게 가장 좋은 선택이야."

그렇게 서연은 강준의 도움을 받아서 어머니가 미국에서 치료받으실 준비를 하고 있었다. 그리고 어느덧 사법고시의 3차 시험의 일정 발표가 가까워지고 있었다. 여름에 치렀던 2차 합격자가 발표되고 얼마 안 있어 3차 시험의 일정이 발표되고 나면 한 달 남짓 안에 시험이 치러졌다. 아직 2차 결과도 나오지 않았고, 3차는 1, 2차에 비해 비교적 수월하다지만 그렇다고 3차 면접도 만만한 것은 아니었다. 게다가 서연은 자기 생애에 마지막 시험으로 마음먹고 있던 터라 그 어느 때보다 더 공부에 몰두했다.

그리고 다른 일가와는 달리 대화전자에 말단 평사원으로 입사한 강준은 그 안에서 자리 잡기 위해 무던히도 애쓰고 있었다. 팔순을 넘긴 그의 조부는 강준이 제 이복누이인 은희처럼 기획실장이나 이사급이 아닌 평사원으로 일하는 것에 대해 못마땅해하셨지만, 이미 그룹 내의 실권을 쥐고 있는 것은 안 여사였고, 그녀는 자신의 아들인 은수가 아직 돌아오지 않은 상황에서 어떤 식으로든 강준이 회사 내에서 입지를 다지는 꼴을 두고 볼 사람이 아니었다.

그러나 강준은 경영권에 대한 야심 따위는 없는 사람이었다. 그의 자리는 처음부터 은희와 은수가 대화를 경영해 나갈 때 그 옆에서 보좌해 주는 역할로 정해져 있다고 믿었다. 그러나 안 여사는 언제나 그를 경계했고, 그가 언제 숨기고 있던 야심을 드러낼지 모른다고 생각했다. 그래서 강준은 은수가 회사에 들어오면 그를 돕다가 그가 어느 정도 자리 잡으면 자신은 대화를 나갈 생각이었다.

그리고 지금은 자기 직분에 충실하기 위해서 회사 일에 매진했다.

[서연아, 공부한다고 바빠서 밥 안 챙겨먹고 그러면 안 돼. 저번처럼 또 라면 먹고 그러면 정말 화낸다.]

"알았어. 오빠야말로 끼니 거르지 말고. 그런데 그 일은 언제쯤 끝나?"

[글쎄다, 아마 이틀 정도 더 하지 않을까 싶긴 한데 선배들도 점점 얼굴 누렇게 떠가고 몰골들이 말이 아니야. 어서 끝내야지.]

등 뒤로 똑똑 문 두드리는 소리와 함께 웬 여자의 상냥한 목소리가 들렸다.

[김강준 씨, 식사 왔어요.]

[네, 알겠습니다. 정 대리님.]

[아이, 어서 오세요, 음식 식으면 맛없어요.]

전에도 언뜻 들었던 호칭이었다. 정 대리. 강준이 속한 부서의 여성 대리였다. 능력이 꽤 출중해서 동기들보다 승진이 빠르다고 했던가. 아직 평사원인 남자 동기들 사이에서 홍일점이자 유일한 대리라고 했다.

"이제 밥 먹는 거야?"

[응. 룸서비스도 이젠 지겹다. 너랑 시장통 할매 순대국밥 먹으러 가고 싶어.]

"벌써 3일째 아냐, 호텔에서 일하는 거? 오빠가 나보다 더 바쁘네, 뭐."

[그러니까, 나 벌써 사흘째 여기 갇혀서 일만 하잖아. 게다가 그 전에도 너 주말에 갑자기 아르바이트하느라 나 벌써 닷새나 너 못 봤거든. 차서연 금단 증상으로 이 오빠 말라 죽는다고!]

"엄살은. 주말에 잠깐 얼굴 봤잖아."

[그걸 본 거라고 말할 수 있어, 너?]

서연이 가끔씩 주말 아르바이트를 하는 패밀리 레스토랑은 주말이면 개점에서 폐점 때까지 가히 눈코 뜰 새 없이 바빴다. 강준은 잠시 쉴 틈도 없이 바쁜 서연의 얼굴을 보기 위해 일부러 그 레스토랑에 예약을 하고 가서 밥을 먹는 척하며 서연을 훔쳐봤다. 그러다 한창 바쁜 시간대에 너무 오래 자리 차지하고 있지 말라는 서연의 핀잔을 듣고는 그녀가 일 끝날 때까지 기다리고 서 있다가 집에 데려다 주면서 짧은 시간을 함께 했다.

그러다 일요일에 또다시 오마 했던 그가 나타나지 않았다. 대신 휴일인데 회사에 끌려 나왔다는 문자에 이어 호텔에 감금돼서 일한다는 다소 살벌한 문자가 날아왔다. 그리고 그렇게 사흘이 흘렀다.

[진짜 우리 애인 보고 싶어서 병 날 거 같다.]

"……나도."

재빨리 사방을 훑어본 서연이 수줍게 대답하며 조심스럽게 휴대폰 화면에 입술을 갖다 댔다. 그때였다. 갑자기 전화기 너머에서 벌컥 문이 열리면서 왁자지껄한 소리가 들려왔다. 놀라서 얼른 입술을 떼고 화면을 보자 강준이 고개를 돌리고 있고 그의 뒤로 후줄근한 양복차림의 남자 서너 명과 남자들과 대조적으로 말끔하게 올백으로 빗어 올린 머리에 몸의 곡선을 드러내는 스커트 정장 차림의 여자가 서 있었다. 강준의 동료들인 듯싶었다.

[아이, 최민철 씨, 그렇게 문을 갑자기 열면 어떡해. 안에서 김강준 씨 쉬고 있잖아.]

[정 대리, 괜찮아, 괜찮아. 저 친구가 틈만 나면 뭐 하는지 뻔하니까.]

[거 봐, 김강준 씨 애인이랑 통화하느라 안 나오는 거라고 내가 그랬지? 하하하.]

정 대리로 불린 여자의 모습이 좀 더 화면 가까이에 드러나자 서연은 저도 모르게 인상을 찌푸렸다. 사흘이나 호텔에 갇혀서 제대로 씻지도 못한다더니 저 여자는 마치 방금 패션지에서 빠져나온 것처럼 완벽한 차림이었다.

일인 건 알지만 저런 여자와 사흘이나 강준이 제한된 공간 안에 같이 있었다고 생각하니 기분이 묘했다.

[김강준 씨 애인 얼굴 좀 보여줘.]

[그래, 그래. 이 친구 자나깨나 전화통만 붙들고 사는데 얼굴 좀

보자구!]

[사진 보셨잖아요, 선배.]

[어허 실물이 보고 싶다고, 난.]

강준의 손에서 휴대전화를 빼앗으려고 하는지 짓궂은 남자들의 손길이 뻗쳐 오자 강준이 서둘러 인사를 하고는 전화를 끊어버렸다.

[서연아, 나중에 통화하자. 미안.]

[에이, 왜 전화를 끊어!]

뚝.

그렇게 화면이 끝날 때 공교롭게도 서연이 마지막으로 본 장면은 어쩌다 화면 속 그녀와 눈이 마주친 정 대리라는 여자의 오묘한 표정과 얇은 입술을 비틀며 지은 미소였다.

❖

똑똑, 호텔 방문을 두드리고 그 앞에 서 있으면서 서연은 심장이 미칠 듯이 뛰었다. 자기가 지금 이게 무슨 짓인가 싶기도 했다.

"누구세요?"

안에서 익숙한 강준의 목소리가 들려오자 더 그런 마음이 들었다.

'아냐, 나는 그저 오랫동안 못 본 애인 얼굴 보러 온 거야. 괜찮아.'

그렇게 스스로 변명하면서도 마음 깊은 곳에서는 이 호텔 방 안에 그 정 대리란 여자와 강준이 어떻게 있는지 확인하고 싶었고, 그 정 대리란 여자를 두 눈으로 보고 싶다는 마음이 강했다. 그래서 오늘 예정한 공부 분량을 다 끝마치지도 않은 채 허겁지겁 호텔로 달려온 것이다.

“난 그냥, 이거 주려고 온 거예요. 속옷도 제대로 못 갈아입었을 거 아냐.”

문이 열리자마자 서연은 강준이 무어라 말을 하기도 전에 준비했던 속옷 가방을 들이밀며 변명을 다다다 읊어댔다. 그러자 문 앞에 서 있던 강준이 씩 웃으며 그녀에게 팔을 내밀어 끌어안았다. 그녀의 작은 몸이 그의 품에 쏙 안겨들고 등 뒤로 자연스럽게 방문이 닫혔다.

“뭐, 뭐 하는 거예요, 지금?”

“뭐 하긴 오랜만에 본 내 애인 안고 있지. 차서연, 나 보고 싶어서 왔구나.”

“아니거든요.”

“거짓말하지 말라니까. 너 거짓말하면 여기 왼쪽 눈 밑이 파르르 떨려.”

기다란 손가락을 서연의 눈 밑에 댄 강준은 바로 그녀의 허리를 휘어 당기며 키스했다.

“으읍!”

그녀의 숨을 모조리 삼킬 것처럼 뜨겁게 부딪쳐 오는 입술에 서연도 열렬히 응했다. 그러나 정신없이 키스에 열중해 있던 그녀는 문득 안에 회사 사람들이 있다는 게 생각났다. 그래서 있는 힘껏 강준을 밀어냈다.

"안에 사람들 있을 거 아니에요. 여기서 이러면 어떡해요!"

서연이 한껏 억눌린 소리로 항의하자 강준이 그녀에게 다시 키스하며 어깨를 큭큭 대고 웃었다.

"다들 나가고 없어."

"진짜?"

"응, 나 혼자야."

"정말이에요? 정말 혼자 있는 거예요?"

"그렇다니까."

그의 눈을 가만히 바라보며 서연이 물었다.

"나 보고 싶었어요?"

그러자 강준의 눈빛이 위험할 정도로 짙어졌다. 그가 마치 화난 사람처럼 인상을 찌푸리며 대답했다. 정말로 잔뜩 성난 것처럼 목소리가 거칠었다.

"……미치는 줄 알았어."

그녀는 작게 한숨을 내쉬며 그의 등을 손으로 쓸어내렸다. 강준의 몸에서 느껴지는 따스한 체온과 그에게서만 느껴지는 독특한 체향을 들이마시자 비로소 불안했던 마음이 가라앉는 느낌이었다. 자기처럼 세차게 뛰고 있는 그의 심장 박동을 들으며 서연은 희미하게 미소 지었다.

어느덧 그녀의 입안으로 강준의 뜨거운 혀가 밀려 들어왔다. 코끝에 감도는 그의 진한 체취에 취해 버릴 것만 같았다. 굵은 팔뚝이 허리를 감아오자 서연은 저도 모르는 본능적인 기대감에 오금이 저려왔다.

"하아…… 그런데 왜 혼자예요?"

강준의 입술이 얇은 스카프에 가려진 하얀 목덜미를 지분거리자, 서연의 입술 사이에서는 가쁜 숨이 쏟아졌다.

"너무 오랫동안 한곳에 갇혀 있으면 갑갑하고 오히려 능률도 안 오른다고 팀장님이 모두 끌고 스카이라운지에 있는 바에 가셨어."

그녀 못지않게 강준도 흥분한 것인지 그가 거칠게 토해내는 숨결 사이로 들려오는 말소리가 서연의 귀에는 점점 아득해지는 것만 같았다. 한 치의 틈도 바싹 맞붙은 하체에서 딱딱한 강준의 남성이 느껴지자, 서연은 다리 사이가 젖어들었다. 그러다 퍼뜩 머리를 스치는 생각에 서연은 한껏 자기에게 밀어붙이고 있는 강준의 가슴을 두 팔로 밀어냈다. 그러나 철벽처럼 꿈쩍도 안 했다.

"그런데 오빠는 왜 안 가고? 오빠 혹시 회사에서 왕따예요? 회장님 손주인 거 들켰어요?"

어느새 강준은 서연이 걸치고 있는 재킷 안으로 손을 넣어 초록색의 자잘한 체크무늬 셔츠 아래 솟아오른 젖가슴을 움켜쥐고 있었다.

"아니. 진짜로 내가 막내라서 지키고 있는 거야. 아무래도 외부에 새어나가면 안 되는 중요한 기밀 자료들이 많이 있으니까."

그러고 보니 서연이 안으로 들어서자마자 스위트룸의 거실 한 가운데에 있는 커다란 탁자 위에는 여러 대의 노트북과 수많은 서류들이 잔뜩 쌓여 있었다.

"알다시피 여기 스위트룸이라서 보안키 없으면 들어오기 어렵잖아. 그래서 그냥 키는 내가 가진 채 선배들은 팀장님 따라 바에 갔어. 내가 안 열어주면 아무도 못 들어오니까. 설사 누구 들어온다 해도, 내가 지키고 있으니 쉽진 않겠지."

서연이 여전히 미심쩍다는 듯 바라보자 강준이 다시 그녀의 몸을 확 끌어당기며 속삭였다.

"그런데 선배들 오기까지 이제 한 시간 정도 남았어."

"지금 무슨 소리 하는 거예요?"

"정말 몰라서 물어?"

강준의 능글맞은 웃음에 서연은 저도 모르게 한숨을 내쉬면서 그의 목에 두 팔을 감았다. 그리고 그녀가 먼저 그에게 키스했다. 농밀한 키스가 이어지자 그녀의 숨소리도 점점 거칠어졌다.

"하아…… 정말 한 시간 후에 와?"

"제길, 더 빨리 올 수도 있어."

"그럼 정말 시간이 없네……. 앗!"

서연의 대답이 채 끝나기도 전에 강준은 그녀의 허리를 부러질 것처럼 세게 끌어안고 키스를 하기 시작했다. 뜨겁게 달구어진 공기가 순식간에 입안을 파고들었다. 두 개의 혀가 거칠게 엉켰다가

풀기를 반복했다.

"서연아, 내 목에 팔 둘러."

서연는 그가 시키는 대로 그의 목에 두 팔을 감았다. 몸이 붕 뜨는 게 느껴졌다. 강준은 키스하면서 그대로 서연을 그대로 안아 들었다. 그러곤 아까 자기가 그녀에게 전화했던 방으로 걸어갔다. 탕, 등 뒤로 문이 닫히고 방문 잠그는 소리가 들렸지만 어느새 열기에 들뜬 서연은 미처 알지 못했다.

발이 침실의 바닥에 닿자 서연은 맞붙은 입술을 떼지 않은 채 그가 걸치고 있는 셔츠를 벗겨냈다. 떨리는 손으로 셔츠의 단추를 푸는 것은 쉽지 않았다. 그녀는 저도 모르게 셔츠를 양쪽으로 잡아서 뜯어버렸다. 후두둑, 금세 단추들이 바닥으로 떨어져 내렸다.

"큭큭, 우리 애인 거친데."

강준이 낮게 키득거렸다.

"시끄러워요."

서연은 벌어진 셔츠 자락 사이로 드러난 단단하고 두툼한 강준의 가슴을 매끄러운 손바닥으로 쓸어내렸다. 피부보다 짙은 색의 작은 살점이 보이자 충동적으로 입에 물었다. 마치 강준이 그녀의 것을 그러하듯이 말이다. 그가 자신에게 수없이 했던 것처럼 기다란 혀를 내밀어서 핥고 다시 입술로 쪽쪽 소리 나게 빨자 강준의 몸이 부들부들 떨리는 게 느껴졌다. 머리 위로 그의 거친 숨이 우수수 쏟아졌다.

"헉헉……."

그렇게 실컷 그의 가슴을 희롱하다 더 밑으로 내려간 서연의 손길이 거뭇한 체모가 길게 이어져 있는 바지 속으로 들어가자, 복근과 그 언저리의 근육들이 돌처럼 단단하게 굳어지는 게 느껴졌다.

그리고 더 대담하게 안으로 파고들어 단단하게 일어선 남성을 얇은 속옷 위로 쓰다듬었을 때 간헐적으로 숨을 헐떡이던 그가 그녀의 손목을 움켜쥐며 이를 악물고 신음을 토해내듯 중얼거렸다.

"……날 죽일 셈이야?"

서연이 고개를 들자, 음험해 보일 정도로 짙은 그림자가 드리워진 강준의 눈동자가 보였다. 애써 신음을 삼키느라 딱딱하게 각진 강인한 턱 아래로 푸른 힘줄이 불룩하게 돋아 있었다.

"그럴 정도의 시간은 없지 않아?"

마치 음탕한 요부처럼 서연이 태연하게 웃으며 말하자, 강준의 얼굴이 확 검붉어졌다. 그가 만들어낸 요부였다. 그의 손으로 온갖 쾌락과 유혹을 가르쳤고, 몸으로 일깨웠다. 그리고 지금 강준은 저 작은 요부의 가녀린 손길 아래에서 그저 무섭게 솟구치는 본능에 그녀만을 원하는 짐승이 되어버린 기분이었다.

"누워."

강준은 순식간에 그녀를 끌고 가 몸 위로 덮치듯 침대 위로 넘어트렸다. 그의 눈동자는 정염으로 새까맣게 타올라 마치 지옥 불처럼 이글거렸다. 그는 그대로 자기 바지를 벗어버리고, 서연의 치마와 속옷도 단숨에 벗겨냈다. 뒷주머니 지갑에서 콘돔을 꺼내 포장지를 이빨로 찢어버리고 자기 남성에 씌우자마자 그는 그대로 서연의 질 속에 푹 담그듯 남성을 찔러 넣었다. 그 빠듯한 무게감에 서연은 크게 숨을 몰아쉬었다. 갈비뼈가 도드라지고 아랫배가 등과 밀착한 것처럼 내려앉았다.

"흐읍……."

지금까지 사랑을 나눌 때처럼 그 어떤 애무나 전희도 없었다. 그저 어서 그녀 안으로 들어가고 싶다는 지독한 열망만이 그를 지배했다. 조금 빡빡하던 질 안이 그가 허리를 천천히 밀어 올리자 곧 젖어들기 시작했다. 그러나 서연은 갑작스런 침입에 무언가에 짓눌리는 것처럼 어렵게 호흡을 뱉고 있었다.

"아프니?"

"아니."

강준의 물음에 서연은 단호하게 고개를 흔들었다. 그의 작은 요부는 자존심이 강했다. 그러나 강준은 그녀보다 더 그녀의 몸을 잘 알고 있었다. 한동안 사랑을 나누지 않은 탓에 그녀의 질은 마치 처녀처럼 좁아져 있었다. 움직임을 멈춘 채 그녀의 이마에 입을 맞추었다. 그리고 그의 혀가 목덜미를 기다랗게 핥다가 귓속을 파고들자 서연은 온몸에 전율이 일었다. 흥분으로 몸을 뒤틀었다. 거친 숨소리와 함께 밭은 신음이 쏟아졌다.

"하아…… 강준 씨."

그 신음을 모두 삼켜 버릴 것처럼 강준은 그녀의 입술을 삼키고 빨았다. 그리고 동시에 그의 손이 서연의 젖가슴을 거칠게 움켜잡더니 젖꼭지를 비틀 듯 쥐었다. 고통과 저릿한 쾌감이 동시에 느껴졌다.

"흐으음…….

거듭된 짙은 키스로 붉게 물든 서연의 입술이 마치 꽃처럼 벌어지고 그 사이로 젖은 신음이 흘러나왔다. 강준은 그 사이로 혀를 밀어 넣고는 그녀가 흘리는 타액이 마치 꿀이라도 되는 양 그녀의 혀를 한껏 달게 빨았다. 어느덧 강준의 성기가 깊게 맞물린 사타구니 사이가 흥건하게 젖어들었다.

곧 그의 혀가 서연의 턱을 따라 목, 그리고 부풀어 오른 젖가슴으로 내려왔다. 도톰하게 솟아오른 유두를 덥석 삼킨 강준은 거칠게 물고 빨기 시작했다. 평소에도 격렬하게 그녀를 안긴 했지만 늘 다정하고 부드러운 편이었다. 그러나 한동안 보지 못했던 데다, 그녀의 3차 준비를 위해 잠자리를 계속 자제했던 터라 그도 그만 폭발하고 만 듯했다.

"아흣, 강준 씨!"

"달다, 서연아. 너무 달아."

강준은 양쪽 가슴을 오가며 마음껏 그 작은 살점을 물고 빨았다. 단단한 이 끝으로 깨물기도 했고, 입으로 맛볼 수 없는 다른 가슴은 거칠게 쥐고 주물렀다. 그야말로 짜릿하고 달콤한 고통이 척추를 따라 발끝까지 흘러갔다.

그리고 그 순간 강준이 허리를 무섭게 쳐올리기 시작했다. 퍽

퍽, 맨살과 살이 닿는 소리가 적나라하게 들릴 정도로 세차게 박아대는 기세에 서연의 몸은 거칠게 흔들렸다.

"으으윽!"

강준의 무섭도록 뜨거운 몸 끝이 서연의 가녀린 몸을 가르고 그녀의 안으로 깊숙하게 파고들었다. 다 들어왔다고 생각했는데도 아직도 깊숙하게 밀어 넣어지는 그 단단하고 굵은 남성은 그녀의 자궁에 닿기라도 할 것처럼 끊임없이 파고들어 왔다. 그리고 그녀 안에서 날뛰는 미칠 것 같은 쾌감도 점점 증폭되어 갔다.

마치 소변이 마려운 것처럼 사타구니 사이가 짜릿하고 전신의 신경들이 터질 것처럼 부풀었다. 마치 온몸이 갈기갈기 찢기는 것처럼 엄청난 자극이 계속해서 이어지고 있었다. 서연은 무서워서, 그러다가도 더 강렬한 자극을 원해서 강준에게 애원하고, 윤기 흐르는 검은 야생마처럼 잘 다져진 근육들이 아름답게 물결치는 그의 몸에 매달렸다. 성난 말처럼 격렬하게 움직이는 그를 따라서 그녀의 몸도 흔들렸다.

"아흣……!"

점점 더 큼직하게 밀어붙이는 격렬한 동작에 온몸이 부서질 것 같았지만 서연은 더욱더 필사적으로 그를 끌어안고 달라붙었다. 그는 그러면 그럴수록 더욱 무섭게 그녀를 내리눌렀다. 강준이 허리를 움직일 때마다 튼튼한 침대가 견디지 못하고 질러대는 비명 소리가 그녀의 것을 덮을 정도였다.

"아…… 하아. 으읏……."

어느덧 자신의 신음 소리가 아득한 메아리처럼 멀리에서 들려왔다. 그리고 감은 눈앞에 폭죽이 터지는 것처럼 빛의 섬광들이 난무했다. 한없이 높은 곳으로 밀어 올려지는 듯한 아찔한 감각에 그녀는 어찔할 정도였다. 이성과 현실은 아득해져만 가고, 오직 적나라한 본능만이 남아 있었다.

그리고 이 세상 그 어디에도 그녀가 붙들고 매달릴 수 있는 건 김강준, 오직 하나였다. 점점 더 커져만 가는 그 어지러움과 숨을 막을 듯 치고 올라오는 커다란 쾌감에 그녀는 숨이 가빠지는 만큼 두려워졌다.

"흐윽…… 강준 씨, 강준 씨……."

"서연아……."

그녀가 애타게 그의 이름을 부르는 순간, 갑자기 격하게 밀려오던 움직임이 딱 멈추었다. 그리고 서연은 자기 안에서 커져 가던 그 괴물처럼 격렬한 쾌감이 극한으로 치달아 마침내 폭발하는 걸 느꼈다.

"아아앗!"

정점의 순간에서 그녀가 새된 소리로 날카롭게 비명을 지르며 몸을 떨자 강준도 서연의 몸을 으스러져라 끌어안으며 길고 긴 파정을 이어갔다.

7

"나 이제 오빠 회사 사람들 어떻게 보지?"

서연은 강준의 손을 잡고 엘리베이터를 타고 내려오면서 고개를 숙인 채 침울하게 말했다.

"아냐, 앞으로 별로 볼일 없겠지? 그렇죠?"

"글쎄…… 그건 장담 못하겠는데."

"그럼 어떡해. 아까 그분들 표정 봤잖아요. 분명히 다 아는 얼굴이었다고!"

서연은 처절하게 절규했다. 강준은 그 이유가 뭔지 알면서도 짐짓 모른 척했다.

"뭘 아는 얼굴이었다는 거야? 네가 내 애인이라는 거?"

"지금 오빠 나한테 일부러 이러는 거지?"

"내가 뭘 일부러 그래."

"일부러 사람들 돌아올 시간 지난 거 알면서도, 그러면서도…… 아흣 난 몰라!"

서연의 얼굴은 물론 양 귀와 목덜미까지 빨갛게 물들어 있었다. 그 모습이 예뻐서 강준은 하얀 목덜미에 입을 맞추고 싶었지만, 그랬다간 서연이 불꽃처럼 활활 타오를 것 같아서 꾹 눌러 참았다.

❖

호텔 룸에서 두 사람은 미처 옷도 벗지 못한 채 격렬한 정사를 치르고 난 후 나른한 열감 때문에 노곤해져서 누워만 있던 서연을 씻겨주겠다며 강준이 안고 욕실로 옮겨갔다. 그러나 몸을 씻기던 손길은 곧 음탕하게 그녀의 육체를 희롱하는 것으로 바뀌었고, 그들은 그곳에서 진한 섹스를 나누었다. 단단한 타일 벽에 부딪쳐 되돌아오는 서로의 신음 소리와 젖은 육체가 질펀하게 섞이는 민망한 소리에 두 사람은 극도록 흥분했고, 더욱 열렬하게 서로를 갈구했다.

그런데 그러다 보니 그만 바깥에서 울리는 초인종 소리를 듣지 못했다. 강준이 방의 카드키를 가진 채 안에서 문을 잠그고 있는 탓에 얼큰하게 취해서 바에서 내려온 회사 사람들은 안에 들어가지 못하고 바깥에서 벨을 누르고 그에게 수차례 전화를 걸어댔다. 하지만 강준은 욕실 안에 있던 탓에 그 소리를 듣지 못했다.

며칠을 고된 강행군에 시달린 데다 적당하게 술이 들어가자 강준의 팀원들은 금세 취기가 오른 상태였다. 그래서 생각보다 더 많은 술을 마셨고, 그래서 그나마 덜 취한 정희연이 팀장을 비롯해서 네 명의 남자 직원들 모두를 끌고 간신히 내려온 참이었다.

"뭐야, 이거. 김강준이 어디 갔어? 왜 문을 안 열어!"

"전화도 안 받잖아."

"매일 여자 친구 보고 싶다고 투덜대고, 아까도 전화기 붙들고 있더니 그새 도망 간 거 아냐? 애인 만나려고?"

"설마, 김강준 씨가 너 같은 줄 알아?"

최진철의 말에 정 대리, 정희연이 발끈해서 노려보며 면박을 주었다. 그러자 옆에서 헤롱대고 있던 박성재와 김하문이 역성을 들었다. 팀장은 아예 벽에 기대서 졸고 있었다.

"어이, 정희연 네가 뭘 몰라서 하는 말인데 김강준 그거 자기 여자 친구한테 완전 홀딱 빠져 있거든."

"암, 빠진 게 아니라 미쳐 있지. 어제도 온종일 말도 안 하고 하도 험악하게 인상 찌푸리고 심각해서 난 또 부장님 던지고 간 것 때문에 짜증나서 그런가 하고 같이 맞장구쳤더니 이 자식이 지 애인 못 보니까 죽을 것 같다고 그러더라."

"이이 나쁜 놈! 따끈따끈한 신혼인 나도 그 정도는 아닌데, 어디서! 그래서 그걸 가만히 뒀어?"

"가만히 두긴 한 대 패려고 했더니, 그럼 몇 대 맞고 애인 만나러 갔다 오면 안 되겠느냐고 해서 때리지도 못했다. 젠장!"

참다못한 정희연이 호텔 매니저에게 얘기해 마스터키로 문을 열고 안으로 들어왔을 때 서연은 다행히도 이제 막 간신히 옷을 입은 후였다. 그러나 한껏 사랑을 나눠 발그레한 뺨과 젖은 머리카락, 그리고 맨발에 바지만 걸친 채 미처 셔츠도 입지 못한 강준의 모습 때문에 아무리 술에 거나하게 취했다지만 회사 사람들은 모두 그들이 없는 동안 이 스위트룸에서 무슨 일이 있었는지 단박에 알아채고 말았다.

"아, 안녕하세요? 차서연이에요. 모두 안 계신데 이렇게 들어와 있어서 죄송합니다. 긴한 일 때문에 보안 유지에 신경 쓰신다고 들었는데……."

"제 애인입니다, 아시죠? 저한테 급하게 갖다줄 게 있어서 왔습니다."

놀라서 눈을 동그랗게 뜬 채 어쩔 줄 몰라 하며 인사하는 서연을 보고 남자들은 모두 히죽대며 웃었고, 정희연만이 매서운 눈으로 흘겨보았다. 강준만이 천연덕스럽게 아무렇지 않은 표정이었다.

"그러게 보안 유지에 신경 쓰고 있는 거 아는 사람이 이렇게 불쑥 들어와 있나요?"

"야야, 김강준 애인이잖아. 뭔 보안 유지야. 중요한 건 사실 다 잠그고 나갔구만. 그리고 만약 일 생기면 그땐 저 김강준이 다 뒤집어쓰고 알아서 책임지겠지. 하하하."

"김하문, 정희연 니들은 무슨 말을 그렇게 살벌하게 하냐, 초면인 분 앞에서. 아, 사진으로만 뵙다가 실제로 보니 더 예쁘시네요. 반갑습니다. 저는 김강준이 때문에 매일 죽어나는 최진철이라고 합니다."

"전 박성잽니다."

"김하문입니다, 잘 부탁합니다."

한 잔 걸친 술 때문인지 그들은 너도나도 서연에게 손을 내밀어 악수를 청했다. 하지만 강준이 그 손길을 모두 막아섰다.

"야, 야! 너 어디 선배한테!"

"그러게. 네 애인한테 다른 사람 손 닿는 것도 싫으냐?"

"우리가 무슨 세균덩어리야?"

"차라리 세균이 낫죠."

강준이 서연의 손을 잡지 못해서 안달난 것이 분명한 선배들을 노려보며 말했다.

"이놈 김강준이, 이거 살벌한 눈빛 봐라. 잘못하면 우리 잡아먹겠는데."

"야 잡아먹기만 하면 다행이게? 완전히 죽일 기세다, 야."

강준의 선배들의 말을 부정하지 않았다. 오히려 그들에게 당당하게 요구했다.

"아무래도 많이 늦어서 우리 서연이 좀 데려다 주고 오겠습니다."

"야, 아까 하던 거 뒤처리해야지. 어딜 가? 서연 씨야 계속 여기 있어도 되는데, 저기 방 있으니까 주무셔도 되고. 안 그러냐? 흐흐흐."

평소에도 짓궂기로 따지면 둘째가라면 서러워할 최진철의 말에 다들 낄낄거렸지만 강준이 무섭게 노려보며,

"아뇨, 어머니가 기다리셔서 안 됩니다. 그리고 어차피 다들 취하셔서 제대로 회의하기 힘들 텐데 커피라도 드시고 잠시 기다리세요. 다녀와서 제가 마무리하겠습니다."

라고 일갈하자 다들 움찔해서는 아무런 말도 못했다.

"어이, 김강준이 알았어. 우리는 커피나 마시면서 외로운 처지들끼리 손가락이나 빨고 있을 테니까 서연 씨 모셔다 드리고 빨리 오기나 하셔."

그렇게 강준이 서연을 데리고 스위트룸을 나섰을 때 꾸벅꾸벅 졸던 팀장은 침실로 들어가 자라는 최진철의 말에 갑자기 눈을 번쩍 뜨며 말했다.

"그런데 김, 김강준 씨 어디 갔어? 갔지?"

"어딜 가긴요. 방금까지 자기 애인이랑 여기 있다가 데려다 준다고 나갔습니다."

"애인? 아무튼 가긴 갔다는 거지? 이사님이 늦어도 6시까진 꼭 보내라고 했는데……."

"이사님이 뭐라구요? 어디로 보내라고 하셨는지 몰라도 벌써 9시 넘었는데요?"

이사를 언급하는 팀장의 말에 최진철이 의아해서 물었지만 팀장은 어느새 다시 잠에 곯아떨어져서는 알아듣지 못할 말만 중얼거릴 뿐이었다.

"리셉션장에서…… 만찬…… 세진…… 나는 음냐음냐……."

"대체 뭐라는 거야?"

최진철은 오만상을 찌푸리며 잠든 팀장을 양말을 벗겨내면서 중얼거렸다. 그러고 보니 오늘 이 호텔의 리셉션장에서 세진그룹의 창립기념 파티를 한다는 소리를 아까 스카이라운지의 바에서 얼핏 들은 것도 같았다. 그러나 나흘 가까이 스위트룸 안에만 갇혀 있었으니 그게 사실인지는 알 길이 없었다. 게다가 김강준이 그것과 무슨 상관이란 말인가.

"에라 모르겠다."

최진철은 팀장 옆에 벌러덩 드러누워 곧 코를 골아대기 시작했다.

◈

엘리베이터를 타고 1층에 도착한 서연과 강준은 손을 잡고 라운지가 있는 로비를 질러서 걸어가기 시작했다. 벌써 밤 9시가 가까운 시간이었다.

"그런데 너 저녁은 먹었어?"

"응."

"또 학교 앞 편의점에서 김밥 먹었지?"

"아니거든."

"아니긴. 차서연이는 내 손바닥 안에 있는 거 몰라?"

"진짜 아니네요. 오늘은 여기 오느라 지하철 안에 있는 편의점에서 우유랑 빵 사서 먹었으니까."

서연이 얄밉다는 듯이 눈을 샐쭉거리며 말했다. 사실은 당장 가 봐야겠다는 생각에 마음이 급해서 우유 하나도 제대로 먹지 못했지만 사실대로 말했다간 강준이 가만있을 리 없어서 조금 거짓말을 보탰다.

"뭐? 너 그럼 지금 굶은 거나 마찬가지잖아. 어쩐지 아까 보니까 힘이 하나도 없더라. 내가 말했지, 넌 내 거라고. 그러니까 이렇게 내 거 함부로 하면 안 되지. 안 되겠다 저녁 먹고 가자."

"저녁은 무슨? 먹었다니까."

"여기 호텔 레스토랑 아직 열었을 거야. 가자."

그녀가 싫다고 버텼지만 강준은 그녀의 손을 잡고는 출구가 아니라 레스토랑이 있는 쪽으로 걸음을 옮겼다. 그렇게 끌려가듯 가면서 서연은 따져 물었다.

"오빠는 대체 내가 언제 무슨 힘이 하나도 없었다고 그래?"

"아까 욕실에서, 너 힘들어 죽겠다고 울었잖아. 아니야?"

"욕실에서 내가 언제……?"

발끈해서 따지던 서연은 강준이 무엇을 말하는지 깨닫는 순간 말끝을 흐렸다. 그녀의 얼굴은 또 금세 빨개지고 말았다.

"거 봐. 그러니까 가서 저녁 먹고 가. 알았지?"

자못 엄한 얼굴로 자신을 나무라는 강준을 보면서 서연은 약이 올랐다.

❖

침실에서 욕실로 옮겨갔을 때 강준은 처음에는 그녀의 몸을 씻기기만 하겠다고 했다. 하지만 부드러운 스펀지에 거품이 인 목욕제를 묻히고 서연의 몸 구석구석을 닦아내던 그의 손길에 다시 욕망이 실리는 것은 삽시간의 일이었다. 강준의 뜨거운 손이 그녀의 사타구니 사이로 침입해 들어왔다. 엉덩이가 벌어지고 그의 마디가 길고 우아한 손가락은 두 다리 사이의 깊고 습한 질 언저리에 머물렀다.

그는 발가벗은 서연의 몸 여기저기에 키스를 하면서 아래쪽으로는 속살을 헤집고 그녀의 도톰하게 솟은 둔덕을 손가락으로 천천히 규칙적으로 돌리면서 움직이다 은밀한 음부 속으로 손가락을 밀어 넣었다 뺐다. 빠듯하게 밀고 들어오는 느낌에 발가락이 오므라들고 두 다리가 후들거리기 시작했다. 노골적이고 생생한 욕망이 그녀 안에서 커다랗게 몸집을 부풀렸다. 허리가 휘청 흔들렸다.

"흑…… 하, 하지 마요……."

견딜 수 없는 날카로운 감각이 아랫도리를 할퀴자 서연이 흠칫하며 다리를 오므렸다. 하지만 강준은 가차 없이 그녀의 비밀스러운 둔덕 위를 더 강하게 손으로 누르면서 문질러 댔다. 그녀의 몸은 속절없이 무너져 내렸다. 게다가 푸른 힘줄이 돋아난 우아하고 기다란 손가락이 안쪽의 예민한 살갗을 정교하게 문지르다, 어느 한곳을 꾹 누르자 서연은 창에 꿰인 물고기처럼 펄떡거리며 흐느꼈다.

"아흣……."

그녀는 머리를 뒤로 젖힌 채 헐떡거렸다. 두 다리에 힘이 빠져서 도저히 서 있을 수가 없었다. 그러다 무너지듯 주저앉고 말았다.

"차서연, 힘이 없는 거야?"

그러자 강준이 그녀를 놀리듯 묻더니 그대로 그녀의 두 손목을 잡고 잡아당겨서 일으켰다. 그녀의 몸을 욕조 안쪽의 욕실 벽에 세운 강준은 이번에는 그 자신이 아래로 미끄러져 내려갔다. 그는 서연의 허리를 붙든 채 욕조에 걸터앉아서는 그녀의 가랑이를 벌리고 그 사이를 입술로 빨았다.

"하읏! ……강, 강준 씨, 제발."

놀란 서연이 허우적거리며 자신의 음부에 얼굴을 묻고 있는 강준의 검은 머리를 떼어내려 했다. 그러나 그는 그녀의 엉덩이를 꽉 움켜쥐어서 꼼짝하지 못하도록 고정시킨 채 그녀의 은밀한 비부를 뜨거운 혀로 핥아대기 시작했다. 혀끝이 갈라진 틈 사이로 파고들어 가 내밀한 벽을 비벼댈 때마다 은밀하고 야릇하게 스치며 축축하게 젖은 소리가 들려왔다.

"아아앗……."

끓어오르는 관능을 주체할 수 없어 그녀의 온몸은 붉은 빛으로 물들어가고, 강준의 입술과 손에 의해 절정으로 치달을수록 그 빛은 더욱 붉어졌다. 그리고 그녀의 은밀한 여성은 질척거릴 정도로 젖어들었다. 강준이 이미 충분할 만큼 젖어 있는 도홧빛 살점을 빨아들이고 혀끝으로 뜨겁게 비비자 서연은 더욱 크게 헐떡이며 흐느꼈다.

"아…… 흐으읏!"

금방이라도 절정을 맞을 듯 몸의 떨림이 격해지자 갑자기 강준이 벌떡 일어섰다. 채우지 못한 욕망으로 그녀의 허리가 저절로 튕겨 올랐다.

"제발……."

그녀의 애원에도 불구하고 그는 빳빳하게 솟은 젖꼭지를 천천히 손으로 쓸어내리며 서연에게 물었다.

"날 원하니?"

성난 눈빛으로 서연이 노려보았지만 그는 전혀 개의치 않았다. 자못 여유로운 표정으로 입가에 미소를 지으며 그가 요구했다.

"말해봐. 날 원하지?"

"……알잖아요."

"아니, 몰라. 그러니까 네가 직접 말해줘, 서연아."

"아흑…… 정말 못됐어."

강준은 그녀가 자기를 원한다는 걸 알고 있었다. 그러면서도 그는 매 순간 불안했다. 확인하고 싶었다.

한 번도 이렇게 온전하게 자신을 원하고 사랑하는 존재를, 그는 가져본 적이 없었다. 그를 낳아준 생모도, 길러준 큰어머니도 그 누구도 그를 이렇게 원하지 않았다. 그래서 그가 지금 서연에게 받고 있는 이 사랑은 매 순간이 믿을 수 없을 정도로 놀라운 것이었다.

아까 호텔 방문을 두드리는 소리를 듣고 설치된 인터폰으로 밖을 확인한 순간 그는 심장이 터져 버릴 것만 같았다.

서연이 서 있었다.

작은 종이가방을 손에 꼭 쥐고, 하얀 얼굴을 붉히고 서 있는 긴장한 게 역력한 그 모습을 보는 순간, 그는 다리에 힘이 빠져서 그대로 주저앉을 것만 같았다.

아까 전화 통화를 했다지만 그도 서연을 보고 싶은 마음을 주체할 수 없었다. 강준도 팀원들에 의해 어쩔 수 없이 전화를 끊은 그 순간부터 서연에게 달려가고 싶어서 견딜 수가 없었다. 그래서 연이은 밤샘에 지친 팀원들을 꼬드겨서 팀장님과 함께 바에 가라고 내보냈다. 나중에 술에 취해 돌아오면 그들을 남겨놓고 자신은 서연을 만나러 다녀올 심산이었다.

그렇게 준비를 마친 후 당장 그녀에게 달려갈 순 없지만 목소리만이라도 실컷 듣기 위해 다시 그녀에게 전화를 하려는 순간이었다. 갑자기 문을 두드리는 소리가 났고, 마치 운명처럼 서연이 자신을 찾아온 것이다.

그것은 그 어떤 쾌감과도 비길 수 없는 희열이었다. 내가 사랑하는 여자가 나를 사랑하고, 나를 원한다는 것은 강준에게 있어 기적임을 서연은 알지 못할 것이다.

그의 어깨를 움켜잡은 서연의 손등 위로 불룩한 관절이 하얗게 튀어나왔다. 서늘한 욕실 벽과 그의 뜨거운 몸 사이에 갇혀서 유혹하듯 흔들리는 서연의 아름다운 나신, 요염하게 비트는 땀에 젖은 허리. 욕정에 흐려진 검은 눈빛, 핏빛처럼 붉은 입술……. 그녀의 모든 것이 그를 자극해서 마치 달리는 말처럼 근육을 팽팽하게 부풀렸고 더욱 단단하게 만들었다.

"난 널 원해. 넌?"

다시 서연의 대답을 요구하며 커다랗게 발기한 성기로 서연의 입구를 은근하게 비벼대자, 서연이 바르르 몸을 떨며 어쩔 줄 몰라 했다. 밭은 숨을 내쉬며 헐떡이는 붉은 입술이 미치도록 탐스러웠다. 그가 막 입술을 덮치는 순간 서연이 백기를 들고 투항했다.

"……원해요. 당신을 원해. 그러니까 제발 나한테 와줘요."

그거면 충분했다. 그 순간 강준은 그녀 안으로 깊숙하게 파고들어가 허리를 튕겨 올렸다. 그 순간 서연이 날카롭게 비명을 삼키며 온몸에 경련을 일으켰다.

"하으으읏!"

높고 새된 비명에 실린 것은 참을 수 없는 육체의 쾌감일 터였다. 그러나 지금 그들을 충만하게 채우고 있는 것이 단순히 육체적 만족이 아님을 강준도, 그리고 서연도 잘 알고 있었다. 단숨에 뇌수까지 차오르는 희열에 강준이 서연의 허리를 붙들고 더욱 강하게 허리를 쳐 올리자 그녀가 못 견디겠다는 듯 고개를 뒤흔들었다.

"아, 안 돼…… 안 돼……."

그 순간 지독한 소유욕에 사로잡힌 강준은 그녀의 뇌리에 새겨 넣듯이 거듭해서 말했다.

"차서연, 넌 내 거야!"

"아흐읏……!"

"잊지 마, 넌 내 거라는 거!"

이미 죽음보다 지독한 절정의 순간을 느끼며 떨고 있는 서연의 낭창한 몸을 바짝 끌어안고 단번에 끝까지 밀고 들어가자 강렬한 충격에 서연이 이를 악물며 비명을 질렀다.

"아…… 아아악!"

그리고 한순간 강준도 눈앞이 번쩍이고 머릿속이 두려울 정도로 심하게 흔들렸다. 마치 지축이 뒤바뀌는 것처럼 격렬한 감각이 무섭게 솟구치자 그는 서연의 가는 목에 이를 박아 넣으며 뱃속 깊은 곳에서 묵직하게 차오르는 걷잡을 수 없는 욕망을 힘껏 터트렸다.

그러고 욕실에서 나와 생각보다 시간이 한참 더 지난 걸 안 서연은 다시 자기를 안으려 손을 뻗는 강준을 밀어내면서 서둘러 옷을 입었다.

"한 시간 정도 있으면 회사 사람들 올 거라며? 벌써 두 시간은 더 지난 거 같아! 어떡해!"

그녀가 울상이 돼서 어쩔 줄 몰라 하자 강준도 어쩔 수 없이 투덜대면서 옷을 입었다. 그러나 결국 그녀가 채 옷매무새를 가다듬기도 전에 방문이 열리고 회사 사람들이 우르르 몰려들었던 것이다.

❖

레스토랑으로 향하는 복도를 걸으면서 서연은 그녀가 힘이 없으니 저녁을 먹고 가야 한다 자신을 설득한 강준을 보면서 입술을 비죽거렸다.

"하여간 이제 보니까 오빠 정말 못됐어. 5년 전에는 안 그랬는데. 그때는 정말 다정하고 젠틀했던 거 알아요? 그런데 언제 이렇게 엉큼한 늑대가 된 거예요?"

"하아, 우리 순진한 서연이한테 내가 이 말을 해야 하려나."

그러자 강준이 과장되게 한숨을 내쉬며 말했다.

"무슨 말?"

서연이 의아하다는 듯이 눈을 동그랗게 뜨자 강준이 그녀 쪽으로 고개를 기울이며 귓가에 나직하게 속삭였다.

"나 그때도 머릿속에는 온통 너 잡아먹을 생각밖에 없었거든. 그래서 그거 참느라고 많이 힘들었어."

"어쩜, 진짜 못됐어!"

"아까 욕실에서도 그 말 들은 거 같은데. 너 정말 내가 못돼서 싫은 거야?"

은밀한 미소를 지으며 한쪽 눈까지 찡긋거리는 강준을 향해 서연은 급기야 팩 소리를 질렀다. 그러나 사람들이 오가는 호텔 복도였기 때문에 크게 소리를 내진 못하고 작게 주먹 쥔 손으로 그의 어깨를 세게 쳤다.

"오빠! 정말!"

"하하하."

강준은 그녀의 허리에 팔을 감아서 자기 쪽으로 끌어당기며 유쾌하게 웃었다. 그때였다. 안쪽에서 걸어나오던 한 무리의 사람들이 강준을 발견하고는 걸음을 멈추었다. 서연을 보고 웃느라 미처 그 모습을 보지 못했던 강준은 뒤늦게 그들과 눈이 마주치고는 걸음을 멈추었다. 서연은 갑자기 우뚝 선 강준을 쳐다보다가 그의 시선을 따라 그 무리에 눈길이 갔다.

화려하지만 지나치지 않고, 기품 있고 세련된 차림의 중년 여성과 젊은 여성, 그리고 여자들만큼이나 고급스러운 양복을 걸친 대여섯 명의 남자로 이루어진 한 무리가 레스토랑과 대형 고급 리셉션장이 있다는 방향에서 걸어오다 멈춰 서 있었다.

"왜 그래요, 오빠?"

강준의 얼굴은 딱딱하게 굳어 있었다. 처음 보는 모습에서 뭔가 심상치가 않음을 서연은 직감했다.

"……큰어머니셔. 잠시만."

강준이 그들을 향해 뚜벅뚜벅 걸어갔다. 침착한 모습이었지만, 서연은 강준의 눈빛이 어둡게 가라앉았다는 걸 놓치지 않았다.

"어머니."

강준이 고개를 숙여 반듯하게 인사하자 안 여사가 가볍게 고개를 끄덕였다. 그러나 그녀의 차가운 눈빛에 담긴 못마땅한 기색을 강준이 모를 리 없었다.

"그래, 지금 온 거냐?"

"……."

"너 늦어도 6시까지는 오라는 전갈 못 받았니? 그리고 옷차림은 또 그게 뭐야?"

은빛과 물빛으로 한껏 화려하게 치장한 이복누이 은희가 그의 옷차림을 보고 잔뜩 인상을 찌푸렸다.

낮에 기획 회의를 하는 곳으로 심 부장이 왔었다. 다른 팀원들한테는 긴밀하게 하달할 사항이 있다는 명분을 내세웠으나 그와 더불어 그는 강준에게 오늘 있을 세진그룹의 창립 파티에 대화그룹의 사람으로서 참석하라는 조부의 전언을 갖고 온 터였다.

회사 내에서도 강준이 대화가(家)의 사람이라는 걸 아는 이는 드물었다.

"회장님께서 가급적이면 참석하시길 바랍니다."

그러나 그런 공식적인 자리에 강준이 나타나는 걸 큰어머니와 누이가 달가워할 리 없었다. 그래서 그는 오늘 그 자리에 가지 않을 생각이었다. 레스토랑과 리셉션장이 가까이 위치해 있다는 건 알고 있었지만 이미 9시가 넘은 시간이라 괜찮을 줄 알았는데……. 계산 착오였다.

아마도 강준에게는 6시까지 오라고 이르고, 그들은 7시가 훌쩍 넘어서 왔을 것이다. 그렇게라도 서로 맞닥뜨리지 않고 사람들 앞에 함께 있는 모습을 보이지 않으려 했던 것일 테지. 그런데 이렇게 맞닥뜨리게 되다니. 지독히도 운이 나쁘다고 해야 하나?

"죄송합니다. 오늘 리셉션에는 참가할 예정이 아니었습니다."

"뭐? 그런데 여기서 뭐 하는 거야. 설마 저런 계집애 끼고 노니, 너?"

은희가 흘긋 턱짓으로 서연을 가리키며 경멸스럽다는 듯이 지껄이자 강준의 눈동자에는 분노가 치밀었다.

"회사에서 일이 있어 며칠 전부터 이 호텔에 투숙하고 있습니다. 그리고 저 여자는 누님이 생각하는 그런 사람 아닙니다. 말을 좀 가려서 하시지요."

"이게 어디서!"

늘 죽은 듯이 지내던 강준의 입에서 자기를 나무라는 소리가 들리자 파르르한 은희는 저도 모르게 클러치 백을 움켜쥔 손을 휘두르려 했다.

"은희야!"

그러나 낮고도 단호한 안 여사의 목소리에 그녀는 움찔하며 움직임을 멈추었다.

"천박하게 이게 대체 뭐 하는 짓이니? 사람들 시선 안 보여?"

안 여사와 은희가 대동한 대화그룹, 그리고 그들을 배웅하기 위해 따라 나온 세진그룹 사람들 외에 어느새 리셉션장에서 나온 사람들이 그들을 흘긋거리면서 지나갔다.

"강준이 너 나하고 잠시 이야기 좀 하자꾸나. 따라오렴."

안 여사가 자신의 개인 비서를 대동해서 앞서 걸어가자 강준을 무섭게 노려보던 은희도 그 뒤를 따랐다. 강준이 서연에게 잠시 다녀오겠노라 말을 하려 하자, 은희가 눈동자를 희번덕거리며 쏘아붙였다.

"너 당장 안 따라오고 뭐 해!"

그러자 안 여사와 함께 있던 남자 중의 한 명이 강준에게 말했다.

"일행 분께는 잠시 자리를 비우실 거라고 제가 전해 드릴 테니 걱정 마시죠."

강준은 하는 수 없이 안 여사의 뒤를 따를 수밖에 없었다. 걸음을 떼기 전 고개를 돌리자 처음부터 오롯이 자기만을 바라보고 있는 서연의 걱정스러운 눈빛이 보였다. 강준과 눈이 마주치자 근심 어린 표정을 지우지 못하면서도 애써 미소 지으려는 모습이 사랑스러웠다.

강준은 환하게 웃으며 입 모양으로 다녀올 테니 잠깐 기다리라는 말을 남기자 그녀도 고개를 끄덕이며 손가락으로 레스토랑 방향을 가리켰다. '들어가 있을게' 라고 작은 입술이 말하는 것을 보면서 강준은 뚜벅뚜벅 걸어서 안 여사의 뒤를 따랐다.

강준이 자신의 큰어머니를 따라가는 모습을 한동안 바라보던 서연은 깊게 한숨을 내쉬고 말았다. 그에게 이야기를 듣긴 했지만 저리 냉정한 분이신 줄은 정말 몰랐다. 직접 보고 나니 그가 얼마나 외롭고 자랐을지 짐작돼서 마음이 더 아팠다.

강준에게 말한 대로 그를 기다리기 위해 레스토랑 쪽으로 향해 가는데 갑자기 뒤에서 그녀를 부르는 목소리가 있었다. 갑작스레 엄습하는 섬뜩한 느낌에 서연은 흠칫했다. 본능이 그녀에게 경고했다. 뒤돌아보지 말라고.

"차서연 씨."

단정하지만 서늘한 목소리. 서연은 애써 그 음성을 무시하며 앞으로 나아갔다. 다행히 그녀를 부르던 목소리는 더 이상 들리지 않았다. 하지만 사람 키보다 더 큰 관엽 식물이 죽 늘어선 호텔 레스토랑 입구에 거의 다다랐을 때 누군가 억센 손이 그녀의 팔을 붙들었다.

"차서연 씨, 오랜만입니다."

고개를 돌리자 뒤에는 장현우가 서 있었다. 그의 트레이드마크처럼 보이는 단정한 비즈니스 슈트차림에 입가에는 그린 듯 차가운 미소를 짓고 서 있는 장현우의 눈은 서연을 뚫어져라 바라보고 있었다. 그러나 그 눈동자는 웃지 않았다.

"그래서요?"

그의 손길을 홱 뿌리치며 서연이 차갑게 응수했다.

"이런 데서 널 만날 줄은 몰랐는걸."

"그건 나도 마찬가지군요."

"그래? 난 얼마 전부터 세진그룹 법무 팀에 합류했어. 오늘은 세진의 일원으로 중요한 모임에 참석차 온 거야. 서연이 넌?"

"당신이 알 바 아니에요."

서연은 그를 무시한 채 레스토랑 안으로 걸어 들어갔다. 저런 인간과는 말을 섞어야 좋을 게 없으니까. 꽤 늦은 시간이라 사람들이 없을 줄 알았는데 의외로 레스토랑 안은 제법 많은 사람들로 차 있었다. 안으로 들어서자마자 바닥에서부터 천장까지 모두 유리로 되어 있는 벽면을 통해 산 아래로 펼쳐진 도심의 야경이 고스란히 드러나 있었다. 한눈에 시야가 환해지는 풍광이 인상적이었다.

그렇게 도심의 산 중턱에 위치한 호텔이라 야경이 좋다는 소문이 난 터라 창가 자리에는 늦은 식사와 데이트를 즐기는 연인들로 빈자리가 없었다. 웨이터의 안내로 다른 테이블과는 꽤 떨어진 안쪽 자리로 가 앉은 서연은 그에게 일행이 있음을 알려주었다.

"김강준 씨라고 와서 차서연을 찾으실 거예요. 그럼 이 자리로 안내 부탁해요. 주문도 그때 하도록 하죠."

"네, 알겠습니다."

비록 사위 중 두 곳이 벽으로 막혀 있고 2인용 테이블을 간신히 놓을 수 있을 만큼 비좁고 구석진 곳이었지만 바로 옆이 창가였다. 고개를 돌리자 파노라마처럼 펼쳐지는 밤 깊은 도시의 모습은 매혹적이었다. 20여 년의 세월을 저 무정한 도시, 휘황찬란하게 빛나는 불빛 아래에서 치열하게 살아온 그녀였지만 한 번도 아름답다고 느낀 적이 없었다. 아니, 그 어떤 감상도 고된 일상을 살아가는 그녀에게는 사치였다. 그런데 이렇게 한 발자국 떨어져서 바라보니 다양한 불빛들이 찬란하게 빛나는 저곳이 마치 보석처럼 아름다웠다.

"전에는 이런 데 싫어했잖아. 불편하다면서. 그런데 보니까 이젠 제법 능숙한데."

느닷없는 목소리에 깜짝 놀라서 고개를 치켜들자 장현우가 서 있었다. 징글징글한 인간.

"대체 여기서 뭐 하는……."

"김강준과 어울리다 보니 그런 세련된 매너도 익혔나 보지? 나한테는 이런 비싼 데는 싫어요, 부담스러워요. 그러더니."

장현우의 입에서 강준의 이름이 튀어나오는 바람에 놀란 서연이 아무런 말도 하지 못하자 장현우가 피식 웃으며 그녀의 맞은편에 앉았다.

"아무리 서자니 뭐니 해도 역시 재벌이 좋긴 좋아. 안 그래?"

서연은 빙긋빙긋 웃고 있는 장현우의 표정을 보면서 그가 지금 그녀에게서 어떤 반응을 기대하고 있는지 뻔히 짐작할 수 있었다. 그는 그녀가 강준에 대해서 아무것도 모르고 있다고 생각하는 거겠지. 당장 꺼지라고 말하려다 서연은 마음을 바꿔먹었다. 저 뻔뻔스러운 인간에게는 아무리 그렇게 말해도 먹히지 않을 게 분명하니까. 제멋대로, 자기 본위대로 생각하고 살아온 인간이 아니던가.

"재벌이 좋긴 하겠죠. 하지만 난 김강준이란 사람이 더 좋아요. 그 사람은 재벌 아니라 그 누구라도 내게 줄 수 없는 걸 주니까요."

"그래? 듣기로 대화에서 김강준이 기도 못 펴고 빌빌대며 산다던데 그건 또 아닌가 봐. 하긴 아무리 발톱의 때라도 용 발톱에 붙은 때라면 뱀 대가리보다야 낫겠지. 서자라도 재벌가 사람이니 돈은 제법 많을 거야."

서슴없이 강준을 비하하는 말을 내뱉는 걸 보면서 서연은 견딜 수가 없었다. 끓어오르는 분노를 안으로 간신히 누르며 제법 침착하게 대꾸했다.

"그러게요. 누구처럼 사진 몇 장으로 다른 사람 협박해서 그 집 사위 되고, 실력보다는 인맥으로 자리를 잡는 야비한 사람보다야 훨씬 낫겠죠."

생글생글 웃는 서연의 얼굴을 보면서 장현우는 여전히 여유로운 미소를 지었다.

"게다가 그 사람은 누구처럼 돈을 주고 여자를 자기 정부로 만들 정도로 형편없는 사람이 아니거든요."

"임미주가 그러던가? 자기가 정부였다고? 하, 서연이 네가 너무 순진해서 이해할까 싶지만 난 성인 남자야. 그래서 그 여자하고는 어쩔 수 없었어. 그리고 서연아, 그 여자는 정부가 아니라 그냥 섹스파트너야. 돈을 준 건 그 여자가 졸라서 어쩔 수 없었던 거고. 넌 이해하기 어렵겠지만."

장현우는 마치 어린아이 달래듯 서연을 이해시키려 했다. 이제야 서연은 장현우가 여태껏 자신을 어떻게 바라봐 왔는지 정확하게 알 수 있었다. 그의 입맛에 맞는 어리고 무지한 여자. 그 이상도 이하도 아니었으리라. 그런 그의 추접한 욕망을 모르고, 그저 좋은 사람이라고만 생각했던 자신이 정말로 어리석었다는 걸 서연은 다시 한 번 절감했다.

지금도 자기는 모든 걸 이해한다는 듯이 관대한 척 미소 짓고 있는 그의 낯짝을 보자니 역겹기 짝이 없었다.

“왜요, 이해하죠. 당신이 뭐라고 부르건 당신은 그 여자와의 섹스에 미쳐 있었던 거잖아요. 아닌가요? 돈을 주고라도 붙들어두고 싶을 만큼 그 여자와의 관계가 좋았던 거예요. 그런데 결혼을 다른 여자랑 해야 하니 불행하겠군요.”

그녀의 말에 장현우가 피식 코웃음을 쳤다.

“거 봐. 이래서 내가 넌 순진하다는 거야. 원래 육체적 만족과 정신적 만족은 함께 느낄 수 없는 거야. 그렇다고 그걸 억누르고 살 수는 없으니까. 그리고 말했잖아, 내가 사랑하는 건 너야.”

“당신 참 불쌍한 사람이군요.”

뻔뻔스럽게 말하는 장현우를 보면서 이번엔 서연이 가소롭다는 듯 코웃음을 쳤다.

“그 육체적 만족과 정신적 만족을 한 사람한테서 느끼는 게 정상적이란 걸 모르니 말이에요. 정말 사랑하는 사람하고라면…….”

서연은 일부러 몸을 낮추고 장현우를 향해 고개를 내밀면서 천천히 무거운 눈꺼풀을 내렸다 들어 올리면서 부드러운 목소리로 은밀하게 뇌까렸다.

"섹스도…… 황홀할 정도로 좋거든요. 미칠 만큼요."

마치 그 절정의 순간을 다시 음미하듯 뇌쇄적인 미소를 짓는 서연을 보면서 그 순간, 내내 느긋하던 장현우의 안색이 돌변했다. 그로서는 한 번도 본 적 없는, 아니, 상상도 한 적 없는 모습이었다.

서연을 만나는 내내 언젠가 자기 아래에서 쾌감에 못 이겨 울부짖게 만들 거라고 생각했다. 하얀 가루분이 묻어날 것처럼 새하얗고 저 투명한 피부가 욕망으로 붉게 물들면 얼마나 아름다울 것인가!

결혼을 핑계로 헤어지자고 했을 때도 그건 잠정적인 이별이었을 뿐이었다. 결혼을 하고, 그의 의심 많은 새신부가 방심할 때가 되면 다시 서연을 찾아가 그녀를 손에 넣을 예정이었다. 그는 단 한순간도 서연을 놓은 적이 없었다. 어리고 순진한 그녀가 3년 동안이나 순정을 바쳐가며 공들인 그를 쉽사리 잊을 수는 없을 거라고 믿었다.

그가 몇 년을 지켜보고 판단한 차서연은 그런 인간이 분명했다. 미련할 정도로 자기원칙에 충실한 인간들이 있었다. 그로서는 이해할 수도 없고 우습기만 했지만, 신의와 의리, 정의 따위를 믿고 지키려는 어리석은 인간들. 그리고 차서연도 그런 부류였다. 그가 가장 혐오하는 인간군이었지만, 또 그렇기 때문에 자신에 대한 차서연의 마음은 절대 변하지 않으리라고 믿을 수 있었다. 참 재미있는 아이러니였다.

그런데 그와 헤어진 지 얼마나 됐다고 그 차서연이 이렇게 변했을 줄이야! 임미주가 서연을 찾아가 그에 대해 떠벌인 건 계산에 없던 일이었다. 구제불능의 천박한 여자. 그 음탕한 몸뚱어리만 아니라면 진즉에 떼어버렸을 탐욕스럽고 더러운 여자였다. 그러니 그 여자 때문에 서연이 화가 났다는 건 충분히 이해한다.

하지만 시간이 흐르고 서연이 조금만 더 세상에 눈을 뜨면 그 정도는 충분히 이해할 줄 알았다. 그런데 지금 자신에게 보이는 이런 태도는 용납할 수 없는 것이었다. 게다가 아까 호텔 복도에서 김강준과 시시덕거리며 서 있던 서연의 모습은 가히 충격적이었다.

세진의 창립 기념일 파티에 참석한 대화그룹의 사람, 그중에서도 김은희가 그의 관심을 끌었다. 창업주인 김성환 회장이 생존해 있다지만 대화의 실질적인 중심이 안인숙이라는 건 이 바닥에서 모르는 이가 없었다. 그리고 그녀의 장녀가 바로 김은희였다. 아직 어린 남동생과 이복동생이 있다지만 충분히 승산을 걸어볼 만한 상대였다.

게다가 자신을 바라보던 김은희의 눈동자에 담긴 것은 분명히 탐욕이었다. 그건 누구보다도 장현우, 자신이 잘 아는 것이었다. 임미주도, 박진태의 딸인 박미희도 그리고 다른 어떤 여자들도 그를 바라보는 그녀들의 눈길에 담겨 있는 그 끈적끈적하고 치명적인 욕망의 눈빛을 그는 몹시도 잘 읽었다.

자기 어머니와 회사 사람들이 동행한 자리였는데도 김은희는 그에게 노골적으로 몸을 붙여왔다. 장현우도 마다하지 않았다. 그리고 안인숙과 대화 사람들을 배웅한다는 명목으로 그와 세진의 다른 임원들이 리셉션장 밖까지 걸어나갔을 때 김은희가 그의 손에 은밀하게 열쇠 하나를 건넸다.

"받아요."

"기꺼이."

허스키한 목소리로 은밀하게 속삭이는 그녀의 제안을 그는 마다할 이유가 없었다.

우리나라에 몇 대 없다는 소위 슈퍼 카라 불리는 고급 외제차의 키였다. 아마도 호텔 VVIP 주차장에 세워져 있으리라. 그녀가 자신에게 이 키를 건넨 의도를 그는 정확히 이해했다. 아마 그녀는 자신의 어머니와 일행에게 적당한 핑계를 대서 먼저 보내고 홀로 그 차 앞에 서 있을 것이다. 그러니 그는 그곳에 가기만 하면 되는 것이다.

그런데 그 열쇠를 받아 든 순간 그는 서연을 보았다. 몇 달 만이었다. 어느새 더욱 눈부시게 아름다워진 그녀를 보면서 장현우는 직감적으로 그녀가 무언가 달라졌다고 느꼈다. 아니나 다를까, 서연의 곁에는 한 남자가 있었다. 자연스럽게 그녀의 허리를 감싸고 있는 남자의 친밀한 모습! 그들이 보통 사이가 아님은 분명했다.

3년을 만나는 내내 그에게는 그런 식의 스킨십을 허용한 적이 없었다. 먼저 다가선 적도 없었다. 어린애들처럼 유치하고 짧은 키스조차도 쉽게 하지 못하도록 했던 그녀였다. 연인이라는 이름으로 불리게 되면서도 손잡는 것조차 어려워했다. 그 소녀다운 순수함을 그가 얼마나 좋아했던가! 그런데, 그랬는데…….

치밀어 오르는 분노 때문에 어금니를 꽉 악무는데 그 순간 김은희가 표독스러운 표정으로 짜증스럽게 내뱉었다.

"저거 강준이 아니야? 아우, 재수 없어. 올 거면 일찍 왔다 갈 것이지 왜 이제 와서 저 꼬락서니를 보게 한대?"

"보는 눈들 있다. 입 조심해라."

그러자 안인숙 여사가 김은희에게 엄하게 주의를 주었다. 김은희는 입을 샐쭉거리긴 했지만, 자기 어머니 말에 꼼짝도 하지 못했다. 다른 임원진들도 서연 옆에 서 있는 그 남자를 아는 것 같았다. 자신이 갖고 있는 재벌가에 대한 방대한 정보를 되짚던 장현우는 문득 이름 하나를 떠올렸다. 김강준? 대화그룹의 장남으로 김성환 회장의 총애를 받고 있지만 안인숙 여사가 낳은 자식이 아니라서 전면에 나서지 못하고 있다는 그 서자인 게 분명했다.

그런데 서연이 그런 녀석과 어울리고 있단 말인가! 아무리 자기한테 토라져 있다고 해도 이럴 수는 없었다. 조금만 기다리면 다시 만날 수 있는데 그새를 못 참고 다른 남자를 만나다니. 그것도 저런 재벌가 쭉정이 따위와! 장현우는 끓어오르는 화를 도저히 참을 수가 없었다.

게다가 지금 서연의 입에서 흘러나오는 말은 도저히 용납할 수 없는 것들이었다. 더군다나 그녀가 몸을 움직이자 그녀의 새하얀 목덜미가 길게 드러났다. 장현우의 눈길이 순간적으로 그 목과 어깨가 만나는 좁고 부드러운 곡선으로 이루어진 곳에 머물렀다. 그리고 경악으로 부릅떠졌다. 희디흰 눈처럼 보드라운 살결 위에 선명한 키스 마크가 찍혀 있었던 것이다.

"죽어도 좋을 만큼 황홀한 섹스를 할 수 있는 상대가 있는데 왜 굳이 다른 상대를 찾아서 자신의 에너지를 허비하는지 난 이해할 수가 없네요. 나한테 최고의 섹스파트너는 내가 사랑하는 남자거든요."

가르랑거리는 고양이처럼 요염하게 웃으며 상체를 뒤로 물리는 서연을 장현우가 죽일 듯이 노려보며 물었다.

"너, 김강준하고 잤어?"

마치 그녀를 당장이라도 후려칠 것처럼 위협적인 목소리였다.

"그 입 닥쳐, 장현우."

그때 장현우의 뒤로 강준이 모습을 드러냈다. 서연은 반가워서 활짝 웃다가 다시 얼굴을 굳혔다. 얼른 장현우를 떼어냈어야 하는데 이런 모습을 그에게 보이고 말았다. 가뜩이나 자기 큰어머니 때문에 심기가 불편할 텐데 미안했다.

"이런, 처음 뵙겠습니다."

강준을 발견한 장현우가 자못 여유로운 미소를 지으며 자리에서 일어섰다. 그러곤 자기 품에서 명함을 꺼내서 강준에게 내밀었다. 입가에는 내내 싸늘한 가식적 미소를 짓고 있었다.

"그 종이쪼가리 보지 않아도 당신이 어떤 인간인지 잘 알아. 그러니까 입 다물고 당장 꺼져."

"듣기보다 꽤 거친 분이군요, 김강준 씨."

"그래? 내 얘길 들었다니까 이해하기 쉽겠군."

강준이 낮고 침착하지만 단호한 어조로 장현우를 위협했다.

"다시 한 번 서연이 앞에 나타나서 헛소리 지껄이면 그땐 재벌가 서자 따위한테 어떤 힘이 있는지 제대로 보여줄 테니까 알아서 해."

검은 밤을 배경으로 한 투명한 유리에 강준과 장현우의 모습이 어른거렸다. 내내 여유로운 척 미소 짓던 장현우의 얼굴이 서서히 일그러지기 시작했다.

"알겠지만 이 나라에서 너처럼 법을 주무르는 인간보다야 썩어 문드러졌어도 재벌 돈이 더 세다는 거 삼척동자도 다 아는 사실이지. 그러니까 알아서 처신하라구, 장현우 변호사님."

그리고 강준의 말이 끝났을 때 장현우는 아무런 말도 하지 못한 채 그대로 자리에서 떠나갔다. 자존심이 구겨졌지만, 그는 비겁한 만큼 세상을 잘 아는 인간이었다. 그러니 이대로 강준의 말을 따르는 것 말고는 자신이 할 수 있는 게 없다는 것 또한 잘 알았다.

황망하게 가버리는 그 뒷모습을 보면서 서연은 씁쓸한 미소를 지었다.

ⅠⅠⅠⅠⅠ 8 ⅠⅠⅠⅠⅠ

장현우가 가고 난 후, 강준은 자리에 앉아서 메뉴를 보며 음식을 골랐다. 잠시 후 그가 메뉴를 내려놓으며 서연에게 물었다.

"뭐 먹고 싶은지 골랐어?"

"응."

서연이 고개를 끄덕이자, 강준은 곧 손을 들어서 웨이터를 불렀다. 그 모습을 보면서 서연이 그에게 사과의 말을 건넸다.

"미안해요, 해충 한 마리 떼어내는 게 생각보다 오래 걸리더라구요."

아무리 생각해도 짜증스러운지 콧등을 찡그리는 모습이 귀여웠다. 섹시하면서도 귀엽고, 사랑스러운 여자였다, 차서연은.

"그래도 제법 잘하던데."

물 잔을 입으로 가져가면서 강준이 씩 웃었다.

레스토랑에 들어와서 웨이터를 따라 서연이 있는 자리로 걸어갔다. 너무 오래 혼자 기다리게 했다는 생각에 초조해서 걸음을 빨리 옮기고 싶었지만 앞장선 웨이터의 발걸음은 너무 느렸다. 그래서 안쪽으로 걸어 들어가고 얼마 안 있어 벽 근처에 서연이 있는 걸 발견한 그는 웨이터를 물리고는 혼자서 성큼성큼 걸어갔다. 그런데 가까이 다가갔을 때 한 남자가 그녀 앞에 앉아 있는 걸 발견했다. 서연의 표정이 심상치 않았다.

게다가 애써 기색을 감추고, 언성을 낮췄지만 그녀가 내뱉는 날선 말들은 예사롭지가 않았다. 직감적으로 그 남자가 장현우란 걸 알았다. 대체 어디서 어떻게 나타난 건지는 몰라도 정말로 서연의 말처럼 징그럽고 역겨운 인간이었다. 바로 곁에까지 다가가도 두 사람 다 그가 있다는 걸 눈치채지 못했다.

강준은 서연이 지금 몹시 화가 났다는 걸 단박에 알 수 있었다. 그도 장현우의 말을 듣고는 머리끝까지 화가 치밀었다. 저 인간이 감히 지금 뭐라고 하는 것인가! 생각 같아서는 당장 멱살을 잡고 끌어내서 곤죽이 되도록 흠씬 두들겨 패주고 싶었다. 하지만 아직 리셉션이 완전히 끝나지 않은 상황이었다. 어디에 그를 알아보는 눈들이 있을지 몰랐다.

그래서 가급적 그가 할 수 있는 가장 정중한 방법으로 장현우를 내쫓았다. 물론 속에서는 아직도 화가 부글부글 끓어오르고 있었다.

"음, 거기서 오빠가 나타나지 않았다면 곧 결정적인 한 방을 날리려고 했죠."

조금 장난스럽게 눈을 가늘게 뜨고 말하는 서연을 보고 있자니 어느새 그 화가 봄눈 녹듯 사라졌다. 서연과 함께 있을 때면 그는 늘 이렇게 즐겁고 행복하다.

"이런, 그럼 내가 안 좋은 타이밍에 나타난 건가?"

"아뇨. 오빠 아까 정말 멋졌어요. 말로 그 장현우를 한 방에 제압하고 날려 버렸잖아요. 자기 변호사라고 되게 언변 좋다고 잘난 척하거든요, 그 인간이. 그런데 오빠 말에 한마디도 제대로 대꾸 못하는 거 보고서 내가 얼마나 속이 시원했는지 알아요? 역시 우리 오빠가 짱이라니까. 깔깔."

서연의 도톰하고 붉은 입술이 쉴 새 없이 움직였다. 그에게 미안한 마음을 감출 수 없는지 조금 과장되게 말하고 있었지만, 환하게 웃으며 종알거리는 서연은 퍽 사랑스러웠다. 말하고, 웃는 그 모든 것이 예뻤다.

"정말이야?"

"그럼요. 내가 십 년 묵은 체증이 확 내려가더라니까요. 진짜 오빠 정말정말 멋졌어요. 아무리 생각해도 내가 남자 하나는 잘 고른…… 읍!"

그 순간 강준은 두 손으로 테이블을 짚고 상체를 앞으로 내밀어 그녀의 입술에 키스했다. 촉, 짧지만 뜨거운 입맞춤이었다. 그가 막 입술을 떼자마자 웨이터가 곁으로 다가와 음식을 서빙했다.

"맛있어?"

말없이 음식을 덜어서 입에 넣고 있는 서연을 보면서 강준이 물었다.

"맛있어요. 그런데 오빠는 왜 안 먹어요?"

"좀 전에 더 맛있는 거 먹었더니 내 입에는 별로네."

"뭐 먹고 왔어요? 설마 큰어머니랑?"

놀라서 눈을 동그랗게 뜨고 강준을 바라보던 서연은 그가 빙긋 웃으며 그녀의 입술을 바라보자 그만 쿡하고 웃음이 나왔다.

"그래도 배는 채우셔야 할 테니 엉큼한 생각은 그만하시고 식사나 마저 하시죠."

"허기져 죽겠는데 엉뚱한 거 먹는다고 절대 채워지지 않거든."

"설마 아직도 모자라단 말이에요? 아까……."

서연이 행여 누가 들을세라 한껏 목소리를 낮추며 따졌다.

"몇 번이나, 아니, 얼마나 길게…… 아무튼 그거면 충분하잖아요."

"그거 가지고는 간에 기별도 안 가, 차서연."

"정말, 못 말려."

"하하하."

두 사람은 식사를 끝내고 강준이 그녀를 집에까지 바래다주었다. 혼자서 갈 수 있다고 서연이 말했지만 그는 택시를 타고 그녀의 집까지 함께 갔다. 이미 야심한 시간, 서연은 강준의 어깨에 머리를 기댄 채 차창 밖으로 흘러가는 불빛을 바라보고 있었다. 깍지를 낀 채 꼭 잡은 두 손에서 강준의 온기가 느껴졌다.

"아까 아무 일 없었죠?"

서연은 조심스럽게 아까 큰어머니와 맞닥뜨렸던 일을 물었다. 강준은 그녀에게 자신의 일에 대해 스스럼없이 다 말해주었지만, 가족과 관계된 일은 아무래도 민감하고 조심스러운 부분이었다.

"응. 그냥 평소랑 같았지. 같은 집에 살지만 서로 얼굴 볼 일은 별로 없으니까 만난 김에 이것저것 물어보시더라고. 회사는 잘 다니냐, 오늘 모임에는 왜 안 나왔냐, 뭐 그런 거? 그리고 함께 있던 여자는 누구냐, 보니까 엄청 예쁘던데 어떻게 만났냐 그러시던데."

"거짓말."

"하하."

"정말 아무 일 없었어요?"

"응, 그냥 회사 내에서 내 존재가 드러나지 않도록 행동거지 조심하라는 말뿐이었어. 아무래도 사람들 이목 신경 많이 쓰시는 분이라 따로 불러내서 말씀하신 거고."

❖

사실 안 여사는 강준에게 그런 것은 묻지 않았다. 주차장에 세워진 안 여사의 차로 가는 동안 그를 몰아세우며 닦달한 것은 이복누이인 은희였다. 안 여사의 지시에 따라 강준이 조수석에 올라 타자 뒷좌석에 앉은 안 여사는 그를 쳐다보지도 않은 채 강준에게 말했다.

"다음 달에 은수 들어온다."

이복동생인 은수는 군 제대 후 MBA를 따기 위해 미국에서 공부 중이었다. 최소 앞으로 2년은 더 공부해야 할 텐데 어째서 이렇게 빨리 들어오는 것일까. 아마도 그가 들은 이야기가 맞지 싶었다. 어려서부터 심약했던 은수는 어머니인 안 여사의 기대를 한 몸에 받으며 자랐지만 그 어머니를 충족시켜 드릴 정도의 능력은 없었다. 그렇다고 어머니를 거역할 배짱도 없어서 늘 초조하고 신경질적인 아이였다.

그런 아이가 어머니의 눈길에서 벗어나 외국에서 살다 보니 저절로 방탕해졌다던가. 물론 그곳에도 안 여사의 감시의 손길이 뻗쳐 있었지만 한국 안에서처럼 일거수일투족을 지켜보며 철저하게 통제하기는 무리였을 것이다.

방탕한 파티와 여자, 도박 그리고 마약에까지 순서대로 손을 대면서 안 여사가 보내주는 돈은 물론이고 한국 내 회사 임원들에게까지 연락해 돈을 요구했다던가. 아무리 최측근들이고 다음 후계로 자기를 미는 사람들이라 입단속을 시켰다 해도 사실 그들이 믿는 것은 안 여사였다. 안 여사를 중심으로 모여서 은수를 밀고 있을 뿐 그들은 은수를 못 미더워하는 이들이 대부분이었다. 그러니 그의 일탈이 안 여사에게 바로 보고됐음은 물론이었다.

그리고 그런 소식은 강준에게도 곧바로 들어왔다. 그 측근들 중에는 겉으로야 안 여사를 따르지만 오래된 김성환 회장의 충복들도 있었고, 어느 쪽이든 다음 대화의 주인이 될 사람에게 미리 줄을 대어놓았다가 결정적인 순간에 갈아타려고 대기 중인 기회주의자들도 많았다.

그런 이들이 강준에게 접근한 것은 어쩌면 자연스러운 일이었다.

아무리 오랫동안 안 여사가 끼고 가르쳤어도 은수는 기업가로서의 재능도 열의도 없었다. 제대 후에 바로 회사에서 일을 시작하지 않고 유학을 보낸 것은 어떻게라도 그런 아들을 다듬어보려는 안 여사의 고육지책이었다. 그나마 은수가 자리 잡을 때까지 바람막이로 삼으려던 은희도 기획실장이라는 화려한 직함을 달고 초고속 승진을 하며 승승장구하는 것처럼 보였지만, 사실은 회사 일은 영 젬병이었다.

그러니 회사의 임원들은 아직 세상에 드러나진 않았지만, 김 회장의 신임을 받고 있는 강준에게 관심을 보이고 있었다. 말단 직원으로 들어와서 얼마나 제 역량을 펼칠까 하면서도 그를 주의 깊게 바라보고 있는 참이었다. 강준은 자기의 맡은 바 일에 최선을 다했고, 남들이 보기에도 꽤 유능했다.

이번에 자신이 속한 기획팀과 함께 추진하고 있는 프로젝트도 사실은 김 회장과 그 측근들이 기획하고 있는 중요한 업무였다. 안 여사와 그 무리들의 눈을 속이기 위해 겉으로는 다른 일인 것처럼 속이고 있었지만 말이다.

아무튼 안 여사도 회사 내에서 점점 강준을 바라보는 눈이 달라지고 있다는 걸 인식하고 있는 참이었다. 얼마 전에는 사외 임원 중 하나가 강준을 승진시켜야 하지 않겠느냐고 해서 안 여사를 화나게 한 적도 있었다.

"그 아이 들어오면 너처럼 밑에서부터 차근차근 밟아가며 일을 시킬까 한다. 그런데 마땅한 부서가 없어. 그런데 남들이 내게 일을 배우기엔 기획팀이 가장 좋다고 추천하더구나."

안 여사의 말은 명백한 의도를 담고 있었다. 그러니 은수가 들어갈 수 있도록 너는 그 자리에서 물러나라는 의미였다. 그렇다고 그를 은수보다 높은 직급으로 승진시킬 리는 만무했다. 아무래도 김 회장이 역정 내실 수 있으니 그저 다른 미미한 부서로 옮겨가서 죽은 듯 있다가 때를 봐서 어떤 핑계라도 대고 회사를 그만두라는 의미일 터였다.

"지금 맡아서 하고 있는 프로젝트가 끝나지 않았습니다."

"다른 팀원들이 알아서 할 게다. 네가 핵심이 되어서 하는 일도 아니잖니. 그런 건 걱정 마라."

"핵심은 아닙니다만 팀원들이 모두 함께 긴밀하게 연계해서 하는 일이라 제가 중간에 빠지면 다른 팀원들이 곤란할 겁니다. 대화에도 중요한 일이니 이 일은 끝내고 싶습니다."

"다음 달에 은수 들어오면 바로 입사할 거야."

"그전에는 끝날 겁니다. 하실 말씀 다 하셨으면 그만 가보겠습니다. 아까 보셨다시피 일행이 있습니다."

그렇게 말을 마치고 나가려는데 갑자기 안 여사가 뜻밖의 말을 꺼냈다. 아니, 어쩌면 늘 각오하고 있던 말인지도 몰랐다.

"일전에 네게 혼담이 하나 들어왔다."

"그렇습니까?"

강준이 덤덤하게 대꾸했다. 안 여사는 어쩐지 그게 못마땅했다.

"종합병원장의 고명딸인데 외국에서 음악을 전공한다더라. 다음 주에 들어온다니까 가서 얼굴 보고 와라."

늘 그렇듯이 아무렇지 않게 그의 인생을 휘두르는 안 여사의 말을 예전의 강준이라면 순순히 받아들였을 것이다. 그러나 다른 것도 아니고 혼담이라니. 그에게는 서연이 있었다. 적어도 그것만큼은 받아들일 수 없었다. 한 번이라도 얼굴을 보게 되면 그의 의사와는 상관없이 일사천리로 결혼이 진행될 것은 불을 보듯 뻔했다.

그래서 그는 생전처음으로 안 여사의 말을 거역했다.

"싫습니다."

"뭐?"

안 여사와 강준 그 둘 중에서 강준의 말에 누가 더 놀랐는지는 알 수 없었다. 그저 안 여사가 차 안을 무겁게 내리 누르던 공기가 심하게 요동칠 만큼 경악했다는 건 확실했다.

"너 지금 뭐라고 한 거니?"

"그 혼담 싫다고 했습니다. 큰어머니가 알아서 잘 거절해 주시죠."

"너……!"

"회사는 은수가 들어오기 전에 어떻게든 정리하고 나가도록 하겠습니다. 할아버지께도 제가 알아서 말씀드리겠습니다. 뭐든지 큰어머니께서 원하시는 대로 다 하겠습니다."

'지금껏 평생 그래 왔듯 말입니다.' 강준은 그 말만은 속으로 삼켰다.

"하지만 큰어머니, 결혼만은 안 됩니다. 아까 보신 여자, 제가 사랑하는 사람입니다. 절대로 다른 여자와 결혼할 수 없습니다."

"어떤 집안 딸인지는 몰라도 내가 그 결혼 허락할 거 같니?"

애써 침착함을 유지하려 했지만 안 여사의 목소리가 파르르 떨렸다. 행여 저 녀석이 꽤 힘 있는 집안의 딸과 결혼이라도 하게 되면 그 힘을 등에 업고 어떤 일이 벌어질지 모를 일이었다. 그래서 안 여사는 예전부터 강준의 결혼에 몹시 신경을 썼다. 그래서 마침 적당한 혼처가 나타나자 이대로 바로 결혼시켜서 외국으로 내보낼 참이었다.

말만 종합병원이지 지방의 작은 병원장 딸이었다. 어려서부터 첼로를 전공하고 있는데 막 외국으로 유학을 나간 터라 앞으로 몇 년간은 더 공부해야 한다고 했다. 그러니 결혼을 시킨 후에 곧바로 강준을 외국 지사로 발령 내서 자연스럽게 내보낼 수 있었다. 명목이야 사랑하는 아내의 외조를 위해서 그가 자진해서 가고자 했다고 하면 될 터였다.

그런데 지금 이 녀석이 뭐라고!

"제가 보기엔 그 누구보다 부러운 집안이지만 큰어머니가 경계하실 만큼 대단한 집안 아닙니다. 그러니 그건 걱정하지 마십시오."

그녀의 의중을 훤히 꿰뚫는 것처럼 강준이 말했다.

"그래서? 네 마음대로 결혼하겠다는 게냐?"

"네. 제 평생에 유일하게 욕심나는 사람입니다. 처음 가져본 욕심이에요. 그러니 그거 막으시면 제가 그 욕심을 어디로 돌릴지 저도 장담 못합니다."

"너 지금 날 협박하는 거니? 그래?"

"그렇게 받아들이셔도 어쩔 수 없습니다. 다만 제가 절대로 이 문제에 대해서만은 물러서지 않을 거란 걸 알아주셨으면 합니다, 큰어머니."

강준의 말에 뒷좌석에서 안 여사의 거친 숨소리가 들려왔다. 아무리 안 여사가 회사를 꽉 틀어쥐고 있다고는 하지만 후계 문제가 불거지면 어떻게 돌변할지 알 수 없었다. 지금은 노쇠해서 일선에서 물러섰다지만 창업주인 김성환 회장이 생존해 있고, 강준은 법적으로 어엿하게 김성환 회장의 아들인 김승주의 장남이었다. 게다가 그의 자질이 은수보다 낫다고 생각하기 시작한 임원들도 여럿이었다. 그러니 강준이 정말로 작정하고 후계자 레이스에 뛰어든다면 어떤 일이 벌어질지 장담할 수 없었다.

다만 강준은 안 여사의 말이라면 죽는시늉이라도 했다. 어린 시절 참담한 처지에서 자신을 구원해 준 큰어머니의 말에 절대적이었다.

"큰어머니, 이거 받으세요."

강준을 그 생모라는 여자한테서 데려오고 처음으로 맞는 어버이날이었다. 수줍은 듯 얼굴을 붉힌 아이가 우물쭈물거리더니 그녀에게 엉성하게 만든 종이카네이션과 카드 한 장을 내밀었다.

맨 처음 자신의 생모와 그녀의 애인 중 한 명인 사내와 살고 있는 다 쓰러져 가는 허름한 집에서 강준을 봤을 때 아이는 제대로 먹지 못하고, 어른들에게 노상 맞으며 사는 탓에 또래보다 훨씬 작은 몸집에 온몸이 멍투성이였다. 땟국물에 절은 더러운 옷을 입고 추위에 벌벌 떨면서 생기 없는 눈으로 멍하니 자기를 바라보던 그 앙상한 아이는 가히 충격적인 모습이었다.

그러나 그녀가 집으로 데려오고 1년도 채 되지 않아 아이는 몰라보게 달라졌다. 제대로 된 음식을 섭취하고, 깨끗한 잠자리에서 잘 수 있게 된 것만으로도 강준은 쑥쑥 자랐고, 어느덧 처음에는 은수보다 작았던 몸집이 엇비슷해졌다. 그리고 늘 두려움 가득하던, 흐리멍덩하기만 하던 눈동자에도 아이다운 생기가 감돌았다. 실로 놀라운 변화였다.

카드 안에는 서툴지만 단정한 글씨로 '큰어머니 키워주셔서 감사합니다.' 라고 적혀 있었다. 안인숙은 그 더러운 걸 당장 버려 버리고 싶었다. 그녀는 강준만 보면 자기를 배신한 남편과 그의 애인인 강준의 생모가 떠올랐다.

처음 뼈만 앙상하던 얼굴에 점점 뽀얗게 살이 오르자, 강준은 점차 죽은 남편의 모습을 보이기 시작했다. 그리고 어느덧 시부인 김 회장의 모습을 뚜렷하게 드러내서 김 회장을 흡족하게 했다. 게다가 천박하지만 예쁘장한 제 어미를 닮아서 강준은 자기 아이들과 다르게 남자아이임에도 몹시 예쁜 얼굴이었고, 어린 나이이지만 몸가짐에서 기품이 흘렀다.

보는 사람마다 어쩜 이렇게 귀티가 흐르냐며 칭찬했고, 더군다나 몹시 영특했다. 그래서 김 회장은 사적으로 나다니는 자리에는 꼭 강준을 데려갔다. 공적인 자리에는 며느리를 생각해서 참았지만, 자신의 사사로운 만남에는 강준을 데려다 사람들에게 자랑하곤 했다. 그게 그녀를 더 화나게 했다.

"허허허, 얘가 내 맏손자라오. 어때, 잘생겼지?"

"그러게 말입니다. 회장님을 닮아서 미남이군요."

"그뿐인 줄 아시는가 이 녀석이 누굴 닮았는지 무척이나 영특하다오. 심심풀이로 바둑을 가르쳤더니 몇 달도 안 돼서 내 호적수가 되질 않나, 천자문도 한 달도 안 돼서 다 떼지 뭐요. 아무튼 뭐든 가르치면 가르치는 대로 잘해내니 내 요즘 이 녀석 보는 낙에 산다오."

"그게 다 회장님 머리까지 닮아서 그렇겠죠. 앞으로 대화그룹의 미래가 기대되는데요."

"그렇지? 하하하."

사람들에게서 시아버지가 강준을 데리고 어디에 가서 무슨 말을 했다더라, 무슨 일이 있었다더라 하는 얘기를 들을 때마다 그녀는 화가 나서 견딜 수가 없었다. 은수나 은희도 데리고 다니긴 했지만 강준이 온 이후로는 아무래도 그 횟수가 줄었고, 강준을 데리고 나갈 때만큼 시아버지가 즐거워하지 않는다는 것도 안인숙은 알 수 있었다.

그렇지만 그녀는 분노를 애써 잠재웠다. 시아버지인 김 회장이 강준의 존재를 알고 찾는다는 걸 알자마자, 자신이 먼저 한발 선수 쳐서 강준을 데려다 키운 이유는 오직 하나였다. 그녀 곁에 묶어두어서 나중에 딴마음 품지 못하도록 감시하고자 하는 것. 바로 그것이었다. 그러자면 어린 시절부터 길들이는 것이 가장 좋은 방법이었다. 세뇌라도 시켜서 자신의 뜻에 복종시킬 터였다.

아이를 둘이나 낳고 키운 안인숙은 강준에게 가장 절실한 것이 무엇인지 잘 알고 있었다. 아이는 모정에 굶주려 있었다.

"우리 강준이 참 착하구나."

"제가 나중에 커서 꼭 큰어머니한테 효도할게요."

"나중에만?"

"아, 아뇨. 지금도 말 잘 듣고 착한 아이가 될게요, 큰어머니."

"그래. 그 마음 절대 변하면 안 된다."

"네!"

힘차게 대답하며 크게 고개를 주억거리는 아이의 머루처럼 까만 눈동자를 보면서 안인숙의 마음속에는 잔인한 만족감이 짙게 차올랐다.

그렇게 안 여사는 키우는 내내 강준에게 절대 회사에 욕심부리지 말 것을, 제 분수에 넘치는 것에 눈 돌리지 않을 것을 강조하고 은연중에 심어주며 키웠다. 게다가 그녀는 자신의 의도대로 강준이 자신에게 키워준 어머니로서 애정을 품고 있다는 걸 알고 있었다. 자기는 그 마음에 응해줄 생각은 전혀 없었지만, 강준의 그런 애정과 반드시 은혜를 갚아야 한다는 그의 답답할 정도로 우직한 성정은 그녀에게 있어 분명히 유리한 패였다.

더군다나 강준의 몸속에는 안 여사의 신체 일부가 제 몸이 되어 있었다.

어릴 적 언제인지 정확히 알 수 없으나 강준은 갑자기 오줌이 마려워도 나오지 않기 시작했다. 온몸이 심하게 떨리고 열이 났다. 숨도 잘 쉬지 못했고, 구토도 심했다. 그러나 그의 생모는 그를 병원에 데려가지 않고 그대로 방치했다. 그러다가도 밤중에 이부자리에 오줌을 지리는 일이 빈번하게 벌어졌다. 그때마다 그는 생모에게 죽도록 맞고 발가벗겨진 채 집 밖으로 쫓겨나야만 했다.

강준을 집으로 데려오고 난 후, 얼마 안 있어 아이의 상태가 나빠서 병원에 데리고 갔던 안 여사는 강준이 죽은 남편과 같은 만성신부전증이란 것을 알았다. 아마 유전이 되기도 했을 것이고 의사 말로는 급성 소아 신부전이 왔을 때 그대로 방치해서 급속도로 악화됐을 것이라고 했다. 남편도 여자에 미쳐서 집을 뛰쳐나가고 병을 제대로 치료하지 않는 바람에 결국은 만성신부전증이 악화돼서 이른 나이에 죽어버린 것이었다.

"당장, 애 살려내!"

시아버지는 강준이 자기 죽은 애비와 같은 병을 앓고 있다는 걸 알자마자 당장 아이를 고쳐야 한다면서 온가족에게 신장 이식을 위한 조직 검사를 하도록 했다. 오히려 의료진들은 굳이 신장이식까지 하지 않더라도 투석 등을 통해서 치료할 수 있는 방법이 있으니 서두르지 말자고 했지만, 김 회장은 고집을 부렸다.

소아의 경우 신장 이식이 성공적이라 하더라도 이식된 신장이 시간이 지나 기능이 떨어지면 다른 신장으로 다시 교체해야 했다. 그러다 보면 평생 2, 3회의 신장 이식을 하는 경우도 있었다.

가족 전체가 검사 받더라도 가장 가능성 높은 것은 아무래도 같은 아버지를 둔 은희와 은수 남매였다. 그걸 김 회장도, 그리고 안인숙도 잘 알고 있었다.

"아버님 안 돼요! 다른 사람들은 몰라도 어떻게 은희하고 은수까지 검사 받으라고 그러세요? 그 아이들도 강준이만큼 어려요. 그 어린것들한테 어떻게 그런 힘든 수술을 받으라고 그러실 수 있어요? 신장 하나 떼어주고 나면 평생 얼마나 힘들게 살아야 하는데요!"

"제 혈육이다. 육친이야! 남 위해서도 잘만 떼어주는 신장이다. 그리고 하나만 있어도 사는 데 지장 없어."

"아버님!"

안인숙은 하늘이 노래지는 것 같았다. 아직 뱃속에 은수가 있을 때 남편은 도저히 그 여자와의 관계를 끊을 수 없다면서 집을 박차고 나갔다. 그리고 몇 년이 지나지 않아 객사했다.

그런 남편이 바깥에서 창녀에게 낳은 아이를 위해 자기 자식들의 신장을 떼어주란 말인가!

아비를 빼앗긴 것도 모자라 신장까지 줄 수는 없었다. 도저히 있을 수도 없고 용납할 수도 없는 일이었다.

하지만 시아버지는 완강했다. 그래서 안인숙은 좀 더 치밀하게 다른 방법을 생각했다. 그래, 기왕 저 아이를 평생 내게 옭아매려면 더 확실한 방법이 필요한 법이었다. 그때부터 안인숙은 사람을 시켜 강준과 조직이 일치하는 사람을 은밀하게 물색했다. 다행히도 얼마 안 있어 신장을 매매하겠다는 사람 중에 조직이 일치하는 사람이 나타났다.

인숙은 수술하는 집도의는 물론 외과 과장까지 모두 돈으로 매수해서 그들과 입을 맞추고 강준에게 신장 기증을 해준 사람이 자기인 것처럼 속였다. 그저 시아버지와 강준만을 속이면 되는 일이었다. 그리고 굳이 그녀가 건넨 돈이 아니더라도 의료진들은 강준과 그녀의 관계를 잘 알고 있었기에 협조적이었다.

다행히 수술은 성공적이었다. 그 후 강준은 자라면서 다행히 더는 신장 이식을 받을 필요가 없을 만큼 완치되었다. 그리고 그는 지금껏 평생 자신에게 신장을 이식해 준 사람이 큰어머니인 안 여사라 믿었다. 친혈육도 해줄 수 없는 은혜를 베풀었음을 알기에 그는 더욱더 안 여사의 말에 절대적으로 따랐다.

그런데 지금 저 아이가 그런 자기에게 반항하고 있는 것이다. 여자애 하나에 눈멀어서 말이다.

"그 사람 말고 다른 것에는 절대 욕심내지 않겠습니다. 그럴 마음도 없습니다. 그러니 결혼만은 양보해 주십시오, 큰어머니."

"하, 역시 머리 검은 짐승은 거두는 게 아니라더니. 이 배은망덕한 것, 감히 네가 날 협박해?"

"협박이 아니라 부탁이고, 제안입니다, 큰어머니."

안인숙은 여기서 자기가 더 고집을 부렸다간 강준이 녀석이 어떻게 나올지 짐작할 수가 없었다. 시아버지인 김 회장이 유난히 강준을 아끼는 이유는 녀석이 시아버지의 성정을 쏙 빼닮았기 때문이었다. 겉모습도 죽은 남편을 닮은 은수와 달리 강준은 외모까지도 젊은 시절의 시아버지를 연상시키는 구석이 있었다.

눈치 빠르고, 야비할 정도로 집요하며 저돌적인 김성환 회장은 뿐만 아니라 통솔력 있고, 추진력과 사업적 감각이 빼어났다. 그런데 강준이 그런 김 회장의 젊은 시절과 판박이란 소리를 시숙인 김재환 부회장이 언젠가 한 적이 있었다. 늘 숨죽이며 자기 기색

감추고 살아온 아이였지만 그 비범함이 보였던 모양이었다.

“저놈, 아무래도 눈빛이 예사롭지가 않아. 생긴 것만 그런 줄 알았더니 속까지 제 할아버지를 쏙 빼닮았구먼. 질부, 앞으로 신경 좀 써야겠어. 허허허.”

그래서 안 여사는 강준에게 공부도, 운동도, 그 무엇도 열심히 하지 말라고 압박하곤 했다. 그의 그런 탁월한 기질과 재능들이 드러나면 드러날수록 자신의 아들인 은수에게는 불리하단 걸 잘 알기 때문이었다. 그리고 강준은 그녀의 뜻에 잘 따라주었다.

그런데 회사에 들어간 이후로 오랜 세월 김 회장을 모셔온 측근들 사이에서 간간이 강준에게서 젊은 시절의 김 회장을 보는 듯하다는 소리가 들려오고 있었다.

안인숙은 지금은 일단 한 발 물러서야 함을 알았다.

“뉘 집 딸인지 말해.”

“정말로 큰어머니가 걱정하실 만한 배경은 전혀 없는 사람입니다. 아버님도 안 계시고, 편찮으신 어머니와 둘이서 여태껏 힘겹게 살아온 사람이에요.”

“하, 나는 그렇다 치자. 넌 그런 애를 네 조부께서 받아들이실 거라고 생각하니? 그건 어떻게 할 거야?”

“제 진심이 할아버지께도 통하리라 믿습니다. 그러니 그건 걱정 마세요.”

"아무튼 난 확실한 게 좋아. 그러니 그 애 이름 당장 대."

"임 비서님께 그 사람에 관한 것 보내도록 하겠습니다. 그분 능력이면 아마 금세 알아보시겠죠."

"좋아. 그럼 임 비서한테 듣고 다시 얘기하도록 하자."

"감사합니다, 큰어머님."

강준은 차에 내려서 안 여사가 앉아 있는 뒷좌석을 향해 허리 숙여 인사했다. 그리고 그 모습을 싸늘한 눈길로 바라보던 안 여사는 자신의 수행 비서인 임 비서를 불러서 바로 지시를 내렸다.

"강준이한테 여자 하나 있어. 말로는 별 볼일 없는 집 애라고 하지만, 그 녀석 말을 곧이곧대로 믿을 만큼 난 녀석에 대한 신뢰가 없어. 뭐 아둔한 녀석이 아니니 어설픈 거짓말은 안 했겠지만, 그래도 철저하게 뒤져 봐."

❖

두 사람이 탄 택시가 서연의 집에 다다랐을 때 어쩐 일인지 대문이 활짝 열려 있었다. 게다가 그들 모녀가 세 살고 있는 작은 문간방의 문도 마찬가지였다. 놀란 서연과 강준이 뛰어 들어가니 안집 주인아주머니가 나와서 서연을 나무랐다.

"왜 이렇게 전화를 안 받아! 아까 네 엄마 쓰러져서 응급실 갔어, 이것아. 전화했더니 전화기 꺼졌다고만 나오고! 얼른 가봐!"

서연과 강준이 허겁지겁 엄마가 입원해 있다는 병원으로 달려가자 그곳에는 이제 막 응급처치를 끝내고 침대에 누워 있는 서연의 엄마가 있었다. 그런데 그 옆에는 양복 차림의 한 남자가 서 있었다. 서연은 그 남자의 존재보다도 엄마가 걱정되고 미안해서 당장 옆으로 달려가 눈 감고 있는 엄마의 손을 꼭 붙들고 울었다.

"엄마, 미안해. 내가 옆에 있어야 했는데…… 미안해. 흑……."

강준의 도움을 받아 엄마를 미국으로 모시기로 하고 준비 중이었다. 그러나 당장 비행기를 타고 멀리 갈 정도의 체력도 없다면서 의사는 일단 심각한 당뇨 증세와 폐의 질환을 완화시킬 것을 권했다. 그래서 강준과 서연의 설득으로 엄마는 당장 하던 일을 멈춘 채 집에서 쉬면서 증세를 완화시키고 체력을 키우는 데만 전력을 다하고 있었다.

지난주에 정기검진을 받았을 때만 해도 순조롭게 호전되고 있다고 했는데 이게 대체 어찌 된 일이란 말인가! 서연은 심장이 떨려서 견딜 수가 없었다.

"응급 처치하고 좀 전에 잠드셨습니다. 주치의라는 분이 오셔서 말씀하시길 폐의 기능이 너무 떨어지고 당뇨가 심해져서 갑자기 혈당 쇼크가 온 거라고 합니다. 아무튼 위급한 상황은 넘겼다고 하더군요."

양복차림의 남자가 서연에게 엄마의 상태에 대해 설명해 주었다.

"정말 감사합니다. 저희 엄마를 병원으로 모시고 와주셨군요."

얼른 몸을 일으킨 서연과 강준은 깊게 고개 숙여 인사했다. 그렇지 않아도 아까 주인아주머니가 누군가 엄마를 모시고 함께 응급차를 탔다는 말을 얼핏 듣긴 했었다. 동네분 중에 누군가 했는데 조금 마르고 왜소한 체격에 은테 안경을 쓴 남자는 낯이 선 얼굴이었다.

"그런데…… 죄송하지만 누구시죠? 저희 어머니는 어떻게 아시나요?"

혹시 자신은 모르는 엄마의 지인인가 싶어서 서연이 조심스럽게 물었다. 그러자 남자가 자신의 가슴에서 명함 하나를 꺼내서 내밀었다.

"죄송합니다. 제 인사가 늦었군요. 저는 차재희 씨와 차서연 씨를 찾아온 사람입니다."

차재희는 서연의 엄마 이름이었다. 이 사람은 대체 누구기에 우리 모녀를 찾아온 것일까? 의아함에 남자가 건네준 명함을 본 서연의 눈동자가 조금 커졌다. 그녀에게서 명함을 받아 들고 읽은 강준도 마찬가지였다. 그가 이마를 조금 찌푸리면서 딱딱한 목소리로 남자에게 물었다.

"외람되지만, 왜 서연이와 어머님을 찾아오신 겁니까?"

남자가 내민 작은 명함에는 이렇게 적혀 있었다.

'세진그룹 비서실 최우종 실장.'

서연과 강준의 얼굴에 떠오른 표정을 바라보며 최 실장은 자신이 모시는 분의 말을 전했다.

"세진의 정만수 회장님께서 서연 양과 어머님을 뵙길 원하십니다.”

“대체 왜요? 왜 세진그룹 회장님께서 저하고 엄마를 보려는 거죠?”

“원래는 어머님과 서연 양 두 분에게 함께 이야기하려고 했습니다만 와보니 차재희 씨의 건강 상태가 듣던 것보다 더 안 좋군요. 그래서 일단 서연 양에게만 우선 말씀드리려 하는데 괜찮으시겠습니까?”

서연과 강준은 간호사에게 어머니가 깨어나시게 되면 꼭 연락을 달라는 부탁을 하고 최우종과 함께 병원 휴게실로 향했다. 이미 자정이 가까운 시간이라 내방객들이 돌아간 터라 휴게실 안은 한산했다.

“무슨 일이십니까?”

테이블에 자리 잡고 앉자 강준이 최우종에게 단도직입적으로 물었다. 그러자 최우종이 강준은 쳐다보지도 않은 채 서연에게 물었다.

“제가 앞으로 할 얘기는 매우 민감하고 긴한 얘깁니다. 두 분이 어떤 사이인지는 모르나 이분 앞에서 해도 괜찮으시겠습니까?”

“저에 대해서 이 사람이 모르는 건 없어요. 그리고 이 사람한테 숨기고 싶지도 않고요. 그러니 그냥 말씀하세요.”

서연의 대답에도 불구하고 불안한지 최우종은 거듭 그녀에게 의사를 확인했다. 그가 강준이 자리를 비켜주길 바란다는 걸 서연도 그리고 강준도 눈치챘으나 두 사람 다 그러고 싶지 않았다.

"정말로 괜찮으신 겁니까? 서연 양은 물론 어머님과도 관계된 일입니다."

"어차피 우리 모녀에게 어떤 일이 생긴다면 우리는 가장 먼저 이 사람에게 의논할 거예요. 저도 그렇고 엄마도 그렇구요."

"서연 양의 뜻이 그렇다니 할 수 없군요."

최우종은 가만히 작게 한숨을 내쉬었다. 그러더니 이윽고 입을 열기 시작했다. 그렇게 조심하고 뜸을 들인 것과 다르게 그의 말은 짧고 명확했다.

"세진그룹의 정만수 회장님께는 5년 전에 사고로 유명을 달리하신 아드님이 계십니다. 성함은 진 자, 우 자를 씁니다. 그리고 회장님 말씀에 의하면 그 둘째 아드님과 차재희 씨는 20여 년 전에 잠시 사귀던 사이였고, 두 분 사이에서 아이를 하나 낳았다고 하는데, 제가 알아본 바에 의하면 그게 바로 차서연 양입니다."

최우종의 말을 다 듣고 난 서연의 얼굴에는 아무런 표정 변화가 없었다. 그리고 아무런 말도 없었다. 오히려 그녀를 바라보는 두 남자가 더 긴장한 기색이 역력했다. 몇 초간의 침묵이 흐른 후 서연이 최우종을 가만히 응시하며 물었다.

"정 회장님께서는 제가 그 돌아가신 아드님의 자식이란 건 어떻게 아셨죠?"

"차재희 씨가 보내온 사진을 갖고 계셨습니다. 생전에 아드님께 들은 적도 있다고 하십니다."

"제가 친자가 맞는지 유전자 검사는 해보셨다고 하시나요?"

"그때는 그런 필요성을 느끼지 못하셨다고 합니다."

"……그렇겠죠. 그런데 지금에 와서야 우리 모녀를 찾는 이유가 뭐죠? 제 생물학적 친부라고 추정되는 분이 돌아가셨을 때도 찾지 않으셨던 분이 5년이나 지나서 이러시는 이유가 뭔가요?"

그 어떤 감정의 동요도 없이 침착한 모습에 최우종은 당황했고, 강준은 새삼 감탄했다. 한없이 여린 것 같으면서도 차서연은 저렇게 단단하고 강인한 여자였다. 처음 그가 그녀를 보고 반했던 것도 바로 저 강인함이었다.

강준은 테이블 밑으로 손을 뻗어 쥐고 있던 서연의 손을 더욱 힘주어 잡았다.

"저희 회장님께서는 차재희 씨와 차서연 양을 만나고 싶어 하십니다."

"그래요? 그러니까 대체 왜 이제 와서 우리 모녀가 만나고 싶으신 건데요?"

서연의 태도는 여전히 덤덤했다. 20여 년 만에 할아버지가, 그것도 대한민국 굴지의 대재벌가의 총수인 할아버지가 찾는다는데도 그 어떤 기쁨이나 흥분 따위는 조금도 보이질 않았다. 그렇다고 이제 와서야 자신을 찾는다는 것에 대한 원망이나 미움 같은 것도 없는 듯했다. 정말로 그저 고요하고 표표한 그녀의 태도에 최우종은 자신이 예상했던 모든 것이 어긋났다는 걸 인정해야 했다.

병든 어머니를 모시고 힘겹게 살았다고 들었다. 아버지가 누군지 몰라서 어머니의 성을 달고 사생아로 살았다고 했으니 그 신산하고 고된 삶 때문에라도 친부에 대한 이야기가 나오면 어떤 극적인 반응이 있을 거라고 생각했다.

그런데 이런 반응이라니. 최우종은 오히려 황당할 지경이었다.

"서연 양, 회장님께서는 두 분을 찾아서 꼭 모셔오라고 하셨습니다. 그분에게는 두 분을 반드시 만나야만 하는 절박한 사정이 있습니다."

"여기까지 애써 찾아오셨을 텐데 죄송하게 됐네요. 전 그분 만날 생각 없습니다. 엄마는……. 엄마 의중이 어떨진 모르겠지만 아무튼 전 싫습니다. 지금은 엄마 깨어나시는 것만 생각하고 싶어요. 그리고 그 사정이 뭔지는 몰라도 저하고는 상관없어요."

"서연 양……."

"언제 엄마가 깨실지 몰라서 이만 가봐야겠네요. 참 최 실장님, 다시 한 번 저희 엄마 병원에 모셔다 주신 거 감사합니다. 그리고 회장님께는 돌아가서 전해주세요. 저희는 회장님 만날 생각 전혀 없다구요. 그럼 실례하겠습니다. 강준 씨, 우리 이제 그만 가요."

서연은 그대로 자리에서 벌떡 일어섰다. 다급해진 최우종이 절박하게 말했다.

"지금 정 회장님께 남은 유일한 혈육은 차서연 양입니다."

"말씀드렸잖아요. 관심 없어요."

자기 말을 못 알아들었는지 여전히 냉담한 서연의 태도에 답답해진 최우종은 다시 말을 덧붙였다.

"세진그룹의 유일한 후계자가 차서연 양이란 말입니다!"

그러나 전혀 소용이 없었다. 오히려 서연은 더욱더 귀찮다는 기색을 역력하게 드러냈다.

"저하고는 상관없는 일이에요."

"서연 양, 제발 잠시 생각만이라도……."

"싫어요. 저를 낳고도 성도 붙여주지 않은 채 우리 모녀를 버린 제 생물학적 친부나, 그 아버지가 죽었을 때 제 존재를 알고도 연락도 하지 않았던 할아버지란 분 모두 제 인생에서는 애초부터 없던 분들이에요. 그러니 다시는 이런 식으로 찾아오지 말아주세요."

홱 등 돌려서 걸어가는 서연의 차디찬 뒷모습에서 싸늘한 냉기가 감돌았다. 그리고 그 뒤를 따라서 강준이 그녀의 어깨를 감싸 안으며 뚜벅뚜벅 걸어갔다. 최우종은 그대로 자리에 털썩 주저앉으며 깊은 한숨을 내쉬었다.

9

강준은 대외적으로는 세진그룹이 언론을 워낙 철저하게 통제해서 잘 알려지지 않았지만 재계에 떠돌고 있는 세진가(家)의 불행에 대해서 얼핏 들은 적이 있었다. 세진그룹의 총수인 정만수 회장에게 닥친 그 불행은 불과 십여 년의 세월 동안 두 아들과 며느리 그리고 손주들까지 모두 각종 사고로 죽어버린 참담하고 소름 끼치는 비극이었다.

그런데 그런 세진의 버려진 아이가 서연이었다니…….

그리고 어쩐지 피식 웃음이 나기도 했다. 자신과 서연 모두 다 재벌가의 버려진 서자라니. 처음에 서연에게서 그녀가 아버지를 모른다고 했을 때 사생아나 서자나 별다를 것도 없다고 말했고,

그건 진심이었다. 그저 어쩌다 이 드넓은 세상에서 만나고 사랑하게 된 그녀와 내가 이렇게 비슷한 아픔을 갖고 있는 것일까. 그것도 우리의 특별한 인연인 걸까 하는 생각을 했다.

그런데 이쯤 되니 그저 기가 막힐 따름이었다. 언론에서 연일 떠들어대던 정재계 지도층 인사들에게 만연한 도덕적 해이가 어쩌고 하는 기사들이 영 침소봉대만은 아니란 생각에 자꾸만 실소가 비어져 나왔다. 그들이 만들어낸 자기들처럼 불행한 아이들은 또 얼마나 많을 것인가.

그러나 무엇보다 갑자기 알게 된 이 사실에 서연이 더 상처받지 않았을까 그것이 무엇보다 걱정이었다. 그녀는 처음으로 자기가 아버지 모르는 사생아라고 밝혔을 때 이런 말을 한 적이 있었다.

"어릴 때 소공녀나 소공자라는 소설 보면 그런 거 나오잖아요. 너무 가난해서 힘들게 사는 아이들 앞에 어느 날 돈 많은 아버지나 친척이 나타나서 모든 문제를 해결해 주죠. 엄마가 아픈 몸 이끌고 새벽마다 일 나가는 거 보면서 나한테도 그런 기적이 일어나기를 수 없이 바랐던 적도 있어요."

그리고 그날 밤 응급실에서 입원실로 옮긴 후 어머니가 깨어나기를 기다리며 둘이 나란히 침대 곁에 앉아 있을 때 서연이 씁쓸하게 웃으며 말했다.

"소공녀가 되면 기쁠 줄 알았는데 더 비참한 건 왜죠? 난 내 아버지란 사람이 내가 태어난 걸 아예 몰랐거나, 아니면 자기 한 몸 추스르기도 힘들어서 어쩔 수 없이 우리 모녀를 버릴 정도로 가난한 줄 알았어요. 그런데 그건 내 쓸데없는 걱정이었어."

그 쓰라린 마음에 강준은 정말로 마음이 아팠다.

술에 취해 매질하는 엄마를 피해서 추운 밤 골목길에 쭈그리고 앉아 있으면 차가운 바람에 맨살이 얼얼할 정도로 아파왔고, 그보다 더 지독한 배고픔에 자꾸만 눈물이 흘렀다. 그러다 문득 밤하늘을 보면 무수하게 빛나는 하얀 별들이 그에게는 하얀 밥알처럼 보였다. 그렇게 멍하니 하늘을 올려다보다 추위와 배고픔에 지쳐 잠이 들 때면 그는 꿈속에서 돌아가신 아버지를 만나곤 했다. 다정하게 손을 잡고 웃어주는 그분의 품은 얼마나 따스했던가.

아버지가 아직 살아계시던 시절, 그때도 가난하긴 매한가지였지만 그는 아버지의 사랑을 받았고, 어머니도 다정했다. 그래서 그는 행복하다 믿으며 자랐다.

그러나 아버지가 돌아가시고 생활고에 지쳐 버린 어머니가 그를 학대하기 시작했다. 그러다 큰어머니란 분이 나타나서 그를 데리고 아버지의 집으로 들어갔을 때, 그는 자신의 다른 형제들을 처음 보았다. 누나와 남동생. 자신과 닮은 듯 닮지 않은 그들에게서 느껴지던 그 서슬 퍼런 적의는 자신들의 아버지를 그에게 빼앗겼다는 미움이었다.

그 증오와 분노를 온전히 감내해 내면서 그는 자신의 존재만으로도 큰어머니와 이복형제들을 불행하게 만들고 있다는 걸 깨달았다. 하지만 대체 어떻게 해야 할지는 도무지 알 수가 없었다. 그저 큰어머니에게 복종하며 숨죽이며 살았다. 그는 나날이 불행해져 갔다.

그러다 서연을 만났다. 그리고 처음으로 자신도 행복할 자격이 있음을 깨달았고, 행복했다. 그리고 지금 강준은 이 행복을 어떻게 해서든 지키고 싶었다.

최우종은 서연의 어머니가 입원해 있는 병원에 매일 찾아왔다. 만나지 않겠다는 서연을 하염없이 기다리고 또 기다렸다. 그러나 서연은 완강했다. 최우종은 저녁 시간이면 어김없이 찾아오는 강준에게 매달려 부탁하기도 했으나 그로서도 도와줄 마음은 없었다.

"또 오셨습니까?"

호텔에서의 감금이나 다름없던 생활이 끝나고 나서 퇴근하면 바로 서연의 어머니가 입원해 있는 병실에 오는 강준을 기다렸다 가장 먼저 맞는 것은 최우종이었다. 처음에는 병실 앞 복도에서였지만, 서연이 엄마가 지나다가 마주치는 것도 싫다면서 가달라고 하자, 이제는 1층 병원 로비에서 기다렸다.

주차장에 차를 세우고 걸어 들어가던 강준은 그를 발견하고 작게 한숨을 내쉬었다. 작지만 강단 있는 사내는 조금의 흐트러짐도 없는 태도로 강준에게 부탁했다. 벌써 나흘째였다.

"그냥 제 말만이라도 좀 전해주시면 안 되겠습니까?"

"아무리 이러셔도 소용없습니다. 서연이가 싫다고 하는 이상 전 어떤 말도 안 전할 겁니다."

"차재희 씨도 같은 생각이십니까?"

"어머니가 의식을 찾으시고 거동도 하시긴 하지만, 아직 어머님 병세가 많이 호전된 게 아니라서 서연이가 아무런 말도 안 한 걸로 압니다. 그리고 전에도 말했지만 최우종 씨가 먼저 나서서 어머님을 만난다면 서연이는 용서 안 할 겁니다. 그러니 정 포기 못하시겠다면 계속 기다리시죠. 서연이가 생각을 바꿀 때까지."

"그쪽이 보기엔 바꾸실 거 같습니까?"

"제가 아는 한 이 세상에서 가장 고집 센 사람이 차서연입니다."

"알겠습니다."

강준의 말을 듣고 어쩐 일인지 최우종은 그대로 돌아갔다. 그런데 다음날 어머니가 드실 과일과 죽을 사들고 병원 안으로 걸어 들어가던 강준은 또다시 로비에 앉아 있는 최우종을 보자 이제는 한숨 대신 웃음이 나왔다. 어쩜 저리도 질기고 한결같은 사람이 있을까. 아니, 그가 모시는 주인이 저렇게 질긴 사람인가 싶었다.

그다지 말을 섞을 마음은 없었지만 최우종이 그에게 말을 걸 게 뻔했기 때문에 강준은 그의 곁을 지날 때 조금 걸음을 늦추었다. 아니나 다를까, 최우종이 그를 불러 세웠다.

"김강준 씨."

그것도 정확하게 그의 이름을 부르면서 말이다. 한 번도 자신의 이름을 밝힌 적이 없었던 강준은 뭐가 께름칙한 기분이었다.

"대화그룹의 김강준 씨 맞으시죠?"

그대로 우뚝 걸음을 멈춘 강준은 최우종을 빤히 쳐다보았다. 여태껏 보았던 것과 뭔가 다른 눈빛이 기분 나빴다.

"제가 제 이름을 말했던가요?"

"아닙니다."

"그럼 제 뒷조사라도 했습니까?"

선뜻 부인하지 않는 최우종을 보면서 강준은 깊은 한숨을 내쉬며 손으로 머리카락을 쓸어 올렸다. 세진 정 회장의 비서실장쯤 되는 사람이니 그의 이름을 알아내고, 그걸로 자신에 대해 알아내는 것은 식은 죽 먹기였을 것이다. 그러나 자기가 대화그룹 김 회장의 손자라는 걸 알아냈다고 해서 달라질 건 아무것도 없었다.

하지만 다음 순간 이어진 최우종의 말에 강준은 이맛살을 찌푸렸다.

"정확하게는 김강준 씨 쪽에서 서연 양의 뒷조사를 했다는 게 옳은 표현이겠군요."

"그래요?"

그야 모르던 바도 아니었다. 자기 자신이 큰어머니에게 말했듯 서연이에 대해 임 비서에게 건네주었으니까. 그리고 그 조사는 아마 시작하자마자 간단하게 끝이 났을 것이다. 큰어머니가 불안해할 그 무엇도 서연은 갖고 있지 않았으니까. 그녀의 친부가 세진그룹의 사람이었다는 것까진 도저히 알 수 있는 방법이 없었으리

라. 강준은 확신했다.

그런데 최우종이 그를 똑바로 바라보며 서늘하게 말했다.

"안 여사께서 서연 양이 세진그룹 정만수 회장님의 유일한 혈육이란 것까지 알고 계시더군요."

"……지금 뭐라고 했습니까?"

놀란 강준이 눈을 부릅떴다. 고의적이다! 저 최 실장이 고의적으로 알린 것이다! 순간 강준은 성큼 최우종의 앞으로 걸어가서 그의 코앞에 다가섰다. 거친 기세로 다가온 그는 곧 최우종의 멱살을 틀어 쥘 기세였다.

"그리고 그 정보 제공자는 최 실장 당신이겠군요. 안 그렇습니까?"

어금니를 악문 채 잇새로 밀어내듯 말하는 강준의 음성은 끓어오르는 화를 간신히 주체하는 듯 억눌려 있었다. 마치 성난 짐승처럼 으르렁거렸다.

"난 다만 그들이 묻는 말에 대답했을 뿐입니다. 한동안 서연 양과 김강준 씨를 지켜본 모양이더군요. 내 존재를 감지하고 나에게 접근했을 정도니."

"하아…… 그래서? 지금 내게 이 말을 하는 이유가 뭡니까?"

아직도 머리 꼭대기까지 화가 치솟았으나 강준은 금세 냉정을 되찾았다. 만약 큰어머니가 서연과 세진그룹에 대해 아셨다 하더라도 다른 곳도 아니고 대화보다 재계 서열이 더 높은 세진그룹의 후계자다. 그러니 아무리 큰어머니라도 서연을 건드릴 수는 없다는 건 잘 아실 터였다. 어찌 보면 차라리 다행이었다. 그에게 어떻게 나오시든 그건 자신이 참고 견디면 될 터였다.

"우리 회장님께서는 어떻게 해서든 서연 양과 차재희 씨를 빨리 만나보고 싶어 하십니다. 그분에게는 이제 그 어떤 희망도 남아 있질 않아요. 서연 양만이 유일한 희망이죠."

"그래서 어쩌란 겁니까? 태어났을 때도, 아픈 엄마랑 둘이 힘들게 자랄 때도 나 몰라라 모른 척하고 내팽개칠 땐 언제고 품에 끼고 있던 자식이고 손주고 다 죽어버리니까 이제야 내버려 둔 손녀가 생각나신답니까? 그래요?"

어떤 이유든 강준은 서연이 원하지 않는 일은 결코 할 생각이 없었다. 서연은 너무 늦게 나타난 돈 많은 할아버지를 원하지 않았다.

"전 아직 대화 측에 서연 양에 대해 말하지 않았습니다."

어처구니가 없어서 이맛살을 찌푸리며 최우종을 노려보던 강준은 결국 버럭 소리를 지르고 말았다.

"지금 나랑 말장난하자는 겁니까?"

대체 이 남자가 왜 이러는 건지 이해가 되질 않았다. 실없는 농담을 하는 타입으로는 보이지 않았다. 그리고 이건 농담처럼 우스운 말도 아니었다.

"아닙니다. 그저 서로 돕자는 겁니다. 김강준 씨는 서연 양을 설득해서 한 번만 우리 회장님을 만나뵙도록 도와주시고, 저는 서연 양에 대해 대화 측에 들어가지 않도록 철저하게 막겠습니다."

"……."

"대화에서 김강준 씨의 위치, 잘 알고 있습니다. 그리고 안 여사님에 대해서도 말입니다. 서연 양이 정 회장님의 손녀라는 걸 알게 되면 과연 그분이 어떻게 나오실 거 같습니까? 그 어머님께서 서연 양을 선선히 받아들이시겠습니까? 아버지 없이 큰 사생아라면 몰라도, 세진그룹의 유일한 후계자인 서연 양을 말입니다. 김강준 씨가 서연 양과 결혼이라도 하게 되면 그분이 대화그룹을 물려주고 싶어 하는 그 아드님에게 엄청난 위협이 될 텐데 말입니다. 그 성정에 가만히 계시진 않겠죠."

강준이 소위 말하는 재벌가에 들어와 자라면서 가장 놀란 것이 있다면 그들은 보통 사람들처럼 어떤 일도 있는 그대로 평범하게 받아들이는 법이 없다는 것이었다. 쉽고 간단한 것을 복잡하게 꼬아서 생각하고 단순한 일에도 온갖 구실과 핑계거리를 갖다 대서 어렵게 만들어 버리는 인간들, 그게 재벌가 사람들이었다. 그래서 말도 안 되는 짓들도 아무렇지 않게 할 수 있는 모양이었다.

"들기로 키워주신 어머님에 대한 효심이 아주 깊다죠?"

순간적으로 강준은 오래전부터 자기 몸속에서 자리 잡고 있던 신장이 펄떡거리는 것만 같았다. 근육으로 이루어진 그 작고 보드라운 내장 안에서 솟아오른 맑은 피가 그의 몸속을 흘러가는 것이 생생하게 느껴지자 저도 모르게 이를 악물었다.

그 피는 큰어머니가 그에게 베풀어주신 은혜이자, 그분이 자신에게 행한 철저한 기만과 위선의 상징이기도 했다. 그러나 그는 서연을 만나기 전에는 자신의 몸속에 있는 피를 다 뽑아내는 한이 있더라도 큰어머니에게 받은 은혜를 다 갚을 수 없으리라 생각했다. 그분이 왜 자신을 그런 식으로 속이고 옭아맸는지 알지만 그것도 다 상관없었다. 그래서 5년 전에도 선선히 떠났다. 처음으로 마음이 가는 사람을 두고 가야 한다는 게 괴로웠지만, 그때는 그만큼 큰어머니의 말이 절대적이었다.

그러나 이제는 그럴 수 없었다. 지금의 그에게 있어 서연은 그의 인생 그 자체였고, 자기 자신보다 중요한 사람이었다. 그 누구보다 절대적인 존재였다. 그게 아무리 큰어머니라 해도 그는 다른 누구를 위해 결코 서연을 배신하거나 아프게 할 수 없었다.

"뭘 착각하는 모양인데 서연이도 나도 세진그룹 따위엔 관심도 없습니다. 제 큰어머니도 그걸 아실 겁니다. 그러니 당신이 그 주둥이를 놀리든 말든 나하곤 상관없는 일이겠죠."

강준의 냉정한 말에 최우종이 답답한지 인상을 찌푸리며 입술을 깨물었다.

"김강준 씨마저 도와주시지 않는다면 이제는 다른 방법을 강구할 수밖에 없습니다. 그리고 그 방법이 차서연 씨 마음에 들지 않을 수도 있습니다."

"하, 과연 그러시겠죠."

강준은 코웃음을 쳤다.

"김강준 씨!"

"생각해 보십시오. 2년이나 3년도 아니고 서연이가 태어나서 23년간 그녀를 모른 척했던 분입니다. 그런데 갑자기 나타나서 내가 네 할아버지다, 보고 싶다. 그 한마디만 하면 서연이가 얼씨구나 해서 감격할 줄 아셨습니까? 사람의 감정이 그렇게 단순하던가요? 아무리 대기업 총수라고 해도 서연이에게는 그저 자신을 외면한 무정한 사람일 뿐입니다."

"……무리라는 건 저도 압니다."

"아시는 분이 겨우 며칠 만에 이러시는 겁니까?"

"정말로 시간이 얼마 없습니다. 회장님께서는……."

무슨 말을 하려던 것이었는지 몰라도 최우종은 끝내 말끝을 흐렸다.

"저도 저희가 억지를 부리고 있다는 거 인정합니다. 차서연 씨의 반응도 이해합니다. 그런데도 이럴 수밖에 없는 사정도 헤아려 주시면 안 되겠습니까?"

"그 어떤 사정이라도 서연이 마음속 상처와 비교할 수 있다고 보십니까?"

"……."

최우종은 끝내 말을 못 이었다. 하지만 강준이 홱 몸을 돌리자 최우종이 그의 뒤에 대고 말했다.

"이렇게 되면 우리도 다른 방법을 강구하는 수밖에 없습니다."

그러나 강준은 이번에는 아무런 대꾸도 하지 않았다. 그러나 최우종이 정말로 어떻게 나올지 걱정이 되는 건 사실이었다.

❖

"어머니는 많이 좋아지셨어?"

"네, 어제 혼자서 식사 다 하고, 화장실도 다녀오시고, 딸내미더러 강준 씨 올 때 됐으니 좀 예쁘게 꾸미고 있어라 한바탕 잔소리도 하셨어요. 우리 엄마 정말 많이 좋아지셨죠?"

강준은 서연의 어머니가 외래 진료를 받는 동안 병실 보조 침대에 나란히 앉아 있었다. 서연은 어깨 아래까지 내려오는 기다란 머리를 하나로 느슨하게 묶은 채 평소처럼 화장기 하나 없는 얼굴이었다. 그러나 맑고 깨끗한 피부는 윤이 나고, 무엇 하나 바르지 않았어도 입술은 붉게 물들어 있었다. 입가에도 옅은 미소가 걸려 있었다. 아마도 엄마의 병세가 호전되고 있는 덕에 기분이 좋은 모양이었다.

얼마 전에 있었던 사법고시 2차 발표에서 서연은 고배를 마시고 말았다. 3, 4년간 열심히 했지만 아무래도 역부족이었던 모양이라면서 그녀는 오히려 후련하다는 듯 웃었다.

"괜히 욕심부렸다곤 생각 안 해요. 나 열심히 해볼 만큼 했으니까. 이제 사시는 미련 없이 접을래요."

앞으로의 일에 대해서는 엄마가 좋아지시면 생각하겠다면서 웃었다. 강준은 그렇게 씩씩하고 긍정적인 서연이 정말로 좋았다.

"그 사람 아직도 로비에 진치고 있어요?"

최 실장을 이르는 말이었다.

"응."

"와, 그 사람 매일 아침이면 병원으로 출근하는 거 알아요? 무슨 비서실장이란 사람이 일도 없나? 대기업 회장 비서라면서. 뭐 그렇게 한가해? 저녁때도 되게 늦게 가는 모양이던데."

"신경 쓰여?"

"그러다 엄마라도 마주칠까 봐 그래요. 어제도 낮에 외래 가다가 그 사람 있는 거 봤거든요."

"지금도 할아버지란 분 만나기 싫은 거야?"

"모르겠어요."

"그럼 어머니는?"

"아직 얘기는 안 했어요."

"할 생각은 있어?"

"해야겠죠. 내 문제이기도 하지만 엄마 문제이기도 하니까. 나하고 다르게 엄마는 그분을 만나고 싶을 수도 있는 거니까. 그러니까 말은 해드려야겠죠. 조금만 더 좋아지시면."

"그래. 잘 생각했어. 그리고 선생님이 어머니 언제쯤 미국으로 모셔갈 수 있대?"

"봄이나 돼야 가능하지 않을까 그러시긴 했어요."

그녀의 말을 듣고 있던 강준이 조심스럽게 말을 꺼냈다.

"서연아, 그럼 우리 봄에 어머니 모시고 미국 가서 공부하지 않을래?"

서연의 눈이 휘둥그레졌다.

"무슨 말이에요?"

"생각해 보니까 너도 사시 끝내고 아직 다른 거 생각하지 않았다곤 했지만, 결국 무엇을 새롭게 시작하든 준비가 필요하지 않겠어?"

"나 돈 벌 건데요? 오빠 돈 갚아야죠."

"그건 아는데 어차피 어머니 병원 치료 받으시려면 혼자 가서 계실 순 없잖아. 모시고 가서 곁에 있어야지. 그래서 너 사법 연수원 들어가면 나 혼자 모시고 갈까 했는데 기왕 이렇게 된 거 우리 결혼하고 같이 미국 가서 어머니 모시고 살자. 넌 공부하고, 난 직장 다니고."

전혀 생각하지 못했던 뜻밖의 말에 서연은 정말로 깜짝 놀랐다. 이 남자 어떻게 이런 생각을 하고 있었던 걸까? 어떻게 이렇게까지 해줄 수가 있는 걸까? 자신과 자기 엄마를 생각해 주는 그의 진심이 오롯이 느껴지자 서연은 목이 콱 메었다. 가슴이 벅찼다. 이 남자는 어쩜 이렇게 사랑스러울까? 누군가 불렀던 노래 가사처럼 이 사람의 말과 행동은 물론 매 순간 매 순간이 그녀에게는 감동이었다.

저도 모르게 코끝이 시큰해지고 눈물이 솟아서 눈가가 촉촉해졌다. 하지만 서연은 밝은 얼굴로 짐짓 농을 쳤다.

"뭐야? 지금 이런 식으로 얼렁뚱땅 청혼하는 거예요?"

그녀의 말에 강준이 정색했다.

"청혼은 전에 벌써 했잖아, 어머님 앞에서."

"우리 엄마가 아직 허락 안 하셨잖아요."

"아니, 난 벌써 했다."

그때 드르륵 병실 문이 열리면서 서연의 엄마인 차재희가 들어섰다.

"엄마!"

"갔다 오셨어요? 의사가 뭐라고 해요, 어머님."

이젠 간호사 부축 없이도 혼자서 오가게 된 그녀의 얼굴은 편안하고 좋아 보였다. 그런데도 강준은 자연스럽게 벌떡 일어서서 차재희에게 다가섰다. 섣불리 팔을 잡고 부축하진 않았지만, 행여 손을 내밀면 언제든 잡을 수 있게 곁에 서 있었다.

"그런데 대체 엄마는 나도 모르게 언제 허락했는데?"

"처음에. 처음에 강준이 우리 집에 와서 너 달라고 했을 때 난 이미 마음속으로 허락했어. 말만 안 했을 뿐이지."

"와, 고맙습니다. 어머님!"

"그게 뭐야, 엄마는!"

차재희의 말에 강준과 서연이 동시에 소리를 질렀다.

"보자마자 마음에 쏙 드는 걸 그럼 어떻게 하니?"

투정부리는 딸을 보면서 차재희가 어쩔 수 없다는 듯이 한쪽 어깨를 으쓱했다. 그러자 서연이 괜스레 강준을 흘겨보며 물었다.

"대체 오빠가 우리 엄마한테 어떻게, 얼마나 아부를 했기에 엄마가 저러는 거예요?"

"나? 하도 많이 해서 과연 어떤 게 먹힌 건지 모르겠는데."

"뭐라구요?"

"우리 강준이가 나한테 아부할 필요가 뭐가 있어. 그냥 보기만 해도 예쁜데."

"감사합니다, 어머님. 역시 어머님이 최고세요."

"아유, 이런 거짓부렁은. 정말 내가 최고야? 우리 서연이 아니고?"

차재희의 말에 강준이 너스레를 떨었다.

"그야 20대 여자 중에서는 우리 서연이가 최고고, 40대 중에서는 어머니가 단연 압도적으로 최고십니다."

서연은 강준의 저런 모습을 볼 때마다 처음에는 정말 까무러칠 것만 같았다. 그러나 지금은 자신의 엄마 앞에서 저렇게 마음껏 웃고, 어리광도 부리는 강준을 보면 서연은 어쩐지 마음이 따스해지는 걸 느꼈다. 엄마도 그 어느 때보다 많이 웃었고 즐거워하셨다. 그녀도 마찬가지였다.

자기 앞에서도 유머러스하고 재미있는 남자이긴 했지만, 정말로 엄마와 함께 있을 때의 강준은 그녀가 알지 못하는 다른 사람 같았다. 가끔 친구나 회사 동료들과 만났을 때 보면 누구보다 진중하고 카리스마도 넘치고, 남자다운데 엄마하고만 있으면 그야말로 완전히 무장해제돼서 끊임없이 아이처럼 웃었던 것이다. 자기 엄마한테 정말 살갑게 대하고, 다정하게 지내는 강준이 고맙고 좋았지만, 서연은 그런 의외의 모습에 깜짝깜짝 놀랄 수밖에 없었다.

"오빠 우리 엄마하고만 있으면 완전 다른 사람 같은 거 알아요?"

"내가?"

"그래요. 난 그거 볼 때마다 가끔 내가 연애하는 남자하고 저기서 우리 엄마가 까주는 고구마 먹으면서 낄낄대는 남자가 같은 남자인가 싶다니까요. 5년 전에 오빠는 정말로 근사하고 멋져서 바라만 봐도 가슴 설레는 내 첫사랑이었다구요."

"그랬어?"

"그럼요. 그러니까 당장 내 기억 속의 그 멋진 남자 돌려놔요. 어서요!"

"윽, 실망시켜서 미안. 하지만 어머니랑만 있으면 즐거운 걸 어떡해."

"그럼 나는? 나하고는 안 즐거워요?"

"당연히 너하고 있어도 즐겁지. 뭐 흥분될 때가 더 많지만."

"뭐라구요!"

"하하하."

그러던 지난 주말 병원 엄마의 병실에서 세 사람이 온종일 함께 지낸 날이었다. 며칠 내내 엄마의 병수발을 드느라 긴장했던 탓인지, 아니면 오랫동안 자신을 누르고 있던 사법 고시 준비에 대한 중압감이 사라져서인지 평소와 다르게 점심을 먹자 서연은 그만 잠이 쏟아지고 말았다. 분명히 엄마하고 강준, 그녀 셋이서 엄마가 요즘 즐겨 보기 시작했다는 주말 연속극의 재방송을 보던 것까지는 기억이 났는데 어느새 정신을 차려보니 병실 안은 조용했고, 그녀는 보호자용 간이침대가 아니라 턱하니 엄마의 환자용 침대에 누워서 모포까지 입고 잠이 들어 있었다.

"어, 뭐야. 나만 두고 두 사람 다 어디 간 거야?"

기지개를 켜면서 몸을 일으켜 보니 엄마의 휠체어도 보이질 않았다. 아마 산책을 나갔지 싶었다. 문득 옷걸이에 걸린 엄마의 분홍빛 카디건이 보였다. 강준이 엄마에게 어울릴 것 같다며 사왔을 때 서연은 꼭 진달래꽃 색깔 같다며 촌스럽다고 놀렸고, 엄마는 그 꽃빛깔처럼 곱다며 좋아하셨다. 그러곤 어디를 가든 꼭 그 카디건을 입고 다니셨다. 그런데 놓고 가다니 어디 가까운 곳에라도 가셨나 싶었다. 그러다 요즘 들어 가을이 깊어지면서 꽤 날씨가 쌀쌀해진 데다 오늘은 유독 차가운데다 바람까지 분다는 데 생각이 미쳤다.

카디건을 챙겨 들고 병원 후원 뜰로 나가자 아니나 다를까, 강준이 엄마의 휠체어를 민 채 어느덧 낙엽이 떨어지고 있는 산책로를 천천히 거닐고 있었다. 무엇이 즐거운지 두 사람은 연신 담소를 나누며 웃고 있었다. 멀리 떨어져 있는데도 두 사람의 얼굴에 가득한 미소가 보일 지경이었다.

"하여간 둘이 정말 못 말린다니까."

서연도 활짝 웃으며 그들에게 다가갔다. 발밑에서 바스락바스락 낙엽 밟히는 소리가 들렸지만 어느덧 하하 호호 소리 내서 웃는 엄마와 강준의 웃음소리에 묻혀 버렸다. 노란 은행잎이 팔랑거리며 떨어지는 은행나무 아래 강준이 휠체어를 멈추자 엄마가 두 손으로 그의 손을 쓰다듬어 주었다. 조금 떨어져 있었지만, 청명한 가을 날씨 탓에 서늘하고 맑은 공기를 타고 그들의 목소리가 그녀에게 또렷하게 들려왔다.

"춥지? 손이 얼었어."

"아뇨, 하나도 안 추워요, 어머님."

"점퍼도 나 벗어주고, 춥지 왜 안 추워?"

"어머니, 저 한창 젊고 건강하잖아요. 이 정도 날씨는 아무런 문제없어요. 걱정 마세요."

"그래도 엄마 마음이란 게 안 그래. 그러다 귀한 아들 감기라도 걸리면 어떡해?"

"아들이요?"

"그럼. 나한테 서연이가 소중한 딸인 것처럼 자네도 자네 어머니한텐 귀한 아들이잖아. 지금은 나한테도 그렇지만."

"제…… 가요?"

목이 메는지 강준의 목소리가 떨렸다. 그걸 보는 서연도 어쩐지 목이 콱 막히는 느낌이었다.

"그럼. 나는 아들이 없어 그런가. 자네만 보면 그렇게 듬직하고 좋아. 생긴 건 꽃미남이지만 성격도 곰살맞고. 정말 우리 서연이만 아니면 딱 아들 삼고 싶어."

"제가 하겠습니다, 아들."

"그래, 자네가 나한테 아들 같은 사위 해줘."

"네, 어머니."

그러면서 엄마가 손을 어루만져 주자, 그걸 바라보는 강준의 눈에 떠오른 애잔한 빛을 보면서 서연은 울컥 가슴이 아렸다. 자신의 친모에게도, 그리고 키워준 큰어머니에게도 받지 못한 어머니의 사랑을, 느껴보지 못한 어머니의 정을 그는 지금 서연의 엄마를 통해서 느끼고 있는 것이었다.

그의 마음이 어떨지 차마 헤아릴 수 없어서 서연은 못내 마음이 아팠다. 그래서 그녀는 엄마의 카디건을 들고 왔던 길을 다시 조용히 돌아갔다.

그 후로 서연은 가급적이면 강준이 엄마와 함께 있는 시간을 보낼 수 있도록 일부러 두 사람만 있게 자리를 피해주기도 했고, 엄마 앞에서 너스레 떠는 그를 보면서 더 크게 웃어주었다.

"아이고 우리 김 서방 정말 말도 잘한다니까. 호호호."

환하게 웃는 차재희를 보면서 조금 얼떨떨한 표정의 강준이 그녀에게 물었다.

"어머니, 지금 저더러 뭐…… 라고 하셨어요?"

듣기는 했지만 제 귀를 의심할 수밖에 없는 소리였던 것이다.

"이제 우리 서연이랑 결혼할 텐데 언제까지 이름 부를 순 없잖

아. 미리미리 익숙해지라고 앞으로는 김 서방이라고 부를 거야. 괜찮지?"

서연과 꼭 닮은 눈웃음을 지으며 차재희가 말하자, 강준은 입이 헤벌쭉 벌어져서 고개를 크게 끄덕였다. 그러자 두 사람의 말을 듣고 있던 서연이 팩하고 소리 질렀다. 당사자가 바로 앞에 있는데 의중도 묻지 않은 채 두 사람이서 지금 뭐 하는 거란 말인가!

"두 사람 다 왜 이래? 난 한다고 안 했거든."

"그럼 안 할 거야?"

"그러게, 서연아. 너 김 서방하고 결혼 안 할 거니?"

서연의 말에 엄마와 강준이 동시에 무슨 말도 안 되는 소리를 하고 있느냐는 표정을 지으며 그녀를 닦달했다.

"아, 아니, 그건 아니지만……."

그래서 서연은 그 기세에 눌려서 저도 모르게 말을 더듬었다.

"아니지만?"

강준은 숫제 도끼눈을 뜬 채 그녀에게 다가 오고 있었다. 본능적인 위협을 느끼며 서연이 몸을 뒤로 쭉 뺐다. 하지만 어느새 코앞까지 성큼 다가온 강준이 당장이라도 손을 뻗칠 기세였다.

"이렇게 빨리는 좀……."

그때였다. 갑자기 엄마가 태도를 돌변해서 서연의 편을 들었다.

"하긴 아직 23살인데 좀 빠른 감도 있긴 하다."

"어, 어머니!"

그러자 믿었던 하늘이 무너져 내린 표정을 지으며 강준이 절규

했다. 그 모습을 보던 엄마가 결국 배시시 웃으면서 끝내 강준의 편을 들어주었다.

"그래도 기왕 할 거라면 일찍 해서 두 사람 신혼도 실컷 즐기고 그래."

"엄마!"

서연이 소리를 질렀지만 두 사람 모두 개의치 않았다.

"하지만 너무 빨리 애 낳는 건 안 되네."

"네, 네에?"

차재희의 당부에 싱글벙글 웃던 강준의 얼굴이 금세 일그러졌다. 그는 지금 예비 장모의 말에 천국과 지옥을 마구 오가고 있었다. 그리고 그런 강준의 모습을 보면서 두 모녀는 밝게 웃었다.

"당연하지. 우리 서연이 이제 갓 23살인데 내년에 결혼해도 24살밖엔 안 되잖아. 그런데 설마 벌써 애 엄마 만들 건 아니지?"

"아, 전 가능하면 아이 많이 낳고 싶거든요. 그러자면 엄마가 한 살이라도 젊은 게 산모한테 좋다고 해서 결혼하면 서연이 위해서라도 허니문 베이비 만들고 싶었거든요. 서연이가 혼수로 해오면 더 좋고. 가급적이면 아들이든 딸이든 적어도 여섯 이상은……."

강준은 자신이 꿈꾸던 미래를 얘기하면서 행복한 표정이었다. 그러나 서연은 도저히 그럴 수가 없었다. 그래서 한껏 부풀어서 자신의 청사진을 늘어놓으려는 강준의 말을 잘랐다.

"잠깐, 오빠 지금 그게 무슨 말이에요? 가능하면 많이 낳는다니?"

"말 그대로야. 너나 나나 외롭게 자랐잖아. 그러니까 우리 아이들은 많은 형제들 속에서 행복하게 자라도록 해주고 싶어. 넌 안 그래?"

"그런 식으로 일반화의 오류를 저지르지 말죠."

"일반화의 오류라니?"

"난 외동딸로 자랐어도 형제 없어서 외롭지 않았거든요. 정말로 하나도 안 외로웠고 아쉬운 적도 없었어요."

서연은 자신이 외롭지 않았다는 말을 몹시 강조했다. 정말로 그녀는 형제 있는 아이들이 부러웠던 적도 없거니와 혼자라서 쓸쓸하다고 느껴본 적도 없었다.

"그래도 대부분의 외동들은 외로운 법이야."

하지만 강준은 자신의 주장을 꺾지 않았다. 그의 말을 듣고 있노라니 마치 이 세상 외동들은 모두 외로워해야만 하는 법이라도 있는 것 같았다.

"그래서 오빠 말의 요점은 무조건 애를 많이 낳겠다는 거예요?"

"아니, 그야 몇이나 낳을지는 너랑 상의해야겠지만, 우리 아직 젊으니까 많이 낳아도 잘 키울 수 있지 않을까?"

"난 싫거든요."

두 아이의 실랑이가 점점 치열해지자 결국은 엄마가 중재에 나섰다.

"잠깐, 그런데 두 사람이 낳고 싶은 아이 수가 어떻게 되는데? 일단 김 서방은 최소로, 서연이 너는 최대로 낳고 싶은 아이 수를 말해봐. 동시에."

"다섯 명입니다."

"하나. 둘 이상은 절대 안 돼!"

강준과 서연은 각자의 대답을 듣고는 둘 다 인상을 찌푸렸다. 다섯 명과 한 명이라니 이건 간극이 심해도 너무 심했다.

"이런, 두 사람 생각 차가 심해도 너무 심한데."

"난 절대로 하나만 낳을 거거든."

"아니, 어떻게 그럴 수가 있어? 안 돼, 난 너 닮은 딸도 낳고 싶고, 아들도 낳고 싶단 말이야. 그러니까 최소한 다섯, 아니, 그래 넷은 낳아야지."

"나 닮은 아들, 딸이면 된다면서 왜 넷이에요?"

"무조건 너 닮은 아들 하나에 너 닮아서 예쁜 딸은 어떻게 해서든지 둘 이상. 너 닮은 애들이야 많으면 많을수록 좋지만. 그리고 나 닮은 녀석도 하나쯤은 있었으면 좋겠으니까."

말도 안 되는 강준의 셈법에 서연은 기가 막혔다. 그렇지만 그가 자신을 얼마나 사랑하는지 느껴지는 대답에 저도 모르게 입가에 웃음이 걸렸다. 하지만 그렇다고 해서 그가 원하는 대로 아이를 그렇게 많이 낳을 수는 없었다. 남들 말마따나 소위 이제 갓 스물셋, 소위 말하는 꽃다운 청춘임에도 실컷 즐기지 못하고 강준과 결혼하는 것이 억울하거나 싫지는 않았다. 아이도 일찍 낳아서 기르고 싶었다.

하지만 그녀는 아이를 하나만 낳아서 온 사랑과 정성을 쏟아주고 싶었다. 그렇게 해도 제대로 키울지 솔직히 자신이 없었다. 그런데 둘 이상을 낳게 되면 아이 하나하나에게 제대로 신경을 못

쓰고 소홀하게 될까, 그래서 아이들 가슴에 혹시 상처를 주지는 않을까, 외롭게 자라지는 않을까. 서연은 그게 가장 두려웠다. 그래서 여럿을 낳아 키울 자신이 없었다.

물론 강준은 세상에서 가장 좋은 아빠가 되어주겠지만, 결국 아이는 엄마의 손에서 큰다고들 하지 않던가.

"난 내 평생을 아이만 낳고 기르다 끝낼 수는 없어요. 난 앞으로 하고 싶은 거 많단 말이에요."

"왜 평생이야? 그리고 키우는 건 내가 다 할 텐데."

"어머, 김 서방 그건 서연이 말이 맞는 거 같네."

"거 봐, 엄마도 내 말이 맞다잖아요."

"그게 그렇지가 않다고. 어머니 제가 도와주면 서연이 아이 키우면서도 충분히 자기 시간 갖고 힘들지 않을 거예요."

"남자들은 꼭 그렇게 결혼 전에 말로만 장담한다더라, 결혼하면 막 바뀌고."

"난 절대 안 그래."

"김 서방, 그런 건 너무 장담하고 그러는 거 아니야."

"저, 정말 아니거든요, 어머님!"

그렇게 아웅다웅하면서도 세 사람은 정말로 즐겁고 행복했다. 하지만 언제나 그렇듯 인생이란 그렇게 행복하고 즐거운 순간에 꼭 다음 시련을 준비해 놓기 마련이었다. 그리고 그 순간이 닥칠 때까지는 절대 알 수 없는 법이었다.

||||| 10 |||||

안 여사는 임 비서가 보낸 메일을 열어보면서 인상을 찌푸렸다. 메일 속에는 지난 일주일간의 강준의 행적이 세세하게 기록돼 있었다. 정말로 매일 하루도 빠짐없이 차서연의 엄마가 입원해 있다는 병원에 들르고 있었다. 내방객들의 면회가 금지되는 시간까지 병원에 있다가 집에 와서는 회사에 가는 것만이 지난 일주일 동안의 강준의 행적 전부였다. 주말에는 온종일 병원에서 지냈다고 한다.

보면 볼수록 머릿속이 혼란스럽기만 했다.

처음 차서연이란 아이에 대해 조사한 보고서를 받고 그녀는 자기 눈을 의심했다. 어떻게 이럴 수가 있단 말인가. 병든 어머니와 사는 고학생에 아버지도 모르는 사생아라 제 엄마 호적에 올라 있는 아이였다. 차라리 고아인 게 더 낫다고 생각될 지경이었다.

아무래도 저와 비슷한 아이라 마음이 편한 모양이었다. 그건 충분히 이해할 수 있었다. 하지만 집안의 위신은 생각하지 않는 것일까? 대화라는 이름은?

"쯧쯧…… 이래서 근본은 못 속이는 게지."

강준의 선택에 안심하면서도 한편으로는 못마땅했다. 그러면서도 그녀는 이게 자신을 안심시키려는 강준의 고도의 책략이 아닌지 의심스러웠다. 평범한 집안이라고 해도 시아버지인 김 회장이 받아들일까 말까 한데 이건 정말로 말도 안 되는 거였다.

"지금 나더러 이걸 믿으라고?"

안 여사가 얇은 입술을 씹어 먹을 듯이 한껏 힘을 준 채 매섭게 추궁하자 십 년 가까이 그녀를 모셔온 임 비서도 바짝 긴장해서 실수를 하고 말았다. 대화그룹의 사장직을 맡고 있는 그녀는 다른 사람들이 자신을 예전처럼 사모님이라고 부르는 걸 싫어했다. 하물며 그녀를 모시는 측근들은 말해 무엇 하겠는가.

"네, 사모…… 아니, 사장님. 그게 저도 아무래도 미심쩍어서 더 자세히 캐보고, 혹시 두 사람 사이가 가짜가 아닌가 해서 알아봤는데 지금까지 살펴본 바로는 강준 군과 차서연 양이 사귀는 사이인 건 확실합니다."

"하, 정말 기가 찰 노릇이군."

안인숙은 메일 속 사진에 담긴 강준의 모습을 보면서 끌끌 혀를 찼다. 녀석의 말대로 이런 아이와 결혼한다면 혹여 처가의 힘을 등에 업고 은수의 자리를 노리는 짓 따위는 할 수 없을 것이다. 이 바닥이 어디 뒷배 없이 무엇 하나 할 수 있는 곳이던가 말이다. 아니, 애초에 후계자가 되겠다는 야심이 있었다면 자신의 입지에 도움이 되거나, 사업적으로 어떤 이익이 있는 집안의 딸과 결혼하려 했을 것이다.

번듯한 집안에서야 속사정을 알고는 강준을 꺼리겠지만, 어쨌든 대화라는 이름을 앞세운다면야 웬만한 집과의 혼인 정도야 어려울 것도 없었다.

"하긴 그것도 제 녀석의 깜냥이 따라줘야 말이겠지."

그러나 인숙은 강준이 갖고 있는 사업적 재능과 기량이 얼마만큼인지 정확히 알지 못했다. 발휘할 기회를 원천 봉쇄해 버렸으니 본 적도 없고 그러니 알 수도 없는 것이다. 앞으로도 어떻게 해서든 그가 사업적 재량을 펼칠 수 있는 기회 따위는 절대 못 갖도록 할 터였다.

"이 녀석한테 다른 꿍꿍이가 있을지도 몰라. 그러니까 당분간은 내가 지시할 때까지 강준이 녀석과 그 차서연이란 아이 주변을 살펴."

❖

최우종은 30년 가까이 자신이 모셔온 정 회장 앞에서 아무런 말도 하지 못한 채 그저 묵묵히 서 있었다. 몇 달 전, 막 가을이 시작될 무렵 정 회장에게 한 장의 사진을 건네받고는 이름 하나만으로 사람을 찾기 시작했다. 차재희 모녀를 찾는 일은 쉽지 않았다. 하지만 꽤 유능한 그는 세진그룹의 막강한 정보력과 연줄을 이용해서 다행히 계절이 바뀌기 전에 그들을 찾아냈다.

하지만 차재희의 딸인 차서연은 정만수 회장과 만나기를 완강하게 거부하고 있었다. 자신의 존재를 부정했던 분을 새삼스럽게 만나고 싶지 않다는 그녀의 말을 무어라 반박할 길이 없었다. 하지만 이제는 너무 쇠약해져서 반나절도 몸을 일으켜 앉아 있지 못하는 정만수 회장의 죽기 전 마지막 소원은 그의 마지막 남은 한 점 혈육인 서연을 만나는 일이었다.

"쿨럭쿨럭…… 하아…… 하아…… 그래 최 실장…… 아직도 그 애는 여전한가?"

처음 며칠간 최우종은 정 회장에게 차재희 모녀를 찾았단 사실을 숨겼다. 괜히 먼저 보고했다가 만나지 못하게 되면 병약한 정 회장에게 충격을 줄까 걱정스러웠던 것이다. 그리고 그의 예상대로 서연은 정 회장과의 만남을 거부했다. 그 기간은 생각보다 훨씬 길어지고 있었다.

비록 쇠약해져서 병상에 누워 있었지만, 정 회장은 평생을 치열한 경영 최전선에서 살아온 사람이었다. 게다가 30년을 자신의 수족으로 가까이 두었던 최우종의 작은 표정과 흔들리는 눈빛의 변화만 보아도 지금 그가 자신에게 거짓을 말하거나 숨기는 게 있다는 걸 기가 막히게 알아낼 수 있었다.

"그…… 쿨럭쿨럭…… 그 아이가 나를…… 보기 싫다 하던가?"

서연을 찾아 병원을 다닌 지 일주일 정도 지났을 무렵 정 회장은 덤덤하게 최 실장에게 물었다. 이미 모든 것을 다 알고 있는 듯한 말투에 최우종은 더 면목이 없었다.

"네."

"허어…… 그래?"

"그렇습니다, 회장님."

"그럼 그 애 어미는…… 쿨럭…… 어미는 뭐라고 하던가?"

"차재희 씨는 현재 입원 중입니다. 그래서 직접 만나지 못했습니다. 게다가 차서연 씨가 어머니 병환을 악화시킬지도 모른다면서 말을 전하고 싶지도 않다고 합니다."

"그래…… 그랬어."

힘없이 중얼거리는 정 회장을 보면서 최 실장은 이런 대답밖에 할 수 없는 자신에게 심한 자괴감이 들었다.

"제 애비는…… 그렇게 모진 성격이 아니었는데……. 누굴 닮았나?"

"사진 속 어머니를 닮았지만 아드님의 모습도 많이 보였습니다."

"그래, 그렇구먼."

직접 보지도 못한 채 그저 죽은 아들을 닮은 구석이 있다는 말에 정 회장은 흐뭇하게 웃었다. 그 모습이 안타까워서 최 실장은 가슴이 답답했다.

"그 애가 혹시…… 쿨럭쿨럭쿨럭 컥컥……!"

무슨 말인가를 꺼내려던 정 회장은 말을 미처 맺기도 전에 심한 기침이 터졌다. 온몸의 내장을 토해낼 것처럼 격렬한 기세로 쏟아지는 기침에 비쩍 마른 노구가 심하게 흔들렸다. 그리고 그 심상치 않은 기침 끝에 정 회장은 끝내 토혈을 하고 말았다.

"회장님!"

놀란 최 실장이 침대 머리맡의 벨을 누르자 바로 옆방에서 대기하고 있던 의료진들이 뛰어와 응급조치를 했다.

"최 실장님, 제가 몇 번을 말씀드리지 않았습니까? 이대로 두면 회장님의 병세는 극도로 악화되실 겁니다. 어서 수술을 받게 하셔야 해요."

"알고는 있습니다만 워낙 완고하셔서……."

"어허…… 어디 남은 피붙이라도 있어야 회장님 설득해서 수술 받으실 텐데……."

정 회장의 주치의인 강 박사가 안타까움에 혀를 찼다.

"말씀드렸다시피 회장님이 비록 폐암이긴 하지만 다행히 초기에 발견되셨고, 게다가 비소세포성이라서 소세포성 폐암에 비해 수술로 완치도 가능합니다. 실제로 여든의 나이에 수술을 받고 13년을 더 사신 환자도 계십니다. 그런데 회장님은 지금 살겠다는 삶의 의지가 너무 부족하십니다. 환자에게는 무엇보다 중요한 게 병을 이기고 살겠다는 마음이라고 말씀드렸잖습니까."

어느덧 강 박사의 언성이 높아져 있었다. 그럴 만도 했다. 수술과 적절한 치료만 하면 충분히 살릴 수 있는 환자가 저리 고집을 피우고 있으니 말이다. 지금도 폐암 때문에 기침이 심하고 호흡이 힘든데도 그저 이렇게 각혈이라도 해야 잠시 응급처치를 할 뿐 정만수 회장은 도통 자기 병을 치료할 열의를 보이지 않았다.

"더군다나 이대로 수술을 미룬 채 이렇게 시간만 보내다가는 수술 시기를 놓칠까 그게 가장 걱정됩니다. 그러니 최 실장님이 어떻게든 회장님을 설득하셔서 빠른 시일 안에 수술을 받으시게 해야 합니다."

강 박사의 걱정이 아니더라도 최 실장도 누구보다 그러고 싶은 마음이 굴뚝같았다. 그러나 얼마 전 하나 남은 손녀마저 비명횡사한 후 정 회장은 그야말로 삶에 대한 애착을 모두 잃고 말았다. 그는 살아야 할 이유도, 살아갈 힘도 없었다. 그러다 폐암에 걸렸다는 걸 알게 됐지만 수술은커녕 치료도 받지 않겠다고 하는 실정이었다.

그래서 정 회장의 하나 남은 피붙이였던 현아의 49재를 마치고 자신의 죽은 둘째 아들 진우가 남긴 딸을 찾아오라고 했을 때만 해도 최 실장은 아직 완전히 꺼져 버리지 않은 희망을 불씨를 발견한 것 같아서 기뻤다.

하지만, 차서연의 마음은 너무도 굳게 닫혀 있었다. 절대로 자신의 할아버지를 만나지 않겠다는 그녀의 결심은 너무나 강하기만 했다.

정 회장이 다시 안정을 찾았다는 강 박사의 말에 다시 정 회장이 누워 있는 침실로 들어간 최우종은 조심스럽게 침대 곁으로 다가갔다. 아무리 병에 걸린 노구라지만 성인 남성이 누워 있는데도 침대의 매트리스는 아무것도 올려 있지 않은 것처럼 조금도 내려앉지 않은 채였다. 색색, 조금 거칠지만 규칙적으로 숨을 내쉬는 정 회장 옆에 서서 그는 조심스럽게 말문을 열었다.

"회장님……."

나직하게 부르자 정만수가 힘없이 눈꺼풀을 들어 올렸다.

"하나 여쭤도 되겠습니까?"

"뭔가……?"

"혹시 서연 양을 찾는 이유가 회사를 물려주고 싶어서이십니까?"

"허허…… 쿨럭쿨럭…… 허, 허……."

최 실장의 질문이 뭐가 우스운 것인지 갑자기 정 회장이 웃음을 터트렸다. 아주 메마르고 거친 웃음이었지만 그는 기침을 하면서도 꽤 한참을 몸이 흔들릴 정도로 웃었다. 예상하지 못한 반응에 조금 민망한 최 실장은 흠흠 헛기침을 하며 뒷짐을 지고 서 있었다.

숨이 좀 잦아든 후 정 회장은 최 실장에게 웃음기 하나 없는 목소리로 물었다. 그 형형한 눈빛이 마치 세진의 총수로서 그룹을 이끌던 때와 마찬가지로 날카롭게 빛났다.

"그래 그 아이한테…… 그런 욕심이 보이던가?"

그 예리한 눈빛과 날 선 목소리에 최우종은 가만히 정 회장을 응시했다.

❖

“정말 우리 이렇게 가도 돼요?”

서연이 자기 엄마를 보고 물었다.

“그렇다니까. 너희들 제발 단 하루라도 너희 둘이서 나가서 데이트도 좀 하고 즐기고 그래. 아픈 건 난데 어떻게 너희 두 사람이 더 병자처럼 보이는 거 아니?”

“어머니, 저희 여기서도 충분히 즐겁습니다. 그리고 어머님이랑 함께 있는 게 가장 즐거운데 어딜 가요.”

병원에 입원한 지 2주가 가까워지고 두 번째 주말을 맞게 되자 차재희는 토요일 아침부터 어김없이 찾아온 강준과 딸 서연을 보고 인상을 찌푸렸다. 그러다 일요일이 되었을 때 그녀는 결국 두 사람의 등을 떠밀어서 병원 밖으로 내보냈다. 젊은 아이들이 자기 때문에 이렇게 병실에만 갇혀서 내내 주말을 보내는 것이 못내 안타까웠던 것이다.

“내가 제발 부탁이니까 두 사람 어디 가서 바람이라도 쐬고 와.”

“바람은 무슨 바람이야. 병원에서 엄마랑 산책하고 그러면서 바람 쐬면 되지.”

하지만 서연은 고집쟁이였고 엄마의 설득에도 전혀 말을 듣지 않았다. 그러자 차재희는 화살의 방향을 강준에게로 향했다.

"김 서방, 난 이렇게 꽉 막혀서 융통성 없이 우리 서연이가 하는 말 곧이곧대로 듣는 남자 싫으네. 얘가 어디 안 가도 좋다는 말이 어디 진심이겠나?"

그러나 강준도 서연 못지않은 고집쟁이였다. 그런데 강준이 의외로 선선히 서연에게 물었다.

"그럼 서연아, 어머님 말씀대로 잠깐 드라이브라도 하지 않을래?"

"싫어. 드라이브는 무슨. 일요일에 어디 나간다고 해도 여유 있게 드라이브할 수나 있겠어요? 난 그냥 병원에서 엄마랑 있을래. 정 답답하면 오빠는 잠깐 갔다 와요."

"그냥 너랑 좀 가고 싶은 데가 있어서 그래."

"난 그냥 여기 있을래."

서연이 고집스럽게 대답했다. 그러자 엄마가 그녀를 나무라기 시작했다.

"어휴, 이것아. 그렇게 말하면 어디 김 서방 마음이 편하니? 잔말 말고 어여 김 서방하고 나갔다 와. 안 그러면 엄마 진짜 화낸다."

"엄마, 난 정말 가기 싫다니까."

"어머니, 저도 굳이 가야 하는 거 아니에요."

"내가 싫어서 그래, 내가. 들어보니까 주말에는 병원에서 입원

환자들을 위해서 콘서트도 열어주고, 재미있는 행사도 하고, 환자들끼리 모여서 얘기도 하고 그런다는데 나는 두 사람이 껌딱지처럼 딱 붙어 있는 바람에 어디 가지도 못하고 사람들도 못 사귀고 그러잖아. 그러니까 제발 날 좀 하루 정도는 내버려 두는 게 어때?"

딸아이가 고집 피우는 걸 본 엄마는 그런 딸을 나무라면서 기어이 등을 떠밀어서 두 사람을 병원 밖으로 내몰았다.

"저녁도 먹고 실컷 놀다가 해 진 다음에 늦게 늦게 돌아와. 그전에 오기만 해. 내가 아주 두 사람 모두 단단히 혼낼 테니까. 알았지?"

그렇게 두 사람은 쫓기듯 나와서 강준의 차에 올라탔다. 하지만 서연의 기분은 영 좋아 보이질 않았다.

"어디 가고 싶은 데 없어?"

"없어요. 아무 데나 가요."

"그래?"

"네."

서연의 대답이 어쩐지 부루퉁했다.

그녀는 지금 화가 나 있었다. 그것은 강준 때문이 아니었다. 바로 자기 자신 때문이었다. 아무리 생각해도 자기가 너무 제 생각만 했다는 생각에 미안했다. 매일매일 회사가 끝나면 병원에 와서 방문 시간이 끝날 때까지 함께 있어주다가 가는 강준은 심지어 이렇게 주말에도 자신의 모든 개인적인 생활을 뒤로한 채 병원에서 이틀 내내 머물렀다.

"너랑 조금이라도 더 같이 있고 싶으니까. 그리고 너, 다른 데 가면 어머니 걱정돼서 마음 불편할 거 아냐."

불과 얼마 전까지만 해도 자꾸만 병원에 오는 그가 미안해서 주말에라도 집에서 좀 쉬라고 하자 그는 서연의 얼굴을 보고, 어머니와 이야기 나누는 것이 자신이 쉬는 방법이라고 했었다. 하지만 그도 답답하지 않았을까? 그런 사람의 입에서 드라이브하러 가잔 소리가 나올 정도로 눈치 없고, 이기적으로 군 자신에 대해서 서연은 반성했다.

그러고 보니 요 며칠 강준의 낯빛이 별로 좋질 않았다. 말로는 그때 호텔에서 감금당한 채 추진했던 일의 마무리가 한참이라, 스트레스를 꽤 받는다고 했었다.

"그래도 이렇게 병원 와서 어머니 나날이 좋아지시는 모습도 보고, 우리 애인 얼굴도 보고 그러면 그런 스트레스 따위는 금세 날아가 버려."

그 말을 곧이곧대로 믿었던 자신이 정말 스스로 한심하기 짝이 없었다. 아무리 그의 말이 진심이라 해도, 원래 긴 병에 효자 없는 법이라고 했다. 자식인 그녀도 2주가 넘어가기 시작하자 병원 생활에 슬슬 지쳐 가고 있었는데 하물며 강준이야 오죽했을까. 더군다나 회사 생활까지 하는 사람이 말이다.

그렇지만 그에게 무어라 말을 해야 할지 알 수가 없어서 서연은 너무 미안한 마음에 오히려 입만 꾹 다물고 있었다.

차를 출발시키고 어느 정도 시간이 흘렀을 때 혼잡한 병원 인근의 도로를 벗어나서 외곽으로 향하는 도로에 올랐을 때 강준이 서연에게 조심스럽게 물었다.

"화났어?"

"응?"

강준의 질문에 서연이 화들짝 놀랐다.

"무슨 소리야, 내가 왜 화가 나요?"

"어머님이랑 있어야 하는데 내가 드라이브 가자고 해서."

"오빠야말로 내가 만날 눈치도 없이 정말로 병원에만 있어서 좀 짜증나지 않았어요?"

금세 울 듯한 까만 눈망울이 자기를 올려다보고 있는 걸 보면서 강준은 어처구니가 없을 지경이었다. 어쩌다 서연이 이런 생각을 하게 된 걸까? 대체 왜!

"뭐? 왜 그런 생각을 해?"

"그냥 요 며칠 오빠 안색 안 좋았잖아요."

"내가?"

"보면 기분도 좀 가라앉아 보이고…… 아무튼 웃긴 웃는데 중간중간 맥 빠진 사람처럼 보이고, 가끔 한숨도 쉬고 그랬다구요."

서연의 말에 강준의 입가에 슬며시 미소가 떠올랐다. 나름대로 숨긴다고 했는데 그녀는 그의 상태가 평소와 다르다는 걸 민감하게 느끼고 있었던 모양이었다. 함께 있을 때면 자신의 모든 신경이 오롯이 그녀에게만 향하는 것처럼 서연도 그러하다는 걸 깨닫자 강준은 몹시 기분이 좋아졌다. 행복했다.

"회사 일 때문에."

"정말?"

서연이 조심스럽게 되묻자 강준이 슬쩍 곁눈질로 그녀를 보면서 가만히 웃었다.

"왜, 거짓말 같아?"

룸미러 속으로 두 눈이 마주치자 강준을 보면서 서연이 고개를 끄덕였다. 그러자 강준이 의외로 선선히 대답했다.

"맞아, 거짓말이야."

서연은 강준의 대답에 심장이 덜컹하고 내려앉았다.

"미안, 나 정말 눈치 없는 여자죠? 오빠가 병원에 오는 게 당연하다고만 생각했어요. 오빠도 힘들고 회사 일 때문에 지치고 그랬을 텐데."

그녀는 아랫입술을 꼭 깨문 채 침울한 목소리로 자신의 눈치 없음과 어리석음에 대해 사과했다. 그러자 강준이 달리던 차를 조심스럽게 갓길에 세웠다. 그러곤 손을 내밀어 그녀의 얼굴을 어루만지며 말했다.

"서연아, 잠깐만 내 말 좀 들어줄래?"

"응."

"네가 듣기 싫은 이야기일 수도 있어."

"뭐든 괜찮아요, 하고 싶은 이야기 있으면 다해요. 오빠도 전에 말했잖아요. 우리 두 사람 사이에 말 못할 이야기들이 있어서는 안 된다고. 말하지 않은 일들이 쌓이고, 말 못할 일들이 생기고. 그런 거 나도 싫어요."

서연의 말에 강준이 옅게 미소를 지으며 고개를 끄덕였다.

"실은 며칠 전이 날 낳아준 분의 기일이었어."

강준의 말에 서연은 깜짝 놀랐다. 두 사람이 서로의 마음을 확인한 후, 그는 자신의 모든 것을 그녀에게 고백했다. 불우했던 어린 시절에 대해서도 하나도 빠짐없이 말이다. 그러나 생모가 돌아가셨다는 말은 처음이었다.

"5년 전에 널 처음 만났을 때, 그 무렵에 난 처음으로 그분이 돌아가셨단 말을 들었어. 그것도 돌아가신 지 1년이 넘어서야 들을 수 있었지. 우리 할아버지는…… 아니, 우리 집에선 날 낳아준 그 분에 대한 이야기는 금기였거든. 할아버지는 멀쩡하던 자기 아들 꾀어내서 가정도, 회사도 버리고 병들어 죽게 만든 내 생모를 결코 용납할 수 없었고, 그건 큰어머니나 내 이복형제들도 마찬가지였으니까."

그들에게는 아버지나 그의 생모에 대해 언급하는 걸 듣는 것만으로도 상처였다. 강준은 자기만 아프고 힘든 줄 알았다. 어린 시절부터 사는 게 너무 버거웠기에 그렇다고 믿었는데 그를 향한 이복형제인 은희, 은수의 붉게 눈물 어린 시선과 그를 볼 때면 아무리 감춘다고 해도 더없이 냉담한 큰어머니의 시선에서 그걸 본능적으로 느꼈다.

"내가 얼마나 미웠겠어. 어린아이다, 저 아이는 죄 없다 스스로 마음을 다잡아도 나를 보면 내 생모가 생각났을 테니까."

강준은 입술 끝을 길게 늘어뜨리면서 씁쓸한 자조적 미소를 지었다.

"그리고 나도 내 자신이, 나의 존재 자체가 늘 용서가 안 됐지. 나라는 인간이 이 세상에 있다는 사실만으로도 그렇게 상처 입고 괴로워하는 사람들이 있고, 난 우리 아버지와 생모의 부정이 낳은 결과물이었으니까."

"강준 씨……."

서연은 저도 모르게 오빠가 아니라 강준 씨라고 불렀다. 어린 그가 가졌을 괴로움과 자책이 그리고 지독한 외로움이 고스란히 느껴져 마음이 아팠다.

"난 아직 단 한 번도 날 낳아준 분이 묻혀 있다는 곳에 가본 적이 없어. 그런데 요새 문득 그분 생각이 나면서 한 번 가보고 싶다는 생각이 들더군."

운전대를 쥔 강준이 길게 뻗은 도로의 맨 끝, 먼 어딘가를 보면서 그녀에게 혹은 자기 자신에게 물었다.

"나하고 같이 그곳에 가볼래? 한 번은 가봐야 할 거 같아."

"가요. 어디든, 어떤 상황이든 당신하고 함께 있어줄게요."

"……고맙다."

"아뇨, 이런 말 나한테 해줘서 내가 더 고마워요. 그리고 당신이 내 옆에 있어줘서 늘 고마워요. 당신은 나한테 존재만으로도 행복인 거 알죠?"

그녀의 말에 강준이 부드러운 미소를 지었다. 그녀의 말이 자신을 위로하기 위한 입에 발린 말이 아님을 알고 있었기에 그 미소는 더욱 짙어졌다.

"나도 네가 있어서 행복해."

"알아요. 그러니까 우리 언제나 이렇게 같이 있어요."

그녀의 말대로 서연은 기꺼이 그리고 영원히 강준과 함께할 터였다.

❖

강준의 생모가 있다는 곳은 묘지나 납골원이 아니었다. 도심을 벗어나서 외곽도로를 타고 한참을 달리던 강준은 국도로 접어들어서 시골길을 조금 달리다가 사방이 산으로 둘러싸여 있고, 멀리 작은 물줄기가 보이는 야트막한 산언저리에 차를 세웠다.

"여기 어딘가에 뿌리셨다나 봐. 돌아가시고 1년이 더 지나서 찾아갔더니 외삼촌 되시는 분이 그러시더라고."

"여기 산에 뿌렸다는 말이에요?"

놀란 서연이 사방을 둘러보면서 물었다. 차가 지나온 좁은 길옆으로는 이미 추수를 끝낸 작은 논들이 이어져 있었고, 차가 멈춰 선 곳에는 한동안 농사를 짓지 않았는지 검은색 농사용 비닐이 그대로 땅에 방치된 묵정밭이 쓸쓸하게 펼쳐졌다. 아무리 봐도 누군가의 유골을 뿌렸을 만한 장소는 아니었다.

두 사람이 차에서 내리자 어느새 겨울이라도 된 듯 살갗을 에일 정도로 차가운 바람이 두 사람을 훑고 지나갔다. 서연은 저도 모르게 몸을 부르르 떨었다.

"알아서 뭐 하겠냐고 하시면서 살아생전에 다른 사람 가슴에 대못 박고 살았으니 죽어서라도 죗값 치러야 한다면서 길가에 뿌리셨대. 사람들 발길에 밟히라고."

그녀에게 설명하면서 강준은 무언가에 이끌리기라도 한 듯, 촌로들이 지나다니는 작은 길을 따라 천천히 몇 걸음을 걸었다. 그러나 채 몇 발자국 떼지 못한 채 그저 우뚝 서서 황량하기 그지없는 가을 산과 밭을 물끄러미 응시했다.

"그리고 그런 분을 누가 찾아오기라도 하겠냐면서 그저 사람들 발에 밟히다가 산산이 흩어지라고 일부러 이런 곳을 골라서 드문드문 뿌리셨대. 다…… 맞는 말씀이시지."

그 말을 하는 강준의 헛헛한 눈빛이 너무 아파 보여서 서연은 가슴이 저려왔다. 모진 바람이 그의 머리카락을 마구 헝클어뜨렸다. 아무리 원망하고 미워하는 분이라도 낳아준 분이셨다. 그런데 저렇게 사람들과 들짐승 발길에 밟히고 버려진 생모를 보면서 그는 과연 어떤 기분이었을까.

쓸쓸한 눈으로 멀리 어딘가를 바라보는 강준을 지켜보던 서연은 이내 천천히 그에게 다가갔다. 어느 누군가의 말처럼 사람의 등에는 그 사람의 살아온 세월과 진정한 표정이 담겨 있는 모양이었다. 누구보다 강하고 듬직해 보이지만 또 금세 무너질 것처럼 한 없이 약하고 어린 날의 모습이 고스란히 담겨 있는 그 뒷모습이 서연은 몹시도 사랑스러웠다.

그녀가 아는 한 이 세상에서 이 남자 김강준처럼 진실된 사람은 없었다. 그녀에게 중요한 사람은 없었다. 그녀는 바라보는 것만으로도 이렇게 가슴이 벅찰 정도로 이 남자를 사랑하고 있었다.

서연은 한껏 팔을 벌려서 등 뒤에서 그를 안았다. 그의 넓은 등이 그녀의 품에 뿌듯하게 다가왔다.

"나한테 당신은 정말 귀한 사람이에요."

그 단단한 등에 얼굴을 기대면서 서연이 속삭였다.

"난…… 당신이 있어서 정말 행복해요. 그러니까 언제나 내 옆에 있어줘야 해요."

"서연아……."

서연은 더욱 힘주어서 강준을 끌어안았다. 차가운 가을바람이 묻어 있는 옷자락이 서늘했다. 그러나 그의 등은 따뜻했다.

"그래. 그럴게. 언제나 절대로 네 곁을 떠나지 않을 거야."

조금 떨리는 그 따스한 등에 얼굴을 묻으며 서연은 미소 지었다.

돌아가는 차 안, 꽤 오래 밖에 있었던 탓인지 서연과 강준의 손발은 꽁꽁 언 채였다. 잠시 휴게소에 들러서 따뜻한 차를 한 잔 마시며 곱아 있는 손가락을 폈다.

"슬슬 점심때가 돼가네. 뭐 먹고 싶은 거 있어?"

강준이 커다란 손으로 서연의 얼굴을 어루만지며 물었다. 맞닿은 살갗과 살갗으로 체온이 전해지면서 따스한 기운이 감돌았다.

"음…… 기왕 휴게소 왔으니까 우동 먹었으면 좋겠는데."

"우동?"

"어릴 적에 엄마랑 나한테 최고의 외식은 우동에 김밥 사 먹는 거였거든요. 특히 이렇게 추운 날이면 우동 한 그릇에 김밥 한 줄 시켜놓고 그 국물에 김밥 찍어 먹으면 정말 맛있었죠. 엄마 당뇨 때문에 밀가루 음식 끊어서 언젠가부터 먹어본 적 없지만, 그래도 그 뜨끈한 국물이 그리울 때가 많아요. 요즘도 가끔 날 추우면 우동 국물에 적셔 먹는 김밥 생각난다니까요."

콧등을 찡긋거리며 웃는 서연을 보면서 강준이 물었다.

"그럼 우리 우동이랑 김밥 사서 어머니랑 같이 먹을까?"

"정말?"

"병원 점심시간은 지났지만 김밥 한두 개 정도는 어머니도 간식으로 드셔도 되잖아. 우동 면이 아니라 우동 국물이니까 괜찮지 싶은데."

"그렇지만 아직 해가 중천에 떠 있잖아요. 지금 돌아갔다간 오빠도 그렇고 나도 엄마 잔소리에 말라 죽을걸요."

"화내시겠지?"

"그럼요."

강준의 질문에 서연이 고개를 끄덕였다.

"하지만 내가 어머니가 보고 싶어서 안 되겠다. 한나절 못 봤더니 어머니 보고 싶어서 벌써 눈이 짓무르는 거 같애. 그러니까 가자. 혼나는 건 내가 다 할게."

산짐승이 오가는 차가운 길가에 뿌려진 생모를 만나고 와서일까 강준은 더더욱 서연의 엄마가 보고 싶었다. 그 산길을 따라 내려오면서 그는 속으로 다짐했다. 다시는 이곳에 오지 않겠노라고. 다시는 그분 생각에 마음이 아프지도 않을 거라고 말이다.

서연과 함께 왔으니 그가 자식으로서 할 수 있는 도리는 다한 셈이라고 생각했다. 생명을 주고 이 세상에 태어나게 해주신 은혜는 목숨으로도 다 갚지 못할 만큼 크겠지만, 그는 자신의 행복만 생각하고 싶었다. 이기적이고 배은망덕한 놈이라고 생모에게 원망 들어도 좋았다.

이제 다시는 그는 이곳을 찾지 않을 터였다. 그의 인생에 있어 이제 어머니는 그를 거둬서 키워주신 큰어머니와 그를 가슴으로 안고 사랑을 주시는 서연의 엄마 단 두 분만이 존재할 뿐이라고 강준은 그렇게 다짐했던 것이다.

❙❙❙❙❙ 11 ❙❙❙❙❙

두 사람이 휴게소에서 뜨거운 우동과 김밥 몇 줄을 사서 병원 안으로 막 들어설 때였다. 주차장으로 향하던 강준의 차와 한 고급스러운 검은색 세단이 스쳐 갔다. 그런데 강준은 순간, 그 차 안에서 그곳에 없어야 할 사람을 보았다. 바로 서연의 어머니였다. 게다가 조수석엔 최우종이 타고 있었다.

"젠장!"

저도 모르게 강준의 입에서 욕이 터져 나왔다. 당장 차를 세워서 돌리려 했지만 주차장 입구로 향하는 좁은 통로라 그럴 수가 없었다. 일단 주차장 안으로 차를 진입시킨 후 황급하게 다시 차를 돌려서 주차장 밖으로 빠져나갔다. 병원에서 나가는 도로의 맨

앞에 차재희와 최우종이 탄 차가 보였다. 강준은 액셀을 밟았다. 그러나 다른 차들이 길게 늘어서 있어서 속도를 내는 것은 무리였다.

그러는 사이 신호가 바뀌면서 예의 그 검은색 차량이 미끄러지듯 사라졌다. 강준의 차는 여전히 꼼짝도 못하는 상황이었다. 그는 자동차 핸들을 세게 내리쳤다. 갑자기 벌어진 일에 황망해하던 서연이 눈을 동그랗게 뜨고 물었다.

"왜 그래요?"

강준은 숨을 씨근덕거리면서 서연에게 말했다.

"서연아, 놀라지 말고 잘 들어."

"뭘요?"

"일단 병원 간호사 스테이션으로 전화해서 어머니가 병실에 있는지 확인 좀 해달라고 해."

"왜 그러는 건데요? 엄마가 어디 갔을까 봐 그래요?"

불안한 얼굴로 자기를 바라보고 있는 서연을 보면서 강준이 이맛살을 찌푸렸다. 그러곤 어금니를 사리물면서 대답했다.

"좀 전에 최우종 실장이 탄 차가 병원 주차장을 빠져나가는 걸 봤는데 그 차에 아무래도 어머니가 타고 계신 거 같아."

"뭐라구요?"

놀란 서연이 허겁지겁 병원에 전화를 해서 엄마의 소재를 수배했다. 그러자 간호사에게서 뜻밖의 대답이 돌아왔다.

[어머니 아까 잠시 외출하시겠다면서 당직 선생님한테 허락 받

고 나가셨어요. 요즘 병세가 많이 좋아지셨잖아요. 마침 주치의 선생님하고도 연락이 됐고…… 과장님도 그러라고 하셔서요. 따님은 모르셨나요?]

"어, 어디로 가신다고 했나요?"

[잠시만요. 여기 외출 사유서에 주소가 적혀 있네요. 불러 드릴게요. 어머나! 이런…… 이걸 어쩌죠? 지금 보니까 그냥 경기도 가평 어디라고만 돼 있네요…….]

그렇게 서연이 병원 측과 통화를 하는 동안 강준은 전에 최우종에게 받았던 명함에 적혀 있던 번호로 전화를 걸었다. 몇 번의 신호가 울렸지만 곧 끊어졌다. 고의적으로 받지 않는다는 걸 의미했다. 어머니에게도 전화했지만 마찬가지였다. 깊이 한숨을 쉰 그는 잠시 생각을 하는가 싶더니 바로 안 여사의 비서인 임 비서에게 전화를 걸었다.

"임 비서님, 급하게 부탁드릴 게 있습니다. 세진그룹의 정만수 회장님이 현재 거처하시는 곳의 주소를 좀 알아봐 주십시오. 급합니다. 경기도 어딘가의 별장에서 칩거 중이시라고 들었습니다. 부탁합니다."

안 여사의 수족으로 오랜 세월 일하며 온갖 일을 도맡아온 임 비서는 꽤 유능했고, 누구보다 정보에 빠른 사람이었다. 그리고 정만수 회장의 별장 주소 정도는 이미 그의 파일에 기록돼 있을 게 뻔했다.

[왜 그러십니까?]

"지금은 말씀드릴 수 없지만 제가 급하게 그분을 만나봬야 할 일이 있어서 그럽니다."

[……김강준 씨가 말입니까?]

"큰어머님께 보고하셔야 한다는 거 압니다. 그래도 상관없으니 일단 주소 좀 보내주십시오. 지금 당장 부탁합니다. 상황은 나중에 설명하겠습니다."

그렇게 임 비서로부터 주소를 받은 강준은 곧바로 차를 몰아 정만수 회장이 있다는 가평의 한 별장에 다다랐다. 감시카메라가 달린 정문에 다다랐을 때 출입구를 지키던 경호원들이 어쩐지 아무런 제재도 하지 않은 채 그들의 차를 통과시켰다. 육중한 철문이 양옆으로 열리고 별장 본관 앞에 도착해 차를 세우고 내리자 그 앞에는 최우종이 기다렸다는 듯이 서서 그들을 맞았다.

"이게 뭐 하는 짓입니까!"

성큼성큼 다가간 강준은 곧바로 최우종의 멱살을 거머쥐었다. 건장한 강준에 비해 훨씬 작고 왜소한 최우종은 숨이 막히는지 금세 얼굴이 새하얗게 변해 버렸다.

"우리 엄마 어딨어요? 대체 어디로 데려간 거예요!"

서연이 바락바락 소리를 지르자, 강준이 한껏 조였던 멱살을 조금 느슨하게 풀면서 다그쳤다.

"대답해요. 어딥니까? 여기, 이 안에 있습니까?"

강준이 별장을 노려보며 묻자 최우종이 고개를 끄덕였다. 내팽개치듯 최우종의 잡았던 멱살을 풀어준 강준과 서연이 문을 열고 안으로 들어서려 하자 뒤에서 거친 숨을 고르면서 최우종이 말했다.

"제, 제가 모시겠습니다."

그들은 앞장선 최우종을 따라 걸어갔다. 그러나 최우종은 건물 안으로 들어가는 것이 아니라 별장 건물을 돌아서 뒤편으로 향했다. 울창한 숲이 우거져 마치 담벼락처럼 둘레를 감싸고 있었다. 그리고 넓게 잔디가 깔린 후원 끝에는 시야를 탁 트이게 하는 푸른 호수가 펼쳐졌다. 차갑다 못해 시린 바람이 거침없이 불어왔지만 세 사람 중 그 누구도 추위를 느끼지 못했다.

"어딜 가는 겁니까?"

"저희 회장님이 계시는 곳으로 모시는 겁니다. 차재희 씨도 그곳으로 모셨습니다."

"대체 몸도 성치 못한 우리 엄마를 이곳으로 데리고 온 이유가 뭐예요? 내가 없는 틈을 타서 납치한 이유가 뭐냐구요!"

울부짖음에 가까운 서연의 힐난에 최우종은 앞장서던 걸음을 잠시 멈춘 채 몸을 돌려서 그녀에게 고개를 숙였다.

"죄송합니다. 꼭 회장님과 차재희 씨를, 두 분을 만나게 해드리고 싶었습니다. 그리고 변명으로밖에 안 들리시겠지만, 어머님은 강제로 모셔온 게 아니라 말씀을 드리고 동의를 구해서 모셔온 겁니다."

"하, 결국 내가 없는 틈을 타 우리 엄마를 꾀어냈다는 거네요?"

"이게 당신이 말했던 다른 방법입니까? 정말 실망이군요."

강준의 말에 최우종은 흠칫하면서 고개를 들지 못했다.

"두 분 모두 화나신 건 이해합니다. 그렇지만 저희 쪽 입장도 좀 헤아려 주십시오."

"뭘? 뭘 헤아려요?"

"저희 회장님, 많이 편찮으십니다."

"그래서요? 전에도 말하지 않았나요? 그분이 돌아가신다 해도 나하고는 아무런 상관이 없다고."

"……압니다."

"그런데 어떻게 이럴 수가 있는 거죠? 내가 우리 엄마 아직 몸 제대로 추스르지 못했으니 그 이야기는 하지 말라고도 했죠? 그런데 내가 없는 틈을 타서 이런 짓을 벌여요?"

서연의 비난에 최우종은 역시 어떤 말도 제대로 하지 못했다.

"병약하고 마음 약한 우리 엄마를 꼬시는 게 더 쉽긴 했겠죠. 안 그런가요?"

"정말 서연 양과 김강준 씨께는 면목이 없습니다. 그렇지만 저로서도 어쩔 수 없는 선택이었습니다."

"정말 기가 막힌 사람이군요."

서연은 그런 최우종의 태도에 더욱 분노했다. 그것은 강준도 마찬가지였다.

어느덧 세 사람은 별장 뒤편, 숲에 가려져 있던 커다란 유리 온실 앞에 이르렀다. 삼각형 모양의 전형적인 유리 온실로 꽤 오래전에 지어졌지만, 관리가 잘된 덕에 깨끗하고 쾌적한 곳이었다.

"이 안에 계십니다."

최우종이 온실 문을 열자 습하고 더운 공기가 훅 끼쳐 왔다. 서연은 아랑곳하지 않고 서둘러 안으로 들어갔다. 안에는 잎이 짙고 두꺼운 열대의 식물부터 키가 크고 화려한 나무와 여러 종류의 꽃들이 통로를 따라 양옆으로 죽 심어져 있었다. 그리고 그 길의 끝에 작은 의자에 앉아 있는 서연의 엄마가 보였다. 그 옆에는 기다란 셰즈 롱그에 몸을 기댄 노인이 있었지만 그녀의 눈에는 자신의 엄마 외에는 다른 사람은 들어오지 않았다.

"엄마!"

"어머니!"

서연은 엄마를 발견하자마자 한달음에 달려가 와락 엄마를 끌어안았다. 강준도 마찬가지로 단숨에 서연과 함께 차재희에게 달려갔다.

"……서연아."

곧 고개를 든 서연은 제 엄마의 몸 여기저기를 둘러보면서 물었다.

"엄마 괜찮아? 어디 다치거나 아픈 덴 없어? 저 사람들이 엄마 험하게 다루진 않았어? 응?"

행여 엄마가 다치기라도 했을까 봐 계속 노심초사하던 서연은 헐렁한 외투 차림의 엄마가 겉으로 보기엔 멀쩡하자 조금 마음이 놓였다. 그러나 사람이 어디 눈에 보이는 곳만 상처를 입던가, 더 아프고 더 깊은 상처는 원래 눈에 보이지 않는 곳에 입는 법이었다.

서연은 오랜 투병으로 해쓱하기는 하지만, 온화한 미소를 띠고 있는 엄마를 보면서 그에 팩 소리를 질렀다.

"이게 어떻게 된 거야! 엄마가 대체 왜 여기 있어? 왜 저 사람을 만나는 건데! 내가 얼마나 걱정했는지 알아?"

딸아이가 발을 동동 구르며 울먹이자 차재희는 서연의 손을 잡고 의자에서 일어섰다. 그러곤 다시 다정하게 딸을 안아주었다.

"미안해. 우리 딸 놀랬구나."

"갑자기 말도 안 하고 이러는 법이 어디 있어! 흑……."

"난 너희들 오기 전에 조용히 갔다 오려고 했지. 너희가 이렇게 일찍 돌아올 줄은 몰랐거든."

차재희가 흐느끼는 딸의 어깨를 쓰다듬으면서 달랬다. 서연의 어깨 너머로 그녀 못지않게 걱정이 한가득한 강준과 눈이 마주쳤다. 그는 잔뜩 굳은 얼굴을 풀지 않은 채 물었다.

"어머니, 정말 괜찮으신 겁니까?"

"그래, 우리 김 서방도 나 때문에 많이 놀랐지? 미안해."

"아닙니다. 어머니만 무사하시면 전 괜찮습니다."

그렇게 조금은 소란스러운 모녀의 상봉이 있고 나자 차재희는 울음이 잦아든 자기 딸의 손을 쥐고는 기다란 의자에 등을 기대고 앉아서 그 모습을 가만히 바라보고 있는 정만수 회장을 가리키며 말했다.

"인사드리지 않겠니? 네 할아버지셔."

"엄마……."

"저기 최 실장님한테 그간에 있었던 일도 들었고, 네 의중도 전해 들었어. 엄마도 네 뜻 존중하고 강요하고 싶지는 않아. 하지만 어쨌든 네 할아버지시니까. 이렇게라도 뵀으니 네가 한 번 정도는 인사드렸으면 좋겠구나."

엄마의 말에 서연은 아랫입술을 꼭 깨물며 잠시 생각했다.

그녀는 자라면서 내내 아버지를 그리워했다. 얼굴도 모르고, 자기한테 성도 물려주지 않으신 분이었지만, 그저 아버지라는 존재에 대한 막연한 그리움은 점점 커져 갔다. 원망도 함께 커졌지만 그래도 한 번쯤 보고 싶다는 마음만은 어쩔 수가 없었다.

하지만 그 아버지는 돌아가셨다고 했다. 그녀의 존재를 알았으면서도 평생 찾지 않았다고 했다.

사는 내내 가슴에 품었던 원망의 깊이보다 최우종에게 그 사실을 확인했던 순간 마음에 품은 분노가 더 컸다. 차라리 자신의 존재를 몰랐다면, 그래서 찾지 않고 돌아가신 거라면 이렇게까지 서럽고 화가 나진 않았을 것이다.

"정 회장님께서는 제가 그 돌아가신 아드님의 자식이란 건 어떻게 아셨죠?"

"차재희 씨가 보내온 사진을 갖고 계셨습니다. 생전에 아드님께 들은 적도 있다고 하십니다."

"제가 친자가 맞는지 유전자 검사는 해보셨다고 하시나요?"

“그때는 그런 필요성을 느끼지 못하셨다고 합니다.”

그녀의 생물학적 부친에게 서연은 자신의 자식이 맞는지 확인할 필요도 가치도 없는 그런 존재였던 것이다. 그런데 그 아버지란 사람도 아니고, 죽은 아버지 대신 할아버지란 사람이 그녀를 만나고 싶다고 해도 하나도 기쁘지도 않았고, 그러고 싶은 마음도 없었다.

그런데 지금 엄마는 그녀에게 그래도 너를 이 세상에 있게 한 분이시니 인사라도 하는 것이 사람의 도리라고 말씀하시는 것이다. 그것이 옳다는 건 알고 있었다. 하지만 싫었다.

그러다 문득 고개를 돌리다 강준과 눈이 마주쳤다. 모든 것을 알고 있는 것처럼 다정한 시선이 그녀를 부드럽게 바라보고 있었다. 마치 ‘네가 어떻게 하든 그 누구도 너를 비난할 순 없어. 그러니까 하고 싶은 대로 해.’ 라고 말하는 것만 같았다. 그리고 그것이 강준의 진심일 터였다.

오늘, 그 거칠고 쓸쓸한 산골에서 그는 자라는 내내 끔찍했고, 평생 원망했던 생모였지만 돌아가신 후 제대로 묻어드리지도 못하고 그저 차디찬 땅바닥 어딘가에 뿌려진 그분을 생각하면서 내내 마음 아파했다.

강준을 보면서 서연은 가만히 고개를 끄덕였다. 그러고는 바싹 마른 노구를 의자 등받이에 기댄 채 퀭한 얼굴에 눈동자만 빛나고 있는 노인에게 다가갔다. 정만수 회장. 그녀를 낳아준 남자의 아버지였다.

"차서연이라고 합니다. 처음 뵙겠습니다."

"그래…… 네가 서연이로구나…… 서연이야……."

힘겹게 흘러나온 노인의 음성은 마치 거칠게 갈아놓은 쇳소리 같았다.

"네, 차서연입니다."

서연은 다시 한 번 자기 이름 앞에 성을 붙여 대답했다. 그 짧은 몇 마디만으로도 그녀의 뜻은 정만수에게 오롯이 전해졌다.

나는 지금까지 차서연으로 살아왔고, 앞으로도 그렇게 살겠습니다. 그러니 이제 와 새삼스럽게 할아버지니, 아버지니 찾고 정씨 성 갖고 싶은 생각도 없습니다.

서연은 굵게 주름진 정 회장의 얼굴에 드러난 감정을 전혀 읽을 수 없었다. 너무 오래되고 단단해져서 완전히 굳어버린 껍질을 뒤집어쓴 나무처럼 메마른 거죽으로 뒤덮인 그의 얼굴에 드러난 것은 그녀가 알고 있는 희로애락의 그 무엇에도 가깝지 않았다.

"내가……."

다시 목 깊은 곳에서 간신히 끌어올리는 듯한 정 회장의 목소리가 들려왔다.

"내가 너와 네 어미한테…… 정말로 큰 죄를 지었구나. 미안하다……."

전혀 예상하지 못한 소리였다. 뜻밖의 말에 서연은 이마를 찌푸렸다. 미간 사이 주름이 더 깊게 패었다.

“네가 있다는 걸 알고도 널 찾지 않았다. 그러면 안 되는 거였어. 네 애비 대신 사죄하마. 그리고 내 잘못을 사죄하마. 용서해라, 서연아.”

서연은 정 회장의 거듭되는 사과에 끝내 당황하고 말았다. 처음 이곳에 와서 그에게서 자신의 잘못을 용서해 달라는 말을 들었을 때 차재희도 그러했다. 지금 자신의 딸처럼 믿을 수 없었고, 놀라고 당황했다.

오랜 세월의 상처가 몇 마디 말로 치유될 수는 없는 법이었다. 가슴속 한과 슬픔이 한 번에 봄눈 녹듯 사라질 리도 없었다. 그러나 차재희는 어쩐지 마음 한구석이 편안해지는 느낌이었다. 그녀가 아이를 임신하고 낳았음에도 보잘것없는 집안의 딸이라는 이유로 끝끝내 반대해서 결국 그들을 헤어지게 만들었던 눈앞에 있는 노인과 아버지의 반대를 핑계로 자신과 딸을 버리고 가버렸던 그 남자를 용서할 수는 없어도 오랜 세월 그녀를 짓누르고 있던 무언가가 조금 덜해지는 기분이었다. 그리고 서연도 그러하기를 바랐다.

“저희 회장님께서 많이 편찮으십니다.”

“지금 난치병으로 평생을 투병 중인 저한테 하실 말씀은 아닌 거 같은데요.”

병실로 찾아온 최우종이 자신의 신분을 꺼내고 찾아온 이유를 말했을 때 그녀는 한껏 비웃어주었다. 이미 팔순에 가까운 몸, 아프지 않은 게 이상할 것이다. 그래서? 그게 자신에게 대체 무슨 대수란 말인가. 시간이 흐르면서 자신에게 모질었던 그 사람에 대한 원망은 많이 무뎌졌지만, 서연마저 외면한 그들에 대한 증오는 날이 갈수록 깊어지고 또 깊어졌다. 아버지 성도 따르지 못하고 엄마 성을 따라 사생아라 놀림 받으며 자라는 딸아이를 볼 때면 가슴이 억만 번도 더 무너지고 또 무너져 내렸다. 그런데 이제 와서 뭐라고?

"회장님께서는 직접 이곳에 와서 차재희 씨와 차서연 씨를 만나려고 하셨습니다. 하지만 거동이 여의치 않으셔서 어쩔 수 없이 저를 대신 보내신 겁니다."

"이거 하나만 묻죠. 그분은 이제 와서 왜 우리 모녀를 만나려고 하시는 건가요?"

"회장님께서는 두 분께 사죄하고 싶어 하십니다……."

자신을 이곳까지 데려온 저 최 실장이란 사람은 자기가 모시는 분의 가슴속 죄책감을 덜어드리기 위해서 필사적으로 그녀를 설득했다. 처음에 그녀는 자기한테 그렇게 모질고 오만했던 정만수의 늙고 병든 얼굴을 다시 보고 싶다는 생각에 그를 따라나섰다. 그리고 생각보다 더 비참하게 늙고, 병들고, 자식과 손주까지 모두 앞세워서 홀로 된 쓸쓸한 그를 보자 통쾌하기 짝이 없었다.

그러나 그뿐이었다. 아무리 늙고 초라해진 그의 모습을 봐도 가슴속에 맺힌 응어리는 조금도 풀리지 않았다. 그런데 정만수가 진심으로 그녀에게 미안하다, 자신이 잘못했다 사과하자 그 오랜 세월 아프던 마음속 상처가, 서러움이 조금은 가벼워지는 기분이었다.

정 회장의 그 말이 자신이 참 오랫동안 기다렸던 한마디였음을 그녀는 깨달았다. 물론 정말로 그 말을 듣고 싶었던 그 사람은 이미 죽어버렸지만 말이다.

"진우도…… 많이 괴로워했다……. 내 고집 때문에 너희를 떠나고 힘들어하더니…… 결국 마음 못 잡고 평생을 떠돌며 혼자 살다 외롭게 죽었어……. 그 애가 죽을 때 갖고 있던 유일한 유품이 이거란다."

그러면서 정 회장이 내민 것이 어린 서연을 안고 찍은 자신의 사진임을 깨달은 차재희는 끝내 눈물을 흘리고야 말았다. 흐느끼는 그녀를 보면서 짓무른 정 회장의 눈가에서도 눈물이 흘러내렸다. 자신의 아집과 이기심 때문에 불행하게 살아야만 했던 자신의 사람들을 생각하자 그는 눈물을 멈출 수가 없었다.

"내가 너희 모두에게 정말 몹쓸 짓을 했다. 미안하다……. 미안해……."

그러나 그 낡은 사진을 손에 쥔 그녀의 귀에는 정 회장의 뒤늦은 후회가 전혀 들리지 않았다.

❖

얼마 전 최우종은 각혈을 하는 정 회장을 지켜보다가 끝내 그에게 물었다. 서연에게 세진그룹을 물려주고 싶어서 찾는 것이냐고 말이다. 그때 정 회장은 그에게 서연에게 회사에 대한 욕심이 있는 것처럼 보이더냐고 되물었다.

"아닙니다. 지금까지 사법고시를 준비했다고 합니다. 1학년 때부터 지금껏 준비했다고 하니 그쪽으로 마음이 있지 싶습니다."

"그래?"

"네, 회장님."

"그럼 내가…… 회사 일이라곤 하나도 모르는 스물세 살 난 어린애한테 우리 세진을 맡길 정도로 노…… 망이 난 것처럼 보이는가?"

"……회장님."

정 회장의 두 번째 질문에 최우종은 말문이 막혀서 아무런 대답도 못했다.

"우리 현민이…… 현민이 그렇게 갔을 때, 현아가 제 오라비 대신 회사 지키겠다고 했지만 나는 이미 그때 알았네. 더 이상 세…… 세진의 경영은 이제 우리 정씨 집안의 몫이 아니란 걸 말일세."

정만수는 가쁜 숨을 몰아가면서 천천히 자기 속내를 털어놓았다.

"난 그저 말일세. 그 아이가…… 그 아이가 보고 싶은 거라네. 현아마저…… 죽었을 때 그제야 난 깨달았지. 사람의 인생에서 아무것도 장담할 수 없다면 적어도 후회는 남기지 말고 가야 한다는 걸 말일세. 쿨럭…… 난 그 아이와 어미에게…… 사죄하고 싶네, 더 늦기 전에. 쿨럭쿨럭……."

"알았습니다, 회장님. 회장님 의중은 잘 알았으니 이제 말씀 그만하십시오. 또 숨이 가빠지십니다."

"그렇지 않으면 난 컥컥…… 죽어도 눈…… 눈을 못 감을 걸세. 쿨룩쿨룩쿨룩……."

❖

엄마가 잠든 걸 확인하고 나서야 서연은 침대에서 조용히 몸을 일으켰다. 미리 침대 맡에 꺼내둔 외투를 팔에 걸치고 병실 문을 조심스럽게 열려는데 생각보다 소리가 크게 나고 말았다.

끼익!

"이런."

엄마가 깰까 봐 숨소리는 물론 비명 소리까지 삼키며 얼른 침대 쪽을 바라보았다. 달빛이 은은하게 새어 들어오는 침대 위에 고른 숨소리를 뱉으며 평온하게 잠든 엄마의 얼굴이 보였다.

"휴우……."

며칠 전 정만수 회장을 만나고 온 후로 엄마와 서연은 별다른 말은 하지 않았다. 하지만 두 모녀는 말하지 않아도 서로의 마음을 느낄 수 있었다. 그들 모녀가 가졌던 그 오래되고 해묵은 상처는 그 한 번의 만남으로 쉽사리 치유될 수 있는 것이 아니었다. 아니 어쩌면 영원히 불가능했다.

그리고 그들은 그 한 번의 만남이면 족하다고 생각했다. 과거의 상처를 대면하는 시간은 그것이면 충분했다. 어차피 정 회장을 다시 만난다 해도 할 말도 없었고, 만나고 싶지도 않았다. 자신의 잘못을 참회하고 눈물 흘리는 것은 그의 몫일 뿐, 서연이나 그녀의 어머니가 책임질 일도 아니었다.

그날 온실을 나서기 전에 서연은 정 회장에게 자신의 뜻을 분명히 밝혔다.

"전 앞으로도 지금까지처럼 세진그룹과는 아무런 인연이 없는 사람으로 살고 싶습니다. 어떤 형태로든 저를 이 집안과 연관 짓지 말아주세요."

23년 만에 만난 육친과의 만남이었지만, 서연으로서는 그게 최선이었다. 자신을 보며 눈물짓는 정 회장을 보면서 아무런 감정의 동요도 느끼지 않은 것은 아니었다. 그러나 그렇다고 이제 와서 그분의 손을 잡고 감격의 눈물을 흘릴 수도 없었다.

그들 세 사람을 배웅하면서 다시 정 회장을 방문해 줄 수 있겠느냐고 묻는 최우종에게도 서연은 확실하게 잘라 말했다.

"이런 식의 만남은 이번이 마지막입니다. 앞으로 다시는 저분을 뵐 일도 없고, 그쪽도 보고 싶지 않군요."

"네…… 알겠습니다."

그렇게 떠나오면서 서연은 가족을 모두 잃은 정 회장의 곁에 그래도 끝까지 최우종, 저 사람이 남아 있을 거라는 확신이 들었다. 마치 그녀 곁에 강준이 그리고 엄마가 있듯이.

서연은 지금 자신을 기다리고 있는 사랑하는 남자에게로 가기 위해 마음이 급했다. 약속은 밤 10시였다. 저녁 9시만 되면 잠이 드는 엄마. 그 후에 두 사람은 오랜만에 모처럼 데이트다운 데이트를 해보기로 했다. 자꾸만 엄마가 등을 떠밀기도 했지만, 두 사람 모두 슬슬 금단 현상에 시달리고 있었던 것이다. 서연이 한 번도 가보지 못했던 심야극장에서 영화를 보고 드라이브를 하면서 야경을 보자고 강준이 오후에 전화를 걸어서 제안했을 때부터 그녀는 내내 마음이 설레었다. 정 회장의 가평 별장에서 돌아온 후, 사흘 내내 야근을 하느라 강준의 얼굴을 보지 못했던 것이다.

살금살금 발꿈치를 들고 밖으로 나가면서 조심스럽게 문을 닫는 데 온 신경을 집중하느라 서연은 살짝 실눈을 뜬 엄마가 그녀를 보고 빙그레 웃고 있다는 걸 알지 못했다.

내방객들이 모두 빠져나간 병원은 잠든 환자들과 보호자들, 그리고 의료진들만이 있을 뿐, 한산하고 고요했다. 엘리베이터를 타고 내려와 응급실 쪽으로 난 뒷문을 통해 주차장으로 가자 그 입구에 강준이 서 있었다. 저도 모르게 서연의 발걸음이 빨라졌다.

"안 추워요? 왜 밖에 있어요?"

"왔어?"

얼굴에 홍조 가득한 채 달려오는 그녀가 보이자 강준은 환하게 웃으며 다가가 팔을 내밀어 그녀를 끌어안았다. 늦가을의 냉기가 흠뻑 묻어 있지만, 그녀에게는 세상 그 어느 곳보다 따스한 강준의 품에 안긴 서연은 보드라운 뺨을 단단한 가슴에 갖다 댄 채 중얼거렸다.

"추운데 안에서 기다리지."

"우리 애인 조금이라도 빨리 보고 싶어서 못 참겠는 걸 어떡해."

"나도 많이 보고 싶었어요."

"나만큼?"

"당연하죠. 내가 더 많이 보고 싶었을걸요?"

너무나 유치하지만 달콤한 두 사람의 실랑이는 서로의 허리를 껴안고 강준의 차로 갈 때까지 이어졌다. 강준은 조수석의 문을 먼저 열어서 서연을 앉히고 안전벨트까지 매주었다. 그러곤 운전석에 올라타더니 자기 안전벨트를 매지 않고 그대로 운전대를 움켜쥐고 있었다. 시동도 실내등도 켜지 않아 차 안은 어둑했다.

"오빠, 우리 영화 몇 시…… 흡!"

서연이 썩 기분 좋을 때마다 나오는 오빠라는 말을 꺼내자마자 갑자기 강준이 그녀에게로 상체를 기울이더니 그대로 키스했다. 뜨겁지만 부드러운 키스였다. 강준의 혀가 도톰하게 부풀어 오른 아랫입술을 훑고, 벌어진 입술 사이로 가 닿았다. 조심스럽게 천천히 혀를 밀어 넣자 서연이 작게 숨을 할딱였다. 부드럽게 휘감기는 서연의 살결을 따라 뜨거움이 느껴졌다. 가볍게 닿았는데도 맞닿은 곳에서 촉촉한 타액이 스며 나왔다. 그러자 그녀만의 독특한 체향이 느껴졌다. 꽃처럼 달콤하기도 했고, 새벽의 숲처럼 싱그럽기도 한 그녀만의 향기였다.

사흘, 아니 그보다 더 오랜만에 느껴지는 서연의 체취에 강준은 머리가 어찔할 정도로 단숨에 흥분했다. 서연의 호흡을 따라 계속 풍겨오는 그 황홀한 향기에 강준은 심장이 터져 버릴 것만 같았다. 팔을 내밀자 손끝에서 부드러운 감촉이 느껴졌다. 손끝에 닿는 말랑한 젖가슴의 황홀한 감각에 단박에 신음이 끓어올랐다. 머릿속에서는 짜릿한 쾌감과 뜨거운 열기가 얼크러졌다.

"흐읍……."

그의 거친 호흡과 그녀의 감미로운 신음도, 쉼 없이 고여드는 타액도 하나로 섞여서 더욱 뜨겁게 그를 흥분시켰다. 턱 끝과 예민한 귀를 입술로 애무하자 서연의 입에서 달뜬 신음이 연신 쏟아져 그의 살갗을 적셨다. 걷잡을 수 없이 욕망이 끓어올랐다.

어느새 서연 위에 올라탈 것처럼 그녀를 향해 더 상체를 기울이고 더 깊숙하게 입술을 맞물리자 서연이 두 팔을 뻗어서 그의 목에 강하게 감았다. 부풀어 오른 붉은 입술에 뜨겁게 입 맞췄다. 거칠게 밀고 들어간 강준의 혀가 서연의 부드러운 속살을 헤집고, 유린하며 마음껏 탐했다. 제어할 수 없는 열기가 점점 더 커지는 게 생생하게 느껴졌다. 강준의 자신의 염치 없는 욕망이 두려울 정도였다. 여기서 조금만 더 나아간다면 그때는 멈출 수 없을 것이란 걸 그는 직감했다.

그래서 강준은 서연의 아랫입술을 살짝 깨물면서 맞붙은 입술을 천천히 떼어냈다. 지금 강준에게는 이 순간이 죽음보다 더 고통스럽게 느껴졌다.

"하아, 하아……."

격렬한 입맞춤이 멈추자 서연이 가쁜 숨을 내쉬며 어느새 땀이 촉촉하게 배어난 둥근 이마를 강준의 가슴에 대었다. 그의 상체도 크게 들썩이고 있었다.

"……안고 싶다."

머리 위에서 마치 화난 사람처럼 무뚝뚝한 강준의 목소리가 들렸다. 그러자 서연이 겁 없이 대꾸했다.

"그러면 되잖아요. 나도 안고 싶어."

그러나 강준이 깊게 숨을 들이마시느라 커다란 몸이 수축했다.

"안 돼."

탁하게 가라앉은 허스키한 목소리가 묵직하게 떨어졌다.

"왜에?"

뜻밖에도 강준이 단호하게 그녀에게서 몸을 떼어내고 자기의 안전벨트를 매자 서연은 어쩐지 부아가 났다.

"영화 보기로 했잖아. 예매한 시간 다 돼가."

"지금 나보다 영화가 중요한 거예요, 오빠는?"

"무슨 말도 안 되는 소리야. 너 심야 영화 본 적 없다며 보고 싶다고 했잖아."

"나 영화 안 봐도 되는데."

"안 돼. 우리 제대로 데이트한 지 정말 오래됐잖아. 오늘은 너랑 꼭 하고 싶은 거 있단 말이야. 맛있는 것도 먹고 싶고."

어쩜 이렇게 여자 맘을 모를까! 언제는 싫다는 사람 꼬여서 언제 회사 직원들 들이닥칠지 모르는 호텔방에서 몇 번이고 짐승처럼 잡아먹더니 이제는 그녀가 좋다고 하는데도 거절이었다. 이런저런 일들 때문에 서연은 강준과 사랑을 나눈 지가 벌써 몇 주나 지나 있었다. 매일 매 순간 그 생각에 몸이 뜨거워지는 건 아니었지만, 이렇게 간혹 둘만의 시간과 공간이 주어져서 강준과 키스를 나누거나 그가 은밀하게 애무를 해올 때면 어느새 그녀의 몸도 젖어들곤 했다.

그래도 그동안은 아직 쑥스러워서 먼저 안아달란 말도 못하고 있었다. 하지만 오늘은 그녀도 안고 싶다고 고백했고, 게다가 자기가 먼저 자극해 놓고는 이렇게 결정적인 순간에 뒤로 발을 빼다니 도저히 믿을 수가 없었다.

"알았어요. 얼른 출발해."

그래서 서연은 저도 모르게 뾰로통하게 말하고 말았다. 룸미러 너머로 그녀의 안색을 살피는 강준의 기색이 느껴졌지만 그녀는 왠지 서운해서 고개를 외로 튼 채 시선을 피했다.

"삐쳤어?"

"내가 애예요? 삐치게."

"그럼 화났어?"

"아뇨."

자기 입으로는 아이가 아니라고 해놓고는 마치 골난 아이처럼 새치름한 서연이 너무 귀여워서 강준은 저도 모르게 큭큭 웃고 말았다. 그러자 홱 고개를 돌린 서연이 그를 흘겨보았다. 그러나 그녀는 알까? 그렇게 흥분해서 하얀 살결을 발갛게 물들인 채 도톰한 입술을 깨무는 서연의 모습이 못 견딜 정도로 섹시하다는 것을?

결국 강준은 그녀에게 경고할 수밖에 없었다.

"자꾸 나 그렇게 자극하지 마. 나 운전 못해."

"내가 누굴 자극했다고 그래요?"

"자꾸 그렇게 섹시하게 페로몬 풀풀 풍기면 나더러 어쩌라고 이래?"

뚱딴지같은 소리에 서연이 기가 막혀서 쳐다보자 평소와 달리 두 손으로 운전대를 꽉 움켜쥔 강준이 애써 그녀를 보지 않으려는 듯 정면만 주시한 채 말했다. 무뚝뚝한 표정과 말투가 자못 엄숙하기까지 했다. 그러나 그의 말을 들으면서 서연은 웃어야 할지 소리를 질러야 할지 판단이 서질 않았다.

"나 지금 당장이라도 여기가 어디든 상관없이 너 안고 싶어 죽겠거든. 아까 병원 주차장에서도 너 안고 싶은 거 참느라 죽을 뻔했고. 아마 거기서 너 안았다가는 오늘밤은 물론이고 내일 아침까지 우리 꼼짝도 못하고 차 안에만 있어야 했을걸. 병원 사람들 오가다가 우리 발견하면 그야말로 엄청난 사태가 벌어졌겠지. 누가 보고 경찰에 신고했을지도 모르고. 서연아, 우리가 경범죄나 공연음란죄 같은 걸로 둘이서 나란히 경찰서에 잡혀갈 순 없잖아. 그러니까 안 돼. 자꾸 나 자극하지 말라고. 나 정말로 이젠 중간에 멈출 자신 같은 거 없으니까."

"……."

서연은 뭐라고 대꾸할 말이 떠오르지 않아서 입술을 벌린 채 눈만 동그랗게 뜨고 강준을 쳐다봤다. 그러자 그가 또 버럭 소리를 질렀다.

"차서연, 너 자꾸 그렇게 나 쳐다볼래? 내가 경고했지? 나 지금 당장 차 세운다!"

"아우, 정말 못 말려!"

결국 강준의 말에 서연은 어이가 없어서 웃을 수밖에 없었다.

강준이 예매한 영화는 어떤 특별한 힘을 가진 한 남자에 관한 이야기였다. 가문 대대로 성인이 된 남자는 아버지로부터 그들 가문의 비밀에 관해 전수받는다. 그것은 바로 그들 가문의 남자들은 과거로 시간 여행을 할 수 있다는 것. 남자주인공은 그런 자신의 특별한 힘을 오로지 자신의 연애에만 사용한다. 그러나 사랑이란 아무리 시간을 돌려도 쉽지 않고, 나중에 점점 그 힘을 제대로 사용할 수 있게 된 주인공은 마침내 진정으로 사랑하는 사람을 만나서 사랑과 인생의 의미에 대해서 깨닫는다.

커다란 자극 없이 잔잔한 영화였다. 객석 어디선가는 영화 중간에 훌쩍이는 소리가 들려오기도 했고, 간간이 사람들의 웃음소리가 터지기도 했다. 그리고 영화가 끝났을 때는 대부분의 관객들이 나가면서 함께 본 사람들과 사랑과 인생, 그리고 시간 여행에 대해서 이야기하느라 바빴다.

서연과 강준도 마찬가지였다. 극장 근처의 카페로 자리를 옮긴 두 사람은 커피를 시켜놓고 영화에 대해서 한참을 이야기했다. 특히 서연은 영화 속 시간 여행에 대해 무척이나 흥미로워했다.

"타임 워프는 영화나 소설에서 워낙 흔하게 많이 다뤘던 소재라 식상할 수도 있는데 꽤 위트 있게 잘 풀어냈지?"

"주인공이 그 힘을 거창한 데 쓰지 않았다는 게 제일 마음에 들어요. 그렇지만 만약에 나한테 그런 힘이 주어진다면 난 뭔가 역사적이고 극적인 사건들이 일어났던 곳으로 가볼래요. 가서 평소에 궁금했던 거 다 내 눈으로 확인하고 싶어."

"예를 들면 어떤?"

"음, 세종대왕이 정말로 혼자서 한글 만드신 건지, 이순신 장군은 마지막 노량 전투에서 진짜 왜군 총에 전사한 건지, 아니면 왕을 속이기 위해 자작극을 펼친 건지 그것도 아니면 왕이 살해한 건지 그것도 궁금하고, 페루의 아스텍 평원에 그려진 그 그림들이 정말 우주선의 이착륙 표시였는지도 확인하고 싶고 또……."

서연은 평소에 살면서 궁금했던 모든 것들에 대해 죽 늘어놓기 시작했다. 그걸 웃으며 듣고 있던 강준이 그녀에게 다시 질문을 던졌다.

"그럼 딱 한 번만 갈 수 있다면 어디로 가고 싶어? 예를 들면 영화 속 주인공처럼 자기 인생을 바꿀 수 있는 단 한순간만 고르라면 말이야."

그러자 이번에는 서연이 쉽사리 대답을 하지 못했다. 한참 신이 나서 재잘대던 입술이 가만히 닫힌 채 생각에 잠겼다. 그러더니 그녀가 가볍게 어깨를 으쓱이더니 차를 한 모금 마시면서 대답했다.

"안 갈래요."

"왜?"

"완벽한 인생은 아니었지만, 난 지금 이 순간의 나와 내 삶이 좋아요. 오빠를 만나서 사랑하고 사랑받고. 그게 나한텐 가장 완벽한 인생이에요. 그러니까 괜히 시간을 거슬러 갔다가 만약 실수로 어디든 잘못되면 오빠를 만나지 못할 수도 있고, 오빠와 내가 전혀 다른 삶을 살 수도 있는 거잖아요. 그건 싫어."

그녀의 대답에 강준의 입가에 잔잔한 미소가 떠올랐다.

"서연아."

"응?"

향긋한 커피를 마시며 서연이 배시시 미소 짓자, 강준이 그녀를 향해 상체를 기울이며 말했다.

"우리 지금 당장 여기서 나가자."

"……?"

서연이 의아해서 눈을 동그랗게 뜨고 쳐다보자 강준이 몹시도 탁한 목소리로 다급하게 말했다. 그의 광대 언저리가 어쩐지 불그스름했다.

"나 진짜 더는 못 참겠다."

그러고는 강렬한 눈빛으로 서연을 바라보자 그제야 그의 말뜻을 알아들은 그녀의 얼굴이 금세 새빨갛게 달아올랐다.

두 사람이 손을 잡고 허겁지겁 카페를 빠져나와 지하주차장에 이르렀을 때, 이미 두 사람의 인내심은 모두 한계치에 다다른 상태였다. 이대로 어디 다른 곳으로 출발할 여유나 시간 따위는 없었다.

강준의 뜨거운 입술이 그녀의 입술에 닿았다. 서연은 반사적으로 입술을 벌렸다. 그의 혀가 거칠면서도 믿을 수 없을 정도로 부드럽게 가르고 쑥 밀고 들어왔다. 서연은 팔을 올려 그의 목을 휘감았다. 두 사람은 그렇게 키스에 몰입했다.

"아흣…… 안 돼요……."

그런데 강준이 조수석 등받이를 뒤로 젖혀서 평평하게 하고 그녀의 몸 위로 덮쳐 오자 서연이 갑자기 그의 몸을 밀쳐 냈다. 옷깃을 잡아 벌리고 그녀의 하얀 목덜미를 깨물고 가로지른 쇄골을 단숨에 삼키던 강준은 뜻밖의 저항에 부딪친 것이다.

"안, 안 돼요!"

게다가 곧이어 두 팔로 힘껏 그를 밀쳐 냈다.

"서연아……?"

갑자기 벌어진 일에 어리둥절해서 어쩔 줄 몰라 하는 강준을 향해 서연이 흐트러진 옷을 두 손으로 여미면서 새침하게 말했다.

"우리 여기서 이러다 공연음란죄로 잡혀 들어가면 어떡해요?"

"뭐어?"

황망하게 묻는 강준을 향해 서연이 작은 혀를 날름 내밀었다.

"그러니까 김강준 씨, 이렇게 공공연한 곳에서 괜한 행동하지 마시죠."

어안이 벙벙해서 그녀를 바라보던 강준이 눈썹을 일그러뜨리면서 소리 질렀다.

"너어!"

그러고는 급하게 차를 출발시키며 경고했다. 끼익, 타이어가 시멘트 바닥에 마찰되는 소리가 날카롭게 울렸다.

"차서연, 너 오늘 각오해. 정말로 각오하는 게 좋을 거야."

서연은 대답 대신 까르르 웃음을 터트렸다. 아까 자기를 애달게 했던 것에 대한 복수였다. 하지만 성난 짐승처럼 나직이 으르렁거리는 강준을 보자 그녀는 슬슬 두려운 마음이 들기 시작했다. 꽤 오래 굶주렸던 야수가 아니던가. 지금 그에게 내가 무슨 짓을 한 것인가 싶었다. 아니나 다를까, 룸미러 너머로 마주친 강준의 눈빛은 정말로 심상치가 않았다.

호텔에 도착해 주차장에 차를 세우고, 방을 빌리고, 엘리베이터를 타고 올라갈 때까지도 강준은 아무런 말도 하지 않았고, 그녀에게 손끝 하나 대지 않았다. 그러나 온몸에서 느껴지는 열기에 서연은 목이 바짝바짝 타는 것만 같았다.

그런데 어찌 된 셈인지 호텔 방에 들어가서도 강준은 그녀에게 다가오지 않았다. 뚜벅뚜벅 걸어서 가운데 소파로 걸어가더니 그곳에 몸을 깊숙하게 묻으며 앉았다. 그러곤 문가에 쭈뼛거리며 서 있는 서연에게 말했다.

"이리 와."

그 손짓이 반가워서 서연은 단숨에 걸어 들어갔다. 그러나 소파를 몇 발자국 앞에 두었을 때 갑자기 강준이 그녀에게 명령했다.

"멈춰."

그리고 이어진 요구. 아니 그것 또한 명령이었다.

"벗어."

"뭐, 뭐라구요?"

"벗어, 서연아."

서연은 자신의 귀를 의심했다. 내가 지금 잘못 들은 건가? 그러나 씩 웃으며 오만한 표정으로 자신을 뚫어져라 쳐다보고 있는 검은 눈동자는 조금도 흔들림이 없었다. 순간적으로 화가 났다. 얼굴이 화르르 달아올랐다. 어떻게 내게 이럴 수가 있나 싶었다. 그런데 그녀는 강준의 검은 눈동자 깊숙한 곳에서 빛나는 욕망과 기대감을 발견했다. 그 순간 그녀의 가슴에서 스멀스멀 야릇한 본능이 솟아올랐다.

그가 원하는 대로 해주고 싶었다. 그러나 순순히 주고 싶지도 않았다.

서연은 일부러 강준과 시선을 마주한 채 걸치고 있던 재킷을 벗어 바닥에 떨어뜨리고 셔츠 자락을 여미고 있는 단추를 풀어내기 시작했다. 한 개, 두 개……. 쇄골이 드러나고, 가슴골이 보이기 시작하자 강준의 목울대가 움직였다.

그리고 마침내 단추를 다 풀어낸 그녀가 입고 있던 바지를 벗어 하얗고 날씬한 두 다리가 드러나자 강준의 눈동자가 흔들렸다. 그걸 보자 서연은 점점 즐거워지기 시작했다. 복종과 지배. 강준이 먼저 시작한 유희였지만 금세 승세를 잡은 것은 그녀였다.

일부러 입고 있는 슬립을 벗지 않은 채 브래지어만 벗어냈다. 그리고 작은 팬티도 벗어서 바닥에 떨어뜨렸다. 그녀의 발치에 작은 못처럼 옷들이 쌓였다. 복숭앗빛 유륜과 둥글게 우뚝 솟은 유두 그리고 다리 사이의 중심이 거뭇거뭇하게 비칠 정도로 한없이 투명하고 얇은 슬립은 그녀의 몸매를 고스란히 다 드러내고 있었다.

그리고 그녀는 천천히 희디흰 허벅지 중간을 간신히 가리고 있는 얇은 슬립의 가느다란 끈을 어깨 아래로 끌어 내리기 시작했다. 강준의 얼굴이 충격으로 굳어지는 걸 보자 짙은 만족감이 차올랐다. 서연은 자기도 모르게 입술 끝을 나른하게 늘어뜨리며 요염한 미소를 지었다.

지금 서연은 자신이 무척이나 음탕한 여자가 된 기분이었다. 미끄러진 슬립이 가슴 언저리를 지나 우뚝 솟은 유두를 드러냈을 때 자리에서 벌떡 일어선 강준이 단숨에 다가와 그녀의 허리를 강하게 휘어 감았다. 그녀의 발가벗은 것과 다름없는 육체가 금세 남자의 단단한 몸에 부딪쳤다. 한껏 발기한 남자의 욕망이 노골적으로 느껴졌다.

"꺅! 내가 이겼어요."

승리감에 취해 그녀가 헐떡이며 선언하자 강준이 화난 사람처럼 벌게진 얼굴로 대꾸했다. 지독하게 낮은 목소리가 위험할 정도로 허스키했다.

"……그래, 네가 이겼어."

자신이 먼저 시작한 게임이었지만, 승패 따위는 상관없다는 듯 강준이 금세 패배를 시인했다. 그러곤 그녀의 다리 사이에 단단한 허벅지를 밀어 넣더니 정신없이 키스하기 시작했다. 우악스러운 손길로 젖가슴을 움켜쥐고 주물렀다.

"하아하아……."

격하게 서로를 탐하던 입술이 떨어졌을 때, 이미 걷잡을 수 없는 욕정에 사로잡힌 서연의 눈동자는 탁하게 흐려져 있었다. 강준의 입술이 턱을 타고 내려와 쇄골을 지나 탱글탱글하게 부풀어 오른 젖가슴에 와 닿았을 때, 서연은 그저 맥없이 숨만 몰아쉬었다.

예민해진 살갗에 와 닿는 뜨겁고 축축한 점막의 느낌과 그녀의 다리를 강압적으로 벌리며 밀고 들어와 이미 눅눅하게 젖어들기 시작한 그곳을 세차게 문질러 대는 허벅지의 감촉에 서연은 진저리를 치고 말았다. 어느덧 흥건하게 흘러내린 그녀의 체액이 강준의 바지를 적시고 있었다.

"으흣……."

다리 사이로 들어온 단단한 허벅지가 마치 성기라도 되는 것처럼 사타구니 사이를 비비기도 하고 솟구쳐 오르기도 했다. 그렇게 쳐올릴 때마다 짜릿한 감각에 서연은 눈앞이 아찔할 정도였다. 견딜 수가 없어서 두 팔로 힘주어 그를 껴안고 매달렸다. 하지만 그녀의 몸은 자꾸만 허물어져 내렸다. 강준의 허벅지가 그녀의 사타구니로 파고들어 와 지탱해 주지 않았다면 아마도 그대로 주저앉았을 것이다.

서연이 더 강하게 강준을 끌어안자, 그녀는 마치 그의 허벅지 위에 올라탄 듯한 자세가 되었다. 본능적으로 허리를 틀며 엉덩이를 움직이자 갑자기 강준이 끙 하고 깊은 신음을 내뱉었다.

"너 때문에 정말 미치겠어."

그러더니 그대로 그녀의 안아 올리더니 자신이 앉아 있던 소파 위에 앉혔다. 두 다리를 활짝 벌려서 팔걸이 위에 걸치게 하자 얇은 슬립이 엉덩이 위로 말려 올라가면서 검은 음모에 감춰져 있던 붉은 속살이 고스란히 드러났다. 두 팔로 그녀의 허벅지를 양손으로 단단하게 움켜쥔 강준은 그대로 그녀의 사타구니에 얼굴을 묻었다.

"흐읍!"

뜨겁고 기다란 혀가 아무런 경고도 없이 질 속으로 파고들자 서연이 허리를 뒤틀었다. 그러나 이내 질펀한 뻘 속에서 움직이는 끈끈한 미꾸라지처럼 좁고 기다란 통로를 파고들어 온 혀가 내벽을 긁어대고 찌르기 시작하자, 그녀는 허리를 휘어 올리면서 점점 커져 가는 쾌락에 신음을 질러대기 시작했다.

"아으읏!"

점점 가파르게 치달아가는 격렬한 감각이 고통스럽기까지 했다. 마침내 절정에 치다른 서연이 한껏 몸을 경직시키며 흐느끼자, 그녀의 사타구니 사이에서 흥건한 애액이 흘러내리기 시작했다. 허벅지 안쪽을 따라 흐르다 바닥에 점점이 떨어져 짙은 얼룩을 만들어내는 그녀의 체액을 강준의 기다란 혀가 남김없이 핥아 마셨다.

오동통한 허벅지 안쪽과 검은 털로 뒤덮인 둔덕, 쩍 벌어진 과일처럼 붉은 속살을 드러낸 질구까지. 그러더니 넋이 나간 것처럼 몽롱한 목소리로 중얼거렸다.

"맛있다. 정말 달콤해……."

"그런 말 좀 하지 마요."

서연이 민망함에 얼굴을 붉히자, 강준이 다시 혀를 내밀어 핥다가 갑자기 솟구친 격정을 못 이겨 그녀의 살집 좋은 허벅지를 꽉 깨물었다. 그러곤 마치 다디단 과즙을 한 방울도 남김없이 먹으려는 사람처럼 쭉쭉 소리 나게 빨기 시작했다. 어느덧 벌름거리고 있는 매끄러운 음순에까지 강준의 입이 닿고 빨기 시작하자 서연은 그 충격으로 고개를 뒤로 젖혔다.

"아아아앗!"

그리고 마침내 최초의 오르가즘이 그녀를 강타했다. 눈앞이 하얗게 변하고 사지가 부들부들 떨렸다. 그녀는 길게 길게 신음했다. 강준의 손이 뻗어와 그녀의 허리를 붙들고 몸을 뒤집게 했을 때도 서연은 여전히 흐느끼고 있었다.

"흐윽…… 흐으윽……."

강준은 그녀가 의자의 등받이를 붙든 채 그대로 상체를 숙이게 만들었다. 어느덧 갈기갈기 찢어져 그저 몸에 걸쳐진 슬립을 위로 벗겨내고는 아름다운 곡선을 그리는 매끈한 등을 기다란 손으로 쓸어내렸다. 잘록한 허리 아래 탐스럽게 흔들리는 볼록한 엉덩이를 어루만지던 그가 그 사이를 손으로 벌리자 서연은 저도 모르게 그의 이름을 불렀다.

"강, 강준 씨."

낯선 자세였다. 그녀가 몸을 뒤척이자 강준이 그녀의 허리를 한 손으로 누르며 검붉게 발기한 커다란 남성을 마치 뒤에서 뚫어버릴 것처럼 그대로 삽입했다. 마치 내장이 그대로 밀려 올라가는 듯한 엄청난 압박감에 강준이 깊숙하게 파고들어 가 허리를 튕겨 올리는 순간, 그녀는 온몸에 경련을 일으키고 말았다.

"하아악!"

강준의 단단한 몸이 거칠고 빠르게 부딪쳐 오자 못 견디겠다는 듯 고개를 뒤흔들며 등받이를 힘껏 움켜쥐었다. 집요하게 파고드는 거친 힘에 마치 커다란 성기가 목구멍까지 차오르는 듯한 느낌이었다. 강준이 팔을 길게 뻗어 종처럼 아래로 늘어진 뾰족한 젖가슴을 움켜쥐고 허리를 거칠게 움직이며 세차게 박아대고 있었다.

그리고 마침내 그가 울부짖는 짐승처럼 포효하며 그녀 안에 길게 사정했을 때, 서연은 숨도 쉴 수 없을 정도로 기진맥진한 상태였다. 끈끈한 체액들로 덮여진 몸에는 아직도 더운 피를 따라 진득한 쾌감들이 느껴졌다.

하지만 그녀의 뭉클한 젖가슴을 움켜쥐고 목덜미를 지분대던 강준이 그녀 안에 자신의 성기를 깊이 박아 넣은 채로 그녀의 몸을 돌려서 얼굴을 마주 보게 하자 그녀는 자지러지게 비명을 질렀다.

"아앗!"

"벌써 이렇게 늘어져 있으면 어떡해. 아직 밤은 긴데."

"……!"

놀란 그녀가 눈만 동그랗게 뜨자, 그녀의 등허리를 껴안고 탐스러운 입술을 삼키면서 강준이 키득거렸다.

"열 시간 동안, 열 번도 더 널 안을 수 있어. 그리고 말했잖아. 아직 밤은 길고 이제 막 시작됐다고."

그 단호한 선언에 서연은 두려움을 느꼈다.

"오, 오빠……."

그리고 마침내 그가 그녀를 번쩍 안아 든 채 침대로 걸어갔을 때 창밖으로 보이는 캄캄한 밤하늘을 보면서 서연은 몸서리를 치고 말았다.

||||| 12 |||||

김 회장의 지시로 추진하던 대화전자의 통신사업 참여를 대비한 사내외 기반에 대한 전반적인 조사와 계획이 어느 정도 마무리되자, 강준은 안 여사와 약속했던 대로 회사에서 물러나기로 마음먹고 실행에 옮겼다. 그 첫 번째 단계로 그는 조부인 김 회장을 만났다. 같은 집에 산다지만 서로 얼굴을 마주하는 것은 일주일에 몇 번 아침 식사할 때 잠시뿐이었고, 거기서는 나눌 수 있는 이야기가 제한적이었다. 큰어머니와 은희도 함께였기 때문이었다.

"할아버지, 저 강준입니다."

아직 회사에 있어야 할 낮 시간에 강준이 집으로 와 자신을 찾자 김 회장은 의아했지만, 오랜만에 본 것처럼 반가운 마음에 주름진 얼굴에 활짝 미소가 떠올랐다. 힘든 유년을 보내고, 차디찬 계모 밑에서 자라면서 녀석은 원래 천성이 그런 것인지 아니면 환경 탓인지 예의 바르고 진중하지만 말 없고 잔정 없이 차가운 성품으로 자랐다.

누구보다 아끼지만 녀석은 할애비인 자신에게도 좀처럼 속정을 주지 않았다. 가슴으로 품지 못한 제 잘못도 있지만, 김 회장은 그게 못내 섭섭했다.

“오냐. 이 시간에 어쩐 일이더냐?”

김 회장은 보고 있던 서류를 치우면서 코에 걸치고 있던 안경도 벗었다. 완전히 하얗게 세어버린 성성한 백발의 팔십 노구는 그러나 아직도 나이보다 훨씬 정정하고 건강했다.

“드릴 말씀이 있습니다.”

“무슨 일일꼬? 회사 일이냐?”

“네, 그것도 있습니다.”

자기 앞에 반듯하게 무릎을 꿇고 앉은 장성한 손자의 얼굴에서는 죽어서 가슴에 묻은 못난 아들의 모습도 보이고, 예전 자신의 모습도 보였다. 그래서 더 정이 가고 애틋한 것인지도 몰랐다.

“우선 할아버님, 저한테 결혼하고 싶은 여자가 있습니다.”

뜻밖의 말에 김 회장의 얼굴에 환하게 웃음이 번졌다. 그렇지 않아도 그는 빨리 강준의 짝을 지어주고 싶어서 여기저기 알아보는 중이었다. 그러나 아무리 대화그룹의 장남이라고 해도, 그가 밖에서 낳아 들어온 서자임을 이 바닥에서 모르는 이는 드물었다.

그것뿐이라면 그리 큰 문제가 아닐 수도 있으나 현재 대화그룹의 실세는 엄연히 사장이자 김 회장의 며느리인 안인숙이었고, 그녀가 의붓자식인 강준을 누르고, 자신의 아들인 은수를 다음 후계로 키우기 위해 수단과 방법을 가리지 않는다는 것 또한 공공연한 사실이었다.

그러다 보니 김 회장의 눈에 차는 신붓감을 구하기가 여간 어렵지 않았다. 웬만한 집에서야 혼담 오가는 것도 꺼려했으니 말이다. 그렇다고 너무 한미한 집안의 딸과 맺어주고 싶지는 않았다.

지금이야 호랑이처럼 무서운 며느리가 대화의 한가운데서 떡하고 버티며 강준을 핍박하지만, 언제 녀석이 치고 올라가서 대화를 이끌어가게 될지도 모를 일이었기 때문이었다. 김 회장이 보기에 강준은 충분히 그럴 만한 자질과 실력, 그리고 배포도 있었다.

다만 야심이 없었다. 아니 정확히 말하자면 무조건적으로 제 큰어머니의 말에 맹목적으로 복종했다. 자기를 키워준 은공을 갚으려고 그러는 것인 줄 알고 있고, 그것이 기특하기도 했으나, 김 회장이 보기에 정말로 대화그룹에 필요한 인재는 강준이었고, 그런 강준이 안 여사 때문에 후계자 자리를 꿈도 꾸지 않는다는 것이 속상할 따름이었다.

그러니 언제고 강준이 마음을 바꿔서 비상하려 할 때 힘이 되어줄 수 있도록 돈이든, 권력이든 제대로 갖고 있는 집안과 연을 맺어야만 할 터였다.

그리고 그것도 가급적이면 안 여사가 강준의 혼사에 나서기 전에 말이다.

"그래? 뉘집 여식이냐?"

강준은 조부의 반응을 예상했지만, 그가 원하던 바는 아니었다. 서연의 어머니처럼 그 사람을 사랑하는지 서로 얼마나 아끼는지 그런 것을 물어봐 주지는 않더라도, 강준이 그녀를 좋아하는지, 사랑하는지 정도는 물어봐 주시기를 바랐다. 그것이 진정 그의 행복을 바라는 사람이 아닐까 싶었다.

"제가 많이 사랑하는 여잡니다."

"그래?"

강준의 대답이 뜻밖이라는 듯이 김 회장이 허허 마른 웃음을 웃었다.

"어허, 너한테 여자가 있었어? 그래 얼마나 됐누?"

"처음 만난 건 5년, 거의 6년이 돼갑니다."

"영국에 가기 전이로구나. 그 긴 세월을 봤다면 쓸 만한 아이겠지. 그래, 집안만 웬만하면 너 좋을 대로 하거라."

"감사합니다."

하지만 김 회장은 좋을 대로 하라고 했다고 해서 그냥 끝인 분이 아니었다.

"그래, 아버지는 뭐 하는 분이냐? 혹 내가 아는 집안의 여식인 게야?"

"아뇨. 아닙니다."

"어허, 그래? 대한민국 안에 웬만한 집안치고 나하고 연 닿지 않은 집안이 없을 텐데."

고개를 갸웃거리면서도 아끼는 손주가 결혼하고 싶다는 말이 기분 좋은지 김 회장은 만면에 미소를 짓고 있었다. 그러나 그 미소는 곧 싸늘한 냉소로 변했다.

"아버지는 안 계시고 어머니와 단둘이서 열심히 살아온 여잡니다."

"아버지가 안 계셔? 사고로 비명횡사라도 하신 게냐?"

"아닙니다. 처음부터 없었습니다. 이름은 어머니의 성을 따서 차서연이고 올해 스물세 살입니다."

"그래, 그 어머니 되시는 분은 뭘 하시고?"

"간혹 지인분의 식당에 나가서 일을 도우시긴 하는데 요즘은 지병 때문에 입원 중이라……."

그 순간 갑자기 말도 없이 김 회장이 목침을 집어 들어서 강준에게 집어 던졌다. 딱! 정확하게 강준의 이마로 날아가 부딪치고 떨어진 목침. 강준의 고개가 홱 꺾였다. 이마에서는 한 줄기 선혈이 흘러내렸다.

"이놈! 네놈이 지금 제정신이냐!"

버럭버럭 소리를 지르면서도 김 회장은 지금 강준이 자신에게 장난이라도 하는 것이길 바랐다. 하지만 누구보다 손주 녀석의 성정을 잘 아는 그였다. 이런 일로 쓸데없이 농 따위를 할 녀석이 아니었다.

"못난 놈! 네가 네 처지를 몰라? 몰라서 그런…… 말도 안 되는 자리를 갖다 붙이는 게야?"

김 회장은 부들부들 떨면서 분노했다. 많이 사랑하고 기대가 큰 만큼 실망도 큰 법이었다.

"말도 안 되는 자리 아닙니다. 제가 진심으로 사랑하는 여잡니다."

그러나 이마에서 피가 줄줄 흘러내리는데도 강준은 눈 한 번 깜짝하지도 않은 채 제 뜻을 꺾지 않았다. 독한 놈이었다. 그런데 저 독기가 어째서 제 계모에게는, 이복형제들에게는 품어지지 않는 것인가 말이다!

"이놈이! 이 얼빠진 놈! 넌 네 큰어미한테 당하고 억눌려 사는 게 분하지도 않더냐? 칠푼이 같은 은수 놈한테 대화를 뺏기는 게 억울하지도 않아?"

김 회장은 오랜 세월 가슴에 꾹꾹 눌러두었던 진심을 토해내고 말았다. 그는 강준이 자신의 뒤를 이어주기를 간절히 바라고 있었다. 은수도 똑같이 귀한 그의 손주였으나 녀석은 사업가로서의 자질도, 끈기나 야심도, 그리고 그만한 머리도 없었던 것이다.

그런데 강준이 이 녀석은 자꾸 답답한 소리만 해대고 있었다.

"전 한 번도 은수 자리 욕심낸 적 없습니다."

"그게 어떻게 은수 자리야? 네가 우리 대화의 장남이다. 네가 내 맏손자야!"

"전 자격 없습니다."

어린 시절부터 제 계모한테 얼마나 철저하게 세뇌당했는지 안다. 얼마나 마음에 부담을 느끼면 살았는지 모르지 않는다. 그러나 그렇다고 해서 제 것을 눈 뜨고 빼앗겨서야 될 소린가.

"이놈, 이 머저리 같은 놈! 네가 키워준 큰어미한테 은혜 갚으려 한다는 걸 내 모르지는 않는다만 그렇다고 네가 가져야 할 몫까지 그렇게 다 뺏겨야 하겠냐?"

"할아버지."

"그래, 말해라. 네가 갖고 싶다고만 하면 이 할애비가 남아 있는 모든 걸 이용해서라도 네가 대화를 갖게 해주마. 네 큰어미 따위 저리 고개 빳빳이 들고 잘난 척해도, 결국 이 대화는 내 피땀으로 일궈냈고, 구석구석 내 사람들로 채워진 회사야. 그러니 말만 해라. 강준아."

강준은 조부의 눈을 똑바로 마주 보며 말했다.

"제가 원하는 건 차서연이라는 여자 하나뿐입니다. 그녀와 결혼하겠습니다. 그리고 내년에 미국 지사로 떠나겠습니다. 전근신청 해두었습니다."

"뭐, 뭐?"

"제가 이런 결정을 내린 건 큰어머니 때문이 아닙니다."

"그럼? 그럼 뭐 때문이란 거야? 지금 그게 아니면 서연인가 뭔가 하는 여자애한테 홀려서 이런다는 게냐 지금? 그래?"

"아뇨. 그것도 아닙니다."

강준은 펄펄 뛰고 있는 김 회장을 보며 담담하게 말했다.

"저는 이 집에 들어와서 20년 동안 한 번도 소리 내서 웃어본 적이 없었습니다. 밥을 먹어도 늘 배가 고팠고, 잠을 자도 늘 불편했습니다. 따뜻한 방에 누워 있는데도 추워서, 몸이 시려서 견딜 수가 없었죠. 그래도 그게 사는 건가 싶어서 살았습니다. 그런데 할아버지."

강준이 처음으로 입가에 빙긋 미소를 지으며 말했다.

"저는 지금 행복합니다. 그 여자 때문에 사는 게 처음으로 즐거워요. 그러니 제 이 결정은 모두 제 행복을 위해서 내린 이기적인 결정일 뿐입니다. 그녀도, 큰어머니도 모두 상관없이요."

"강준아!"

김 회장은 순간적으로 강준의 얼굴에서 잠시라도 마음 편하게, 좋아하는 여자 옆에서 살겠노라며 집을 나가기 전에 그에게 울부짖던 아들 승주의 모습이 겹쳐 보였다. 순간적으로 머리가 어찔했다.

"회사는 어머니와 은수가 잘해 나갈 겁니다. 만약에 그렇지 못하다면 아직 할아버지도 건재하시니 전문 경영인을 들이든 아니면 다른 어떤 방법을 강구하도록 해보세요. 그리고 할아버지, 할아버지가 생각하시는 것보다 큰어머니 훨씬 더 유능한 사업가십니다. 저도 비록 짧은 시간이지만 회사에 들어가 일해보니 큰어머니의 역량이 얼마나 큰지 알 수 있었습니다. 그러니 우리 대화의 미래에 대해 너무 걱정하지 마세요."

그렇게 자리에서 일어서면서 강준은 마치 먼 길을 떠날 사람처럼 김 회장을 향해서 큰절을 올렸다.

"그럼 할아버지, 건강하십시오."

"네, 네 이놈……."

"당분간 뵙지 못할 거 같아서 드리는 인삽니다."

그렇게 강준이 방을 나서자 그의 등 뒤로 김 회장의 처절한 절규가 들려왔다.

"이놈아! 안 된다! 강준아!"

◈

안인숙은 임 비서를 통해 강준이 세진의 정 회장 별장 주소를 물었다고 한 순간부터 뭔가 심상치 않은 일이 벌어지고 있다는 걸 직감했다. 그리고 아까 집안일을 돕고 있는 가사 도우미 안양댁으로부터 온 전화에 의하면 시아버지가 집으로 온 강준에게 심하게 역정을 내셨고, 심지어 무엇을 어떻게 했는지 강준이 머리에서 피까지 흘리며 방에서 나왔다는 것이다.

그녀도 시아버지가 자기와 은수를 탐탁지 않게 여기고 있다는 걸 오래전부터 알고 있었다. 남편 대신 시아버지를 도와 대화그룹을 이끌면서 누구보다 열심히 했다고 자부했지만, 시아버지의 그런 태도는 그녀를 번번이 좌절시켰다.

게다가 은수보다 더 뛰어난 강준의 존재는 늘 눈엣가시였다. 다행히 녀석이 알아서 복지부동하고 숨죽이고 있었지만, 시아버지는 언제든 자기와 은수를 누르고 강준을 전면에 부각시키기 위해 획책 중임을 그녀는 늘 잊지 않았다.

게다가 느닷없는 강준의 결혼 선언과 불쑥 튀어나온 세진의 정만수 회장이라니. 석연치 않은 느낌에 그녀는 요새 신경이 바작바작 타들어가는 것만 같았다.

문득 키폰이 울리고 임 비서의 목소리가 들렸다.

[사장님, 김강준 씨가 뵙기를 청합니다.]

강준이가? 아까는 제 할아버지 이제는 나인가?

"들어오라고 해요."

곧 육중한 사장실 문이 열리고 강준이 안으로 들어섰다. 피를 흘렸다더니 어느새 말끔하게 닦은 모습이었다.

"그래 무슨 일이냐?"

"저 미국 지사로 전근 신청했습니다."

뜻밖의 말이었고 반가운 말이었다.

"그래?"

"결혼해서 들어가면 몇 년은 돌아오지 않을 겁니다."

"몇 년?"

"아내 될 사람 공부도 해야 하고, 장모님 모시고 가는데 그곳에서 치료 받으셔야 합니다. 완치되실 때까지는 돌아오지 않을 생각입니다."

"하하. 네가 그 여자애한테 푹 빠진 건 확실하구나."

안 여사는 눈을 가느스름하게 뜨고 입꼬리를 치켜 올리며 웃었다. 그러나 눈동자는 전혀 웃고 있질 않았다.

"얼마 전에 세진 정만수 회장님의 별장 주소를 물었다지?"

"급하게 필요했습니다. 임 비서한테 신세를 졌습니다."

"네가 정 회장님을 왜 만나?"

안 여사가 날카로운 어조로 힐난했지만 강준은 오히려 덤덤했다. 어차피 임 비서에게 주소를 물은 그 순간부터 벌어질 거라 각오했던 일이었다. 그리고 지금 당장은 아닐지 몰라도, 저 무서운 임 비서와 안 여사가 서연과 세진그룹의 연관성에 대해 알아내게 될지도 모를 일이었다. 아니 알아내지 못한다 하더라도 그가 세진과 어떤 식으로든 관련이 있다는 것만으로도 끊임없이 의심하고 뒤를 캘 것이 분명했다.

강준은 이제 그런 삶은 벗어버리고 싶었다. 그는 서연, 그리고 어머니와 함께 새롭게 살고 싶었다. 서로 사랑하는 사람들이 만들어가는 그런 가정을 이루고 싶었다. 그러자면 그가 짊어지고 있는, 그를 덮고 있는 누추하고 구차한 것들은 모두 훌훌 벗어 던져야만 했다.

그래야 자유로운 두 팔로 그가 사랑하고 지키고 싶은 사람들을 힘주어 껴안을 수 있을 것이다.

"제가 결혼하려고 하는 사람이 세진의 정 회장님과 인연이 있습니다. 하지만."

그 순간 안 여사가 도끼눈을 떴다.

"그 사람은 세진그룹과는 아무런 관련도 없고 앞으로도 그렇습니다. 그리고 저도 그때 한 번만 잠시 일이 있어서 정 회장님을 만나뵀을 뿐 앞으로 다시는 뵐 일 없습니다. 그러니 큰어머니 쓸데없는 걱정도 마시고, 저나 제가 결혼할 사람을 괴롭히고 감시할 생각은 하지 마십시오."

"뭐?"

"전 미국으로 가서 제가 사랑하는 사람들과 살 겁니다. 그러다 다시 한국으로 돌아올 수도 있겠죠. 그러기 위해서 전 제 사람들을 조금이라도 위협하거나 힘들게 하는 것들은 모두 가차 없이 쳐낼 겁니다. 그게 아무리 큰어머니라 해도 말이죠."

"너 지금 감히 날 협박하는 거냐?"

"협박이 아닙니다. 큰어머니가 제게 베풀어주신 은혜가 얼마나 큰지 잘 압니다. 그래서 그동안은 큰어머니께서 원하시는 대로 살았습니다. 회사 일에 나서지도 않았고, 후계자 자리는 탐내지도 않았죠. 하지만 이제부터는 그러지 않겠다는 겁니다. 제 사람들 지키는 데 힘이 필요하다면, 대화를 가져야 한다면 기꺼이 그러겠다고 말씀드리는 겁니다."

잠시 말을 끊고 안 여사를 지그시 쳐다보며 강준이 조금 서글프지만 단호한 어조로 경고했다.

"그러니 큰어머니, 어떤 식으로든 제 사람들한테 손대려고 하지 마십시오. 그땐 제가 어떤 놈인지 아시게 될 겁니다."

"하, 이래서 머리 검은 짐승은 거두지 않는 거라고 하는구나. 네가 감히? 이 배은망덕한 놈. 내가 네게 어떻게 했는데. 지금 네 몸에 돌고 있는 그 깨끗한 피가 누구 덕인데!"

강준의 눈가에 설핏 슬픈 미소가 어렸다. 그는 사실 자기 몸속에 이식된 신장이 안 여사의 것이 아님을 알고 있었다.

군대 시절, 헌혈을 하다가 자기가 매우 특이한 혈액형을 갖고 있다는 걸 알게 됐다. 살면서 내내 자신이 그저 A형인 줄만 알았던 강준의 혈액형은 정확하게는 Cis-AB형이었다. 어려서 신장 때문에 무수하게 병원에 다니고 긴 입원 생활에 수술까지 했던 터라 혈액형을 자세히 몰랐다는 것이 의아했다. 하지만 그때 강준은 어렸다. 그냥 어른들이 하는 말이 전부라 믿었고, 오랜 병 때문에 지쳐 있던 그로서는 그게 그렇게 기억할 만큼 큰일이 아니었던 것이다. 게다가 자라면서는 두 번 다시 병원에 갈 일이 없을 정도로 건강했다.

군의관에게 A형인 사람에게서 신장을 이식받을 수 있느냐고 묻자 돌아온 대답은 그를 의아하게 했다.

"글쎄요, Cis-AB형과 일반적인 A형 사이에 수혈은 가능합니다만, 신장 이식 같은 경우에는 혈액형이나 조직 검사에서 일치해도 혈액 응고가 일어나면 안 되기 때문에 제 소견으로는 이식은 불가능하다고 봅니다. 혈액형 불일치 신장 이식을 하기도 하지만 그 경우 혈장 교환을 거치는 등 까다롭고 실패율이 높아서 아직까지 우리나라에서는 거의 시행하지 않고 있습니다."

처음 이식이 불가능하다는 말을 들었을 때 그는 조금 충격을 받고 어찌 된 일일까 어리둥절했다. 혹시 안 여사도 Cis-AB형인 것은 아닐까 싶었다. 그러나 그가 아는 한 이복형제들은 물론 조부까지 그들 집안사람들은 모두 평범한 혈액형이었다. 그는 곧 그에 대한 생각을 접었다. 어차피 완전히 불가능한 것도 아니라고 하지 않는가. 그리고 큰어머니가 신장을 주셨다는 건 변함없는 사실이었다.

그러다 유학을 가기 전, 그의 건강을 걱정한 조부가 굳이 강준에게 건강검진을 받을 것을 강권하셨다.

“네놈 어릴 적에 했던 수술이 어디 보통 수술이더냐! 내, 네가 수술 받았던 병원에 일러서 일정을 잡아뒀으니 가서 검사 제대로 받아. 괜히 외국 나가서 아프면 어쩔 테야?”

그래서 어쩔 수 없이 병원에 가 건강검진을 받게 되었다. 그런데 아마도 괜찮다, 아니다 하면서도 그의 가슴속 깊은 곳에는 의혹의 싹이 자라고 있었던 모양이다. 담당 의사에게 혹시 자신이 혈액형 불일치 이식을 받은 게 아니냐고 넌지시 물어보자 의사는 고개를 저으며 웃었다.

“아닙니다. 당시 김강준 씨의 이식 수술을 집도하셨던 교수님은 은퇴하셨지만 제가 그때 인턴일 때라서 정확하게 기억하고 있습니다. 당시에도 Cis-AB형은 매우 드물고 희귀한 혈액형이라 도너를 구할 수 있을지 걱정이었는데 다행히도 미국 교포 중에 한 분이 선뜻 나서주셔서 김강준 씨의 이식 수술을 잘 마칠 수 있었거든요. 그때 어머니께서 꽤 고생하셔서 기증자를 구하신 걸로 기억합니다.”

의사의 말에 놀라긴 했지만 그는 정말로 상관없었다. 하지만 큰어머니가 왜 굳이 그에게 자신의 신장을 이식해 주었다고 거짓말을 하셨는가 생각이 미치자 씁쓸한 기분이 드는 것은 어쩔 수가 없었다. 굳이 그러지 않으셨어도 강준은 평생 큰어머니 뜻을 거스를 생각 따위는 한 적조차 없었다. 그 신장이 아니더라도 그가 안 여사에게 받은 것은 많았으니까.

하지만 이제 강준은 자신의 사랑을 지키기 위해 그 모든 것들로부터 등 돌려야 했다. 그는 허리를 깊숙이 숙여서 안 여사에게 인사했다.

"큰어머니, 그동안 정말로 감사했습니다. 하지만 앞으로 사는 제 인생에 있어서 다시는 어떤 간섭도 받아들이지 않겠습니다. 이해해 주십시오."

강준은 그렇게 오랫동안 자기를 누르고 있던 또 다른 축으로부터 벗어나서 스스로 걸어나갔다.

"오빠!"

강준이 건물 밖으로 나서자 눈부신 햇살처럼 환하게 웃으며 그를 향해 손을 흔드는 서연이 보였다. 그는 환하게 웃으며 그렇게 사랑하는 여자를 향해서 힘차게 걸어갔다. 달려와 자기 품에 안긴 그녀를 꼭 끌어안으면서 강준은 맹세하듯 속삭였다.

"사랑해, 차서연. 영원히."

"알고 있거든. 김강준 씨 나도 사랑해요."

그리고 서로를 품에 안은 채 두 사람은 그 맹세를 확인하듯 길고 다정한 입맞춤을 나누었다.

||||| 에필로그 |||||

미국 캘리포니아, 뉴포트비치.

푸른 바다와 아름다운 백사장이 길게 이어진 해안가를 따라 강준은 MP3를 귀에 꽂은 채 달리고 있었다. 아직 태양이 빛나는 이른 시간이었지만 새파란 바다 위에는 하얀 돛을 펼친 보트들이 점점이 보이고, 어느덧 그처럼 운동을 하기 위해 나온 사람들의 수가 제법 많아지고 있었다. 한 시간이 넘게 달렸지만 오랜 시간 규칙적으로 운동해 온 덕에 강준은 아직 호흡이 흐트러지지도 않은 채였다. 게다가 사랑하는 가족이 기다리고 있는 집이 가까워지자 그의 페이스는 좀 더 빨라지고 있었다.

달콤한 향을 풍기는 오렌지 나무와 붉은색의 가느다란 꽃술들이 피침 형으로 피어난 특이한 꽃을 달고 있는 커다란 병솔나무가 둘레를 에워싸고 낮은 담장 아래로 원색의 말바비스커스와 청색과 남보라, 흰색 등의 사피니아가 흐드러지게 피어 있는 집이 가까워지자 그의 입가에는 미소가 점점 짙어졌다. 집 앞에 이르러 잔디밭에 떨어진 조간신문을 주워 들자, 아침 일찍 강아지를 데리고 산책을 나가는 옆집 캐리건 부인이 그에게 인사를 건넸다. 다시 신문을 읽던 그의 눈동자가 한 기사를 읽고는 큼지막해졌다.

주방과 연결된 뒷문으로 들어가자 온 집 안에 고소한 냄새가 진동하고 있었다. 그러나 마음이 급한 그는 신경 쓸 겨를도 없이 재빨리 트레이에 우유 한 잔과 신문을 올려놓고는 2층 부부침실로 올라갔다. 서두르는 그의 발걸음은 성급해 보이기까지 했다. 그러나 침실 앞에 이르러서는 오히려 조심스럽게 움직였다. 조용히 침실 문을 열고 들어가자 방의 한 면을 차지한 커다란 침대 위에는 그의 사랑하는 아내가 아직 잠들어 있었다.

오른쪽으로 몸을 돌리고 누워 있는 아내의 옆으로 다가가 침대에 걸터앉은 강준은 잠든 아내의 입술에 가볍게 키스했다. 벌써 결혼한 지 6년이나 지났지만 그는 아직도 아내가 못 견디게 사랑스러웠다. 이렇게 잠이 든 모습만 봐도 행복했다.

"……왔어요?"

아직 눈도 뜨지 못한 채 잠에 취한 목소리로 서연이 물었다.

"응. 아직 졸려?"

"아뇨. 이제 일어나야죠."

"우유 마실래?"

"응, 줘요."

그러면서도 서연은 아직도 두 눈을 꼭 감은 채 웅얼거렸다.

"오늘 신문에 기사가 하나 실렸는데 꽤 흥미로워."

"으음…… 뭔데요?"

"영국 뉴캐슬대 3학년인 조 암스테드라는 여학생이 낭포성섬유증 환자의 절반이 아스페르길루스라는 곰팡이에 감염됐다는 걸 알아냈대."

그의 말이 떨어지기 무섭게 서연이 두 눈을 번쩍 떴다.

"정말요?"

"응, 그래서 앞으로 낭포성섬유증의 진단과 치료 전략에 큰 변화를 가져올 거라는데."

"꺄, 정말?"

"그러니까 어머니 병도 더 빠르게 완치 가능해진 셈이지."

"지난달에는 뮤신 때문에 섬유증이 악화된다는 게 밝혀지기도 했잖아요."

"그래, 점점 더 어머니 병에 대해 희망적인 소식들이 들려오고 있는 거지."

"흑……!"

그 순간 갑자기 서연이 울음을 터트렸다. 놀란 강준이 얼른 그녀의 몸을 일으켜서 품에 꼭 안아주고 달랬다. 그러나 임신해서 부풀어 오른 아내의 배가 너무 눌리지 않도록 조심했다. 서연은 지금 그들의 아이를 임신하고 있었다. 출산 예정일이 얼마 남지 않은 터라 손과 발이 퉁퉁 부어 서연은 투덜대기 일쑤였지만, 강준에게는 부은 얼굴은 물론 보름달처럼 부풀어 오른 배도 사랑스럽기 그지없었다.

"너무 기쁘지?"

"응…… 흑흑…… 정말, 정말 잘됐어요. 우리 엄마 정말로 완치할 수 있는 거겠죠?"

"당연하지. 내가 뭐라고 했어. 가능하다는 희망만 버리지 않으면 된다고 했잖아."

"그건 알고 있지만 흑흑……."

강준의 위로에도 불구하고 서연은 숫제 대성통곡하기 시작했다. 그 울음은 좀체 그치질 않았다.

"내가 정말 남들이 들으면 무슨 불치병으로 거동도 못하는 줄 알겠구나."

그 순간 어린 젖먹이 하나를 품에 안은 차재희가 부부침실의 문가에 나타났다. 웬만해서는 서연과 강준의 침실에는 오지 않으려 하는 그녀였지만, 아침에 일어나서 어린 손자들이 먹을 아침밥을 준비하고 데리러 왔던 그녀는 딸의 울음소리를 듣고는 도저히 지나칠 수가 없었던 것이다.

"김 서방, 내가 누누이 일렀잖은가. 매번 저렇게 서연이 투정 다 받아주면 안 된다니까. 쟤가 저러니까 자꾸만 더 버릇이 나빠진다고."

"흑흑…… 이게 다 호르몬 때문이거든요."

서연이 여전히 강준의 가슴에 얼굴을 박은 채 훌쩍거렸다.

"임신한 여자들 누구나 다 호르몬 변화를 겪지만 너처럼 유난스럽지는 않아. 어떻게 된 게 너는 아이만 가졌다 하면 그렇게 열 달 내내 김 서방 품에서 살려고 하니?"

"산달이 가까워져 오니까 더 예민해서 그래요, 어머니. 그리고 어머니 병에 좋은 소식이 있다니까 기뻐서 그러잖아요."

"어휴, 내 핑계는 그만 대라고 하게나. 틈만 나면 제 남편 독차지하려고 저러는 거 내가 다 아네."

남산만 한 커다란 배를 해가지고 남편한테 안겨 있는 서연을 보면서 차재희는 고개를 절레절레 저었다. 그 순간이었다. 갑자기 똑같이 생긴 여자아이 둘이 '아빠'라고 외치면서 침실 안으로 뛰어 들어왔다.

"그런데 어쩌니, 딸아. 이제 김 서방은 네가 독차지하기 힘들겠구나."

"아이구, 우리 따님들 일어나셨어!"

강준이 환하게 웃으며 맞이하는 두 아이는 올해 5살 난, 정말로 눈에 넣어도 아프지 않은 그의 쌍둥이 딸 미나와 미진이었다. 그의 소원대로 서연을 쏙 빼닮아 귀엽고 예쁜 그 아이들은 강준의 삶을 정말로 충만하게 만들어주는 존재들이었다.

"아빠, 미나도 안아줘요!"

"미진이부터 안아주세요!"

두 아이들이 작은 참새처럼 종알거리며 작고 예쁜 두 팔을 자기를 향해 뻗어왔다. 그러나 서연이 그의 목에 두 팔을 꼭 감은 채 떨어지지 않았다. 언제부턴가 서연과 두 딸들은 강준을 사이에 두고 경쟁 아닌 경쟁을 벌이고 있었다.

"이봐, 딸들. 아빠 품은 엄마 거라고 이 엄마가 누누이 말하지 않았니? 지금은 아빠가 엄마 안아주고 있으니까 너희들은 꿈도 꾸지 마."

"아빠, 이제 엄마 그만 안아줘요."

"엄마 말고 미진이 안아주세요."

서연의 말에 두 딸이 강준에게 항의했다.

"엄마가 좀 슬픈 일이 있어서 그래. 봐. 엄마 울었잖아. 그러니까 우리 공주님들이 조금만 양보해 주면 안 될까?"

"아니에요. 엄마 하나도 안 슬퍼요."

"맞아요. 엄마 눈물 다 멈췄어요."

그러나 소매가 없고 무릎까지 오는 하얀색 면 드레스를 앙증맞게 차려입은 두 아이는 절대로 물러설 생각이 없어 보였다. 5분 차이로 태어난 두 아이는 아무리 일란성이라지만 부모와 태어나면서부터 키워준 할머니가 아니라면 구별할 수 없을 정도로 정말로 똑같이 생겼다.

하지만 그 기질은 사뭇 달라서 미나가 화려한 걸 좋아하고 똑 부러진 성격이라면 미진이는 조금 온순하고 책읽기와 사색을 좋아하는 아이였다. 하지만 아빠인 강준에 대한 집착은 한 치의 틀림도 없이 똑같아서 일단 공동의 적인 엄마를 상대할 때는 똘똘 뭉치고, 그다음에는 또 서로 아빠를 더 많이 차지하려고 싸우기도 했다.

"우리 공주님들이 보기엔 그래도 엄마가 지금 많이 힘들거든. 미나하고 미진이한테 아빠가 말했지? 엄마가 왜 많이 힘드시다고?"

"아기를 가져서요."

"동생을 가져서요."

두 아이가 똑같이 대답했다. 일단 아빠가 이렇게 나오면 절대로 엄마 편이라는 걸 5년간의 경험을 통해 잘 알고 있었기 때문이었다.

"그래서 호르몬이 이상해졌어요."

"그래서 감정 조절이 잘 안 된다고요."

짜 맞춘 것처럼 대답하는 두 딸이 기특해서 강준은 흐뭇하게 웃었다.

"맞아. 우리 똑똑한 공주님들 잘 아네. 그러니까 아기 낳고 엄마 컨디션이 좋아질 때까지는 공주님들이 엄마한테 양보 좀 해주세요."

강준이 어린 딸들을 다정하게 설득하는 모습을 보면서 서연은 득의만만한 미소를 지으며 강준의 품에 더 깊숙하게 안겼다. 시무룩해진 딸들의 모습을 보며 미안한 마음이 조금 들기도 했지만, 절대로 물러설 수는 없었다. 누가 뭐래도 강준의 품은 자기의 것이니까.

"호호, 것 봐라 딸들아. 엄마가 말했지? 아빠는 이 세상에서 엄마를 가장 사랑한다고."

"그건 아니거든요!"

"맞아, 아빠는 미나를 가장 사랑해요."

"아니야, 미진이야."

서연의 도발에 두 아이가 다시 흥분하는 걸 본 차재희가 설레설레 고개를 흔들면서 언제나처럼 중재에 나섰다.

"미나야, 미진아. 너희 아빠가 누굴 더 사랑하는지 따지기 전에 우리 아침밥 먼저 먹어야 하지 않을까? 할머니가 오늘 우리 공주님들 좋아하는 전복죽 끓였는데."

"와, 그래서 아침부터 고소한 냄새 났구나!"

아이들보다 서연이 더 좋아서 활짝 웃자, 갑자기 미진과 미나가 두 손을 꼭 잡더니 제 할머니한테 말했다.

"할머니, 우린 내려가서 먼저 아침밥 먹어요. 아빠도 가세요. 엄마는 우유 마시고 또 주무실 거잖아요."

아이들은 엄마는 빼놓고 자기들이 아빠하고 같이 엄마가 제일 좋아하는 전복죽을 먹음으로써 설욕하겠다는 생각이었다. 하지만 서연은 그대로 물러설 엄마가 아니었다.

"여보, 나 여기로 전복죽 갖다줘요. 먹을래."

"속 괜찮아? 요즘은 일어나서 바로 밥 먹기 힘들어서 한동안 우유만 마시고 나중에 먹었잖아."

강준이 걱정스럽게 묻자 서연은 두 딸들을 보면서 생긋 웃었다.

"아우, 전복죽 냄새가 너무 좋아서 식욕이 막막 돋아나네. 오늘은 바로 먹을래요."

"그래? 알았어. 지금 갖고 올게."

"아 참, 당신 것도 갖고 와요. 우리 여기서 둘이 밥 먹자."

서연의 볼에 입 맞춘 강준이 미진과 미나, 그리고 장모님의 품에 안겨 있는 아직 돌이 안 된 어린 아들 민우의 뺨에 차례대로 입맞추고 1층 주방으로 내려가자 미나와 미진은 작은 눈으로 제 엄마를 흘겨보았다.

"엄마 너무해."

"그러게 치사해. 아빠 아침밥은 우리랑 먹는데."

"어머, 딸들아 너희들이 아무리 그래 봤자 아빠는 엄마 남자야. 알면서 왜 이러니?"

서연의 말에 그녀의 친정 엄마는 물론 두 딸은 질렸다는 표정으로 서연을 쳐다봤다. 그러나 어느새 서른 살이 된 서연은 조금은 뻔뻔할 정도로 기분 좋게 웃었다.

❖

로스쿨에 다녀온 후 주방 식탁에 앉아서 레포트를 쓰고 있던 서연은 퉁퉁 부은 다리가 아파서 의자 위에 두 다리를 올려놓았다. 이미 늦은 시간이라 아이들은 모두 잠들었고, 엄마는 아이들을 재운 후 그녀에게 간단한 저녁거리를 챙겨주고 거실에서 뜨개질을 하고 계셨다. 그녀가 먼저 주무시라고 해도, 늦게 들어오는 사위 저녁을 챙겨야 한다면서 자지 않았다.

"아우, 엄마 사위 저녁 굶고 다닐까 봐 그래요? 말했잖아요. 저녁때 사업상 미팅하면 다 저녁 식사 하면서 한다고요."

"김 서방 양식 안 좋아해. 저녁 그렇게 먹고 들어오면 밤에 속 헛헛하다고 라면이라도 먹고 자는 거 몰라서 이러니?"

"그래서 오늘도 김 서방 좋아하는 육개장 끓여놓은 거예요?"

"아이들도 좋아하니까 내일 먹일까 해서 겸사겸사."

엄마가 아이들 핑계를 댔지만 아직 어린 미나와 미진은 매운 걸 잘 먹는다고 해도 저렇게 얼큰한 육개장을 아침부터 먹을 정도는 아니었다. 게다가 엄마가 한국에서 구해온 청양고추까지 다져 넣은 걸 먹었다가는 아침부터 입에서 불을 뿜을지도 모를 일이었다.

엄마는 정말로 강준을 아들처럼 여겼고, 사랑했다. 그건 강준도 마찬가지였다. 그는 그녀를 장모이면서 어머니라고 생각했고 사랑했다. 남들이 보면 친 모자지간처럼 보일 정도로 두 사람은 무척이나 다정한 사이였다.

레포트 쓰는 딸에게 방해된다면서 거실로 나간 엄마가 지금 뜨개질하고 있는 것도 강준의 스웨터였다.

"와, 어떻게 엄마는 해마다 자기 딸은 목도리 겨우 떠주면서 사위는 만날 스웨터에 장갑에 거르질 않아? 아무리 봐도 엄마, 나보다 강준 씨 더 사랑하지? 그렇지?"

얼마 전에는 아직 완성되지 않은 스웨터를 강준의 몸에 대보며 웃고 있는 엄마와 남편의 모습을 보고 그녀가 그렇게 너스레를 떨었을 정도였다.

참으로 행복한 시간들이었다.

강준을 만나고 사랑하고, 그리고 그와 함께 가정을 이루면서 서연과 서연의 엄마는 그리고 강준은 그들이 이렇게 행복한 순간들이 있었나 싶을 정도로 매 순간, 가슴 벅찬 충만함과 기쁨 속에서 보내고 있었다. 게다가 서연과 강준 사이에는 세 명의 사랑스러운 아이가 있어서 그 행복을 더욱더 완벽하게 만들어주었다.

현관문 열리는 소리가 들리더니 곧 거실에서 두런두런 말소리가 들렸다. 힘겹게 다리를 내리고 무거운 몸을 움직여서 거실로 나가자 강준이 엄마 곁에 앉아서 다정하게 미소 짓고 있었다.

"두 사람 사이 너무 끈적끈적해서 나 질투난다. 그러니까 적당히 좀 해!"

서연이 웃으면서 나무라자 엄마와 강준, 그녀가 세상에서 가장 사랑하는 두 사람이 그녀를 보면서 웃었다.

"하여간 미나하고 미진이 성격이 누구 닮았는지 딱 보면 알지 않겠나?"

"그래서 전 더 좋은데요, 어머님."

"하긴 자네 같은 팔불출한테 내가 말하면 뭐 해. 잠깐만 기다려. 내가 얼른 육개장 데워서 차려줌세."

"아니에요, 제가 차려 먹을게요, 어머니는 얼른 주무세요."

"됐어, 나 이것만 차리고 바로 잘 테니까. 걱정 말아."

주방으로 향하는 엄마에게 서연이,

"엄마, 나도 먹을래. 내 것도 차려주세요."

라고 하자, 엄마와 강준의 입에서 동시에 '안 돼.' 라는 말이 튀어나왔다.

"너 거기서 더 살찌면 위험하다고 의사가 그랬다면서?"

"당신 혈압 위험하잖아. 밤중에 매운 거는 안 돼."

"조금만 맛만 보면 되지."

"안 돼. 참았다가 내일 아침에 먹어."

그러나 엄마는 단호했다.

"오빠, 나 정말 조금만 먹을게, 응?"

서연이 강준에게 애교를 부리며 부탁했지만 그 역시 자기 장모 못지않았다.

"절대로 안 되는 거 알잖아."

"그치만 냄새가 너무 좋은걸."

"알았어, 그럼 나도 안 먹을게."

결국 한 치의 물러섬도 없는 두 사람 때문에 서연은 먹고 싶은 육개장은 먹지 못한 채 침실로 올라와야 했다. 침대에 누워서 얼마 후에 있을 시험에 대비해서 책을 읽고 있었다. 침대 곁에는 언제든 아이를 낳으러 갈 수 있게 준비된 출산 가방 두 개가 놓여 있었다. 하나는 서연의 것 그리고 하나는 강준의 것이었다.

막 욕실에서 나온 강준이 젖은 머리를 수건으로 털면서 다가왔다.

"오늘은 종아리 안 아팠어?"

"아팠어."

그의 질문에 서연이 냉큼 대답하자마자 강준은 이불을 들치고 서연의 다리를 주무르기 시작했다. 꾹꾹 눌러주는 손길이 시원해서 서연은 저도 모르게 작게 탄성을 내뱉었다.

"시원해?"

"응."

서연의 손에 들린 책을 보면서 강준이 물었다.

"시험 얼마 안 남았지? 긴장돼?"

"2차 테스트이긴 한데 Bar Test 치르기 전에 거의 마지막 점검 같은 거라 더 떨려. 게다가 내가 유난히 Constitutional Law에 약하잖아."

"지금까지 열심히 했잖아, 잘될 거야."

"응! 게다가 우리 복덩이 임신 중이니까."

처음에 결혼하자마자 미나와 미진을 갖게 된 서연은 미국생활에 적응하기도 전에 갑자기 쌍둥이를 임신하고 키우느라 정신이 없었다. 아무리 강준이 도와준다지만, 그는 회사 생활을 해나가면서 서연 대신 병원에 입원해서 치료하는 엄마를 돌보느라 바빴다. 다행히 쌍둥이가 돌이 될 무렵엔 엄마의 병세가 많이 호전돼서 통원 치료도 한 달에 한 번 정도만 받을 정도가 되었다. 엄마가 집안일과 육아를 도와주실 수 있게 되자 그때야 자기가 하고 싶은 공부를 진지하게 생각하던 서연은 아무래도 법을 제대로 공부하고 싶다는 마음을 접을 수가 없었다.

“한 번 포기했던 길이지만, 아무리 생각해 봐도 제대로 법에 대해서 배우고 싶다는 생각이 점점 강해져. 뭐 변호사가 돼도 돈 많이 벌 수 있을지는 모르겠지만, 그래도 도전해 보고 싶어.”

그래서 다시 로스쿨에 진학했다. 그러다 2년 전에 다시 셋째 민우를 갖게 되면서 갑자기 임신 중 우울증을 겪게 되었다. 아이를 갖고 있었기에 약물 치료는 받지 않았다. 의사들은 괜찮다며 권했으나 그녀로서는 아이에게 해를 줄 수 있는 조금의 가능성도 받아들일 수 없었다.

하지만 아무리 상담 치료를 열심히 받는다 해도 약물 치료가 병행되지 않는 경우, 우울증 치료는 쉽지 않았다. 결국 그녀는 점점 악화되었고, 그 때문에 다니던 로스쿨도 그만둘 정도였다.

평생을 자기 의지 하나로 힘든 일을 모두 이겨내며 꿋꿋하게 살아온 그녀로서는 갑자기 격하게 바뀌는 감정의 기복에 당황했고, 무엇보다 자기 스스로 감정을 제어할 수 없게 되자 그 상황을 더욱 받아들이기 힘들었다.

강준은 회사에 휴직계를 내고는 그녀의 기분 전환을 위해 미국 전역을 여행 다니기도 했고, 늘 그녀 곁을 지키며 세심하게 보살폈다. 그러나 어느 날 아침 우울증이 너무 심해진 서연이 며칠째 불면에 시달리다 이른 새벽에 한 호숫가에 서서 그걸 하염없이 바라보다가 저도 모르게 뭐에 이끌린 듯 한 발자국 그 앞으로 다가서자, 갑자기 뒤에서 그녀를 와락 껴안았다.

그녀는 혼자였다고 생각했지만 강준은 내내 서연 몰래 그녀를 지켜보고 있었던 것이다. 그리고 그는 알 수 없는 이유로 눈물 흘리며 흐느끼는 서연에게 이렇게 말했다.

"나한테 세상에서 가장 소중한 사람은 너야. 서연아, 그러니까 우리 그냥 우울증 약 먹자. 아이에게 부작용이 생길 수도 있다지만 아이 때문에 네가 힘들고 불행한 거 나 더는 못 보겠어. 나더러 이기적이고 못된 부모라고 해도 어쩔 수 없어. 그리고 만약에 아이가 어떤 질병을 지니고 태어난다면 내가 평생 그 아이한테 속죄하고 누구보다 사랑하면서 키울게. 그러니까 서연아, 우리 그냥 치료하자."

그날 이후, 서연의 우울증은 서서히 치유되기 시작했다. 그렇게 낳은 민우는 강준과 서연에게 참으로 고맙고 미안한 아이였다. 서연은 민우를 낳은 후 아이에게 부끄럽지 않게 더욱 열심히 살겠노라 다짐하며 다시 로스쿨에 진학해서 곧 J.D(Juris Doctor) 취득을 앞두고 있었다.

❖

"그런데 오늘 온 손님 한국 본사에서 오신 분 맞지?"

"응. 대화유통에서 일하던 분이야."

"그래? 은희 아가씨는 정말로 은수 도련님하고 경쟁하겠다는 심산인 거야?"

"아마도 그런 모양이야."

강준의 이복누이인 은희는 5년 전에 결혼한 지 2년 만에 이혼하고 말았다. 그녀의 남편이었던 심재형은 전 재경부 장관인 심학수의 장남으로 피차 서로의 재력과 권력을 보고 맺어진 정략결혼이었다. 서로 정 없이 형식적으로만 이어져 온 부부 관계라 아이도 없었다.

그러다 결혼 전부터 계속돼 온 은희의 남자 놀이가 문제가 되었다. 세진그룹의 창립 기념일 파티에서 만나 눈이 맞은 장현우와 밀회를 즐기기 시작한 두 사람은 급기야 일주일에 두세 번씩 만날 정도로 사이가 깊어졌다. 급기야 장현우가 박진태 의원의 딸 박미희와 결혼하고도 그들의 불륜은 지속되었다.

그러나 꼬리가 길면 잡히는 법이었다. 결혼 전부터 장현우의 여자관계에 대해 의심하고 있던 박미희에게 임미주가 자기와 장현우의 관계를 밝혔을 때만 해도 박미희는 다시는 여자를 만나지 않겠다는 장현우의 다짐을 믿는 것처럼 보였다. 그러나 그녀는 정치인의 딸이었다.

남의 말을 그리 쉽사리 믿을 정도로 순진하지도 아둔하지도 않았다. 결국 그녀는 장현우의 뒷조사를 철저하게 했고, 그 결과 김은희와의 관계를 알아냈다. 사실 장현우의 여자는 김은희 말고도 여럿이 더 있었다. 결벽증에 가까웠던 박미희는 남편의 부정을 도저히 용서할 수 없었다. 자기 아버지의 힘을 빌려서 세진그룹에 들어간 장현우를 끌어내리고 시궁창에 처박는 건 쉬웠다. 그러나 그것만으로 박미희는 분이 풀리지 않았다.

갖은 방법을 동원해서 자기 남편이었던 장현우와 관계가 있던 여자들을 괴롭혔다. 증거가 확실한 여자들에게는 가정 파탄의 책임을 물어서 위자료를 받아냈고, 그녀들의 가정과 직장, 그리고 측근들에게 알렸다. 심지어 이미 결혼한 여자의 경우에는 시댁에까지 알렸다. 물론 모두 철저하게 익명으로 했고, 다른 사람의 손을 이용해서 자기 자신의 흔적은 깔끔하게 지웠다.

그러나 김은희만은 선불리 손댈 수가 없었다. 그녀가 누구던가, 대화그룹의 고명딸이었다. 함부로 할 수 없다는 걸 알자, 박미희는 자기 아버지를 움직여서 심재형의 아버지를 만났다.

"장 서방과 이혼까지 했으면 됐다. 뭘 더 어떻게 하자는 거냐? 게다가 대화라니. 잘못 건드렸다간 우리가 피를 봐!"

"아버지가 그러셨잖아요, 돈보다 더 강한 게 힘이라고. 아닌가요? 저 평생 정치인의 딸이란 거 자랑스럽게 생각하고 살았어요. 그러니까 아버지, 도와주세요. 이대로 넘어갈 순 없어요. 이렇게 당할 순 없다구요!"

기필코 김은희에게도 복수해야겠다는 딸을 박진태는 더는 말릴 수 없었다. 그래서 그는 딸이 원하는 대로 심학수를 만났다. 아무래도 현역인 박진태의 정치적 입지가 더 컸던지라 심학수는 박진태의 뜻을 따라줄 수밖에 없었다.

심재형 역시 자기 부친의 종용에 따라 김은희와 이혼했다. 김은희의 부정을 빌미삼아 거액을 받아냈기에 그로서는 그리 밑지는 장사가 아니었던 것이다.

그렇게 이혼한 은희는 조부에게 집안에 망신을 끼쳤다는 이유로 호되게 혼이 났다. 그리고 어머니인 안 여사에게도 처신을 제대로 하지 못한다는 이유로 실망스럽다는 말과 함께 당분간 회사 일에서 손을 떼라는 말을 들어야 했다.

그렇게 답답한 세월을 지내다가 자기보다 열 살이나 많은 전문경영인과 결혼한 그녀는 그 남편을 앞세워서 대화그룹을 자기가 갖겠다는 야심을 품게 되었다. 그래서 자기 남편과 함께 세를 모은 그녀는 공공연하게 어머니인 안 여사와 은수에게 반기를 들고 있었다.

"아무튼 너무 신경 쓰지 마. 할아버님이 아시면 어떠실까 걱정되지만, 어머님이 계시는 한 아가씨도 크게 어쩌지는 못할 테니까."

"알아."

서연은 결혼 후 안 여사나 은희와 잘 지내지는 못했다. 안 여사는 자기에게 등 돌리겠노라 선언한 강준을 용서하지 못했고, 그가 언제 숨겨왔던 야심을 드러낼지 모른단 생각에 두려워도 했다. 하지만 강준이 벌써 6년째 미국 지사에서 돌아오지 않고 간간이 은수에게 이런저런 도움을 주고 있다는 걸 알면서 조금씩 마음이 누그러지는 듯했다.

이제는 며느리에게 그룹 총수 자리를 물려주고 완전히 사업에서 손을 뗀 강준의 조부는 증손주들이 보고 싶어서 일 년에 두 달은 미국에 와서 지냈고, 거의 매주 전화해서 당장 한국으로 돌아오라고 노래를 불러대셨다. 강준은 늘 처음 계획대로 장모님의 병환이 다 치료되기 전에는 들어가지 않겠노라고 대답해서 할아버지를 기함하게 했지만, 서연과 미나, 미진이 애교로 그 화를 풀어드렸다.

그렇게 시간은 흐르고 사람들은 각자의 모습대로 살아가고 있었다.

"아무튼 이제 그만 자자. 너무 늦었어. 공부는 이제 그만하고."

강준이 서연의 손에 들린 책을 받아서 사이드 테이블에 올려놓자, 어쩐 일로 서연이 순순히 책을 건네주었다. 평소라면 한 장만 더 보겠다고 떼를 썼을 텐데 이상했다.

"어쩐 일이래? 이렇게 순순히 책을 내놓으시고, 우리 마나님이."

"오빠 말대로 공부는 이제 그만해야겠어서."

"그렇지? 그럼 어서 자자."

"그런데 자는 것도 안 되겠다."

"왜?"

서연의 대답에 강준이 의아하다는 듯 묻자 그녀가 인상을 찡그렸다.

"우리 오빠 나이 들더니 감이 많이 떨어지셨네. 예전엔 척하면

척이더니."

그녀가 어느덧 삼십대 중후반에 접어든 그를 놀리자 강준이 눈에 힘을 주며 짐짓 화난 척 말했다.

"뭐 나이 들어? 어허, 그래서 내가 언제 우리 사모님 잠자리에서 만족 못 시켜 드린 적 있던가? 어젯밤에도 조금만 더 해달라고 한 게 바로 여기 이 사모님 같은데 말이지."

"아우 정말 나이 든 거 맞다니까! 어쩜 그렇게 느끼한 소리를 눈 하나 깜짝 안 하고 해!"

"뭘, 사실인데. 어떻게 오늘 밤도 뼈와 살이 녹게 해드려요, 사모님?"

"깔깔깔. 아쉽지만 그것도 나중으로 미뤄야겠어."

얼굴이 빨개져서 눈물까지 흘리며 까르르대던 서연이 강준을 보며 이렇게 말했다.

"오빠, 지금 우리 넷째 나오려나 보다."

그 순간 놀란 강준이 침대에서 펄쩍거리면서 튀어 올랐다.

"아파? 진통 와?"

"응, 5분 간격으로 온 지 삼십 분 정도 됐어."

"알았어. 그럼 가서 어머님한테 말씀드리고 가방 갖다 놓고 올게. 잠깐만 기다려."

"와, 우리 서방님 벌써 세 번째라고 꽤 능숙하시네."

서연이 자못 가볍게 농담을 하자 아무리 세 번째라도 여전히 긴장되고 걱정이 앞서는 강준은 하얗게 질린 얼굴로 그녀의 뺨을 어루만지며 말했다. 처음 쌍둥이들을 낳을 때 꼬박 이틀이나 진통을 할 정도로 난산이었던데다, 민우 때도 진통이 길어져서 의사가 수술을 권했을 정도였다. 그러나 서연은 아이에게 위험이 없다고 한다면 자연분만을 하겠다고 고집했다. 그리고 그때마다 강준은 미안하고 불안해서 가슴이 내려앉곤 했다.

“사랑해. 이번에도 무사하게 잘 낳아야 해. 알지?”

“응. 걱정 마. 정말로 건강하게 잘 낳을게.”

굳은 얼굴로 부부침실을 나서는 강준을 보면서 서연이 말했다.

“사랑해, 오빠. 오빠 때문에 내가 행복한 거 알지?”

“나 역시. 그러니까 우리 영원히 함께하자.”

“응.”

서연이 웃으며 대답하자 강준은 다시 허겁지겁 자기 장모님을 찾아서 나갔다. 그 후로도 강준은 세 번을 더 불안과 초조함 속에 서연이 무사히 아이 낳기를 기다려야 했고 그 시간이 지나고 나면 서연은 그의 품에 그녀를 안고, 또 그를 쏙 빼닮은 사랑스러운 아이들을 안겨주었다. 그렇게 그들의 사랑과 행복은 점점 더 커져갔다. 영원히.

—THE END—